~~ISTRY & ARCHIVES

SECRET

SUBJECT

Dr. Eduardo Martinez

La clave Embassy

PATRICIA MARTÍNEZ DE VICENTE

La clave Embassy

La increíble historia de un médico español
que salvó a miles de perseguidos por el nazismo

la esfera ⊕ de los libros

Primera edición: febrero de 2010
Segunda edición: mayo de 2010

Cualquier forma de reproducción, distribución, comunicación pública o transformación de esta obra sólo puede ser realizada con la autorización de sus titulares, salvo excepción prevista por la ley. Diríjase a CEDRO (Centro Español de Derechos Reprográficos, *www.cedro.org*) si necesita fotocopiar o escanear algún fragmento de esta obra.

© Patricia Martínez de Vicente, 2010
© Del prólogo: Colin Creswell, 2010
© La Esfera de los Libros, S. L., 2010
Avenida de Alfonso XIII, 1, bajos
28002 Madrid
Tel.: 91 296 02 00 • Fax: 91 296 02 06
www.esferalibros.com

Ilustraciones: Archivo de la autora y *El Mundo*
ISBN: 978-84-9734-934-5
Depósito legal: M. 24.241-2010
Fotocomposición: J. A. Diseño Editorial, S. L.
Fotomecánica: Unidad Editorial
Impresión: Anzos
Encuadernación: Méndez
Impreso en España-*Printed in Spain*

Al recuerdo entrañable de Moncha y Lalo Martínez Alonso, Margarita Taylor y Alan Hillgarth. Sin duda, el más inusitado y extraordinario equipo humano con el que pudo contar el Servicio Secreto británico en España durante la Segunda Guerra Mundial para sus proyectos humanitarios.

Todo secreto degenera.
LORD ACTON

Lo que nosotros necesitamos es algo parecido al Servicio Secreto británico. Una organización que cumpla con su deber apasionadamente.
ADOLF HITLER

Prólogo

Al terminar el prefacio de *MI9, Escape y Evasión 1939-1945*, sus autores, el brigadier Foot y el teniente coronel Langley, rinden tributo «también a aquellas miles de personas que no han sido consideradas, normales en apariencia y extraordinarias en coraje y devoción, que hicieron posible el funcionamiento de las redes de evacuación. Provenían de muchas nacionalidades, de todas las edades, de ambos sexos, de todas clases, ricos y pobres, doctos y sencillos, cristianos y judíos, marxistas y místicos. Sin esa labor, por la que muchos pagaron con su vida, en el mundo de hoy tendría menos cabida la generosidad».

Después de leer el relato de Patricia sobre las hazañas, tan poco reconocidas, de su padre, me sentí muy honrado por su invitación para escribir este prólogo. Entiendo que me lo pidió, entre otras cosas, para compartir los recuerdos entre dos descendientes de la generación que estuvo involucrada en aquella acción. Me siento muy complacido de hacerlo en representación y por la memoria de mis padres, Elizabeth y Michael Creswell, y también en nombre de dos de mis padrinos, la honorable Mary Hillgarth y sir Alan Lubbock.

Sin embargo, igual que Patricia, lamento no haber podido disfrutar de una información directa sobre este particular a través de amplias charlas con mis progenitores. Pero los actores debían permanecer callados y discretos como parte del «guión» que les tocó interpretar, máxime por el destacado papel que jugaron. No debían figurar, ni pregonar su participación. Fue la otra cara de la actuación diplomática, fundamentalmente silenciosa por motivos bélicos.

«Parejas unidas por las armas», sería un título apropiado para los equipos de apoyo mutuo que formaron los esposos que colaboraron en este teatro de operaciones, y es de lamentar que las tensiones vividas en algunos casos derivaran en las rupturas de sus matrimonios y en separaciones irreparables. Hubo muchas «parejas unidas por las armas», y también estrellas solitarias en los países participantes en la Segunda Guerra Mundial, incluido España, en las que se apoyaron las redes de escape, evasión y evacuación transitoria que Patricia trae justificadamente a colación en este libro.

Mucho se ha escrito y filmado sobre aquellos que se arriesgaron y dieron sus vidas en territorio enemigo para ayudar a los que estaban al otro lado. Estos destacados valientes, que se negaron a aceptar la conquista y reaccionaron contra la ocupación opresora, promovieron la acción en pro de lo que consideraron los más altos valores humanitarios. Estos hechos destacan especialmente en España, que no combatió en ninguna de las guerras mundiales y tampoco había sufrido una ocupación extranjera desde tiempos de Napoleón. Por tanto, no existía ningún hecho, o memoria reciente, de opresión externa que incitara un espíritu colectivo de resistencia.

Muy al contrario, el país acababa de cerrar su propio sangriento capítulo de guerra civil y sufría la devastación, el agotamiento y la pobreza resultantes del mismo. En tales circunstancias, ¿qué tenían que ver los españoles con los problemas de otros evacuados y refugiados, o con el interés británico de recuperar personal militar? El embajador británico en Madrid, sir Samuel Hoare escribió:

«Aunque no fueran proalemanes puros, sus recuerdos de la Guerra Civil los hacían antibritánicos». Este comentario aludía al círculo de amigos españoles de los duques de Windsor cuando escapaban del sur de Francia, en junio de 1940, vía Madrid, hacia Portugal. Pero muy bien se podría haber aplicado al entorno del general Franco, a la política y el militarismo del momento. Por tanto, pocas razones tenía el ciudadano común y corriente para arriesgarse a ser sospechoso, sufrir denuncias y quizá un arresto sumarísimo, lo que podía ocurrirle sólo por ser de una tendencia políticamente incorrecta, no digamos ya por mostrarse desleal a sus anteriores compañeros de armas.

Al duque y la duquesa de Windsor, por cierto, se les condujo por España hacia la frontera de Portugal por la misma ruta de Ciudad Rodrigo por la que los padres de Patricia tuvieron que huir durante su luna de miel un año y medio después. La fecha de salida de los Windsor, el 3 de julio de 1940, coincidió con el ataque de la Marina Real británica a la flota francesa atracada en el puerto de Mers El Kebir, en la costa argelina de Orán. Un ataque muy poco popular para la causa de la Pérfida Albión entre los ciudadanos de a pie de un país en el que las rutas de escape estaban aún por organizar.

Hay que tener en cuenta que el ambiente en España, aunque oficialmente neutral, no era proclive a favorecer las operaciones clandestinas de salvamento que realizaban los aliados para evacuar a fugitivos perseguidos por motivos raciales y políticos por los enemigos fascistas; esos mismos fascistas que habían contribuido considerablemente a la victoria de los mandatarios del país. Por tanto, es más notable que el doctor Martínez Alonso se uniera tan valientemente a aquellas difíciles, tortuosas y extremadamente peligrosas actividades, organizando y participando activamente en el rescate de prisioneros del campo de concentración de Miranda de Ebro, y en la tarea de hacerlos pasar la frontera gallega hacia Portugal.

El mismo hecho de que el buen doctor y su flamante esposa fueran trasladados a Londres antes de que la Gestapo les echara el guante, después de las reiteradas advertencias de la embajada británica en Madrid, dice mucho. Sin duda, el doctor era demasiado valioso para las operaciones iniciales del MI9 y del SOE, como buscador, planificador e iniciador de rutas, y los servicios de inteligencia británicos no se podían arriesgar a que cayera en manos de la Gestapo, que ya había capturado y hecho desaparecer a más de una figura destacada de las redes de evacuación en Europa.

Los miembros de la embajada británica tenían inmunidad diplomática, lo que les servía de protección contra los arrestos. Los coches con matrículas CD eran una garantía. Pero un español en la clandestinidad capturado por los alemanes no podría esperar una intervención oficial en nombre de la embajada británica, puesto que ese mero interés ya le convertiría en sospechoso. Se tambalearía la secreta operación diplomática que se llevaba a cabo en el país, oficialmente neutral, y peligraría la seguridad de los cooperadores con la red de evacuación de fugitivos.

Por sus acciones humanitarias, el doctor Martínez Alonso, Lalo, cumplió valientemente, hasta las últimas consecuencias, con la esencia de su juramento hipocrático con una indiferencia admirable de las presiones sociales y políticas del ambiente español, y sin reparar en los riesgos personales que corría. Un buen ciudadano del mundo en un mundo en guerra. Una auténtica estrella solitaria entre aquéllos a los que Foot & Langley han rendido tributo por los valerosos esfuerzos realizados por la causa de la libertad.

COLIN CRESWELL

Introducción

Preparando la mudanza del piso familiar del barrio de Chamberí, en Madrid, donde habíamos vivido durante cuarenta años, entre los libros que recogimos de las estanterías medio abandonadas del pasillo, encontré por casualidad un cuaderno de apariencia insignificante que estaba oculto entre diversas revistas médicas y antiguos libros de mi padre. En la tapa aparecía en relieve un austero «1942» y en su interior unas curiosas notas escritas a mano con la letra clara e inconfundible de mi padre. Lo que me llamó más la atención, sin embargo, es que 1942 fue el año en que se habían casado mis padres y el mismo en el que se fugaron de España semanas después. Es posible que el cuaderno permaneciera en el mismo lugar sin que nadie lo cambiara de sitio desde que empezamos a vivir en esa casa en 1946, pero al abrirlo noté que se trataba de unas cuidadosas anotaciones escritas en inglés durante la guerra en Londres. Resultaba asombroso que algo de apariencia tan insignificante aún estuviera plácidamente colocado en el mismo lugar en el año 1986. El librito en cuestión había superado innumerables bombardeos londinenses y varias mudanzas posteriores —no sé a cuál más devastador—, y continuaba acurrucado e impasible en el mismo hueco del piso madrileño al que había llegado cuarenta años atrás, sin que nadie se hubiera ocupado de airearlo o destruirlo en tanto tiempo.

Hacía tiempo ya que mi padre había fallecido, así que no podía hacerle ninguna pregunta directa sobre su contenido. Temerosa, no me atrevía a leerlo por si descubría algún secreto inconfesado en vida y por respeto a una intimidad que mi padre ya era incapaz de defender a su muerte. Pero rápidamente recapacité. Si algo tan íntimo como un diario aún estaba en el mismo lugar quince años después de muerto su autor, por algo sería. Y me atreví a repasarlo con más detenimiento. Escrito con pluma estilográfica con mano firme y una letra muy familiar, aparecían trazos de sus vivencias, nombres y situaciones, no del todo reconocibles a primera vista, que iban deshojándose con asombro entre mis dedos. Se repetían en distintas fechas nombres conocidos, como el de Alan Hillgarth, entonces agregado naval de la embajada británica; su compañero de facultad, Alfonso Peña, o el doctor Francisco Luque, director del Hospital central de la Cruz Roja en Madrid y famoso ginecólogo por haberlo sido de la reina Victoria Eugenia, esposa de Alfonso XIII. En fin, situaciones y nombres de sus compañeros y amigos en España que no me encajaban con el Londres de 1942 en el que vivía la pareja en ese momento.

Entre las notas finales de sus honorarios médicos, costumbre que conservó siempre como una pequeña contabilidad personal, mi padre había apuntado unos ingresos inexplicables a primera vista procedentes del War Office (o del War Organization, quizá) abonados por destacados militares británicos cuyos nombres nunca había oído mencionar. Este detalle tan bobo me hizo caer en la cuenta de que a mi edad ignoraba aún muchas cosas de aquel pasado familiar. ¿Qué había provocado realmente la huida de mis padres de la España de posguerra, o cuál era el origen de ese dinero inglés? Esos desconocidos contactos con altos cargos del gobierno británico en una época intensamente conflictiva, ¿cómo podían relacionarse con un médico establecido tranquilamente en Madrid antes de su marcha?

Asombrada por mi descubrimiento, quise aclarar estas dudas con mi madre, mientras embalaba sus pertenencias más íntimas, pero ella, inexplicablemente, no mostró ningún interés por la extraña aparición del diario. Eludía darme explicaciones con unas evasivas sospechosas, negándose a ampliarme unas noticias que consideré importantes, sin que pudiera terminar de entender por qué. Al reconsiderar la situación en conjunto, deduje que quizá no fuera tanta casualidad que aún estuvieran rodando por casa unas importantes condecoraciones de guerra, excesivas (siempre pensé yo) para un médico pacifista y apolítico como había sido mi padre, pero que confirmaban un destacado pasado bélico internacional. La guerra había sido una cuestión irrelevante en familia —o al menos así lo hacían ver en mi presencia— normalmente esquivada desde mi infancia, como todo lo que tuviera relación con temas escabrosos o desagradables. Igual que ocurría con las medallas de la Guerra Civil española, que nunca supe bien a qué se debían, o por qué motivos los nacionales habían condecorado a mi padre. Sí era curioso, sin embargo, que en el mismo cajón de objetos inservibles (que apenas abríamos), tenía su estuche propio el King George Medal for Courage, una de las máximas condecoraciones británicas y raramente concedida a un extranjero, junto a la Gran Cruz de Oro de Polonia (otorgada por el gobierno en el exilio en Londres, según señala el certificado de 1958). De donde asumí que estas distinciones debían de estar ligadas a unas hazañas de guerra importantes y desconocidas; pero, sobre todo, a las notas escritas en ese diario recién aparecido. Pero yo me seguía preguntando: ¿de qué forma?, y, sobre todo, ¿a qué tanto misterio?

Era inconcebible que a mi edad y, lógicamente interesada en conocer ese pasado directamente ligado a mi vida, se me negara una información muy obvia. Si los méritos de guerra paternos justificaban unos honores tan relevantes, algo incluso de lo que enorgullecerse, no entendía el reparo intencionado de mi madre a revelarme los motivos al cabo de tantos años. Quizá quería ocultarme unos incidentes vergonzosos e inconfesables. Tal vez me habían adoptado en Londres y no sabían cómo decírmelo. Tampoco tenía hermanos cerca con quien contrastar estos hechos. Francamente, no encontraba una razón lógica para tanta evasiva. Aunque moderado de ideas, mi padre vivió impasible los asuntos políticos, al menos durante los veinticinco años que compartimos hasta 1972, año en el que murió. Lalo ignoraba con orgullo displicente el franquismo de mi juventud y era indiferente a otras tendencias largamente reprimidas, por lo que no podía relacionar la fuga de los recién casados a Londres con una ideología equivocada en su tiempo. Estaba segura de que él, por su carácter y educación, no había sido republicano ni izquierdoso de joven. Como mucho, seguía siendo un monárquico inofensivo enganchado a los flecos románticos de Alfonso XIII y a una exagerada admiración por la bellísima reina Victoria Eugenia (*Queen Ena*, la llamaba), de curioso parecido físico a su primera mujer, también inglesa. Por tanto, aquella misteriosa escapatoria a Inglaterra en pleno conflicto internacional no podía asociarse con unos problemas políticos locales, ni de entonces y muchos menos a su regreso en 1946. Sentí un escalofrío repentino al pensar que algo de mayor trascendencia debía de haber detrás de todo esto.

Aún con la carne de gallina, se me cruzó por la mente, tratándose del terrible periodo de la guerra, si serían tan espantosos e inconfesables los motivos que rodearon la precipitada marcha de mis padres durante la posguerra española, que ni su hija se debía enterar años después de muerto el padre. Algo así debía de ser cuando ni él en vida, ni mi madre después se preocuparon de aclararme lo que a mi modo de ver resultaba primordial. Algo tan sencillo como el motivo por el que yo misma había nacido en Londres como consecuencia de aquella aventura de recién casados. Incapaz de indagar nada más sustancioso acerca del contenido del sencillo diario y, sobre todo, confusa por la ambigua reacción de mi madre que no hacía más que excusarse —y evitarme— con la disculpa de la mudanza cuando le pregunté más directamente, decidí centrarme en los embalajes y dejar apartadas las incógnitas bélicas para mejor ocasión. Ya tendría tiempo de profundizar después.

Sin embargo, una curiosidad recelosa, envuelta en un perpetuo halo de misterio, me estimulaba a no ceder en mi empeño. Necesitaba saber más sobre este inocente e inesperado descubrimiento paterno que resultó ser el diario y que derivó en una interrogante crónica. Hasta que, preguntando a otros familiares, fui haciendo averiguaciones sueltas, a ráfagas inconstantes, y las fui encajando con los comentarios de mi madre, así conseguí enlazar unas noticias con otras y componer la trama completa, e inverosímil, de lo que estaba buscando sobre su sorprendente pasado. Ahondando en las más increíbles fuentes de información y siguiendo vericuetos inimaginables, comencé a devanar la madeja que me trazó el hilo conductor de las insólitas experiencias de Moncha y Lalo, mis padres, durante la Segunda Guerra Mundial entre España y el Reino Unido. Tardé cerca de veinte años en encajar todas las piezas del rompecabezas familiar, pero lo logré.

PRIMERA PARTE

I
Boda en Galicia

Moncha y Lalo se casaron en Vigo en los primeros días de 1942. No era un típico día gallego, lluvioso y gris; muy al contrario, lucía un sol resplandeciente. Un sol pasajero de invierno no conseguía atenuar la humedad crónica y penetrante acumulada hasta rezumar por los poros de los sólidos edificios de piedra. Una humedad que se diluye con el verdín marino, incrustándose en las paredes de la mayoría de las casas viguesas, calándolas, igual que a las personas.

El sol inesperado, sin embargo, no impidió que fuera una boda algo triste. Aunque lejos de allí, la Segunda Guerra Mundial estaba en su apogeo, circunstancia que se reflejaba en la expresión ausente de algunos asistentes y en la austeridad encubierta de la ceremonia de la iglesia. Ésta aparecía apenas decorada con unas cuantas calas naturales, dispersas y erguidas en los jarrones al pie de las imágenes de los santos o intercaladas con ramilletes de camelias, gardenias y gladiolos, todos blancos, colocados en manojos desarreglados ante el altar mayor. La sencillez de las flores regionales de la decoración hacía juego con el exquisito buqué de la novia, caído con desenfado sobre su falda, un regalo personal del florista Juan Bourgignon, amigo del novio, traído expresamente desde Madrid. Para colmo, además de la sobriedad de la ceremonia religiosa, en el convite posterior en el hotel Moderno tampoco hubo baile, con la disculpa de un luto reciente.

Para las señoras era la excusa para estrenar sombrero, y hasta alguna que otra tía abuela desempolvó el *sprint* tieso de otras bodas igual de trascendentes. Todas se preocuparon de lucir sus joyas, los tresillos de zafiros y brillantes, las pulseras destacadas y los broches con *baguettes* y los *pendentifs* que rematában la autenticidad de las perlas. Unos lujos guardados bajo siete llaves durante la guerra o depositados alternativamente en el Monte de Piedad para salir de más de un apuro en la posguerra. Entre los caballeros: traje oscuro; chaqué sólo para el novio, el padrino y los testigos más allegados. Tanto lucimiento, no obstante, no podía disimular la larga escasez de una Guerra Civil que se prolongaría excesivamente por la repercusión de la Segunda Guerra Mundial. Los españoles no se habían recuperado aún de sus propias penas bélicas cuando otras internacionales, igualmente feroces, entraron en juego. Las estrecheces generalizadas (el racionamiento y el estraperlo), unidas a la carencia de artículos básicos e imprescindibles, se reflejaban en muchas facetas de la vida. Y aun en ocasiones alegres como ésta, la tristeza de lo irremediablemente perdido superaba la esperanza prometedora de una vida nueva, pero desconocida, por venir. Así y todo, a la novia no le faltó el clásico traje blanco de satén natural, confeccionado por la mejor modista de la región. La falda, ceñida y entallada al bies, rematada con un cuerpo de hombreras exageradamente anchas, resaltaba su talle ligero, comprimiendo el pecho casi de adolescente. El velo corto, vaporoso, sujeto hacia atrás, nunca llegó a taparle la cara, ni a la entrada ni a la salida de la iglesia.

La guerra impidió que muchos familiares del novio asistieran a la ceremonia. Los de la novia, más escasos, acudieron en su mayoría y se mezclaron saludándose animosamente en el atrio, al entrar y salir. En ocasiones felices como ésta, muy limitadas en los últimos tiempos, los invitados aprovechaban para ponerse al día de otros pormenores familiares o puntualizaban temas que hubieran quedado colgados en eventos anteriores, sin que nadie hiciese alusiones desagradables relacionadas con la guerra o sus consecuencias. Como cabía esperar, hubo momentos de emoción y lágrimas en la iglesia, en la que no faltó una escueta orquesta de cámara. Haendel, Bach, Mendelsson. Pero la que más lloró fue la novia. Se suponía que entre conmovida e ilusionada por la trascendencia del acontecimiento, pensando en su radiante futuro en pareja, cuando en realidad el llanto escondía otros motivos que sólo los novios conocían y que el resto de los presentes no hubieran podido ni siquiera imaginar.

Sobre el papel, ella había elegido acertadamente. Se casaba con un antiguo conocido de presente lucido y futuro profesional prometedor. Un cierto prurito generalizado se enorgullecía de que otra de sus beldades lugareñas se perpetuara y se mantuviera en el redil. Además, sin ser un héroe de la Guerra Civil española, a Lalo se le reconocían sus méritos bélicos. Tres años de contienda en los dos frentes, como médico de campaña en la Cruz Roja española, sin definirse por rojos o nacionales, le sirvieron para lograr algo singular en una época rigurosamente tendenciosa: ser imparcial. Aunque terminó promocionado a capitán médico del ejército nacional al concluir la guerra en 1939, el novio había conseguido algo inconcebible para un español el 18 de julio de 1936: participar indistintamente en los dos bandos y salir indemne. Escudado en su profesión liberal, Lalo consiguió mantener una extraña indefinición política, magníficamente encubierta como médico, relegando las ideologías, sin darles mayor importancia.

Seguidor fiel de la filosofía apolítica del fundador de la Cruz Roja, Henri Dunant, él se las arregló para no definirse ni como nacional ni como republicano, y al amparo de la Cruz Roja española, inaugurada en 1926 por la reina Victoria Eugenia, sólo participó en la Guerra Civil desde la imparcialidad, como médico de campaña. Su misión era curar heridas, no provocarlas. Una combinación chocante en la época, que amortiguó el golpe frontal a sus íntimos ideales, que no tenían por qué coincidir con las tendencias del momento. Su patriotismo, más emocional que cerebral, quedaba para sus adentros, reservándose los motivos reales de esa aparente indiferencia política que jamás discutía con nadie. Un tema delicado de exhibir abiertamente en un periodo tan inflexible e intolerante, donde la racionalidad tenía poca cabida. Lalo siempre atendía a los pacientes de acuerdo con las prioritarias necesidades de salud y nunca les pidió carné de afiliado ni explicaciones ideológicas para curarlos. Su credo era irrelevante ante sus padecimientos: «Para mí, los enfermos son sólo eso, enfermos. ¿Para qué quiero saber nada más? Voy a atenderlos igual, estén en un frente u otro. El sufrimiento físico es ajeno a cualquier tendencia». El *leitmotiv* marcado a fuego desde sus primeros pasos universitarios y que le quedó incrustado en su personalidad para siempre.

Curiosamente, su oportuna imparcialidad entre tanta intransigencia fue crucial al terminar la guerra. Cualquiera sabía que él había participado en los dos bandos, pero como la victoria final le cayó del lado franquista, su breve pasado con los perdedores quedó olvidado al incorporarse a la nueva sociedad sin mayor problema. Lo cierto es que tampoco pudieron etiquetarlo como rojo o republicano, monárquico o franquista, ni afecto a cualquier tendencia rara. Sorprendentemente, bajo el nuevo régimen militar, su ideología quedó diluida como un poco de cada cosa, dentro de su talante conservador, liberal y progresista. Obstinadamente independiente, mi padre trataba sus ideales con la perspectiva del discreto observador, y ni siquiera la rigidez reinante le hizo mella. En el desconcierto del desbarajuste posbélico, la mejor seña de identidad era la clasificación social, y él encajaba fácilmente en esa España conservadora y extremadamente clasista de posguerra. Porque Lalo era un señorito. Mal que bien, se podría definir como un burgués que ejercía la medicina en Madrid sin vínculos dudosos con las izquierdas o la Segunda República, y menos aún con los sindicatos, la masonería o el marxismo. Hubiera sido impensable asociarlo con ninguna sigla prohibida desde la guerra. Consideraciones que le ayudaron a sortear cualquier ajuste de cuentas, tan frecuentes en la época que nos ocupa.

Acabada la Guerra Civil española, Lalo reanudó fácilmente sus obligaciones entre Madrid y Vigo, sin que nadie le importunara. Igual que tantos, trató de relegar los trágicos enfrentamientos vividos entre vecinos y antiguos compañeros de escuela, intentando rehacer su vida concentrándose en el trabajo. Pero, sobre todo, quería olvidar, olvidar. Y vivir.

Sin embargo, la realidad era otra. Esta aparente novela rosa que culminaba con el final feliz en la iglesia de Santiago de Vigo, realmente no era tan sonrosada. Como todas las alegrías, la suya ocultaba su lado sombrío. Lalo había estado casado antes con Mary de Havilland y tenía hijos pequeños lejos. Si bien es cierto que para aquel franquismo pertinaz su anterior matrimonio republicano no constaba sin una convalidación eclesiástica que lo legalizara (cosa que no se hizo), a los efectos el novio era un soltero con retranca. Para colmo, se rumoreaba por Vigo que era espía. Un caldo de cultivo idóneo para dar la nota discordante a su bella historia de amor, muy propicio para sembrar dudas sobre los principios éticos de un noviazgo sonado. Era extraño que al cerrarse una brutal contienda nacional y entreabrirse las puertas de otra de semejante calibre internacional, se pudiera continuar sin tomar partido. No ser de «algo», seguidor de «alguien», simpatizar con «alguna» tendencia política de moda. Franquista, falangista, lo que fuera. Era inconcebible mantenerse en la brecha sin arrimarse a un grupo determinado para que a uno lo tomaran en serio. La misma vaguedad ideológica, con un pasado indefinido, y encima renovando la vida alegremente junto a una nueva mujer, ya era sospechosa. Aunque Lalo se lo pudo permitir como ganador, tanta indiferencia, y sin ir a misa, daba qué pensar.

Al padre de la novia, otro médico vigués relacionado con diversos sectores, le llegaron ciertos comentarios e, incluso, algunas advertencias.

—¡Ojo, Martín, que tu hija se casa con un espía!

Nadie en la familia se dio por aludido. Y, mucho menos, la novia. En el corto noviazgo se supo que la ex era sólo eso, una ex. Divorciado durante la corta tregua progresista de la Segunda República, aquel matrimonio deshecho era agua pasada, aunque él siguiera preocupándose por sus hijos. Una intranquilidad menos. Pero lo del espionaje ya era otra cosa. Amiga de toda la vida de sus futuras cuñadas, Moncha había escuchado vagos rumores sobre las actividades de Lalo que no sólo tenían que ver con sus asuntos profesionales, cosa de la que, en cualquier caso, evitaban hablar por su educación. Las inclinaciones políticas eran un tema irrelevante y de nulo interés durante el noviazgo. Aunque pretendieran rebuscar unas acusaciones infundadas, la tendendia liberal del novio no dejaba lugar a dudas. Lo único sospechoso, por buscarle algo, eran las exageradas relaciones de Lalo y sus hermanos con múltiples personajes extranjeros; algo que, por otro lado, hacían desde siempre por los diferentes destinos del padre como cónsul general en varios puestos diplomáticos. Era muy común que la familia Martínez Alonso alojara a amigos forasteros en su casa. Y, por otra parte, el novio además era médico de la embajada británica en Madrid, por lo que el trato con múltiples extranjeros era constante y por motivos muy variados. Todos ellos explicables.

¡Yo no sé por qué tenían que relacionarle con el espionaje!

Dios creó las rías gallegas al apoyar allí su mano cuando hizo el mundo, y así la dejó impresa en ese privilegiado rincón del noroeste de España. Desde entonces, la leyenda y el Creador las han amparado de las feroces agresiones atlánticas, y Dios distinguió su dedo en la ría de Vigo como un hueco sosegado del océano abierto marcado para la posteridad. Millones de años después, la ciudad de Vigo, encaramada en los montes que bordean su ría, se convirtió en un puerto cosmopolita de significativo tránsito marítimo y comercial, el último que toca el continente europeo para llegar a Sudamérica, siempre supeditado a los vaivenes migratorios de los que salían dispuestos a buscar fortuna. Es también el puerto pesquero más importante de la España moderna, de donde nace y deriva una sólida industria conservera que, aunque sujeta a los bamboleos económicos del siglo XX, perdura y se defiende.

Desde tiempo inmemorial, el puerto de Vigo presencia la salida y llegada de buques de cualquier lugar del mundo, en una ciudad que vive para y por el mar, dejando en el ambiente y en su gente un sello marino inconfundible. El profundo calado, resguardado naturalmente del Atlántico, ha facilitado el atraque a pie de muelle de los más sonoros trasatlánticos, yates y hasta escuadras. Vigo atrae a marinos internacionales de distintas graduaciones que pasean su diversidad de uniformes, nacionalidades y razas por las calles ribeteadas de románticos camelios y naranjos, dándole un toque colorista a los bares, los burdeles y los frondosos parques vigueses, impregnados de ese inconfundible lastre portuario abierto al mundo, del que se abastece y provee.

Arrancando de las leyendas de piratas y doncellas rescatadas por unos valerosos navegantes que suponíamos merodeaban por unas recónditas cuevas marinas, invitándonos a fantasear sobre sus misteriosos quehaceres, el innegable legado celta ha dejado impresas unas alegorías, incluso contradictorias, de héroes y bandidos en torno a la magia de su mar, al estilo de Pedro Madruga o el mismísimo corsario Drake. Un medio acuático propicio que divaga entre enfrentarse al duro destino impuesto por la madre naturaleza o sucumbir a esa nostalgia crónica típica: la *morriña*. Como si los gallegos costeros titubearan perennemente entre seguir aferrados a la dura realidad de una lluvia tenaz e innumerables adversidades o escapar a ese idealizado, desconocido y remoto confín del inabarcable horizonte oceánico que desearían explorar sin atreverse. Entre las leyendas de bandidos imaginarios (y otros no tanto), que derivan de la simiente cultural de mitos y rufianes adaptables a las circunstancias, esta gente, acostumbrada a observar muchos tránsitos ilícitos más auténticos —como el estraperlo y el contrabando—, a la larga ha sabido adaptar el singular y fantástico mundillo de los corsarios o sus descendientes y lo perpetúa como algo inherente y natural a estas costas. Lo que ha hecho de los gallegos marineros un pueblo adaptable al que apenas asustan los cambios. Las fantasías alrededor de aquel antiquísimo pasado han contribuido a desarrollar una clara imaginación que maneja con total sencillez el mundillo de los piratas que se perpetuaron o escabulleron con facilidad encubiertos por sus costas, cargándolas de un espejismo mágico que de tan común parece natural. Esa herencia milenaria que arrastran los gallegos entre conjuros de queimadas y cuentos de meigas estimula más, si cabe, el lastre mitológico que no por antiguo deja de ser actual, cuando a la hora de la verdad su vida se concentra y acaba en la franja iluminada que limita el horizonte circular de un faro. Acorralados entre esta luz intermitente y las quejas noctámbulas de las sirenas, esta diversidad de personajes singulares encontró un cobijo habitual en sus costas, inconcebible en cualquier otro entorno menos propicio a la fantasía.

Durante la Segunda Guerra Mundial, Vigo y sus aguas camuflaban, a sabiendas de muchos, diversas actividades ilícitas ante la complacencia o la indiferencia del ciudadano medio, acostumbrado a convivir con la rudeza natural del entorno, la cruda realidad, las sospechas y los rumores. Siempre los rumores. Peculiaridades que daban un extraño y particular aspecto a las múltiples labores del puerto y a los residentes, fijos y flotantes, con un tipismo que vibraba desde sus intrincadas raíces hasta aflorar en cualquier actividad, por rara que ésta pareciera, sin inmutarse. Los vigueses vivían curados de espanto y no se extrañaban al cruzarse con transeúntes de distintos colores y clases, o al escuchar leyendas quiméricas y dudosas, alternadas con casos reales de difícil clasificación. Chismes que navegan desde sus aguas extendiéndose por tierra, y que permanecen siempre relacionados con su mar.

Por tanto, el día en que Moncha y Lalo se casaron, el río sonaba con fundamento. La cálida tarde de verano en que él se declaró a su novia, bajo un sólido nogal en la finca familiar de La Portela, en Redondela, Lalo le insinuó, entre arrumacos y tiernas caricias de siesta, su gran secreto: cómo cooperaba bajo cuerda en el rescate de refugiados que escapaban del nazismo a través de España. Una colaboración clandestina, asociada con el gobierno británico, altamente secreta y fuera de todo conocimiento franquista; pero a la que él contribuía sólo por motivos humanitarios, sin ningún significado político, junto a sus amigos británicos, desde Madrid. No le dio muchas más explicaciones, porque tampoco podía.

Desde que comenzara esta participación altruista un año antes, en el verano de 1941, su arriesgada cooperación estaba en su punto álgido y Lalo sabía que la Gestapo le observaba, razón que le obligaba a tener un extremo cuidado en todos sus movimientos. Para que sus seguidores no sospecharan que sospechaba y hacer como si no supiera que lo seguían, los británicos le insinuaron a mi padre que actuara con toda naturalidad. Como si nada. Que hiciera su vida confundiendo sus actividades normales con las encubiertas. La mejor manera de no distinguir unas de otras era ir y venir entre Madrid y Vigo, para ejercer su profesión allá y ver a la novia acá (aunque fuera acompañado de extranjeros que traían matrículas de coches raras), lo cual no tenía nada de raro en su caso. Era algo usual para los once hermanos Martínez Alonso, repartidos por el mundo, cuando se reunían con su madre en Galicia. Como también lo era recorrer los escasos veinte kilómetros en el tranvía de Vigo a Bayona durante hora y media, fascinados por compartir, serenamente acaramelados, el rítmico vaivén de las vías desgastadas, serpenteando entre el intenso verdor del campo que bordea los cambiantes azules marinos; a veces ocultos entre unos maizales, más altos que el vehículo; otras, cruzando arroyos diminutos, a punto de desembocar en el mar. O rebasando las lomas rocosas cuajadas de pinos y eucaliptos, impregnados de la *marosía* que los envolvía con el traqueteo al surcar las inmaculadas playas recónditas de las Rías Bajas.

Un entretenimiento corriente para cualquier pareja de novios viguesa. Y sin quejarse de los incómodos asientos de madera, cuyas tablas rayadas parecían seguir incrustadas en la espalda un buen rato aún después de levantarse. La pareja viajaba alegre y feliz de saborear la compañía mutua y la variedad del paisaje, sin inmutarse por las frecuentes paradas, cuando los usuarios, las lecheras y los revoltosos escolares, sacudiéndose el agua aún reciente del chaparrón, esperando bajo un magnánimo paraguas, subían en Canido y bajaban después en Panjón, Playa América o La Ramallosa, interminable nudo tranviario que los paralizaba a la espera de cruzarse con otro tranvía en dirección opuesta.

Algunas tardes, ya en septiembre, los novios navegaban en un vaporcito de gran chimenea ribeteada por una ancha franja negra, cuya fina estela de humo plomizo se deshacía en el atardecer enrojecido y rivalizaba con el lento compás de las gaviotas. Así podían admirar, al fondo, el sol escondido detrás de las islas Cíes, ensimismados por su amor y reflejados en las siluetas perfiladas en los montes isleños, amoratados ya por las primeras hierbas otoñales. El agradable paseo acuático se confundía con el cruce obligado de los paisanos a Cangas para ganarse la vida, y, con suerte, juntando inconscientemente las cabezas en la popa, hasta podrían oír cantar a unos marineros desocupados susurrando, a cuatro voces varoniles, una muñeira nostálgica... Sólo para ellos. Alejándose, ya al regreso, del paisaje difuminado de las impecables playas de arenas pulcras e inmensas rocas desfiguradas, los novios no podrían apreciar ya a las inquietas golondrinas que comenzaban a arremolinarse bajo los balcones frente al mar, cuando las lucecitas lejanas en Bueu, en Moaña, en Chapela o Bouzas avisaban a la gente de que era la hora de recogerse.

Por lo tanto, mis padres disfrutaron de un corto y ajetreado noviazgo, dejándose ver con asiduidad en público, por gusto propio, sí, pero también siguiendo las instrucciones británicas de no despertar las sospechas alemanas ocultándose. Por otro lado, estos paseos prenupciales a la vista de todos junto a una atractiva y joven paisana, con la que además se iba a casar, no dejaban de ser algo totalmente natural para cualquier observador de la realidad.

Durante los preparativos de la boda, un par de días antes cenaron con un diplomático británico y su mujer que venían de Madrid (supuestamente) para celebrar su despedida de solteros. Eligieron un restaurante típico y habitualmente concurrido de La Piedra, cerca del puerto. Comieron ostras y rodaballo con cachelos, todo regado con un fresco y exquisito Albariño. De postre, filloas. El sobrio restaurante con vistas a un mar que no se veía, pero se oía, olía a algas frescas, en una noche cerrada en la que apenas había más clientes. Era jueves. Tres mesas de asiduos esparcidos para un único camarero, que se deshacía en atenciones a cada sugerencia de los parroquianos, entre los que, no dudaban, habría algún agente de la temible Gestapo. Se sabían vigilados y aunque Moncha ignoraba cuánto, las parejas actuaban despreocupadas entre ellas, mientras el diligente mozo cargaba con las comandas entre las mesas y el mostrador, resguardado por la pareja de dueños (fornido él, lacónica ella), observadores imperturbables de su escenario particular, apoyados los codos sobre la barra de mármol.

—Viviremos en mi piso de soltero —dijo Lalo, contento, mientras raspaba con destreza las ostras antes de rociarlas con limón y sorberlas una a una con deleite—. Todo seguirá igual. Moncha tiene que familiarizarse con la vida de Madrid y yo continuaré ejerciendo como hasta ahora.

—Te aclimatarás pronto; ya verás —afirmó Elizabeth en un tono tranquilizador, y añadió—. Contadme vuestros planes.

—Bueno —intervino Lalo de nuevo—, nos casa mi tío Rogelio, que es párroco en Xende, una pequeña aldea situada entre Pontevedra y Orense. No creo que se diferencie mucho de otras bodas. Aunque la misa sea en latín, la homilía tendrá que ser en castellano, expresamente para nosotros. Supongo yo. —Se encogió de hombros mi padre.

Avanzado el primer plato, chocaron las copas en el aire para brindar, sonriendo. Hicieron bromas alusivas a su nueva vida y a la felicidad futura de la pareja. Antes de terminar, contaron anécdotas mutuas, sin referirse a otros temas que no fueran los proyectos del futuro matrimonio y su boda, a la que los amigos británicos no podían asistir. Elizabeth y Michael Creswell conocían bien el país, hablaban perfectamente español, y ella (de origen ruso y aspecto inglés) formaba un equipo compacto con su marido. Era de esas esposas plenamente implicadas en la profesión del marido, un estimable respaldo para un diplomático en cualquier circunstancia, pero mucho más en tiempos de guerra; la sombra comprometida y discreta del profesional decidido a superarse constantemente, para quien el trabajo era su máxima prioridad. Tanto, que no se sabía si los sentimientos iban por delante de la responsabilidad, hasta el punto de que su relación acabó cuando terminaron las tensiones bélicas.

Al salir del restaurante, charlando animadamente entre ellos, llovía. Cobijados del agua bajo un enorme paraguas de golf, casi tan grande y colorido como una sombrilla de playa, enrollándose cariñosamente al brazo de su novia, Lalo bajó la voz para murmurarle al oído:

—Ahora, no mires, pero en el coche de mis amigos con matrícula diplomática, ahí, frente al hotel Continental —señaló con la barbilla en esa dirección—, tenemos escondidos a dos judíos que estamos trasladando desde Madrid. Esta noche los pasaremos ilegalmente a Portugal. No puedo decirte aún cómo, pero fíjate también en la valija de mano de la que no se separa Elizabeth ni un momento. Lleva una documentación altamente secreta que los acompaña.

La cándida novia rio disimuladamente para despistar, mostrando su radiante dentadura, pero sin poder imaginarse en qué consistía la extraña operación de salvamento que todos resguardaban indirectamente. Ni pidió explicaciones, asombrada por la magnitud del mundo en el que se movía su novio y en el que ella se iba a involucrar hasta el tuétano cuando se casara, sólo dos días después.

Pasaron muchos meses hasta que Moncha supo cómo había terminado exactamente la aventura de esa noche.

II
Una clandestinidad atípica

Después de acompañar a Moncha a su casa, Lalo y los Creswell se dirigieron a la finca de Redondela, a pocos kilómetros de Vigo, con intención de pasar allí la noche antes de seguir camino, como hacían otras veces. Pero el propósito real de este encuentro, encubierto como un sencillo festejo prenupcial, que se prolongaba con una excursión más al norte de Portugal, era sacar de España a los dos judíos polacos que los acompañaron por medio país, escondidos en el maletero. En este tramo gallego de tráfico humano mi padre tenía alertados a marineros reclutados en las cantinas próximas, donde se reunían a beber y charlar entre cánticos y pulpo humeante. El Ribeiro grueso y denso que lo acompañaba dejaba marcado un ribete amoratado en las cuncas de loza blanca, confirmando así el nivel de vino consumido. Aquellas reuniones eran también excusa para el reencuentro afectuoso de antiguos compañeros de juegos, de largas tardes de pesca juveniles y de los primeros bailes en las aldeas. Una camaradería afectiva que se mantenía aún con el distanciamiento obvio de la vida adulta.

—No me falléis, ¡eh! Os espero a la noche —les recordó Lalo en gallego, ofreciéndoles a cada uno un Craven A de los que él fumaba.

En los últimos dos años, Lalo hacía de intermediario de buena voluntad entre los organizadores británicos y sus paisanos, en un plan de rescate humanitario que cruzaba media Europa hasta llegar a La Portela. Era el último tramo español de fugas clandestinas hacia Portugal para los pilotos de la RAF, los militares desertores de los ejércitos invadidos y un gran número de judíos y otros escapados del Tercer Reich que recalaban en España a través de las rutas de evacuación encubiertas trazadas por los resistentes europeos.

Rodeada de abundantes y frondosos castaños, nogales y frutales de muchas clases, nuestra finca familiar tenía un caserón del siglo XVIII estratégicamente situado sobre el estrecho de Rande y frente a la isla de San Simón. Sin llegar a ser un pazo, la casa quedaba resguardada por unos enormes muros de piedra rústica, cubiertos a tramos de un espeso musgo perennemente incrustado. Unas valerosas y diminutas margaritas brotaban, salvajes, durante las primaveras entre las juntas desiguales. El Talbot con matrícula CD del Cuerpo Diplomático, ondeando visiblemente una banderita británica, cruzó el grueso portón de madera sostenida por unos formidables pilares de piedra, que abrió Angelito, el guardés, al oír sonar tres veces la bocina ronca, como la señal concertada.

Deslizándose sigilosamente, entraron en el recinto fangoso, iluminado sólo por el chorro de luz de los inmensos faros del coche. Cuando cerca de la medianoche Michael Creswell echó el freno de mano al pie de la escalera, Lalo respiró hondo. Estaban a salvo. El penúltimo paso de la intrincada ruta de salvamento había concluido. Entonces el inglés saltó del asiento rápidamente para abrir el maletero y sacar a los asustados refugiados del encierro móvil en el que viajaron encogidos durante horas. Sacudiéndose las arrugas de la ropa y las de sus pensamientos, los cinco subieron los peldaños con agilidad, chasqueando las suelas de los zapatos contra la piedra húmeda. Un agradable fuego de chimenea los esperaba en el salón, y sábanas limpias, con abundantes mantas, en los dormitorios. La comida recién hecha por la mujer de Angelito, Lola la Grande (apodo que la distinguía de su tocaya más menuda), estaba servida en la gran mesa del comedor. Los judíos polacos nunca se imaginaron que iban a disfrutar tanto de una exquisita y copiosa cocina, tan distinta a la suya. Aturdidos por el prolongado cautiverio móvil, miraban a sus rescatadores con pasmo, agradeciéndoles sin palabras el deseado estiramiento de piernas y un cobijo seguro en su interminable fuga europea. Hablaban otro idioma, pero expresaban su gratitud entre señas y sonidos guturales, apretando fuertemente entre sus manos ásperas y curtidas los inexpresivos puños cerrados de sus rescatadores. Apenas podían contener el sollozo con el ceño fruncido por la emoción, cuando Lalo los interrumpió para tratar de sobrellevar la tensión del momento:

—Tenemos poco tiempo para descansar —precisó—. Nos están esperando para seguir camino de madrugada.

Apenas pudieron dormitar unas horas. Aprovechando aún la oscuridad, tenían que acudir a la cita que les enlazaba con el final de ese tramo del salvamento. El pintoresco cortejo salió sigilosamente hacia el jardín por una puerta trasera, situada junto al establo, para evitar el chasquido de las suelas de los zapatos contra la escalera de piedra de la entrada. Silencio sepulcral. No había peligro de que los perros vecinos ladraran en una noche tan mojada; eso mismo los mantenía a cobijo, apaciguaba su olfato y la agudeza del oído.

Pisando un suelo embarrado repleto de rastrojos mojados, continuaron por un caminito escurridizo, bordeado de enormes helechos, ortigas y moreras punzantes, apenas percibiendo el olor a menta y romero frescos, avivado por el orvallo. Sortearon también los maizales, para no alborotar las mazorcas, y bordearon los viñedos sostenidos sobre unos escuálidos postes de piedra torcidos, olvidando con tanto nervio que la persistente llovizna les iba calando poco a poco.

Avanzaban encogidos, por instinto, realmente sin necesidad. Dentro del recinto no había peligro, aunque todos llevaran un susto poco disimulado dentro. Uno tras otro, en fila india, seguían el débil trazo iluminado por la linterna que encabezaba Lalo, hasta que llegaron al final de la finca y chocaron con unos matorrales informes rociados de lluvia. Un crujido de madera húmeda sonó al abrirse una puertecita insignificante escondida detrás, hecha de tablas endebles, que la comitiva atravesó sigilosamente hasta dar con un embarcadero rocoso sobre la Ría de Vigo. La salida directa y liberadora al mar.

En la oscurísima noche, la luna invisible cooperaba desde su escondite a ocultar a los perseguidos cuando aparecieron a lo lejos unos focos flotando en pequeños círculos, en respuesta a la luz difusa que dirigía Lalo. La consigna y el lugar acordados. Los hombres saltaron con dificultad unas roca imprecisas, evitando resbalar, hasta encontrarse con una dorna. Atracada en el muelle, chapoteaba contra las olas picadas, sonando rítmicamente a madera hueca. En cualquier lugar más cálido o sencillamente durante el verano, las luces cautelosas podrían confundirse con unas luciérnagas fugaces, pero bajo el frío y persistente *orvallo* la equivocación era inimaginable.

Los amigos condujeron a los polacos de la mano con asombrosa agilidad sin desprenderse de la valija diplomática transportada desde Madrid en la que desplazaban una documentación tan secreta e importante como el resto de la aventura. Transmitiéndoles sin palabras y sin pensar su confianza en un momento tan dramático, colocaron en la dorna a los atemorizados perseguidos.

En su espera sigilosa, los marineros se equiparaban en valor a su compañero de juegos y correrías juveniles. Desconocerían la historia completa de los salvamentos humanos por encargo británico, la procedencia o el destino final de sus protegidos, la desgraciada suerte que correrían sin su temerario amparo o hasta qué punto se jugaban la vida por salvar la de estos desconocidos. Pero, siguiendo la norma no escrita del mar, nunca dudaron en salvar a unos infortunados de una muerte segura. Sin desmenuzar los acuerdos informales de taberna, ni interrumpir las escuetas explicaciones británicas con preguntas vanas, los marineros se sentían suficientemente identificados con su vecino Lalo para ayudarlo en una causa humanitaria, olvidando el riesgo y las peligrosas consecuencias al aceptar compartir con los británicos este inconcebible trance. Tiritando de frío y pavor, aleccionados para callar y no estorbar en su propia huida, los fugitivos se dejaban guiar, confiados. Callados y obedientes a las indicaciones, presentían que estos insospechados guías, en un paraje difícilmente reconocible, los ayudaban a avanzar hacia su libertad. El interminable camino español, más largo todavía por lo desconocido, estaba por finalizar. Ni los refugiados ni sus benefactores conocían sus nombres. Cuantos menos detalles mutuos tuvieran más protegidos estarían en caso de caer en manos enemigas, aun en suelo neutral. Ninguno llegó a despedirse.

Faustino empujó suavemente con el remo la dorna del atracadero y *El Bedrines* se deslizó con sigilo, entreabriendo una fina estela en la ría para buscar su destino. Sentadas a la intemperie en los estrechos bancos de madera, las víctimas confundían el miedo con el frío, sujetas a la valija diplomática que les había pasado Elizabeth Creswell, al navegar resguardadas por los irreconocibles marineros gallegos, tan endebles y temerosos, quizá, como ellos, pero firmes en su acompañamiento. Los hermanos Otero, Faustino y Moncho, y su compañero Manolo *ceaban* a paladas cortas y superficiales, igual que en las noches de pesca auténtica, con la soltura habitual del que nace y crece en ese medio, para tomar el rumbo convenido hacia las naves británicas fondeadas en la Ría de Vigo. Clareaba ya cuando Michael y Lalo comprobaron a lo lejos cómo se deslizaban las figuras acuáticas entre el mar y la raya difusa que marca el horizonte, antes de regresar a La Portela pisando su propia sombra.

El relevo de otros compañeros, igualmente desconocidos entre sí y dispuestos a arriesgar sus vidas para salvar a unas víctimas anónimas, esperaba al otro lado de la frontera portuguesa. La evasión estaba rematada y los hombres a salvo, gracias a la afortunada coordinación aliada de una cadena de enlaces clandestinos que podía comenzar tan lejos como Varsovia, atravesando Francia, y concluir en este bello rincón gallego.

Sin embargo, no todos los salvamentos organizados desde La Portela fueron igual de dramáticos. Este último, sin duda, había sido uno de los más tensos en los que participó Lalo, sabiéndose ya con la Gestapo en los talones y alentado por los diplomáticos para que se extremaran todas las precauciones. El riesgo de ser descubiertos empezaba a ser excesivo. En cambio, otros rescates fueron hasta divertidos. Abrigados siempre por la intimidad mohosa de La Portela e invitados por mi familia, los británicos pasaban unos días de descanso mientras se preparaban escalonadamente los traspasos ilegales organizados, quizá, desde las oficinas centrales del Servicio Secreto de Whitehall, en Londres. Sus protegidos quedaban encubiertos con unas sencillas diversiones en el amplio refugio familiar, siempre a la espera de la mejor oportunidad de salida. Aunque no participaban plenamente de su estancia gallega fuera del recinto, los refugiados formaban parte del estrechísimo círculo amistoso, disfrutando con toda naturalidad de diversos entretenimientos.

Llegado el momento crucial, de noche y a escondidas, se llevaban a cabo los cautelosos traslados acuáticos. Entretanto, y para despistar, los anfitriones organizaban excursiones entre vecinos, amigos y parientes, y comían despreocupadamente empanada o tortilla de patatas en las playas de alrededor; sin que faltara el vino. Un método sencillo y desenfadado, recomendado por el propio MI6 para desconcertar a los agentes nazis al acecho. O a los soplones franquistas que pudieran merodear cerca. Es decir, cualquiera que sospechara que algo fuera de lo común podía estar ocurriendo durante estas inofensivas reuniones-tapadera llevadas a cabo con toda sencillez. Mis tíos Guillermo, Chichí y Peggy, con su marido Chantón López-Jamar, se unían a las excursiones de solteros de mis padres, mezclando a los amigos de siempre, Lucía Luca de Tena, Beatriz Oya o Julita Haz, con los británicos más recientes y pasajeros.

Navegaban de día en *El Bedrines*, que trasladaba a los infortunados perseguidos de madrugada, divirtiéndose como en cualquier excursión veraniega. Sería impensable que los soplones nacionales o la Gestapo consentida por el gobierno neutral español dudaran de lo que realmente estaba ocurriendo por detrás, delante de sus propias narices, y a escasos kilómetros de la frontera portuguesa: que estos alegres excursionistas, sin saberse dirigidos por el MI6, encubrían allí mismo el traslado camuflado de sus encarnizadamente perseguidos.

Muchos años después, cuando traté de averiguar lo que realmente pensaban los acompañantes de aquellas excursiones marítimas que aún vivían, me confirmaron que ninguno de ellos, mi madre, las hermanas o mi abuela Guillermina, alternando con los invitados extranjeros, supieron lo que realmente se traía Lalo entre manos junto a aquellos encantadores invitados ingleses.

El reducido equipo del MI6 junto al encargado del MI9, Michael Creswell, actuaban en Galicia desde 1940. Pero sí sabían, sin embargo, cuánto se tenían que proteger de los observadores en las Rías Bajas, aunque los encubrieran unos gallegos valerosos y confiables.

Además de la excusa rebuscada sobre la necesidad «vital» de expandir su territorio para invadir Polonia en agosto de 1939 y provocar la Segunda Guerra Mundial, en un año Adolf Hitler había sometido bajo su dominio a Austria, Checoslovaquia, Polonia, Países Bajos, Bélgica, Luxemburgo, Dinamarca y Francia, sofocando con una amenazante proximidad a España desde las fronteras pirenaicas, causando una alarma que obligó a millones de europeos a huir despavoridos de la guerra.

España, a pesar de sus abiertas simpatías con el Eje Berlín-Roma-Tokio y la firmeza del Pacto de Acero de 1939, entre Hitler, Mussolini y Franco, mantenía su postura neutral, y por lo tanto resultaba una escapatoria natural para miles de evadidos del nazismo. Fue el periodo en el que el gobierno de Londres enviaba a su embajada en Madrid unas noticias secretas y oficiales cada vez más escalofriantes. La expansión y el avance de las truculentas persecuciones nazis no era sólo contra los militares aliados, los desertores de los ejércitos invadidos, comunistas o cualquier indocumentado escapando de la debacle provocada por el Tercer Reich, sino también contra los judíos, homosexuales y gitanos, involucrando masivamente en una guerra oficial mezclada con otra racial y homofóbica a millones de civiles inocentes, entre los que sin duda podría colarse algún espía, la gran excusa para reforzar la vigilancia fronteriza. Pero el asunto era aún más rebuscado. Los escabullidos del nazismo que lograban traspasar los Pirineos traían noticias frescas de los países ocupados, que los aliados utilizaban para informarse sobre lo que ocurría en las zonas dominadas por los alemanes.

Sólo de Polonia, unos veinte días después de estallar la guerra en 1939, huyeron 175.000 personas. Con la orden de desmantelar el ejército polaco, Beria, el tristemente famoso jefe de la policía, en asociación con el ejército invasor, mandó ejecutar a cerca de 22.000 oficiales y soldados, entre los que no faltaron civiles sin culpa. Mientras, 3 millones de judíos polacos, la mayor concentración europea, se veían forzados a dispersarse a su suerte. La masacre polaca tenía conmovido al mundo. El 25 de octubre se ejecutó a 16.336 judíos en Varsovia, en una persecución encarnizada que terminó reduciéndoles a los guetos y a los campos de exterminio de Chelmno y Treblinka, hasta aplicarles la «solución final».

Como país patrocinador de la Liga Palestina de 1938, Gran Bretaña se sentía en la obligación de proteger a los judíos que diez años después serían israelíes, pero que en ese momento aún eran unos apátridas indocumentados perseguidos a muerte. Por lo tanto, aquellos que desearan emigrar tendrían un hogar palestino, además de la ayuda de otras asociaciones internacionales dispuestas a apoyarlos económicamente con el auxilio aliado. Aunque también es verdad que, obsesionados con relegar su propia pesadilla bélica, muchos gentiles europeos no se apercibían de que existía una guerra racial paralela a la mundial, distorsionada descaradamente desde que Adolf Hitler entró en escena.

Así las cosas, la persecución del pueblo judío, que una vez más obligaba a millones de víctimas a dispersarse indiscriminadamente, forzó a recrudecer la vigilancia de los Pirineos para los que se dirigen hacia el sur por unas fronteras férreamente controladas. España, a su vez, admitía con cuentagotas a los forasteros, manipulándolos a su antojo en un control exaustivo conectado a los cabecillas de la Dirección General de Seguridad en Madrid, desde donde la influyente Gestapo presionaba para negar los visados de entrada y salida de los extranjeros.

Entre las noticias confusas sobre lo que realmente ocurría al norte de los Pirineos, las escasas autorizaciones concedidas a los semitas, señalados como tales con una «J» en sus pasaportes, eran aún más estrictas, y pone en tela de juicio esa leyenda romántica que se extendió sobre la benevolencia oficial española con unos perseguidos del nazismo a quienes se les concedía la documentación basándose en sus orígenes sefarditas, para evitarles una muerte segura. Aunque sí se aplicó la ley del año 1929 en ciertos casos, y Franco concedió miles de pasaportes a aquellos que demostraran sus orígenes, tampoco convenía divulgar (y ya se encargaba de ello una censura altamente controlada por los alemanes) hasta qué punto el caudillo estaba sometido a las exigencias nazis, pues dentro de su extraña neutralidad, también se admitían las imposiciones de Himmler en lo referente al trato a los judíos, como explica claramente el historiador Antonio Marquina. Por lo tanto, no era sólo cuestión de perseguir o matar a las víctimas en sus países de origen, sino también de acorralar y perseguir a muerte a las que lograran escabullirse.

Con este dramático panorama de fondo, tampoco escaseaban referencias preocupantes para los colaboradores de los aliados acerca del riesgo que corrían en Galicia. Pero la red de espionaje británico estaba bien informada y, a su manera, lo iban sorteando. Dentro de la ambigüedad característica con la que se manejó la neutralidad española, si se llegaba a desenmascarar a los cooperadores españoles de los aliados, el gobierno podría considerarlos cómplices de alta traición. La suya era una situación favorecida por el mismo desorden de la época, aunque con un riesgo muy elevado de caer en desgracia ante las autoridades españolas. De la misma manera que tampoco existía una autonomía oficial para aceptar el traspaso por España de estos refugiados, y no digamos ya el tránsito ilegal de los perseguidos por el nazismo, aunque ellos se supieran protegidos por el gobierno británico. Hablamos de personas inocentes y atemorizadas, a las que sin grandes explicaciones se les negaba, sin justificación alguna, un visado de entrada español por las mismas razones que se les rechazaba el de salida en su país.

Por otro lado, estas rudimentarias maniobras humanitarias, fuera del control franquista por obvias razones de estrategia bélica, no podrían asociarse con el espionaje político, porque no lo eran, aunque la responsabilidad final recayera sobre el Servicio Secreto británico, moviéndose a través de su representación diplomática, lo que indudablemente confundía a sus rastreadores. Los voluntarios españoles podrían ser opuestos a la política del Tercer Reich, incluso indiferentes al fascismo español o al conservadurismo británico, pero participaban gustosos en las arriesgadas aventuras para socorrer a las víctimas. Por amor al prójimo, por solidaridad, por sentido de la responsabilidad. Por humanidad. En una estrategia aliada de fondos económicos ajustados, para repartirlos entre los más necesitados, lejos de cualquier fanatismo ideológico, la prioridad era sacar adelante a los desconocidos. Algo difícil de comprender, quizás, para las futuras generaciones, pero así era.

Aquel Vigo de entreguerras por donde se colaban los rescatados y en el que actuaba directamente mi padre, por otra parte mantenía sus colonias británica y alemana desde generaciones atrás por su antigua, tradicional y variada relación comercial con las múltiples actividades del puerto. Mientras los empleados del Cable Inglés o de las navieras británicas podían estar de parte, lógicamente, de los aliados, muchos alemanes en parecida situación comercial manifestaban simpatías nazis. Aparte de franquistas, muy favorecidos en su nueva situación, por lo que alrededor del puerto se aglutinaba una curiosa combinación de gallegos, anglófilos, franquistas y germanófilos, que manejaban sus respectivas tendencias para beneficiarse de las nuevas circunstancias políticas, tanto como de la actividad portuaria. Era muy llamativa la influencia económica del wolframio (mineral indispensable para la industria bélica, que se producía en el interior de Galicia y salía asiduamente hacia Alemania), una cuestión que trajo de cabeza al embajador Hoare hasta que logró cortarlo de raíz. Se sabía que España abastecía exclusivamente al Tercer Reich de este imprescindible mineral; hasta que para acabar con las especulaciones, ya hacia 1944 y por presiones aliadas, se acordó exportarlo también a los aliados, en asociación con el gobierno portugués.

En cuanto los Estados Unidos se involucraron en la guerra, el presidente Roosevelt no dudó en abastecerse también de ese peligroso wolframio español, en realidad para bloquear las adquisiciones nazis, zanjando un tenebroso comercio que beneficiaba a un gran número de simpatizantes del Eje en esta zona gallega.

En tales circunstancias, no era descabellado pensar que hubiese filtraciones sobre hechos próximos a las simples aventuras juveniles, que quizá ocultaran otros más significativos realizados al cobijo de La Portela. Indiscreciones cometidas incluso sin mala fe. Comentarios espontáneos entre amigos de amigos, sobre las inocentes (pero encubridoras) diversiones de ingleses y gallegos, alentadas por el acogimiento de mi familia, que podrían llegar por múltiples vericuetos hasta círculos muy peligrosos de la poderosa Gestapo. Una situación que pondría en extremo peligro la vida de Lalo y los suyos, si se llagara a descubrir.

Mientras preparaba las tácticas navales del Führer, el almirante Canaris ya había conseguido la aprobación del general Franco para abastecer a sus buques de guerra y submarinos en los puertos de Santander, Vigo y Cádiz. El 16 de septiembre de 1939, dos semanas después de comenzar la guerra, en Vigo y El Ferrol ya había dieciséis submarinos alemanes listos para la batalla, utilizando cualquiera de estos puertos como base de aprovisionamiento.[1] Pero Franco advirtió a las autoridades alemanas de que si los aliados se enteraban de este favoritismo tendría que cortarlo, pues Canaris comprometía seriamente la neutralidad española. Por otro lado, era notorio que los agentes británicos y alemanes se vigilaban mutuamente y controlaban cualquier movimiento en los puertos españoles a través de sus consulados. Los alemanes tendrían que actuar con sigilo, abasteciéndose de víveres y combustible de noche, y a ser posible por detrás de las islas Cíes, alejándose del puerto de Vigo. Como así hicieron.

Era de esperar que las quejas no tardaran en llegar. Los agregados militares de Francia y Gran Bretaña se presentaron indignados ante el ministro, almirante Moreno, en marzo de 1940, para denunciar el escándalo. Todo el mundo sabía que desde que comenzara la guerra los mercantes alemanes se abastecían regularmente en Vigo, algo que debería cesar inmediatamente. El asunto era tan grave que el Almirantazgo británico situaría un submarino en los accesos a Vigo con órdenes de atacar a cualquier nave alemana de suministro en las aguas jurisdiccionales españolas. Fue tal su insistencia que los buques-tanque se alejaron de la Ría de Vigo a partir de fin de mes. Un año después, esos buques nodriza se trasladaron definitivamente a El Ferrol.[2]

Imposible desviar mejor la atención de nuestros salvamentos, para poder trazar una estrategia naval a tres bandas, propia de auténticos lobos de mar. El desvío impuesto por el gobierno, además de distorsionar los planes del Führer, hizo que los sencillos marineros de Redondela, en asociación con el responsable del MI9 en Madrid, Michael Creswell, y mi padre, quedaran con las aguas despejadas para navegar por la Ría de Vigo fuera del alcance enemigo. Esto explicaría por qué gracias a su intervención personal, Alan Hillgarth pudo atreverse a pedirle a mi padre que se arriesgaran tanto, él y su familia, para salvar a los fugitivos. Incluso aportando su casa gallega para sacar adelante las delicadas evacuaciones que aquí describo.

Pero ya de lleno en la Segunda Guerra Mundial, Lalo se movía descaradamente entre gente dudosa, tanto en Madrid como en Vigo. Esa estrecha relación con los diplomáticos británicos, sin más justificación que las diversiones sociales gallegas, con excursiones marítimas o a Portugal, fuera del núcleo madrileño y con semejante patetismo bélico de fondo, hizo que ciertos germanófilos vigueses y especialmente la Gestapo (que circulaba libremente por todo el país) incubaran sospechas fundadas de que este gallego debía de ser algo más que médico de la embajada británica en Madrid. De ahí provenían algunos difusos rumores que lo tenían por espía, sin saber bien nadie a qué achacarlo.

Aunque Lalo estaba amparado por su profesión independiente, que le ayudaba a disimular sus actividades clandestinas, un par de años después de comenzar estas expediciones, sus amigos británicos ya le habían advertido de que estaba peligrosamente en el punto de mira de los representantes del Eje en España. Y si Franco se inclinaba finalmente por el Führer, Lalo podría convertirse en otra víctima más del nazismo y tendría que huir. Estaban protegidos por la inmunidad diplomática, pero Lalo no sólo quedaría al descubierto, sino que debería extremar la cautela. Si su colaboración llegase a trascender, debería salvarse él y la privilegiada información del MI6 de la que era partícipe y transmisor directo. Lo único que mi padre le explicó a su novia, poco antes de casarse, era que tendrían que irse de España después de la boda. Lógicamente, nadie más podía ni siquiera sospechar esta inverosímil historia del tráfico ilegal de personas en el que estaba implicado. Este gran secreto formaba parte de la complicidad de su noviazgo.

—¡No se lo puedes contar ni a tus padres! —insistía el novio—: *Nadie* en absoluto debe conocer el proyecto en el que estoy metido, por tu bien, el mío y el de miles de personas que están en peligro de muerte.

Con una candidez próxima a la inconsciencia, Moncha siguió el consejo de su enamorado y no abrió la boca nunca. A los veintidós años, sin acceso a la información completa, en su ignorancia, tampoco podía comprender la magnitud de lo que le rodeaba. Era inconcebible que las actividades humanitarias en las que participaba su flamante novio pudieran esquivar a las autoridades nacionales. Un riesgo tan atroz que, sólo de pensarlo, le dejaba sin aliento.

Dada la expecional situación y el escaso número de personas involucradas en la España neutral, este limitado grupo de amigos no podía ni siquiera considerarse «resistentes», al no operar en un país invadido. Aunque todos compartieran las mismas intenciones antinazis. La novia era incapaz de imaginarse entonces la repercusión que esto tendría en su futuro; el suyo y el de otras muchas personas desconocidas.

Por eso el 3 de enero de 1942 entró en la iglesia de Santiago de Vigo conmovida por los acontecimientos propios y callada como una muerta sobre lo poco que sabía de las secretísimas actividades de su prometido. En ese primer sábado del año en el que su vida cambiaría para siempre, mi madre no podía ni sospechar el porvenir que les esperaba. Éste podría ser incierto, pero también insólito. Con la ilusión de disfrutar para siempre de su amor correspondido, no quería pararse a pensar en el peligro que ambos corrían y Moncha ignoraba hasta qué punto se arriesgaban. De alguna forma, era cómplice indirecta de un delito que podría atraparla entre la alta traición para el régimen español y la conspiración en contra del Tercer Reich para la Gestapo. En los países ocupados, cualquier ofensa similar estaba castigada con la pena de muerte y era juzgada a la discreción de las autoridades militares nacionales. Si se descubría a los implicados, o simplemente aparecía una denuncia que les relacionara con la protección a los judíos, su ocultación en la ayuda para que escaparan, significaría el paredón.

Es verdad que España alternaba la neutralidad con la no beligerancia y no podría aplicarse la misma severidad que a otras cooperaciones europeas bajo dominio alemán, pero la influyente Gestapo, que lo mismo merodeaba por los pasillos ministeriales que por los tugurios, alargaba sus tentáculos para comprobar que también se cumplían sus directrices entre españoles. Pocos sabían todavía que en los países sometidos los militares se asociaban con la policía local y los torturadores, a fin de arrestar a quienes hacían ese tipo de colaboraciones. Algo parecido podría aplicarse a este caso si España entrara en la Segunda Guerra Mundial; o si la policía o cualquier militar influyente considerase oportuno ajustarse a las normativas impuestas en los países ocupados.

En la ofuscación del momento, entre emocionadas alegrías y despedidas, feliz de compartir el futuro y las aventuras humanitarias con su novio, Moncha tampoco podía dejar de sentirse culpable por otra razón. Callarse unas noticias tan importantes sin decírselo a sus padres. Coincidiendo con los planes de la boda, ésa era una carga pesada. Pero ocultar la verdad era vital. Por su seguridad, y en medio de la confusión, los preparativos de la boda y el flujo de secretísima información que percibía, Moncha comprendía que no podía contar nada. El pesado silencio obligado y la alarma contenida durante los preparativos de su marcha, de la boda y de un cambio de vida radical, escondían un remordimiento imposible de disimular. Era la razón auténtica de sus lágrimas incontenibles en la ceremonia de la iglesia.

Lalo era el único que comprendía los motivos del llanto cuando la miraba de reojo, sonriendo ante el altar, tratando de consolarla.

III

La discreta intervención británica en España

Cuando Adolf Hitler ganó democráticamente las elecciones de principios de 1933, contrariamente a lo que pudiera pensarse hoy, el Reino Unido no tenía un equipo de inteligencia adecuado y a la altura de lo que se avecinaba. El *establishment*, más concentrado en asuntos económicos que políticos, siempre posponía la adaptación de una inteligencia acorde con las circunstancias. Pero la línea belicista que iba trazando el Führer impuso otras prioridades. Cinco años después, la inminencia de la guerra ya era evidente y exigía nuevas estrategias. A finales de 1939, con Winston S. Churchill aún en el Almirantazgo, el gobierno reconocía el peligro de manejar una información errónea de cara a lo que se avecinaba, y así, decidido a reorganizarse, se creó el luego célebre SIS (Secret Intelligence Service) o MI6, encargado de mantenerles informados sobre lo que más preocupaba a los británicos en ese momento: Alemania.

Ya nombrado primer ministro, al sustituir a lord Chamberlain, Winston Spencer Churchill debe formar nuevo gobierno, admitiendo la importancia que tiene acelerar los cambios drásticos que necesita el Servicio de Inteligencia. El principal encargado de dirigir la renovación será el almirante John Godfrey, anterior director de Inteligencia Naval, conocido por el nuevo primer ministro desde el tiempo en que Churchill era primer lord del Almirantazgo. A él le solicita entonces que elija a los expertos más idóneos para encargarse de este trascendental y delicado sostén bélico. Presionado por la premura del tiempo, el *premier* le da carta blanca a Godfrey, quien incluirá entre sus planes la organización de una nueva red de espionaje europeo, mientras prepara un entramado de expertos en crisis dirigidos desde el viejo y destartalado caserón de Whitehall. En consecuencia, Churchill elige posteriormente al general sir Steward Menzies como principal responsable del Servicio de Inteligencia británico, puesto en el que permanecerá hasta 1951.[3]

En aquellos los meses en que los españoles teñían de negro su escaso vestuario para sobrellevar los lutos de una prolongada Guerra Civil recientemente concluida, el agregado naval británico, Alan Hillgarth, permanecía alerta al desarrollo de la neutralidad española. No sólo para evitar que los submarinos alemanes se abastecieran en los puertos españoles, sino para facilitar también el escondite de sus protegidos en nuestra finca de Redondela, hasta abrirles la puerta de salida hacia Portugal. El cúmulo de tragedias que han desembocado en el nuevo conflicto armado con Alemania trae de cabeza al gobierno del Reino Unido, cuando la reorganización de un servicio secreto más adecuado a las nuevas circunstancias ocupa un lugar prioritario. Es indispensable conseguir la mayor y mejor información posible para manejar con conocimiento de causa el enfrentamiento con el enemigo, y no sólo a través de estrategias militares. No queda más remedio que ponerse a la altura de un Hitler belicista cuyos auténticos propósitos nadie parece conocer realmente.

Por su obsesivo interés personal en revisar los informes que le llegan desde el Servicio Secreto, recrudecido por una abrumadora desigualdad de fuerzas y medios frente a la prepotencia de su adversario, y sabiendo por experiencia el peligro que conllevaba manejar datos erróneos, el primer ministro logró al mismo tiempo una alianza de inteligencia secreta conjunta entre el Reino Unido y Estados Unidos, con el beneplácito de un aliado determinante para él: Franklin D. Roosevelt. Será una de las colaboraciones de información encubierta más importantes de la historia contemporánea y que funcionará a distintos niveles, hasta convertirse de improviso en la principal formación de seguridad internacional. A partir del verano de 1940 se comienza por organizar pequeños núcleos de apoyo locales en los países ocupados, sólo reconocidos como resistentes en Francia aunque se distribuyeron por toda Europa bajo la supervisión de unos oficiales de inteligencia británicos adecuadamente entrenados, con el fin de dificultar desde dentro las maniobras enemigas.[4]

A pesar de que podría parecer una formación profesionalizada y bien estructurada, los comienzos del MI6 enfrentado a la Segunda Guerra Mundial fueron muy rudimentarios. Se empieza por entrenar a equipos de inexpertos que aprenden a descifrar códigos y mensajes del enemigo, actividad que combinan principalmente con pequeños sabotajes locales, hasta que, tras una breve instrucción, consiguen intervenir emisoras de radio para obstruir los planes alemanes, haciendo lógico hincapié en los temas militares. Sin grandes pretensiones y muy presionados por la premura bélica, se inician los primeros comandos *underground* de auxilio interno, que eventualmente se convertirán en el SOE (Special Operations Executive). Dentro de los mismos planes subversivos, se preparan las guerrillas urbanas y resistentes, directamente conectadas con el Ministerio de la Guerra británico, aunque funcionarán desde el exterior. Asimismo, se organizan apoyos informales, pero de gran valor estratégico, que llevan a cabo colaboradores locales heterogéneos, de orígenes y ocupaciones diversas, en los que Winston S. Churchill, sin embargo, deposita una gran confianza. Eventualmente y a pesar de las dificultades y de los comienzos tan rudimentarios, esta improvisada cooperación aliada entre civiles y militares dio muy buenos resultados. De modo que Gran Bretaña sufraga y apoya a los resistentes civiles en el interior de los países ocupados por la invasión alemana.

Las tropas de la arrolladora Werhmacht se sitúan en el Canal de la Mancha el 20 de mayo de 1940. Todos temen la invasión de Inglaterra. La tensión y el miedo se acentúan entre la población. Pero a pesar de la alarma y del esfuerzo informativo del Servicio Secreto, los planes del Führer y sus intenciones parecen indeterminados. El ejército permanece alerta mientras los británicos siguen de cerca los partes de Churchill por la BBC. Hay que estar preparados para lo peor. Para agravar aún más las cosas, en junio de 1940 Mussolini se une al Eje, reforzando el Pacto de Acero de 1939 entre Hitler, Mussolini y Franco. Europa está en ebullición. En las islas Británicas se mantienen alerta ante cualquier señal útil, y comprendiendo la vital importancia que guardan los partes de sus agentes secretos dispersos por Europa, Churchill los revisa personal y concienzudamente con regularidad. Para asegurarse de que no se le escapará ninguna noticia fundamental, e imponiendo su mando sin más, se nombra a sí mismo ministro de Defensa, mientras aún dirige el gabinete del Comité de Defensa, sin dejar por ello de ser el primer ministro. Es una concentración de poder que le permitirá abarcar toda la información recibida desde distintos flancos para manejar el conflicto bélico globalmente. Aparte, se crea una oficina de información especial que recibe las noticias directas desde los altos mandos militares, evitando los filtros que puedan retrasar el acceso inmediato a ellas. El *premier* no consiente que se le escape ningún dato, por insignificante que éste parezca. Saber interpretar lo que dicen entre líneas los informes directos de los países ocupados, para contrastarlo con la opinión de su gobierno, resulta esencial. Ciertos detalles pueden ocultar una información vital y, al conocerlos, permitirán a Churchill manejar las decisiones necesarias. Una dirección férrea que marcó la trayectoria de la guerra más grande de todos los tiempos.

Finalmente, y gracias a los rudimentarios entrenamientos militares y de inteligencia y al interés de los países aliados por luchar contra la invasión nazi, los comandos del SOE integrados por voluntarios civiles locales logran unos resultados inusitadamente buenos. A partir de ese momento, Lisboa se convierte en el centro neutral estratégico para la inteligencia británica en el exterior. Estocolmo y Berna, originalmente las ciudades más activas de la inteligencia aliada, se van desconectando forzosamente de Londres, debido a las excesivas interferencias alemanas. De ahí que Madrid se transforme inesperadamente en un soporte de apoyo neutral prioritario para los británicos, paralelo al de Lisboa, y que pase suficientemente desapercibido para el gobierno español en una Europa enfrentada contra Alemania. En la nueva reorganización del gobierno de Churchill, el Special Operations Executive, o SOE, creado como un servicio complementario y exclusivo para los proyectos bélicos de inteligencia, no tarda en demostrar sus buenos resultados. Una organización interrelacionada con el Secret Intelligence Service, el SIS, o MI6, de donde derivan otras dependencias modernas como el MI9, encargado del rescate y evacuación de personas. Esa última será la división que llevará adelante los proyectos humanitarios entre España y Portugal durante la Segunda Guerra Mundial.[5]

Mientras tanto, el general Franco, desde una posición indeterminada, no termina de concretar su participación en el conflicto bélico. Temiéndose que sus simpatías con el Führer puedan ir demasiado lejos, Winston S. Churchill decide infiltrar unas maniobras de inteligencia en España, similares a las ya existentes en otros países europeos. El inquilino del número 10 de Downing Street piensa que las afinidades ideológicas y políticas de ambos dictadores podrían tener unas consecuencias imprevisibles, y que sin esperarlo, los españoles podrían encontrarse metidos en una nueva guerra de mucho mayor calado que la suya. Cosa que desnivelaría negativamente la balanza de los enfrentamientos, obligando así al gobierno británico a situarse en la Península Ibérica como observadores. Un Churchill previsor quería guardarse las espaldas desde dentro de una España ocupada por el Tercer Reich; como si realmente ya estuviera invadida.

Cuando el primer ministro británico atendía los asuntos de inteligencia con sus más estrechos colaboradores en plena guerra, prefería recibirlos en su casa de Chartwell, en el condado de Kent, a pesar de las incómodas obras de remodelación que se estaban realizando. Allí era donde él disfrutaba más, relajándose con sus lecturas o escribiendo los famosos ensayos que le valieron el Premio Nobel de Literatura años después, o sencillamente pintando. Al *premier* le gustaba tratar los temas más sobresalientes junto al estanque natural, rodeado de sauces llorones y de un silencio inconcebible en Londres. En Chartwell sólo le molestaba el parloteo de los pájaros y el sonido de la lluvia cayendo sobre el césped. Entre tanto, una diligente y jovial Clementine, gran anfitriona, también mucho más relajada que en Downing Street, atendía sus obligaciones y a sus amigos privados sin protocolo. En Chartwell, Clementine solía encenderle a su marido el sempiterno puro en la intimidad. Pero, sobre todo, se las arreglaba para ahuyentarle a los intrusos a la hora de la siesta, costumbre nada británica que Churchill adoptó cuando comprobó personalmente sus beneficios terapéuticos siendo un joven oficial del ejército en La Habana, y con la que continuó durante toda la Segunda Guerra Mundial, permitiéndole trabajar hasta altas horas de la madrugada.

Fue precisamente en la intimidad de este grato ambiente donde Churchill prefirió recibir al agregado naval en Madrid, el capitán Alan Hillgarth, para proponerle un nuevo nombramiento español.

—Me gusta cómo lleva usted los asuntos en España, capitán. No es fácil manejar la neutralidad con un dictador tan afín al Führer, que además acaba de pasar por tantas dificultades. Aunque no lo hubiera comentado John Godfrey, que, por cierto, me ha hablado muy bien de usted, yo ya le había considerado para mis planes españoles… —El primer ministro sonrió, mirando al capitán directamente a los ojos—. Por sus resultados como vicecónsul en Palma de Mallorca, se ve que se siente usted cómodo entre los españoles.

—En efecto, señor.

—También he comprobado que manejaba usted muy bien las situaciones de crisis cuando aún estaba en el Almirantazgo. ¡Muy astutas sus estrategias con los U-Boat!* —Churchill volvió a sonreír, observándolo maliciosamente antes de proponer—: ¿Una taza de té?

—Solo, con una gota de leche. Gracias.

El capitán permanecía sentado frente al primer ministro, al borde de un confortable sillón de cuero granate, muy atento a sus palabras. Agradeciéndole la atención y sin apenas moverse, dejó que el criado, hasta entonces discretamente retirado al fondo de la estancia, le sirviera un té humeante recién hecho en un tetera victoriana de plata. Durante estas reuniones informales lady Clementine no aparecía, pero Rufus, el perro de lanas, que seguía alegremente a su amo por la habitación, permanecía tumbado, confiado, a los pies del *premier*.

—Por eso creo que no es mala idea, capitán, que alterne su actual destino en Madrid con otro asunto mucho más delicado y de importancia trascendental para nosotros en este momento… —Y, hablándole directamente, con su soltura de político profesional, Churchill le expuso su plan—: Nuestro colaborador Hamilton-Stokes ve demasiado complicado sustituir en asuntos de inteligencia a

---

* U-Boat: Abreviatura de la palabra alemana *unterseeboot*, que significa nave submarina.

Edward Renzy-Martin y ha renunciado al puesto de Madrid. —Miraba fijamente a su interlocutor, observando su reacción mientras él le hablaba—. Tal como se van desarrollando los acontecimientos, parece que esta guerra se va a prolongar. Mientras España permanezca neutral, Madrid será un enclave muy interesante. Para nosotros... ejem, y sin duda también para el Führer. —Le volvió a mirar con malicia, de reojo, sin soltar el puro que sujetaba, displicente, entre los dedos—. Y, por lo tanto, para nuestro débil Servicio Secreto destacado allí.

Hillgarth permanecía todo el tiempo sentado, muy estirado, escuchando al primer ministro con la máxima atención. Estos cambios le cogían realmente por sorpresa. Intuyéndolo, Churchill siguió exponiendo su proyecto español y, seguro ya de la atención que le prestaba su interlocutor, se recostó plácidamente en su amplia butaca antes de proseguir.

—A la vista del buen resultado que están dando los resistentes en Francia y nuestros colaboradores del SOE en los países ocupados, se me ocurre que habrá que ir organizando algo parecido en España. Por si acaso... ¡Quién sabe! Su participación en la guerra es aún incierta... ¡Humm!, y no debería cogernos desprevenidos. Pero conociendo las simpatías personales de Franco por el Führer, ahora reforzadas con la participación de Mussolini, no podemos arriesgarnos a que dé un giro insospechado a su neutralidad. Ese general titubea demasiado. —El primer ministro acarició lentamente el lomo de Rufus a contrapelo, y preguntó inesperadamente al capitán Hillgarth—: ¿Cree usted que con el apoyo necesario podría organizar nuestro SIS y el SOE en España?

El capitán Hillgarth se quedó mudo. Sentado todo el tiempo al borde del sofá, tan rígido como si estuviera de pie, asintió tímidamente con la cabeza, sin dejar de mirar fijamente a los ojos de Winston S. Churchill. El nudo que tenía en la garganta le impedía contestar. El nombramiento de inteligencia paralelo a su puesto de agregado naval en Madrid era de una envergadura incomparablemente superior al actual y mucho mayor que el del consulado de Palma de Mallorca de años atrás. La ocasión requería una meditación más reposada. Percibiéndolo, el anfitrión no le dejó contestar todavía y prosiguió hablándole con su convincente tono.

—Tendría usted todo nuestro apoyo desde Whitehall, y también el del Ministerio de la Guerra y del Foreign Office.* Además, permanecería debidamente conectado con nuestros principales enclaves exteriores. Necesito a gente con su audacia —Churchill sonrió levemente— y con una identificación como la suya con los españoles, por supuesto. Se entiende bien con ellos, ¿no es verdad?

—Sí señor, muy bien.

El primer ministro del Reino Unido continuó presentando su plan manteniendo el tono distendido de la conversación.

—Le ayudaríamos a buscar el personal necesario, no se preocupe. Godfrey conoce mis planes porque los hemos discutido detenidamente... —El *premier* volvió a mirarlo por el rabillo del ojo, mientras se deshacía de la ceniza del puro sobre el inmenso cenicero apoyado en el brazo del sillón y acariciaba el lomo a Rufus con la otra mano—. Si acepta, hablaré con Sam Hoare. Acabo de designarle embajador en Madrid.

Atónito ante el rumbo que habían tomado los planes británicos de inteligencia, y a pesar de la responsabilidad y el riesgo que conllevaba para él su nombramiento, el capitán Hillgarth no se lo pensó demasiado. Pidió un tiempo de reflexión, pero aceptó el nombramiento verbal hecho personalmente por John Godfrey días después.** Se decidió que desde ese momento el capitán Alan Hillgarth

---

* Foreign Office: Ministerio británico de Asuntos Exteriores.

** Aunque David Stafford describió con detalle cómo se llevó a cabo el nombramiento del capitán Hillgarth, fue su hijo Jocelyn quien me detalló personalmente la recomendación del almirante Godfrey como oficial de inteligencia para España.

sería el oficial de inteligencia en la embajada en Madrid, quien se encargaría del control y la supervisión de los secretísimos y estratégicos proyectos de la inteligencia británica, ocultos al gobierno franquista y añadidos a las funciones de su puesto diplomático como agregado naval.

IV
Listos para salir

Los recién casados hacían una bonita pareja. Los dos eran esbeltos, aunque no muy altos. Ella, una atractiva joven risueña, de dentadura deslumbrante y mirada luminosa, era una morena soñadora de piernas bonitas, pómulos marcados y nariz grande que confirmaba su origen vasco por parte de padre. Educada al estilo de la *petite bourgeoise* gallega por su madre, Moncha hablaba francés, bordaba primorosamente y tocaba el piano con esa habilidad propia del que tiene buen oído. Interpretaba con soltura y un gusto exquisito los valses de Chopin, matizando las cadencias con sensibilidad y sin dificultad; además, sabía acompañar cualquier canción con una cálida voz de *mezzo*, sin desafinar una nota, lo que la hacía destacar en la coral de las antiguas compañeras del colegio. Le encantaba bailar.

Él, a quien podríamos clasificar hoy, tan influenciados como estamos por los gallardos y corpulentos galanes de cine, como un antihéroe por su físico menudo y llaneza ante la vida, se crió desde niño en Inglaterra, a donde llegó por el destino de su padre, cónsul general de Uruguay en Glasgow y Liverpool (como primera generación de hijos de emigrantes gallegos en aquel país). La adaptación de la prole Martínez Alonso al medio británico fue tan rápida y consistente que enseguida se hablaron en inglés entre ellos. Costumbre que mantuvieron durante el resto de su vida, transmitiéndola a sus hijos, estuvieran delante de quien estuvieran. Educado en la filosofía del sentido común y el *fair play* sajón, que no distingue a los ganadores de los perdedores (participar equitativamente es lo que importa), después de varios años de colegio en Glasgow, Escocia, Lalo estudió medicina entre Liverpool y Madrid, circunstancia que le marcó una perpetua y característica dualidad cultural. Mi padre sentía en inglés y disfrutaba en español.

Deportista en la adolescencia, jugador de rugby en la universidad, aficionado a tocar la trompeta a ratos, Lalo relegó pronto el piano obligado de la infancia cuando pasó de ser un joven cosmopolita a convertirse en un hombre de mundo, liberal y progresista. Tanto desarrollo personal, en un entorno eminentemente masculino, donde las mujeres apenas contaban, no le impedía tener una ternura absolutamente varonil. Él mostraba con naturalidad esa clase de sensibilidad masculina que realza sutilmente la hombría, con un tacto delicado con las mujeres radicalmente opuesto al machismo. Nada que ver con esos gallitos presumidos cobijados por una compañera que alienta, por error, una masculinidad equivocada, olvidándose de que esa altanería está sustentada por muchas renuncias femeninas.

Mi padre decía ser agnóstico y anticlerical, como muchos médicos de su generación que en consecuencia resultaron ser unos grandes humanistas. Es cierto que jamás hizo buenas migas con los curas, pero respetaba hasta el fervor a las monjas de los hospitales, por su magnífica labor, eficiente y callada. «Sin ellas no existiría la pulcritud en los quirófanos y andaría todo manga por hombro», solía decir. Claro que al tratarse de mujeres, una de sus grandes debilidades, era bastante más condescendiente con sus fallos. Inclinado a la melancolía soñadora, cuando estaba contento reía a carcajadas con una boca muy abierta, enseñando unos enormes dientes de lobo feroz apacible. De un parecido físico asombroso con su padre, usaba un bigote frondoso, que se atusaba con la mano abierta, hacia arriba, rozando la nariz. No sabemos bien si hacía este gesto por presunción, para mantenerlo firme y a su gusto, o si era un tic inconsciente. Él se justificaba diciendo: «Es que se me enredan los fideos en el bigote cuando tomo la sopa».

Pero el mayor atractivo de Lalo era su mirada tristona, color miel, a tono con el pelo. Por extraño que parezca, yo no había visto esa tonalidad de ojos en ninguna otra persona hasta que volví a nuestros orígenes familiares en Xende, en lo más recóndito de la provincia de Pontevedra, y comprobé cuántos tenían allí ese mismo color de ojos. Con un padre volandero de origen emigrante, nacido en Uruguay, como tantos gallegos costeros de su tiempo, de carácter inquieto acentuado por una profesión viajera como la suya, el ancla viguesa de mi familia venía de madre. También hija de emigrantes gallegos nacida en Cuba, Guillermina era la única hija de Antonio Alonso Santodomingo, un rico conservero vigués nacido en Bayona y opuesto a que su rama familiar femenina, frente a los cuatro hijos varones, participara directamente en su negocio, al que le había puesto el rimbombante nombre de El Palacio de Oriente. Una industria próspera creada con los últimos adelantos de fines del siglo XIX con la que remató su fructífera escapada cubana, cuando regresó como un indiano afortunado, como la golondrina que echa de menos su primer nido. Mi bisabuelo, Antonio Alonso, por mal nombre conocido como *O Ollo de Cristal*, pensaba con exagerado paternalismo que, para favorecer a su única hija Guillermina y a sus once nietos, lo mejor era alejarlos del negocio, compensándola con parte de su patrimonio en forma de inmuebles y fincas. Una costumbre burguesa que copiaban algunos emigrantes afortunados y con la que él la benefició al cederle la finca de La Portela. Una forma sutil, también, de retenerla.

A quince kilómetros del centro de Vigo, con granero, bodega, hórreo y establo junto a un caserón suficientemente grande para resguardar al familión, La Portela servía para que todos se recrearan durante las vacaciones, en sus idas y venidas entre Inglaterra y España. Así fue como su padre quiso mejorar a su hija: atándola a la tierra. Y a él.

Volviendo a 1942, acabada la congoja de la iglesia con una boda tradicional y sobria, ensombrecida por el ambiente tristón de posguerra, pesarosa de tener que ocultar a sus padres el verdadero futuro que le esperaba junto a su marido, la novia no pudo gozar como hubiera querido del resto de la celebración. Aunque mal informada, sabía que estaba obligada a callar las graves noticias a sus seres más queridos y más aún a los invitados, lo que mitigaba su felicidad durante el fugaz festival familiar. Pero al menos pudo sentir el afecto caluroso de los que la rodeaban y disfrutó de los brindis conmemorativos, y también de los breves discursos pronunciados por los hombres que más la quisieron desde niña. Los novios eran, sin embargo, los únicos que sabían que ésta sería su última celebración, una despedida indefinida, aunque no lo supieran los oradores, la familia y los risueños invitados.

Después, Lalo quiso pasar su breve luna de miel en La Portela, el lugar de las felices reuniones, el de sus intimidades sentimentales y donde él le había declarado su amor a Moncha a la sombra de su nogal favorito, en una apacible siesta del verano anterior. A los dos días salieron en el expreso para Madrid, para iniciar su vida de casados en un acogedor pisito del barrio de Salamanca. Ella no tuvo que preocuparse de organizar nada; la casa estaba en marcha y dispuesta para vivir con todo confort, incluida una pequeña consulta privada donde el recién casado ejercía su profesión. Los restos del techo conyugal anterior, desbaratado por un desamor concluído con la Guerra Civil y que en nada les afectaba ya a ellos, curiosamente no desentonaron con sus nuevas pertenencias. Esperanzados al remozar la ilusión con un nuevo matrimonio, ante la feliz perspectiva de vivir juntos el resto de su vida, Moncha y Lalo se concentraron en disfrutar del agradable futuro que ya había comenzado. Entonces fue cuando él quiso presentar a su mujer a sus amigos ingleses, Margarita Taylor, la dueña del salón de té Embassy, y el resto, que la acogieron con la misma cordialidad que a Lalo.

El agregado naval de la embajada británica, el capitán Alan Hillgarth, fue el primer anfitrión que los invitó a comer en su piso de la plaza de Rubén Darío. Este marino inglés, delgado, moreno y con aspecto español, de lo que se sentía muy orgulloso y achacaba a una lejana bisabuela española, tenía unas frondosas cejas y una mirada oscura, sagaz y directa que delataba su despierta inteligencia. De paisano, vestía unas impecables chaquetas cruzadas de lana fina, en invierno, o de alpaca discreta en verano, hechas a la medida por su sastre particular de Savile Row. De uniforme, sólo iba en las ocasiones oficiales. Las pocas veces que sonreía lo hacía con una mueca casi burlona, apretando en los dientes al entreabrir los labios. El capitán tenía una voz bronca, de tenor bajo, algo socarrona, con la particularidad de que no se sabía cuándo hablaba en guasa o en serio. Era tan irónico que manejaba con una inusitada habilidad cualquier tema, significativo o indiferente, sin diferenciar lo serio de lo risible, aunque, curiosamente, sin cinismo. Alan tenía el don de dirigirse a los demás con deferencia y extremada educación, con una naturalidad firme y sin rodeos que daba a entender su respeto por el interlocutor. Era muy convincente. Aunque también podía ser cálido y campechano sin perder la compostura cuando conseguía relajarse en la intimidad.

En su primer encuentro, en cambio, a Moncha le pareció un hombre hosco y distante. Aunque aún no había cumplido los cuarenta años, el agregado naval parecía mayor, más por su madurez mental que por su aspecto, todavía juvenil. Ella intuyó enseguida, sin saber bien a qué achacárselo, que esta contradicción ocultaba algo importante. Novena generación de marinos de la Royal Navy e hijo de un famoso médico de Harley Street, en Londres, sus ademanes estrictos de marino británico recalcitrante parecían innatos en él. Igual que la expresión inconsciente de su autodisciplina, que la recién casada no tardó en percibir, aun cuando el capitán en su presencia no aparecía totalmente inflexible. A pesar del ambiente distendido de la reunión, a mi madre le asustó el aire enrarecido que percibió allí. Intuía un mar de fondo indefinido que ella no terminaba de comprender. Al advertir su desconcierto en la tensa expresión y en su mirada asustadiza, mi padre trató de tranquilizarla, susurrándole disimuladamente al oído:

—No te inquietes… Alan es un gran hombre, y mejor amigo. Ahora está pasando por un momento personal delicado, pero terminarás congeniando con él. Ya lo verás.

Moncha no respondió. Tampoco le ayudaba no comprender el inglés, y aunque por deferencia a ella la comida transcurrió en español, se intercambiaron varias frases irreconocibles que la desconcertaron todavía más. A propósito, Alan Hillgarth se vio en la obligación de advertir disimuladamente a su amigo y colaborador cuando logró retirarlo aparte tras la comida.

—Sería conveniente que preparases los pasaportes. En cualquier momento tendremos que ayudaros a salir del país. Se acabaron para ti las operaciones clandestinas. Ya te has arriesgado bastante. Te iré informando.

En enero de 1942 las decisiones del general Franco sobre su intervención en la guerra mundial eran tan ambiguas como lo serían a lo largo de toda ella. Pero aún no se sabía si claudicaría ante los requerimientos del Führer, uniéndose al Eje, o permanecería sin definirse. Sin querer inmiscuirse en los acuerdos de La Haya sobre la ayuda humanitaria, entre los múltiples pactos hispano-alemanes que se firmaron en esos días tampoco existía ninguno al que acogerse y adecuar los planes humanitarios de los aliados, en los que el doctor Martínez Alonso ya estaba involucrado hasta las cejas. En cualquier caso, su delicada vinculación con los británicos, de producirse la intervención española, aún le pondría en peor situación que durante la neutralidad.

—¿Tú crees? —preguntó él, imperturbable.

—Desde luego. Es peligroso que continúes cooperando con nosotros aquí, en España. No conviene que te dejes ver demasiado en nuestro círculo. Más aún: es imperativo que os marchéis. Estás en un momento idóneo para salir del país sin levantar sospechas. Recién casado, cualquiera pensaría que necesitas un pasaporte para irte de viaje de novios. Hazme caso. No lo retrases demasiado —insistió Alan amistosamente, con su firmeza característica—. A Moncha le puedes decir que os marcháis invitados a Lisboa. Cuanto menos le expliques, más la protegerás. No la asustes.

Hillgarth tampoco quería atemorizar más a su amigo español, pero tenía motivos para alarmarse. Sus informantes extraoficiales en Galicia le habían informado hacía poco de que unos extraños individuos habían logrado entrar en La Portela en busca de los recién casados, cuando ya estaban rumbo a Madrid en el tren. Pero Alan no se lo dijo; todavía. A pesar del éxito de los desvíos marítimos gallegos que remataban las peligrosas rutas de evacuación europeas a través de España, la Gestapo rondaba peligrosamente los salvamentos de Redondela, y parece que había atinado en su búsqueda. Tenían que esquivarla como fuera y zanjar esa vía de escape con su propia huida, para evitar males mayores. Resultaba imposible ya que Lalo y Moncha iniciaran juntos esa vida madrileña que tanto deseaban y habían previsto de novios. Se acababan así las esperanzas, que él nunca perdió, de ejercer en Madrid, su ciudad favorita. El riesgo de caer en manos de la Gestapo era tal que no les quedaba más remedio que escabullirse cuanto antes. Para no amargarle el resto de la comida, Alan eludió el tema y continuaron charlando animadamente de trivialidades. Un pacto tácito entre los anfitriones evitaba tocar temas desagradables en sus reuniones sociales, acostumbrados como estaban por su exquisita educación británica a allanar asperezas. Aunque el agregado naval sabía muy bien que el nuevo matrimonio se convertiría muy pronto en otro de sus proyectos de salvamento.

Sintiéndose atrapado en un delicado compromiso entre los suyos y las autoridades británicas, Lalo quiso verificar la gravedad del caso con el embajador Hoare. Aunque las instrucciones de Alan eran razón suficiente para acatarlas, consideró oportuno visitarlo en su despacho de Fernando el Santo número 16, donde sir Samuel Hoare, sin más preámbulos, lo recibió inmediatamente.

—Siento confirmarle, doctor, que, en efecto, va a tener que marcharse. La Gestapo nos acecha constantemente. Ya han muerto cuatro de nuestros agentes en España y no puedo permitir que sea usted la quinta víctima. Me notifican que están enterados de sus actividades en la vía de escape española, y ni siquiera en su finca gallega estamos seguros de poder mantener el anonimato por más tiempo. —Mi padre lo escuchaba sin pestañear—. Aunque somos la única embajada aliada en este país que ha logrado organizar una ayuda humanitaria eficaz, gracias a nuestra coordinación y a cooperadores de su calibre, no puedo seguir arriesgando su vida, ni tampoco nuestro prestigio —insistió Hoare con el ceño fruncido—. Nuestra máxima prioridad es que España no entre en la guerra y cualquier cosa que lo entorpezca deberá evitarse. No quiero interferir en otras intenciones políticas con problemas como éstos.

—Lo comprendo —repuso sucintamente Lalo.

—Quiero que sepa que estamos muy orgullosos de ustedes. Han creado un *corps d'elite* ejemplar, pero déjeme añadir que excesivamente osado. Ejem... —El embajador sonrió de medio lado antes de concluir—: Prepárese para salir lo antes posible del país, que nosotros le ayudaremos.

Mis padre había logrado prolongar sólo unos meses más una grave decisión, amparados en unas disculpas personales ahora improrrogables. Aceptar su exilio, pero, sobre todo, tener que abandonar su país adorado, a pesar de las renovadas ilusiones de recién casados, confortablemente establecidos en su piso de Gurtubay, era el mayor sacrificio que se les podía pedir. Pero había que claudicar. Las instrucciones británicas eran determinantes y Alan tenía razón: no podían retrasarlo más.

No era necesario, cuando lo fui desmenuzando, que el diario de 1942, que tanto me había alterado cuando apareció durante la mudanza, me relatara en detalle los pormenores de la boda de mis padres y las circunstancias adversas que la rodearon. Algo sabía. Pero sin perder todavía la inquietud de cuando apareció en la estantería del pasillo, pensé que quizá las memorias de mi padre, publicadas por Doubleday en Nueva York, en 1961, me ampliarían estas noticias. Aun cuando los comentarios parecen superfluos, escritos con ligereza, oculta él detalles que hubieran sido muy esclarecedores y tampoco especifica las funciones de los colaboradores gallegos o ingleses. Por otra parte, el libro estaba escrito sólo quince años después de terminar la guerra, cuando todos los protagonistas aún vivían, y estoy segura de que mi padre evitaba perjudicarles con una declaración abierta y todavía delicada, a pesar del tiempo transcurrido. Así es como él lo cuenta en primera persona:

> Al comienzo de la Segunda Guerra Mundial, cada vez avanzaban más personas para cruzar la frontera escapando de los alemanes. Entre ellos había soldados franceses, ingleses, polacos, canadienses, holandeses, belgas y hasta árabes. También había familias judías, con y sin medios económicos, que buscaban refugio en la España de Franco. Oficialmente se les dejaba hacer como quisieran, pero en realidad tenían que salir del país cuanto antes.
>
> A los hombres de uniforme se les recluía en un campo de concentración que había en Miranda de Ebro, en Burgos. Originariamente había sido un centro para soldados españoles durante la Guerra Civil, y allí permanecían antes de devolverles a sus oríge-

nes. Pero con las avalanchas de indocumentados que iban llegando, el campo empezaba a quedar pequeño. No tenía capacidad para más de quinientas personas, y en aquel momento ya albergaba a unas tres mil. Además, había otras personas por su cuenta y que también se quedaban.

La embajada británica me había responsabilizado de la salud de los soldados británicos que fueran llegando al centro. Los Estados Unidos aún no habían entrado en la guerra, pero la embajada norteamericana era muy generosa al ayudar a los prisioneros en Miranda. Cada fin de semana la Cruz Roja americana unía sus donativos a los que ya aportaban los británicos, pero la situación iba empeorando conforme se iba llenando el campo de concentración.

Todos los fines de semana, el agregado militar británico y yo íbamos a llevarles provisiones y a asegurarnos de la identidad de los presos. Lo que más me preocupaba es que pudiera haber un brote de tifus. Por eso repartimos planchas eléctricas, para que el calor abrasara a los piojos de las costuras en la ropa, desde donde luego se alimentarían de la sangre de sus anfitriones.

De vez en cuando liberaban a unos cuantos prisioneros, que posteriormente pasaban por la embajada en Madrid. Allí se les daba ropa nueva y documentación en regla, poniéndolos rumbo a su salvamento. Luego se les conducía a Gibraltar, y de allí a sus lugares de origen. Llegó el momento desafortunado en que uno de los hombres contrajo el tifus y gracias a ello fue puesto en libertad. El hecho podría haber sido intrascendente, pero creí oportuno comentarlo con la persona adecuada [el capitán Alan Hillgarth, como supimos después].

Observé que no había motivo para que estos muchachos tuvieran que pasar tantas penalidades en Miranda de Ebro; con lo que se me ocurrió un plan bastante simple. Se podían aprovechar los enlaces de la resistencia francesa que ya tenía la embajada británica en Francia durante la Segunda Guerra Mundial, de los que se valían para pasar clandestinamente a las personas a través de los Pirineos. Así podríamos evitar que tuvieran que recabar siempre en Miranda. Lo mejor sería preparar una serie de puntos estratégicos en los pasos principales de los Pirineos españoles y recogerlos directamente allí.

Quiero aclarar que la situación era extrema y empeoraba con la avalancha de refugiados en busca de asilo, unida a la inesperada incorporación de los judíos escapando del genocidio nazi, por lo que se fue incorporando gente muy variada a estas rutas de evacuación centralizadas en la embajada británica en Madrid.

Con Michael Creswell, hoy embajador en Yugoslavia, recorrimos los pasos más convenientes en la zona pirenaica y acordamos con los posaderos, y hasta con los frailes en ciertos monasterios, que recibieran y escondieran a las personas. Les pedimos que nos avisaran cuando llegasen los refugiados y estuvieran preparados para continuar viaje. Les entregamos dinero y ropa para que se lo facilitaran, y esperamos los resultados. Éstos fueron excelentes y el sistema funcionó durante toda la Segunda Guerra Mundial. Pero estas aventuras pronto terminarían para mí. El propio embajador, sir Samuel Hoare, me advirtió que deberían cesar estas operaciones y yo desaparecí.[6]

Ésta es la única versión personal que existe de su colaboración en los salvamentos altamente secretos con el Servicio Secreto británico en España hasta 1942. Pero en mis pesquisas posteriores poco a poco he ido descubriendo que hubo mucho más que este aparentemente sencillo invento de español altruista.

A pesar de su valor y osadía, mi padre era un hombre ingenuo y confiado. Amigo de sus amigos y con un sentido de la solidaridad muy desarrollado, obvio, por otra parte, entre los médicos, cuya finalidad principal es socorrer al prójimo. Pero por muy buenas intenciones que tuvieran el SIS (Secret Intelligence Service) y el SOE, en asociación con el MI5 y MI6, desde España resultaba imposible abarcar, como él mismo cuenta, con sólo un par de amigos de la embajada británica, el ayudante del agregado militar, Alan Lubbock, y Michael Creswell, tanto recorrido peninsular. Los innumerables requisitos para atender y orientar a los perseguidos a través de las rutas de evacuación no sólo eran arriesgados, sino que se necesitaba un importante soporte económico y humano para sacarlos adelante. No todo era cuestión de buscar y adecuar enlaces, sino que también había que contar con las personas idóneas, capaces y disponibles que quisieran socorrer a las víctimas necesitadas. Gente especial dispuesta a arroparlos en techo seguro, mientras se les organizaba el paso posterior.

No obstante, sí considero que el éxito de estas operaciones se dio por haberse iniciado entre el pequeño grupo de amigos hispano-británicos, de forma parecida a la resistencia *underground* en los países ocupados. Puesto que eran unos amigos particularmente bien avenidos y con un alto sentido de la camaradería. Apoyándose mutuamente, llevaron a cabo su cometido con singular destreza y dedicación, utilizando al límite los recursos humanos y materiales con los que contaban.

Es obvio que por muy organizado que estuviera el itinerario previo de resistencia francés, respaldado también por el MI5 y el MI6, y aprovechando que las autoridades nacionales no les prestaban mucha atención, tanto la embajada en Madrid como la dirección desde Londres tenían necesariamente que confiar en ellos. Eran por tanto gente discreta, eficiente, fiable y alejada de la intromisión alemana e incluso franquista. Personas que no daban pie a las sospechas y que fueron capaces de improvisar y sacar adelante unas instrucciones altamente secretas y peligrosas como las que ahora vamos conociendo; sólo para salvar a aquellos que huían en unas circunstancias dramáticas, teniendo que sortear infinidad de adversidades con riesgo de su propia vida. Inexpertos de muy buena voluntad, a los que se les trató (y actuaron) como profesionales y que en realidad sólo eran gente generosa e idealista, pero de una sensibilidad especial, como demostraron. Personas de mente y espíritus sanos que no tuvieron ningún reparo en unir sus fuerzas a favor de los aliados, anteponiendo a cualquier otra consideración la principal compensación moral de salvar vidas ajenas en tiempos de guerra. Sin más. Dándolo todo a cambio de muy poco y sabiendo que cualquier desliz, la mínima equivocación, podía costarles la vida a muchos y, sobre todo, a ellos mismos. Altruistas íntegros y con una ética que los desligaba de cualquier inclinación política retorcida, gente que comprendía el alcance global de su expuesta participación, sin reparar tanto en sí mismos como en centrarse en ayudar a los demás. A todo esto, sabiendo mantener con la mayor reserva el secreto completo el resto de sus vidas. Sólo entre ellos.

V
El insólito enlace de Embassy

Con el valeroso apoyo de su dueña, Margarita Taylor, una de las más destacadas componentes de este grupo de rescate aliado en España, el salón de té Embassy en Madrid se convirtió en uno de los principales centros de rescate y recuperación de los elegidos que llegaban clandestinamente de la mano aliada durante gran parte de la Segunda Guerra Mundial. Eran indocumentados, militares desertores de los ejércitos aliados caídos bajo dominio nazi, judíos y apátridas, o presos liberados de las cárceles y campos de concentración, así como los fugitivos recogidos en los enlaces pirenaicos dentro de las rutas organizadas por el SOE en tránsito a Portugal o Gibraltar. Llegaban, en fin, hasta los que se colaban como podían con el beneplácito aliado. Perseguidos incapaces de conseguir visados de las autoridades españolas o que preferían evitar su control por el peligro que podían significar las simpatías franquistas con el Führer.

El ambiente ligero y frívolo del local, situado en la emblemática esquina del paseo de la Castellana con Ayala, que siguió siéndolo aun en los malos tiempos económicos, era una tapadera extraordinariamente bien manipulada por este equipo de rescate, que utilizaba las dependencias que Margarita Taylor puso a su disposición como un centro paralelo a los recibimientos de la embajada británica, al canalizar a los evacuados hacia España. Operaciones que se alternaban con toda naturalidad entre las mujeres más elegantes de Madrid, vestidas con un discreto Pertegaz o con las firmas francesas de más renombre, esas señoras que sabían dosificar el Madame Rochas o el Patou, apenas dejando una imperceptible estela olorosa al pasar. El matrimonio Creswell, los Babington-Smith, Alan Lubbock, ayudante del agregado militar, el brigadier Torr, David Thompson, jefe de pasaportes, y Clayton-Ray, entre otros altos funcionarios destinados en la capital, acudían a Embassy para respaldar la labor humanitaria encubierta por Margarita Taylor y mi padre.

Indiferentes a los murmullos de fondo de las charlatanas, mezclados con los dandis recién bañados, repeinados con brillantina y ligeramente rociados de Yardley, también participaban en estas funciones encubiertas Juan Bourgignon (un holandés escapado de la invasión alemana y dueño de la famosa floristería de Almagro número 3), Ed Wainewright, Eddie Knoblaugh (corresponsal de Associated Press), Jimmy Morrison, Ben Wyatt y Walter Starkie (primer director del Instituto Británico, quien, convertido en hispanista, se instaló definitivamente entre nosotros), y con el tiempo se incorporó el matrimonio Loggie. Quizá hubiera otros amigos, pero no tengo constancia de ello. En cuanto a la participación de españoles en estas reuniones, además de mi padre, estaba su gran amigo y compañero de facultad Alfonso Peña, igual que el doctor Fernando Rico de Segovia, que también solía acompañarlo en algún viaje, y el conde de Albiz (abogado de la embajada británica) y el ginecólogo Francisco Luque (director del Hospital de San José y Santa Adela, o sea, la Cruz Roja española), quienes sabían mucho más de lo que aparentaban.

Estos amigos se turnaban para encontrarse «socialmente» en Embassy y, entre bromas y veras, amparaban o activaban los planes humanitarios que iban ejecutando alrededor. Siempre bajo la dirección del agregado naval, capitán Alan Hillgarth, disimulaban el intercambio de ideas y proyectos en este original ambiente mundano y distendido, donde recibían unas indicaciones informales que a Alan, a su vez, le llegaban mucho más formales desde Londres. Todos ellos, de procedencias variadas e inexpertos en estos asuntos, improvisaban las tácticas británicas que aplicaban como auténticos profesionales, guiados por su intuición y las sugerencias de los expertos. Utilizaban métodos ingenuos y rudimentarios, pero eficientes, que alternaban con las estrategias de la resistencia militar, y entre todos lograban culminar las evasiones que cruzaban España de norte a sur.

Cuenta mi padre en sus memorias que en un principio el proceso de transformación de los evacuados ocurría en la misma embajada del Reino Unido, pero, debido a la avalancha de refugiados que se vieron obligados a cobijar y a que la guerra se prolongaba, tuvieron que añadir un ala supletoria al ya reducido edificio de Fernando el Santo, obligándose a ampliar otras soluciones de acomodo externo. Por la propia seguridad de los infiltrados, a veces era preferible evitar su paso por el recinto oficial, constantemente vigilado por mirones a sueldo y falangistas incitados por los alemanes. Entonces fue cuando comenzaron a repartirlos por los domicilios-tapadera de los colaboradores, que por los documentos que se han desclasificado recientemente parece que fueron bastante más numerosos que los que cito aquí.

Por ejemplo, Colin Creswell, el hijo de Elizabeth y Michael (responsable del MI9), recientemente me informó de que hacia el año 1943 sus padres se trasladaron de un piso en el barrio de Salamanca a la Quinta de los Ángeles, al final de la avenida de Reina Victoria, con el fin de tener espacio para alojar a los pilotos y militares de paso por Madrid que, por las largas esperas, necesitaban además ejercitarse. Algunos de ellos seguían camino después a otra casa que tenían los Creswell en Campamento, más cerca de Gibraltar, antes de cruzar la frontera definitivamente. En Embassy se centralizaban, sin embargo, la mayoría de las reuniones informales de los organizadores, de donde salían gran parte de las conexiones posteriores. El singular equipo de rescate actuaba de diversas formas.

Se dispersaban entre el público más sofisticado en este inusitado reducto del Madrid cosmopolita de posguerra, tomando un té, o curioseaban desde las mesitas situadas en ángulos diferentes. Incluso de pie, apoyados en la barra, a la hora del aperitivo, para saborear un Tío Pepe con palitos de queso. Como si sólo vinieran a admirar el garbo de las clientas vistiendo sastres de *tweed* de Flora Villareal o Asunción Bastida, conjuntados con guantes de *wolscalf* rematados con los exquisitos zapatos de los Pequeños Suizos, mientras disfrutaban de los más famosos cócteles de *champagne* del país. Sólo la hora del día condicionaba el ritual de la consumición. Puestos en funcionamiento, amparaban la actuación de Margarita Taylor en la trastienda o sobre el piso de encima del local, en el que ella vivía, aprovechándose del público encubridor, lógicamente ajeno a lo que le rodeaba. Era un método desconcertante, pero que evitaba levantar sospechas entre los posibles observadores desconocedores del proyecto y permitía encubrir mejor los rescates.

Los clientes que ignoraban lo que estaba ocurriendo ahí mismo resultaban la mejor protección de las víctimas si lo llegara a descubrir el enemigo. Una táctica parecida a la que se usaba con mi familia y los excursionistas en La Portela. Acompañado por cualquiera del grupo, el refugiado podía llegar a horas intempestivas, procedente de Miranda de Ebro o de los enlaces concertados, hasta el portal del paseo de la Castellana número 12. Margarita Taylor los acogía amistosamente en su vivienda encima del local, transmitiéndoles la confianza necesaria para que se sintieran cómodos. Allí los aprovisionaba de ropa, comida y dinero facilitado por la Cruz Roja británica, ligada a la norteamericana y en asociación directa con el Comité de Caridad, organizado por la esposa del embajador Hoare, que llegó a recaudar siete mil libras que ella misma administraba.[7] Además les proporcionaba la documentación necesaria para continuar viaje y, si era necesario, intentaba levantarles la moral y cambiarles el humor. Pero lo principal era acogerles con un calor y una atención humana de los que las víctimas habían carecido durante mucho tiempo, algo de un valor incalculable en semejantes circunstancias.

Apenas se cruzaban algunos comentarios para resguardarse mutuamente en el anonimato, y por no saber polaco, checo o el idioma del rescatado. Entre los soldados británicos y franceses la comunicación era mucho más fácil, aunque ninguno pudiera esconder sus temores, aun sabiéndose respaldados y a salvo entre los desinteresados simpatizantes, y en territorio neutral. Jamás oí hablar a mi padre de estas peripecias; era como si se hubieran borrado de su memoria o se avergonzara de contármelas. El único relato de un salvamento que conseguí sonsacarle a mi madre, ya anciana, sesenta años después de ocurrido, es el que se refiere al profesor Harris. O así se hacía llamar él entonces.

—Muy próximos a casarnos, un día llegué a La Portela y tu padre me presentó a un invitado desconocido que llevaba unos días allí, viviendo con ellos. Lógicamente, estaba tu abuela y más familia, además de algún que otro vecino. Era normal que nos sentáramos a comer diez personas en aquella casa. Enseguida intuí que no era un invitado cualquiera por la forma en que mi novio me advirtió: «Tú a éste no le has visto». —Con los mismos ojos asustados de entonces, al reproducir la escena de doce lustros antes, mi madre continuó—: Sospeché que era alguien en apuros a quien querían ayudar. Lo que no sabía aún era cómo. En efecto, en la siguiente visita a La Portela el misterioso invitado había desaparecido. No lo volví a ver, ni pregunté nada más, hasta que unos meses después nos encontramos en una reunión social en Londres, ya casados —tenía las imágenes claras, precisas—. Tampoco me dieron entonces ninguna explicación. Cómo había llegado hasta allí, en qué consistía su salvamento. Nada, aunque una vez en Londres, ya estábamos fuera de peligro. En plena guerra y quizá utilizando los mismos métodos de rescate con otros desafortunados que le siguieron, era impensable hablar del asunto. Los fugitivos acarreaban unas secuelas tan terroríficas y algunos quedaban tan traumatizados que, al verse libres, se evitaban los comentarios alusivos a su desgracia. Por supuesto, tampoco tu padre me dio jamás más explicaciones.

No sabemos si Harris era su apellido auténtico o un nombre de guerra inventado para su evacuación. Al no ser un apellido judío, dudamos. Harris fue, sin embargo, uno de los últimos que logró escapar a través de la finca de La Portela en el verano de 1941 y, además, el único fugitivo que mi madre vio antes y después de su rescate. Hubo muchas más personas camufladas como invitados, pero en aquel momento ella era incapaz de distinguirlos. Se conserva una foto de Moncha y Lalo con el señor Harris en un parque londinense, después de la aventura española. Pienso que Harris en concreto no debía ser un cualquiera, cuando el segundo de a bordo del SIS en España, Togo McLaurin (posteriormente director del SIS en Lisboa), que aparece en otra foto con él y su mujer en La Portela, lo escoltó muy de cerca en su tránsito gallego. Harris había llegado a Redondela desde el enlace de Embassy. A través de mi padre jamás supimos ningún nombre, real o ficticio, de los rescatados, porque es muy posible que, por seguridad, él tampoco los supiera. Como en tantos otros aspectos de esta historia, se llevó el secreto a la tumba.

De cara y nariz afilada, demacrado, tembloroso y temeroso, Harris había pasado días antes una noche en casa de Margarita Taylor, quizá desde Miranda de Ebro o cualquier otro punto de paso concertado. No lo sabemos exactamente. Trataba de sobreponerse a los sinsabores del camino, asustado, sentado a la mesa de la cocina, frente a un buen plato de sopa recién hecha, escapando de sus horrores, milagrosamente rescatado al pasarlo de mano en mano entre los caritativos resistentes franceses y cooperantes españoles, hasta llegar al paseo de la Castellana número 12. Ya a salvo, era incapaz de relajarse para saborear una comida hogareña, expresamente hecha para él; tenía fruncidas las entrañas por el pavor y las privaciones. La emoción callada y hermética del encuentro salvador había conmovido a este hombre excesivamente delgado y afectado por las penurias. Comía sobrecogido, pausadamente, pero con ansia, mientras Margarita permanecía sentada a su lado en silencio, observándolo amorosamente. Al tratar de transmitirle algo de confianza con su mirada apacible, apenas comprendiéndose entre ellos, a él se le llenaron los ojos de lágrimas. No había acabado de rebañar el plato cuando tuvo que salir corriendo hacia el cuarto de baño. Vomitó. Tras meses de interminables penalidades, padeciendo y presenciando con impotencia las desgracias de su alrededor, a Harris le resultaba imposible creer que estuviera a salvo y entre gente considerada. No era fácil digerir la amable sencillez con que esta desconocida le ofrecía un plato de sopa caliente, preparada con amor.

Descansado y emocionalmente renovado, tanto este judío como los demás indocumentados que recibían la misma atención a su paso por Madrid, según el tiempo disponible, bajaban por la escalera común desde el segundo piso, conectada con la cocina de Embassy. Entera y sin flaquear ni un instante, Margarita Taylor los despedía a todos en la puerta con un *God bless you*.*

Ya en la trastienda del establecimiento, el hombre quedaba a la espera de que algún cómplice lo colara para unirlo a los demás «amigos» estratégicamente colocado entre el público. Haciendo bromas y unos chistes que seguramente no comprendía, sencillamente porque sólo hablaba polaco, lo filtraban en el grupo atinadamente situado en el salón de té, incluyéndolo como a uno más. Si durante este proceso algún forastero se ponía excesivamente nervioso, cosa bastante común, acordaban servirle unas copas de más para quitarle el miedo. Todo se hacía con la mayor naturalidad y

---

* *God bless you*: Dios te bendiga.

sin perder la serenidad. Así como en Redondela se preparaban sencillas excursiones diurnas entre amigos por la ría ante los ojos del vecindario para encubrir el traslado nocturno posterior, en Embassy se utilizaban unas tácticas similares, aplicadas a otro entorno, dentro del proceso completo del salvamento español. Unos y otros resguardaban a los fugitivos con espontaneidad, de modo que los encuentros siempre parecieran unas cándidas reuniones sociales. Claro que los encubridores indirectos, como las amigas de Redondela o los inocentes clientes del salón de té, ni se podían imaginar que formaban parte de esta crucial estrategia bélica del MI6 británico en territorio nacional. Y así lo he podido confirmar con alguno de mis tíos presentes en estas reuniones en más de una ocasión, que no supieron nada ¡hasta sesenta años después!, cuando leyeron este texto.

En el momento oportuno salían con el refugiado como si fuera un cliente cualquiera, por la puerta del establecimiento en la esquina de la Castellana con Ayala, junto al portal por el que había entrado la noche anterior directamente al domicilio de la señora Taylor. Con gran aplomo, pero actuando ligeros como en las películas de gánsteres del Chicago de los años veinte, volvían a meter al acompañante en otro coche con matrícula diplomática, camino de la frontera. Dios sabe cuántas dificultades se evitarían al utilizar este método entre los controles de la Guardia Civil repartidos por los caminos españoles, hasta conseguir salvarlo. Un reto no menos arriesgado que caminar a oscuras por un campo de minas en pleno frente europeo.

Como el establecimiento recibía personal y carga por la puerta de servicio, también a través del portal se podía colar a los hombres vestidos de mono azul, como si fueran operarios. En ese caso, salían de un furgón aparcado delante y, tapándose la cara con una caja, entraban directos a la cocina. Una vez dentro, aprovechando el ajetreo de las bandejas a medio preparar y con el trasiego de las comandas, impresionados por el exquisito aroma de los dulces horneados, se hacía la transformación: documentación, dinero, instrucciones de traslado y demás detalles necesarios para rematar su huida antes de pasarlos al salón, agilizando el cambalache como mejor se podía.

Refrescado físicamente, sin darle mucho tiempo para pensar, confundían al protegido entre el público. Copa, sándwich y animada charla con un hombre que apenas disimulaba su desconcierto. De este modo, al ritmo distendido y relajado de los clientes, se proseguía con el método de evacuación previsto antes de salir camino de la frontera.

En la embajada británica, sitiada normalmente por un exceso de merodeadores poco disimulados, en la esquina de Monte Esquinza con Fernando el Santo, cada día se ponía más difícil cobijar el aluvión de recién llegados, atascados en sus dependencias por no cumplir con los requisitos de salida exigidos por las autoridades. Exceptuando la eficiencia de un señor Pan de Soraluce en Asuntos Exteriores (como menciona sir Samuel Hoare), las instrucciones imprecisas del gobierno español traían de cabeza a los diplomáticos británicos. Al solicitar los visados como refugiados o prisioneros de guerra, tenían que probar en Gobernación, antes de nada, que no eran «rojos», y no siempre se contaba con esa clase de información. En todo caso, ciertamente violaban la ley al entrar en España sin documentos, pero tampoco se tenían en cuenta los obstáculos sufridos durante la huida de un país que había caído en manos enemigas, ni que estaban obligados a abandonarlo todo para salvarse. Nada de aplicarles los esenciales derechos humanitarios basados en el Convenio de la Haya. Ante una situación compleja y apremiante había que encontrar alternativas factibles de salida, agobiados como estaban, además, por la presión de acomodar en su tránsito español a los que corrían más riesgo ante las autoridades locales. Disimular su estancia y movimiento por España, con el llamativo aspecto que debían traer, superadas las infinitas penalidades del camino, era una difícil tarea. De ahí surgió la necesidad de desviarlos con la cooperación de los héroes anónimos de Embassy.

Un médico soltero, viviendo solo en Madrid, podía entrar y salir a cualquier hora del día o de la noche sin despertar excesivas sospechas, aunque se supiera vigilado; como de hecho lo estaba. El grupo de Embassy sabía protegerse. Alan Lubbock, adjunto al agregado militar y también soltero, pasaba algunas noches en casa de mi padre para ayudarle con el recién llegado, y al igual que Margarita Taylor, lo ocultaban mientras fuera necesario. Si en ciertas ocasiones, además, había señoritas de dudosa reputación, pues mejor; y no dudo de que las hubiera más de una vez.

Los que llegaban enfermos, mucho antes de que existiera el Hospital Hispano Inglés, por razones obvias se quedaban en el piso de mi padre, y ahí lo atendían hasta que estaba en condiciones de viajar. En esos casos, el proceso se prolongaba indefinidamente, pero el apoyo moral y la recuperación física eran prioritarios. Era impensable hospitalizarlos. En su condición, serían considerados sospechosos inmediatamente, incluso internándolos en la Cruz Roja española, donde ejercía mi padre y que dirigía el doctor Francisco Luque, que por su cargo y estrecha amistad es muy probable que estuviera informado de estas prácticas. En cuyo caso, tendrían que dar demasiadas explicaciones, con riesgo propio y de que el paciente pudiera terminar en prisión, además de levantar sospechas sobre otros casos similares.

El cobijo personalizado que terminaron por elegir era más eficaz y evitaba un sinfín de explicaciones a las autoridades, saltándose obstáculos administrativos innecesarios, mientras se solucionaban los prioritarios problemas humanos. Cuando el doctor creía que el enfermo encubierto estaba en condiciones físicas para proseguir, se repetía el proceso de transformación: entrega de ropa, documentos, dinero, pasaporte confeccionado por Michael Thomspon en la propia embajada británica y acompañamiento a la frontera. Un sistema que, en ocasiones, se conectaba con nuestra casa en Galicia o se desviaba directamente hacia Portugal o Gibraltar por otras vías. Desde luego, para quien pudiera estar vigilando estas operaciones no sería fácil llegar a una conclusión, entre el trasiego del piso de Gurtubay número 6 y los camuflajes en casa de Margarita, directamente conectados con el salón de Embassy.

Pero ellos se sabían vigilados por la Gestapo y debían extremar las precauciones.

Embassy continuó siendo un centro de cooperación hasta el final de la guerra. Por allí pasaron miles de judíos y refugiados de distintas clases y orígenes durante años, siempre bajo el amparo de nuestra amiga, en asociación con el Servicio Secreto británico en Madrid, sin que ella bajara la guardia en su intensa ayuda. Pero, desgraciadamente, carezco de una información de primera mano desde que desaparecieron mis padres de Madrid en 1942, y no podría afirmar cómo continuaron operando desde entonces. El embajador británico, sir Samuel Hoare, confirmaba en 1946, pese a tantas quejas contra su pequeño *corps d'elite* local, que «logramos librar a todos los prisioneros británicos que pudieron *escapar* a través de España, junto a miles de personas del bando aliado. Ninguno fue capturado por los alemanes».[8] Es todo lo que puedo añadir, aunque igual que en el resto de la documentación oficial que he ido revisando en los últimos tres años, nadie especifica los medios utilizados para lograr estas fugas.

Aun habiendo puesto tanta carne en el asador, me consta que Margarita Taylor jamás hizo alusión, pública o privada, a su valor; ni tampoco al riesgo que suponía poner su local a disposición de los perseguidos más necesitados. Ella nunca dio ninguna importancia a esta colaboración y sé que consiguió que nadie, fuera de su círculo más íntimo, lo supiera. La misma entereza que la sostuvo en las circunstancias más difíciles a lo largo de toda su vida, la mantuvo en silencio entonces y, al igual que los demás, Margarita Taylor actuaba con la audacia que le proporcionaba su sentido común y con el convencimiento de estar cumpliendo con su deber moral, sin esperar nada a cambio.

Hoy sabemos que hubo más salvamentos ilegales en España a lo largo de toda la Segunda Guerra Mundial, gracias a la colaboración desinteresada de la población civil, que ayudó a otros indefensos en situaciones parecidas, y de los que se van teniendo noticias esporádicas. Me refiero ahora a esa gente que colaboró a pasar por las montañas o resguardar a unos fugitivos desesperados, aliviándolos como se podía en su angustiosa espera indefinida. Salvamentos ocultos demasiado tiempo, intuidos y silenciados durante años, cuando en realidad tienen el valor enriquecedor del bálsamo humano, como un legado esperanzador que muestra el lado solidario que equilibra la balanza de muchas guerras, en oposición a las tragedias sufridas en las trincheras. Incluso hubo *especialistas underground* independientes que llegaban a cobrar grandes sumas de dinero, utilizando visados y documentación falsos, que también se dedicaron a colar a fugitivos, burlando a las autoridades españolas. Así lo contaba personalmente Leonardo Sahagún, un antiguo militar del ejército republicano y organizador de otros salvamentos fronterizos desde la resistencia en Francia, junto a sus compañeros Pedro Galindo, Ángel Álvarez y José Gistán, quienes posteriormente se unirían a los maquis perseguidos por el franquismo. Conocedores de la región, ayudaban a cruzar los Pirineos a gente encubierta, con unos fines muy diferentes a los del grupo de Embassy y con una clara tendencia políticamente izquierdista. No por eso con unos resultados humanitarios menos valiosos. Unos y otros eran antinazis declarados y solían estar fichados por la policía por motivos diversos, o incluso por la Gestapo en España (como mi padre). Y muchos pagaron con la vida estas intrépidas ayudas.

Ellos sí estaban perseguidos por el franquismo, y por sus circunstancias personales no pudieron mantener el temple que sí proporcionaba el soporte tan consistente como el de la organización británica de Embassy. Establecidos en Francia, crearon la Unión Nacional, y en 1940 algunos de estos republicanos se alistaron en el ejército francés. Incapaces de regresar a España, quedaron atrapados entre dos situaciones insalvables: o regresaban a la cárcel y a la muerte, o se quedaban a luchar en las trincheras extranjeras. Muchos vivieron independientemente en el exilio, pero los que cayeron prisioneros del Tercer Reich terminaron en campos de concentración franceses o fueron extraditados a Alemania, muriendo en el exterminio judío y antibolchevique, al ser considerados «indeseables de izquierdas».

Argèles, Saint Cyprien o Gurs reunieron a innumerables españoles. Mauthaussen, otro de los tétricos campos de concentración de la Alemania nazi, retuvo a 8.000, utilizados como mano de obra esclava. Miles de ellos murieron en las cámaras de gas, tan despreciados como los judíos, los gitanos, los homosexuales y los comunistas europeos, aun viniendo de un país neutral.

Transcurridos los cincuenta años reglamentarios para desclasificar los documentos secretos de los archivos oficiales, ahora vamos sabiendo a dónde fueron a parar tantos seres ignorados entre aquel millón de muertos que se contabilizaron en la posguerra. En apariencia otra injusticia más del Führer, fue en realidad un convenio político hispano-alemán de septiembre de 1940, uno de tantos pactos ignorados con los países del Eje. En pleno idilio entre el Führer y Franco, al entonces ministro de Asuntos Exteriores, Ramón Serrano Súñer, no le tembló la mano al firmar la aceptación de las ejecuciones de unos «indeseables» en la nueva España, añadiéndolos al genocidio nazi sin que el resto de los españoles tuviera noticias de ello.

Sesenta años después, un decrépito y centenario Ramón Serrano Súñer aún dormía en su cama tranquilamente todas las noches mientras yo escribía estas líneas, cuando tantos compatriotas indefensos sufrieron la sanguinaria persecución que él autorizó, alejándoles para siempre de sus orígenes, sin llegar a saberse nunca que se seguían las órdenes desaprensivas de un poderoso y cruel paisano.

El rigor franquista, envalentonado ante el pavor de las familias a cualquier represalia ligada a sus presos y a sus muertos caídos del lado indeseado, por temor a que se recrudeciera aún más su penosa situación, lo dejaron estar mientras los gobernantes se aprovecharon de la guerra europea para que los enemigos españoles se pudrieran en el olvido y en una muerte anónima. La obcecación oficial franquista los confinó a un destierro eterno y sin derecho a una defensa digna, tratándolos como proscritos, olvidándose de que eran, ante todo, españoles.

Dos generaciones más tarde, quedan muchos interrogantes sobre estos vacíos de información que hemos tratado de llenar al buscar una respuesta coherente a las preguntas de nuestra conciencia sobre el pasado. Hasta que, más recientemente, la fiscalía de la Audiencia Nacional ha decidido apoyar la querella por genocidio presentada contra Johann Leprich, Antón Titjung, Josias Kumpf e Iwan Demjanjuk, oficiales nazis residentes en Estados Unidos y que ejercieron de guardianes en los campos de concentración de Mauthaussen, Sachsenhausen y Flossenbürg, donde se retuvo a más de diez mil españoles, de los que murieron la mitad aproximadamente. Los supervivientes que representa el abogado Antonio Segura han presentado una querella contra ellos al acreditar con documentos que los funcionarios nazis participaron en los castigos mientras estuvieron cautivos.[9]

VI
Entre Asuntos Exteriores y Gobernación

Lisardo Álvarez Pérez acababa de ser nombrado comisario general Político-Social del Ministerio de la Gobernación, en la Dirección General de Seguridad, en Madrid, después de ejercer varios años como jefe de Fronteras en el puerto de Vigo. Estamos en otoño de 1941. Su habilidad y mano izquierda al final de la Guerra Civil le habían granjeado numerosas simpatías por sus afinidades con el glorioso Movimiento Nacional; una conquista personal ganada a pulso que lo situó en un lugar aventajado a partir de 1939. Indiscutiblemente afín al régimen, Álvarez supo manejar esta tendencia política con sagacidad, aplicándola a una ascendente carrera política que acababó situándolo en Madrid como alto funcionario del Estado. Este orensano era un fascista intachable. Nada más tomar posesión del cargo, se encontró con un asunto escabroso sobre la mesa. Dadas la circunstancias, y a pesar de su inexperiencia, tuvo que desplegar una inaudita capacidad de decisión, pues al tratarse de un asunto con la Compañía Naviera Trasmediterránea era una cuestión delicada. Un puñado de judíos centroeuropeos intentaba huir a La Habana y los Estados Unidos utilizando confiadamente los barcos de esta naviera española, al resguardo de su neutralidad bélica. Sabiendo lo que esto podría significar para su cargo, tan directamente relacionado con Asuntos

Exteriores, Álvarez no dudó en consultarlo personalmente con el subsecretario correspondiente y decidió visitarle en su despacho del palacio de Santa Cruz.

Sin escolta alguna, el comisario salió discretamente y temprano de la Puerta del Sol número 1. Ya en la calle, se subió instintivamente el cuello del abrigo al clavársele un cuchillo de aire helado en la nuca. Necesitaba dar un rodeo hasta llegar al ministerio para meditar por el camino sobre la conversación que tenía en mente, antes de encontrarse con el subsecretario primero. Aunque quiso tomarse en la calle Correo su acostumbrado café con leche, con la habitual ración de churros, en un bar de paso. Al terminar, Lisardo Álvarez acortó el trayecto, esquivando a la castañera de la esquina, acurrucada frente a las ascuas del humilde negocio recién encendido, resguardada contra la pared de un edificio contiguo, y se entremezcló con los escasos madrugadores que se dispersaban al salir por la boca del metro de Sol, apretando el paso para llegar al trabajo. Aún tenía el cierre echado la camisería con los maniquíes de cartón piedra pintados en los mismos tonos mortecinos de las peponas inexpresivas y los caballos de juguete estáticos. Tampoco estaba abierta la sombrerería Ramírez Hermanos, con sus paraguas, abanicos y boinas forradas de seda roja, intercalados con los sombreros de fieltro con anchas cintas de groguen, desperdigados por la tienda para disimular la escasez. Colgados en la pared del fondo, unos floridos mantones de Manila, estratégicamente colocados, a la andaluza pero sin garbo, remataban el decorado de inconfundible gusto nacional. Era imposible presentar otra decoración sin desentonar en un comercio de clientela típicamente nativa.

Hacia el final de la cuesta, la ortopedia Viuda de Evaristo García exhibía abiertamente, en unos escaparates ribeteados de madera despintada y tan añejos como los contiguos, fajas ajustables para disimular las hernias inguinales, ceñidores emballenados para varones de vientres prominentes, espalderas, rodilleras, coderas elásticas y aros de goma hinchables con un agujero en medio, para alivio de las hemorroides al sentarse. Extraños artilugios que los colegiales contemplaban diariamente en el camino a la escuela sin salir de su asombro, por no comprender el uso que tendrían aquellos aparatosos artefactos de formas estrafalarias.

Álvarez caminaba ligero y encorvado por el frío y sin fijarse al sortear a unos discretos pedigüeños pasmados en medio de la calle, con la mano ligeramente extendida. Al terminar la cuesta, giró levemente a la derecha para entrar con aire seguro en el palacio de Santa Cruz, saludando apenas. Los guardias, al ver su carné, cuchichearon entre ellos antes de consultar al bedel del recóndito chiscón ensombrecido escondido detrás. Éste salió de su agujero, impecablemente vestido de librea marrón y negra, con botones dorados, ajustándose los guantes blancos de algodón.

El anónimo empleado saludó al comisario con una leve inclinación de cabeza, señorial y servil, y extendió el brazo displicente, indicando el camino con el índice enguantado, murmurando por lo bajo la dirección a tomar. El sosiego centenario e imperturbable de abadía ilustre del palacio hecho ministerio parecía incrustado en el ambiente. Álvarez se estiró al bajarse la solapa del abrigo, se dio una palmadita inconsciente en el bolsillo y subió decidido por la solemne escalera principal, pisando una mullida alfombra de la Real Fábrica de Tapices, diseño de Livinio Stuyck, de un albero y castaño desvaídos. Antes de alcanzar el despacho del subsecretario, el comisario tuvo que recorrer un largo pasillo hasta enfrentarse con tres enormes tapices flamencos pegados unos a otros, cubriendo ese tramo de las paredes con motivos del Antiguo Testamento. Los discretos apliques de hierro y cristal tallados, dispersos por la pared, iluminaban tenuemente el trecho que faltaba antes de llegar a la antesala de visitas.

—El director general de Comunicaciones Marítimas del Ministerio de Industria y Comercio, señor subsecretario, se ha puesto en contacto conmigo. Me informa que ciertas navieras españolas reciben repetidas solicitudes de transporte a Estados Unidos para un número considerable de judíos europeos, huidos por culpa de la guerra —recitó de corrido, casi sin respirar, un Álvarez taimado con pretensiones de seguridad—. Con el fin de conseguir divisas para nuestras mermadas arcas del Tesoro Nacional, la Dirección de Comunicaciones Marítimas autorizó varios viajes, sin ver ningún peligro en ello —continuó explicando el comisario, ahora algo más pausado, midiendo lentamente unas palabras muy estudiadas de antemano.

—Sí, ya estoy enterado —repuso monótono el subsecretario.

—Pero ahora se da el caso de que, cuando llegan a América, estos desalmados judíos solicitan de los tribunales norteamericanos unas injustificadas indemnizaciones. Según ellos, por lo que les han arrebatado en sus países, obligados a escapar, dejando sus bienes atrás. ¡Fíjese usted hasta dónde llegan! —El comisario, a punto de perder el control, alzó la voz para continuar—. ¡Aquellos jueces protestantes, enemigos de nuestra patria y de nuestra fe, aceptan las quejas de esos judíos! —Tomó aliento y siguió—: Y no sólo eso. ¡Además se atreven a tomar la justicia por su mano y embargan nuestros barcos en los puertos americanos! ¡Como rehenes!

—¡Qué desfachatez!

—Imagínese… ¡Y el perjuicio que están causando a los accionistas de la Trasmediterránea! Don Juan March, el socio mayoritario de la naviera, como usted sabe, no para de reclamar. —Álvarez se colocó de medio lado, mirando de reojo hacia la puerta, para añadirle al oído, ofuscado—: Aquí, entre usted y yo, señor subsecretario, don Juan March nos tiene mareados —remató, esforzándose por controlarse sin éxito—. Por eso vengo personalmente a contárselo. Debo confesarle que no sé a qué atenerme.

—En efecto, Álvarez, ya sabía algo de esto —carraspeó el subsecretario—. Pero ¿ha hablado ya con Mayalde?

—Todavía no. Antes quería saber su opinión.

—Pues no deje de hacerlo. Al fin y al cabo, él es el director general de Seguridad, y como su superior, debería consultar con el conde. Ejem… Pero esté tranquilo. Dada la magnitud del problema, ya se han hecho las consultas pertinentes y tomaremos las medidas oportunas para evitar que se repita semejante atrocidad —quiso tranquilizarle el subsecretario en un tono pomposo y sosegado—. Sabrá usted que apenas hace dos días hemos prohibido tajantemente vender pasajes a los judíos que deseen embarcar en el *Isla de Tenerife*, de la citada Compañía Trasmediterránea. Así se lo he notificado al director general de Comunicaciones Marítimas, y se tomarán medidas. —Un subsecretario ahora de voz más atiplada, desentonando con un empaque fortachón de cantante lírico, ralentizó su discurso intencionadamente, midiendo y escuchando sus propias palabras—. Es más, para que el asunto no prospere, los cónsules de España tienen instrucciones expresas de Asuntos Exteriores y Gobernación, ministerios que como usted sabe comparte el «cuñadísimo», de no extender ningún visado de tránsito en territorio español a los judíos que viajen como tales. A Ramón Serrano Súñer, buen conocedor de nuestras leyes y mejor estratega político aún, no se le pasa por alto que estos barcos también son territorio español. Así que ahí no embarca nadie sin la aceptación de entrada en el puerto de atraque correspondiente

—¡Menos mal! —exclamó espontáneamente Lisardo Álvarez—. Me quita usted un gran peso de encima. Ahora sé que realmente se están tomando medidas para evitar abusos; sobre todo para que estos judíos, y encima extranjeros, no se aprovechen. —Volvió a levantar la voz, involuntariamente—: ¡Aquí no tenemos por qué responsabilizarnos de lo que a ellos les ocurra en su guerra! ¿No le parece? Lo primero es defender nuestros intereses. —El comisario abrió los ojos, como espantados—. ¡Allá ellos con lo suyo!

—¡Sin duda, Álvarez! —respondió su interlocutor, alzando la voz contagiado por su visitante—. Pero tranquilícese, amigo… —El subsecretario se acercó a la mesa para coger un sobre lacrado recién abierto y extrajo de él un papel escueto antes de seguir hablando—. Fuentes fidedignas me dicen que las medidas recién adoptadas por nuestro gobierno se respetarán. Así me lo confirma por escrito el mismísimo embajador en Lisboa, don Nicolás Franco, el hermano de Su Excelencia. Le leo lo que pone: «No se ha vendido ni un solo pasaje para La Habana o Nueva York, de la Compañía Naviera Trasmediterránea, a ningún judío que lo haya solicitado desde ese puerto portugués. —Tomó aire y prosiguió—. Queda prohibida la venta de pasajes a los judíos europeos desde Portugal en barcos españoles».[10]

Confortado al repetir ampulosamente la sentenciosa frase oficial, el subsecretario aspiró sonoramente por la nariz y miró fijamente a su interlocutor. Al expulsar el aire, concluyó:

—Me consta que estas medidas se cumplirán a rajatabla, viniendo de quien vienen. Creo que, de momento, no podemos hacer más. Está todo dicho y e-s-c-r-i-t-o —deletreó con voz afectada—. Y a buen entendedor... ¿Eh? No se olvide, amigo mío, de que éste es un asunto que debemos tratar con mucho tiento. Esperemos que este insignificante gesto favorezca nuestras relaciones con el Führer en la desagradable contienda internacional en la que está envuelta Europa.

—¡Ojalá!

—Pero sepa también, Álvarez, que debemos obrar con tacto. —El subsecretario levantó el mentón para observarle con mirada de camello y siguió hablándole distante—. Aún somos neutrales en esta indeseada guerra, gracias al buen hacer de nuestro Caudillo. ¡Nunca sabremos agradecerle suficientemente lo que está haciendo hoy por los españoles! Pero la historia hará justicia. No le quepa duda de ello, comisario. No lo verán nuestros ojos, quizá, pero algún día —siguió hablando con la voz entrecortada por la emoción— se conocerá la auténtica habilidad política de este gran hombre de Estado que los españoles ni nos merecemos. El Generalísimo es un auténtico estratega —remató el subsecretario solemnemente, convencido del significado de cada una de sus palabras. Acto seguido, como si despertara de una leve ensoñación, se sacudió los hombros y giró suavemente en redondo sobre sus talones. Después miró al comisario de medio lado y por encima del hombro izquierdo, para decir—: Aquí no nos queda más remedio que templar gaitas con unos y otros; pero escúcheme bien, Álvarez... El cuerpo diplomático tiene que demostrar con su comportamiento y —recalcó— su discreción, nuestra no beligerancia en esta guerra. Pero hay casos y casos, sobre todo cuando cumplimos con las indicaciones de un ministro tan directamente ligado a Su Excelencia hasta en lo personal como es Serrano Súñer. Eso es impepinable.

—Le comprendo perfectamente —respondió Álvarez sumiso y más relajado. Pero volviendo a dirigirse al subsecretario, quiso asegurarse—. Así que ¿me autoriza usted a que se prohíba el embarque de tan indeseables sujetos en los buques que ostenten la bandera española? ¿Puedo anunciarlo así al excelentísimo ministro de Industria y Comercio?

—En efecto... Pero no se me olvide de Mayalde, ¡eh! También él tiene que estar informado. Aunque esto suene a una bobada requetehablada, hay que velar ante todo por los intereses de los españoles. Y, reconózcalo, Álvarez, don Juan March tampoco es un español cualquiera.

—¿Será necesario, inclusive, insistir para regular la entrada también y evitar la permanencia de los semitas en territorio nacional? —recalcó el comisario.

—Que no le quepa la menor duda, caballero —respondió el subsecretario con voz engolada.

—Si es así, le agradecería que me envíe por escrito las instrucciones que juzgue pertinentes. Por encima de todo, mi deseo es acatar las normas de Su Excelencia con la mayor celeridad. Pero también comprenderá usted que necesito tener constancia de ello para llevar a efecto el proyecto.

—Sí, sí, claro, hombre. ¡Cómo no! Enseguida me pongo a ello con mi secretario. Hay que evitar a toda costa cualquier imposición de unos semitas que ni nos van ni nos vienen. No le quepa duda. Aunque todavía no tengamos una ley de razas tan severa como la alemana, ni siquiera semejante a la italiana (mucho más tolerante desde luego), aquí parece que eso no se aplicará, de momento... ¡Ah! —El subsecretario agitó el brazo, levantándolo de repente en un rápido gesto instintivo—: Pero ojo, amigo. No se me olvide de los sefarditas. Eso hay que verlo con más detenimiento, que también son españoles. Así que tendremos que ir sorteando los vericuetos según van apareciendo. Claro que... es indudable que don Juan March tiene razón. ¡Qué caramba! Sólo faltaba que los americanos se quedaran con sus barcos por ayudar a unos judíos cualesquiera. ¡Allá se las compongan los que están en guerra! Bastante tenemos ya con lo nuestro...

Para disimular que se le habían subido los humos, el subsecretario se giró lentamente hacia la derecha, luego se volvió hacia el otro lado a pasitos cortos contoneándose rápidamente, evitando mirar al comisario de frente, y prosiguió más moderado.

—No hay que olvidarse, Álvarez, de que aún somos neutrales, y mientras tengamos al Caudillo al frente, aquí nadie se atreverá a invadirnos —afirmó, escuchándose a sí mismo—. ¡Ay, qué cosas! Y todo gracias a la capacidad política descomunal de nuestro jefe de Estado. A mí es que me admira, créame... Je, je, je... Asombra cómo siendo el Caudillo de España puede hacer frente a tantos y tan delicadísimos problemas en pleno conflicto internacional. Cuánta carga sobre sus hombros, sin una queja, sin un ¡ay! Es realmente admirable. Un soldado infatigable al servicio de la patria, capaz de resolver infinitos asuntos. Y no sólo en Asuntos Exteriores, créame, yo sé lo que me digo, sino también en conflictos trascendentales. —Al dejar de dar vueltas, el subsecretario apoyó dos dedos en el borde de la mesa recién barnizada y siguió girando lentamente de izquierda a derecha—. Asuntos que no difundimos por las delicadas circunstancias actuales, pero, sobre todo, para no abrumar más a los españoles. ¡Con todo lo que venimos arrastrando desde atrás!

—¡Si lo sabré yo! —respondió el comisario con una media sonrisa de satisfacción.

—Le aseguro que en esta casa ya no damos abasto Álvarez. Hacemos verdaderos juegos malabares. No digamos ya ante los representantes diplomáticos destinados en Madrid y enfrentados allí por Europa. Tenemos que adoptar actitudes inverosímiles para evitar anteponer sus intereses a los nuestros y esquivar las fricciones entre los enemigos —aseveró el subsecretario, gesticulando cada palabra.

Sin haber llegado a cumplir el tiempo de audiencia solicitada la semana anterior, el subsecretario de Exteriores decidió que ya le había dedicado tiempo suficiente a este personaje, a quien no había invitado a sentarse para acelerar la visita. Al no saber cómo darla por finalizada, se pinzó el nudo de la corbata con dos dedos, se estiró los puños de la camisa con el reverso de la mano y, ante la indiferencia del interlocutor, dobló el codo para acariciarse los gemelos que le sobresalían de la chaqueta, en señal de que el tiempo había concluido. Pero como comprendió que Álvarez no entendía su indirecta, el subsecretario lo abrazó por un hombro, con una sonrisa radiante y, sin venir a cuento, le dio una palmadita en la espalda, le tendió la otra mano para estrechársela enérgicamente y sin disimular las ganas de quitárselo de encima, lo encaminó hacia la puerta del despacho.

Lisardo Álvarez le soltó la mano que no dejaba de estrechar, salió a la antesala y regresó por los interminables vericuetos del palacio de Santa Cruz hasta dar con la entrada, por la que salió sin mirar (ni saludar) al elegante bedel estirado que lo había recibido previamente, antes de regresar caminando apresuradamente al número 1 de la Puerta del Sol.

El recién nombrado comisario general Político-Social del Ministerio de la Gobernación, mientras ejercía como jefe de Fronteras en

Vigo, antes de su traslado a Madrid, se trataba con bastante frecuencia con el doctor Martín de Vicente, mi abuelo. Compartían el aperitivo en el Derby o jugaban al chamelo en el casino algunas tardes, mientras disfrutaban de la tertulia de la sobremesa. Incluso tenían trato esporádico con sus esposas: los bailes en fin de año en el Club Náutico, el Blanco y Negro en verano, y poco más. Este orensano, franquista declarado, presumía con orgullo de su camisa azul de falangista. Recalcitrante fiel segundo de José Antonio. Características que no le impedían jugar bien al dominó y al tute, base primordial de su amistad con el padre de Moncha.

Esta vieja relación fue crucial para los proyectos inmediatos de mis padres, recién instalados en Madrid. Siguiendo las indicaciones del agregado naval británico, solicitaron a Álvarez un pasaporte con la intención de salir del país lo antes posible. Una mañana cualquiera, la pareja entró confiada en la Puerta del Sol 1 para visitarlo, de lo que él estaba al tanto.

El orondo comisario general, repeinado marcadamente hacia atrás con fijador Lucky que le acentuaba unas entradas prominentes y disimulaba su calva trasera, ese día vestía traje color chocolate de paño grueso, con camisa y corbata anodinas a juego con los calcetines claros. Álvarez recibió enseguida a mis padres en su amplio y recién estrenado despacho. Al ponerse en pie para recibirlos con un beso y un abrazo, respectivamente, destacaba el brillo acharolado de sus zapatos de cordones, que pulía a diario en un limpiabotas situado frente a Gobernación. Mientras Álvarez leía el *Arriba* despreocupadamente, un hombrecillo arrodillado a sus pies se los frotaba con ahínco para reafirmar el brillo con su larga bayeta grasienta, deslizándola con sonoros trazos, cortos y firmes.

—Lisardiño, ¿cómo estás? —lo saludó Moncha con familiaridad—. Venimos para que nos hagas los pasaportes. Ya sabes que nos acabamos de casar y queremos salir de viaje de novios. —Se adelantó ella a hablar, con la seguridad de quien iba a conseguir su propósito.

Un Álvarez magníficamente instalado en su hermoso despacho de la Puerta del Sol estrenaba con el nuevo cargo una gran mesa tallada, imitación del Renacimiento. Cuidadosamente centrada entre la espléndida foto oficial de un Francisco Franco vestido de general del Ejército de Tierra, con capote militar de campaña y gran cuello de piel y un austero crucifijo de madera oscura, el único decorado de la inmensa pared encalada de altísimos techos monacales, parecía engrandecer su propia figura. Sin mediar palabra, el comisario sacó un par de libritos verdes del cajón derecho de su impresionante mesa y avisó a un subordinado.

—Oye tú, prepárame estos pasaportes a nombre de Eduardo Martínez Alonso y de su señora, Ramona de Vicente y Núñez, que se van de viaje de novios.

Álvarez no titubeó al mencionar los nombres. Se los sabía de memoria. El diligente subordinado salió del despacho y regresó enseguida con los libritos verdes abiertos y a medio rellenar. No tuvieron que esperar ni media hora para que estuvieran listos. Sin moverse de las incómodas sillas frailunas, la pareja les entregó las fotos que el mismo Lisardo Álvarez pegó en el pequeño recuadro. Imprimieron las huellas dactilares empapadas en un tampón de tinta parduzca allí mismo, firmaron al pie del librito con la Parker de capuchón dorado que les pasó Lisardo, y estuvieron listos en un santiamén.

Antes del mediodía, con un fuerte apretón de manos y un beso, respectivamente, los tres se despidieron tan contentos.

VII
Hacia el exilio

Limpiándose el índice y el pulgar con un algodoncito impregnado en alcohol, impresas las huellas dactilares y las sucesivas firmas en distintos cartoncillos, Moncha y Lalo salieron del despacho encantados y con los flamantes pasaportes, números 56 y 57 del año 1942, en el bolsillo.

—¡Ya podemos irnos cuando quieran! —comentó el marido con alivio, al pasar tranquilamente por Lhardy y encaminarse por la Carrera de San Jerónimo hacia Neptuno, envueltos en gruesos abrigos de paño.

—Entonces, puedo avisar a mis padres de que nos vamos —pensó Moncha en alto.

—¡Ni hablar! —le gritó él sin pudor—. Aún no... —reafirmó nervioso, bajando la voz al percatarse que estaban en plena calle—. Tenemos que actuar con naturalidad, pero tampoco debemos pregonar nuestros planes. Ya me encargaré yo de que se enteren tus padres de cuándo nos vamos; no te preocupes —remató el esposo, más sosegado, apretando cariñosamente la mano a su mujer para que se tranquilizara.

Zanjada la cuestión, mis padres siguieron las instrucciones británicas de despistar como pudieran a la Gestapo, haciendo su vida. A la espera de que les avisaran para marcharse sin alertar a nadie, disfrutaron de su breve luna de miel madrileña, indiferentes a las contrariedades que pudieran avecinarse. La misma ignorancia los protegía. Fueron al teatro a ver a Conchita Piquer, y una mañana de sol Lalo llevó a su mujer paseando hasta el Museo del Prado, dando un rodeo por el Retiro, para recrease junto a ella en sus Goyas favoritos; y lo que más disfrutaba él mismo: las tiendecitas de antigüedades en la calle del Prado. Por Chicote pasaron de largo, no fuera a ser que más de una antigua cara conocida le pusiera a él en un compromiso. El domingo por la mañana se escabulleron por el Rastro, siempre atentos a las últimas antigüedades recibidas, olvidándose de que no era el momento de pensar en semejantes aficiones. Otra noche fueron a bailar a la Parrilla del Rex, en la Gran Vía, después de cenar en Villa Rosa, donde admiraron a Manolo Caracol y su cuadro flamenco (poco antes de unirse a Lola Flores), rodeados de ingleses curiosos, turistas desconcertados y borrachines asiduos.

A pesar de los malos tiempos, la vida nocturna en el Madrid de la posguerra, resguardada por los prudentes serenos velando los hogares de bien desde las esquinas a cargo del Ayuntamiento, era ajetreada. Para algunos elegidos sobre todo. Las vergonzosas diferencias sociales del franquismo estaban amparadas en la estricta moralidad de una influyente Iglesia católica. Se toleraba a los estraperlistas, pero se encarcelaba a los idealistas. En el país que aspiraba a convertirse en la «reserva espiritual de Occidente» y rezaba por la conversión de Rusia prevalecían unos asfixiantes reparos morales sustentados por una censura que obligaba a los españoles a manejar los hilos del decoro con un tacto particular. Guardar las apariencias era fundamental. Valía más ser hipócrita (y ocultar cualquier desliz, por inocente que éste fuera) que destacar por la osadía de airearlo. Las consecuencias eran imprevisibles. El que no siguiera las normas de esta ética contradictoria corría el riesgo de caer en desgracia, y hasta podían hundirlo para siempre. Con unas leyes que hacían al individuo culpable por principio, mientras no se demostrara lo contrario, errores que hoy pasarían desapercibidos tenían en aquel tiempo unas repercusiones ilimitadas.

Durante los primeros años cuarenta, de reconocida escasez, una descarada desigualdad clasista imponía con insolencia «el tanto tienes, tanto vales», mientras se aceptaba con regocijo la opulencia de los ricos de cuño reciente, con tal de que fueran de derechas. Aunque sólo fuera en la forma, olvidando el fondo. En los años cuarenta, se pasaban por alto penalidades de toda índole por las que atravesaban millones de españoles, tan víctimas de la falta de medios como de una retorcida moralidad, que podía desembocar fácilmente en las injusticias, y, a pesar de todo, nunca faltaron los clientes dispuestos a divertirse en los ambientes de lujo. En contraste con el racionamiento, hasta del ínfimo pan negro, el estraperlo y el hambre (literal) de muchos españoles, las salas de espectáculos con diversiones caras, gente bien vestida y señoras enjoyadas, alardeando despectivamente de su aventajada situación, estaban repletas de clientes en apariencia desahogados. La calamidad generalizada distorsionaba el criterio de un público que equiparaba con significativa apatía a los de la nueva abundancia, de dudosa procedencia, con los adinerados tradicionales.

Aunque no era un lugar adecuado para llevar a una joven recién casada, una de esas noches, mis padres no quisieron dejar de visitar a su amigo alemán Walter Jurghans,[11] el dueño de la sala de fiestas Erika, en la calle Desengaño, y también del Suevia, una sala de espectáculos similar de Vigo, donde la pareja acudía a bailar desde mucho antes de casarse. Walter era un antiguo amigo común desde hacía muchos años.

—¡Qué alegría veros! —Un par de besos a ella, un ruidoso abrazo a él—. Ya sé que os habéis casado. Me tienen informado desde Vigo. ¿Qué queréis tomar? Esto hay que celebrarlo. —Walter se giró ligeramente y medio abrazado aún a Lalo, chasqueó los dedos para llamar a un camarero y pidió—. ¡Una botella de champán, rápido!

—Acabamos de llegar, y aún no hemos salido de viaje de novios...

Con el entusiasmo propio de cualquier enamorado, dieron excesivas explicaciones a Walter sobre sus planes, sin recordar la consigna de evitarlo. En esos momentos las paredes oían. Cualquier desliz podía servir de excusa a un agente enemigo cercano, y más en ese ambiente, estando junto a un alemán bien establecido en Madrid con importantes vínculos vigueses, como él.

Conocidos desde hacía tiempo, Walter y Lalo coincidían con frecuencia en los mismos círculos sociales, algo que a esas alturas no pasaba desapercibido a los altos cargos nacionales y alemanes, y menos si además se era un personaje escurridizo como el doctor. Era evidente que las salas de espectáculos de Walter atraían a muchos simpatizantes del Eje en ambas ciudades, y aunque entre los tres existiera una antigua amistad, la Gestapo y los agentes encubiertos de las SS instalados en Madrid y Vigo paseaban por sus locales con arrogancia haciéndose notar. Algo inconfundible por su aspecto. Moverse con semejante confianza en ese medio germano, para un anglófilo descarado como Lalo era una provocación, imprudencia que, sin embargo, pasó por alto la feliz pareja, absorta en su amor recién estrenado.

Entretenidos con múltiples distracciones, descubriendo el lado amable de su vida en común, la pareja se concentró en disfrutar del momento, conociendo la inestabilidad de su futuro. Hasta que una tarde, ya confirmada una paella en Riscal con Camorra para el día siguiente, casi les extrañó la visita imprevista de David Babington-Smith.

—Estad listos mañana temprano. Vendré a buscaros para viajar a Portugal a primera hora. Llevad poco equipaje para no levantar sospechas. Que parezca que salís a hacer un corto viaje de novios.

Madrid amaneció al día siguiente con una luz traslúcida en una mañana muy fría de claridad velazqueña, con el suelo escarchado típico del duro invierno castellano. El aire gélido y seco de un Guadarrama nevado y con temperaturas bajo cero, se respiraba transparente. Los escasos automóviles aparcados a la vuelta de Gurtubay tenían el techo cubierto por una capa helada de escarcha cristalina que seguía incrustada así hasta el deshielo del mediodía, cuando comenzaban a desentumecerse, también, las yemas de los dedos. Poco después de pasar el trapero, sentado en el pescante de un carro desvencijado, arrastrado por el paso lánguido de una mulilla basurera, y antes de que el barrendero que le seguía insistiera con el chorro a presión de la manguera por los bordes de las aceras removiendo los restos de basura, David Babington-Smith y su mujer aparecieron en un coche diplomático, luciendo visiblemente una banderita británica, la consigna para moverse con libertad por el país, como en todos los rescates que habían compartido. El escaso equipaje estaba listo en el hall y Lalo y Moncha, inquietos por la marcha, no se hicieron esperar.

No hubo más despedidas que la de María, la mujer de Alfonso Peña, y el abrazo ligero a Casilda, la cocinera, a la que no dieron muchas explicaciones para que tampoco sospechara que se iban indefinidamente. La casa quedaba impecable, como si fueran a regresar pronto, sin desenvolver aún varios regalos de boda esparcidos en cajas desordenadas y a medio abrir en una habitación al final del pasillo. Todo lo demás siguió colocado como si fueran a regresar pronto. Pasado el primer acaloramiento de la fuga, los compañeros se encargarían de desmontar el piso. Ahora, sus pertenencias quedaban en un orden impecable.

Con la celeridad de la marcha, casi no les dio tiempo para pensar; y tampoco podían imaginarse que los allí reunidos no se volverían a ver en años. Al atravesar el umbral de su casa, en una gélida y radiante mañana de enero, ninguno de ellos volvería a ser, jamás, quien era minutos antes. Con la mano en el picaporte, preparado para dirigir a la pequeña comitiva, David echó un último vistazo a su alrededor.

—Vámonos —indicó con firmeza.

—¿Traes los salvoconductos y los visados? —preguntó Lalo, intranquilo.

—Claro, para librarnos de preguntas y ahorrar esperas —contestó David.

—Menos mal. Así nos evitaremos los controles y muchos obstáculos, aligerando mejor la salida —se reconfortó Lalo a sí mismo.

Como visitantes regulares de La Portela, las parejas estaban acostumbradas a divertirse en mutua compañía; así que, relajada la tensión del primer momento, repusieron el coraje de otros viajes furtivos y pronto se animaron. Seguros de que los recién casados estaban vigilados, David y Joan, aleccionados por el MI6, aparentaban que hacían otra excursión más entre amigos. Pero el matrimonio inglés sólo se encargaría de abrirles la vía de escape a Portugal hasta depositarlos en lugar seguro. Después, regresarían solos. El resto ocurrió muy deprisa. Protegidos por la matrícula diplomática, se saltaron varios controles de la Guardia Civil que exigían los salvoconductos entre provincias, y llegaron sin dificultad a Ciudad Rodrigo atravesando la Castilla mortecina de bombilla de veinte vatios. Los cuatro disimulaban mal un miedo innegable a lo desconocido, aunque no lo demostraran al atravesar, sin comentar nada, el desamparo de los campos y la pobreza desvaída del interminable abandono de la posguerra, agravada por la falta de alegría de unos brazos sanos que labraran la tierra. Apenas repararon en los campesinos y los escasos habitantes de los pueblos, a quienes la larga convalecencia económica les impedía recuperarse de sus desventuras; las mismas que mantenía hundido al resto del país.

Por las calles malamente asfaltadas que atravesaron en el coche correteaban los niños, y un corro de niñas pálidas de risas tristonas, sobradamente crecidas para sus ropas, saltaban a la pata coja y se abrían de piernas, alternativamente, arrastrando una piedrecita sobre una rayuela pintada con tiza en el suelo. De pasada, distinguieron a los ancianos sentados en los bancos de las plazas, que miraban sin ver ni fijarse en nada. Otros permanecían cabizbajos y callados, sujetando la boina doblada apoyada en el mango de las garrochas sujetas entre las piernas. Nadie hacía caso a los perros sin raza que merodeaban encogidos sin esperar ninguna caricia. Las mujeres, aparte, formando un círculo de bordadoras parlanchinas, sentadas incómodas en sus sillas de enea, charlaban entre ellas encorvadas sobre sus modestos bastidores, a las puertas de sus casas, aprovechando el calor tibio del esporádico sol invernal. Vestían de negro profundo de pies a cabeza, en contraste con sus casas de adobe, en cuyos bajos mal encalados destacaban los manchones de una prolongada humedad adherida, de las que aún quedaban en pie, porque muchos edificios desmoronados, deshabitados y sin rehabilitar, o a medio derrumbar, conservaban aún en las paredes los agujeros de las balas que nadie se había preocupado de tapar desde la Guerra Civil.

No pararon en ninguno de estos pueblos olvidados, hasta que se detuvieron a tomar un café en un bullicioso albergue del camino, uniéndose a los camioneros que rodeaban el brasero colocado en medio del local, restregándose la manos para calentarlas. Justo cuando un guardia civil de servicio aireó su amplio capote verde ante los presentes, provocando una revolera espontánea. Templados los ánimos (y el cuerpo) durante la reconfortante parada, repostaron en el esquelético surtidor de Campsa y los cuatro amigos continuaron su camino hacia la frontera portuguesa sin hacer comentarios.

—Yo no tenía miedo, realmente. Me protegía la ignorancia, la confianza en el proyecto que me contaba Lalo y la ilusión de viajar por primera vez con el marido al que adoraba. Para mí era de verdad un viaje de novios, feliz por compartirlo con el compañero definitivo, recién estrenado —me comentaba, muchos años después, la entonces recién casada—. No niego que nuestra fuga no fuera una aventura arriesgada, y que sus implicaciones de por vida superaban la trascendencia de la propia huida. Pero esto era una correría pasajera, en comparación con nuestro futuro indefinido juntos. Ignoraba, sin embargo, en lo que estaba realmente metida. Tampoco sé cómo hubiera reaccionado en caso de saberlo —mi madre me sonrió tristona al contármelo—. Los amigos ingleses se veían igual de relajados que en Redondela, cuando pasaban unos días haciendo lo mismo que ahora con otros fugitivos. En ningún momento parecían preocupados y Lalo tampoco aludía a ninguna dificultad. Tanto, que yo estaba convencida de que íbamos a divertirnos, siendo consciente del peligro. Para mí era sobre todo el comienzo ilusionado de nuestra vida en pareja. No me imaginaba que fuera a ocurrirnos nada espantoso, y mucho menos que nos pudieran matar. A esa edad era imposible pensar hasta qué punto nos jugábamos la vida. ¡Qué inconscientes! Sólo me informaron a medias, sí, de que formábamos parte de un plan muy secreto del gobierno británico, íntimamente relacionado con la guerra. Y punto. Yo no hacía preguntas. Estaba educada para ser discreta. Dúctil. Era en mi marido en quien recaía toda la responsabilidad de conducirme por la vida después de casados. Yo callaba.

Enfocando la mirada hacia otra parte, mi madre organizaba sus recuerdos, como si sólo hablara para ella, olvidándose de que me tenía enfrente. Al fin había logrado desinhibirla de aquellos temores que le impedían contarme su versión de los hechos. Decidí escribir su historia unos meses antes y ahora conseguía hacerla hablar. Con una lucidez envidiable, cumplidos los ochenta años y sesenta después de ocurrido, Moncha rememoraba sus experiencias de recién casada como si hubieran ocurrido ayer.

—Pasaportes, por favor.

Haciendo gala de su experiencia en estos temas, David abrió con desgana los documentos y los entregó todos juntos, unidos a los visados británicos, al encargado de la aduana. La comitiva estuvo detenida un buen rato, lo cual era algo sospechoso. Como nadie les explicaba nada, prefirieron pasar a una sala contigua, donde otros viajeros como ellos esperaban indefinidamente, en una situación parecida. Aunque Lalo no quiso dar la impresión de estar excesivamente preocupado, encendía un Craven A detrás de otro, charlando animadamente, pero su mujer sabía que tragaba quina. Cuando ella me lo contó, ya a mis cincuenta años, mi madre no podía precisar el tiempo que los tuvieron retenidos en la aduana, pero se les hizo eterno.

Ya con el enorme cenicero de cerámica de Águeda rebosante de colillas en la única mesita de la habitación, el grupo comenzaba a impacientarse, cuando apareció como por arte de magia un risueño funcionario portugués, uniformado de un gris pardo anodino, cruzado por gruesas correas de cuero en el pecho. Agitaba en su mano los cuatro pasaportes sellados, que entregó, ceremonioso, con excesivas explicaciones por el atraso, que nadie le había pedido. En cuanto cruzaron la frontera, alegres y relajados, fuera de peligro, los Babington-Smith y mis padres se abrazaron dando saltos, entre carcajadas nerviosas. Antes de recolocarse en el coche, David sacó una petaca de plata del bolsillo, que había tenido la buena idea de llevar escondida, y la pasaron de uno a otro para brindar por el éxito con whisky escocés. Vilar Formoso confirmaba su libertad y la travesía del Alentexo les abrió el paso a Lisboa, a donde pronto llegaron sin mirar atrás.

—Casilda, es mejor que usted evite hablar si le hacen preguntas —aconsejó alguien a la cocinera que aún permanecía en Gurtubay número 6, al día siguiente de salir el matrimonio—. Le hemos dicho al portero que el doctor y su mujer han tenido un accidente de coche y que han muerto en la carretera. Pero no lo crea.

Le aclararon a la empleada que la noticia era sólo una cortina de humo que era mejor no difundir. La pareja estaba bien y a salvo; sencillamente prolongarían su estancia en el extranjero más de lo planeado. Aunque brusco, era el método más eficaz de despistar. Sólo se trataba de correr la voz para que la noticia llegase a quienes ellos deseaban. Pero no coló. La Gestapo insistía sobre la pista de los salvamentos gallegos encubiertos, posiblemente informada ya de las rutas clandestinas españolas por las que se trasportaba a los fugitivos desde los Pirineos a las fronteras y parecían estar al tanto de lo que pasaba en Redondela. Sospechaban con fundamento, pero sin excesivas pruebas, que el doctor Martínez Alonso pertenecía al Servicio Secreto británico y no querían dejar escapar al escurridizo aventurero. Además, no se tenían noticias de ningún accidente de tráfico con matrícula extranjera en las carreteras que llevaban hacia el oeste, y tampoco aparecía ningún cadáver sin identificar en ninguno de los trayectos españoles.

Los recién casados se habían esfumado misteriosamente.

VIII
Lisboa

Varios meses después de su estudiada desaparición, su amigo y colega, el doctor Fernando Rico, escribió a mi padre a Londres contándole lo que había ocurrido inmediatamente después de su marcha.

La Gestapo irrumpió en tu casa sin más aviso; se llevó a Carmen Zafra, tu enfermera, y la tuvo incomunicada varios días. Al no revelar nada que ellos no supieran ya, la dejaron marchar, con un pánico enorme, como te puedes imaginar. Ella vino personalmente a contármelo, toda asustada. Hemos descubierto que los nazis tenían una oficina en Gurtubay 3, enfrente de vuestra casa. Ahora se entiende mejor cómo estaban tan bien informados de tus pasos.

Extrañados de que no regresarais del viaje, del que estaban al corriente, siguieron a Carmen y por eso la detuvieron al entrar en el portal. Casilda, que se enteró enseguida, también me avisó, sin que por suerte la importunaran. No sabíamos bien qué actitud tomar. Así que decidí instalarme en tu piso, por si acaso volvían. Quería darles un escarmiento. ¡Menudo susto se llevaron los funcionarios de la SS cuando regresaron a averiguar de nuevo qué pasaba contigo y los recibí con el uniforme de capitán del ejército español! El que usé durante la Guerra Civil. No me pidieron más explicaciones y yo sólo les advertí que no estabas, sin más. ¡Ya no volvieron!

Al leer la misiva, Lalo quedó desolado. «¡Si se lo hubieran llevado a él, en lugar de a su enfermera...! ¿qué le habría pasado? Alan Hillgarth tenía razón, hemos salido por los pelos», se dijo.

Con los pulmones ensanchados, relajados y pisando suelo firme, ignorantes aún de lo ocurrido al salir de Madrid, Moncha y Lalo pasaron unos días apacibles en Lisboa, alojados en un pequeño y céntrico hotel lleno de ingleses. Era como si de verdad estuvieran de viaje de novios, invitados por el gobierno británico. Avisaron finalmente a sus padres de que estaban de luna de miel (sin más explicaciones) y tuvieron encuentros sociales con viejos amigos, que los recibieron con la característica cortesía portuguesa. El mal tiempo no impidió que pasearan por las calles retorcidas caprichosamente, a distintos niveles, de La Alfama; o que bromearan despreocupados bajo la lluvia intermitente, caminando por el Barrio Alto, evitando los charcos de las callejuelas empinadas sobre el Tajo, obligados a esquivar los adoquines sobresalientes.

Al caminar distraída, Moncha tropezó con las largas sábanas tendidas entre los balcones de los empobrecidos edificios señoriales, desconchados por la humedad y el abandono. Queriéndola atrapar, Lalo abrazó su figura fantasmagórica, riéndose, y la estrujó amorosamente. Cansados de andar, al rato se sentaron en la terraza acristalada de un bar en la Plaça do Comercio, desde donde contemplaron el ir y venir de los vaporcitos que cruzaban pausadamente la desembocadura del Tajo entre orilla y orilla. Felizmente enlazados del brazo, fascinados al descubrir juntos la ciudad que simbolizaba su libertad, mis padres sólo se preocupaban de disfrutarla y de susurrarse cosas íntimas al oído, evitando tener que hablar por encima del ensordecedor traqueteo de los tranvías amarillos, iguales a los de Berlín.

Por la tarde, Lalo le sugirió a Moncha que se subieran al *comboio*, el trenecito costero a Cascais, y merodearon después por el casino de Estoril, para respirar el aroma relajado de la elegancia clásica y austera de esa costa portuguesa, refugio de aristócratas descolgados y europeos de paso; de tahúres que tentaban a la suerte para conseguir fondos o un visado a la Argentina o Canadá. Prófujos de lujo huyendo de los horrores sufridos, que de puro traumáticos, no querían contar a nadie. Gente desperdigada y aburrida que se comportaba como si estuviera a la espera de que concluyeran unos acontecimientos bélicos que no tenían nada que ver con ellos.

A la pareja, en cambio, el trenecito ribeteando el Atlántico los llevó a añorar otros paseos románticos parecidos en un tranvía, no tan lejano, entre Vigo y Bayona. La repentina mirada triste de su mujer provocó una silenciosa carantoña improvisada del marido. Con mirarse a los ojos sabían qué pensaba el otro, y ninguno quiso reavivar su morriña comentando lo que realmente sentían durante el corto trayecto portugués. ¡Qué circunstancias tan diferentes a las de aquellos recorridos gallegos del pasado verano!

Al anochecer, de regreso al hotel, el conserje les entregó una nota escrita a mano.

—Mañana cenamos con José María Gil-Robles y unos exiliados españoles. Aquí dice dónde nos esperan —leyó el marido despreocupadamente y en alto, sabiendo que a ella le divertiría el plan.

Mi madre se apresuró a arreglarse lo mejor que pudo con el escaso vestuario de recién casada que tenía, ignorando si desentonaría o no con sus anfitriones. Pero cuando llegó la hora se encontró con que las españolas iban excesivamente atildadas para la ocasión. Especialmente la más pizpireta, que presumía de una breve estola de zorritos blancos planchados, besándose anillados, con ojos de cristal y orejitas y colas auténticas. «Una prenda absurda», pensó Moncha, cuando vio cómo se le escurría por el escote, dejando entrever lo que no debía. Mientras ella no tenía ni sombrero que estrenar, incapaz de incluirlo en su reducido equipaje de fugitiva encubierta de recién casada. Sus sombreros quedaron para siempre en Madrid, sin usar jamás.

Unas guitarras lánguidas, escondidas en la media luz del fondo, sonaban arrinconadas cerca de una mesa estratégica, en un típico restaurante de La Alfama, próximo al Tajo. El grupo cenó un exquisito bacalao y abundante *vinho verde*, obligado a subir la voz para entenderse, ignorando las canciones tristes en portugués. Evadiéndose a ratos de tanta palabrería, sin dejar de mirarse tiernamente, ni prestar excesiva atención a los borbotones de vocablos que los cercaban, la pareja no pudo escuchar como hubiera querido al par de fadistas vestidas de negro de arriba abajo que agitaban los largos flecos de su chal entre acalorados venablos políticos.

> *[...] quien se agarra mucho a un sueño,*
> *ve, en el reverso de la vida,*
> *los movimientos de un beso...*

A pesar de tantas dificultades para escuchar la música de fondo, desde ese día, Moncha y Lalo se aficionaron a los fados para el resto de sus vidas.

—Tenemos que hacernos fuertes y enfrentarnos a esos fascistas que no dejan de ganar terreno.

—Pues no le digo nada si llegan a unirse a los países del Eje. Sería un desastre. Nos acorralarán hasta ahogarnos. Adiós a la legalización de los partidos políticos. Olvídese de renovar los sindicatos; se acabaron las esperanzas de elecciones democráticas. ¡Un desastre!

Establecidos en el extranjero fuera de su círculo español, los exilados, sabiéndose a salvo, despotricaban a sus anchas. No todos eran republicanos, ni les unía una misma ideología política, pero sí un marcado antifranquismo. Sus esposas, intercaladas entre ellos alrededor de la mesa, permanecían sentadas en las incómodas sillas de madera y escuchaban a los maridos sin hacer comentarios, ocupadas en observar su entorno y en mirarse unas a otras, sin dirigirse la palabra, más bien acostumbradas a comportarse como un adorno de lujo pasivo, y entrenadas para no opinar. Ante la duda, Moncha se unió a su callada discreción. Tampoco entendía bien de qué iba la conversación y ella no sabía absolutamente nada de política.

—Para mí, el retorno de la monarquía sigue siendo la mejor solución —dijo alguien.

—Eso esperamos —recalcó José María Gil-Robles—. Es indudable que lo mejor sería apoyar el regreso de don Juan ahora que ha muerto el rey Alfonso XIII. Debemos observar los acontecimientos y decidir en consecuencia. Restablecer la monarquía es la salida más digna que nos queda. Si no, pereceremos antes entre las imposiciones dictatoriales del general y lo que nos depare el resultado de esta guerra internacional.

—Habrá que formar un consejo político y comenzar a reorganizarnos desde el exterior... ¿No le parece a usted, don José María? —preguntó el asturiano del grupo—. Quizá debamos hacerlo desde aquí mismo, en Portugal. Preparar atinadamente, sin prisa, pero sin pausa, la vuelta al trono del futuro rey.

—Es la única opción digna para hacerle frente a ese militarcito de tres al cuarto. Con los republicanos dispersos y su ejército desmantelado, ya no podemos contar... No digamos ya con los partidos políticos o los sindicatos, prácticamente desmembrados. Además de devastada, España está desintegrada. —Y regodeándose en su monólogo, el exiliado español continuó—: Hay que estar muy atentos a los militares liberales que aún quedan en sus puestos. Kindelán, por ejemplo. Tampoco podemos olvidarnos del general Aranda...

Gil-Robles miró entonces fija e intencionadamente a Lalo, sin que éste entendiera bien por qué, antes de intervenir:

—Con el tiempo pueden llegar a sernos útiles. ¡Ya veremos! —Suspiró—. Tenemos a la familia real dividida y diseminada; eso es cierto. Muerto el rey en Roma, la reina se desentiende y se aísla en Lausana; los hijos, enfrentados. Por fortuna, los conflictos bélicos en Europa nos ayudan a desviar la atención de esta trágica realidad, pero así están las cosas. No interesa divulgarlo, claro, pero don Jaime no ha renunciado a los derechos al trono a favor de su hijo Alfonso, aunque reconozca que está perdido para él por su incapacidad física. Tampoco lo pregona, eso es cierto, pero se sabe que busca apoyo en otras monarquías. La inglesa, concretamente. Está claro que quiere hacer valer sus derechos dinásticos frente a su hermano Juan, para la siguiente generación...

José María Gil-Robles cambió de postura en la incómoda silla de madera, sin prestar atención a la fadista, ni a la guitarra del fondo, y clavando la mirada en los invitados, uno a uno, quiso asegurarse de que también lo miraban a él, para proseguir su íntimo discurso. Retomando su antigua pose de orador con tablas, juntó las palmas de las manos abiertas y, meciendo lentamente las puntas de los dedos unidas, siguió hablado con parsimonia.

—Las dificultades se agravan con la guerra mundial, desde luego. Pero no nos queda más remedio que unirnos contra el general Franco, aunque procedamos de tendencias diferentes. Si no estaremos eternamente sometidos a la pacotilla política de esta dictadura militar. ¡Una ruina! —remató, elevando el tono de voz.

—¡Y nuestra desgracia! —respondió otro. El resto de los comensales permanecieron callados, mirando al público que les rodeaba.

—¿Se han fijado ustedes cómo maneja el generalito su política internacional? Como si se tratara de la intendencia de un cuartel africano, que es lo suyo —rio, ya a carcajadas, el último de los republicanos que habló.

Indiferente ante tanta elocuencia, Moncha seguía la conversación de refilón, más atenta a los fados y a los mensajes secretos que le transmitía su enamorado con la mirada que a la demagogia de los presentes. Su opinión personal podría contar (si alguien se la hubiera pedido), pero no encajaba con las de los allí presentes. Estaba claro que a los exilados no les interesaban otros comentarios que no fueran los suyos propios. Los problemas humanitarios de la misma guerra que tanto discutían y por los que Moncha y Lalo tuvieron que escapar de España, eran irrelevantes; algo que no se podía mencionar. Pero la verdad es que nadie se preocupó de preguntar a la pareja el motivo de su visita portuguesa, dando por hecho que estaban sencillamente de viaje de novios, ni tampoco los recién casados se entretuvieron en ampliar detalles. Lo que de verdad interesaba a aquellos españoles lejanos era el cotilleo fresco, el último chisme que podían escuchar sobre la sociedad en la que ellos ya no participaban. Por eso los habían invitado a cenar. Aunque, para ser sinceros, lo que realmente les gustaba a los políticos era escucharse a sí mismos.

Mis padres llevaban días instalados cómodamente en Lisboa, chapurreando ya un portugués agallegado, al que los nativos preferían contestar en un español mucho más inteligible para mayor comodidad interpretativa de ambas partes, cuando temprano, una mañana alguien llamó a su puerta:

—Estén preparados para las 11.30. Hoy salen para Inglaterra.

—¿Don Martín de Vicente Sasiaín, por favor?

—Sí, aquí es. ¿De parte de quién?

—El comisario general Político-Social del Ministerio de la Gobernación. Le llamamos de la Dirección de Seguridad en Madrid. Se lo paso.

—¡Hola, Lisardo! ¿Qué tal? ¿Cómo estás?

—Bien, Martín —contestó el comisario en un tono grave. Recortando los preámbulos amistosos, fue directo al grano—. Te llamo por un asunto muy serio. Estuvo aquí Monchita... Lo sabes, ¿no?

—Sí, sí, me lo comentó. Que le habías facilitado los pasaportes a Lalo y a ella. Muchas gracias, Lisardo. Eres un estupendo amigo. Nos llamaron desde Lisboa, en viaje de novios, y me contaron su visita a la Dirección General de Seguridad. Aún no he tenido tiempo de ponerte unas líneas para agradecértelo, así que aprovecho esta ocasión para hacerlo ahora.

—Pues bien, Martín, como te digo, el asunto es muy grave —recalcó el comisario general Político-Social, manteniendo el mismo tono seco de voz—. Tu hija me ha puesto en un compromiso... —cortó en seco su discurso e inmediatamente subió la voz—. Quiero que sepas que ese tal Lalo, bueno, su marido, es... ¡Que su marido y ella me han utilizado con unos fines poco claros! Se han aprovechado de nuestra buena amistad, Martín. Monchita ha abusado de mi confianza. Ya sé, ya sé que la conozco desde niña, pero así y todo, ha abusado de mi buena voluntad. Yo les di los pasaportes y ahora se han escapado. Con esos mismos pasaportes que yo les he facilitado... —Hizo una pausa. Respiró hondo y luego soltó a borbotones—: No sé si sabrás que Monchita se ha casado con un... con un espía...

—¿Qué me dices, Lisardo?

—Lo que oyes. Y se han fugado. ¡Encima gracias y a mí y con los documentos que yo les entregué! ¡Yo, yo personalmente! —Lisardo había alzado la voz exageradamente, para modularla con un tono paternalista—. ¡Pero hombre de Dios, Martín...! ¿Cómo no me lo advertiste?

—No hace falta que me grites así, Lisardo. Te oigo perfectamente. Pero te juro que no sé de qué estás hablando. Te pido disculpas en nombre de mi hija y de su marido, si te han podido ofender, pero no pienses que tengo nada que ver en esto. No sé nada de este asunto, ni qué proyectos extraños pudiera tener mi yerno.

Créeme que no entiendo de qué me estás hablando. No dudo de tu palabra, pero también te puedo asegurar que no fue la intención de Lalo, y menos aún de Moncha, ponerte en ningún aprieto. Seguro, segurísimo… —Martín respiró hondo—. Pero piensa también que si tú les entregaste los pasaportes, al fin y al cabo ése es tu cometido. Nunca he sabido que mi hija se tuviera que fugar ilegalmente de ninguna parte, y mucho menos con su marido.

—Pues agudiza el olfato, Martín, y entérate de lo que te rodea —repuso un Lisardo más chulesco—. Lalo ha tenido que huir deprisa y corriendo por culpa de su relación con la inteligencia británica. Y no es un simple simpatizante aliado, no te creas. Es mucho más que eso, y tú sin enterarte. ¡Válgame Dios! Éste es un asunto muy, muy grave para cualquier español. ¿Lo comprendes, Martín? Por eso se han marchado al extranjero. Fugados. Nada de viajecito de novios... Eso es un cuento, ¿eh? ¡Se han escapado! ¿Me oyes? ¡Porque tu yerno es un perseguido de la justicia! Y ya no podrán volver nunca. Jamás… —recalcó Álvarez más alto todavía—. Olvídate de volverlos a ver por aquí, si quieren que Lalo se libre de la cárcel... o de algo peor.

Mi abuelo se quedó mudo. Sin argumentos para enfrentarse a las denuncias de su antiguo amigo. Confundido por lo que acababa de oír, colgó el teléfono de su despacho y entró cabizbajo en el gabinete contiguo para contárselo a su mujer.

—¡Es imposible! Mi hija Moncha se ha casado sabiendo lo que hacía. A Lalo lo conocemos de toda la vida. Y la política le importa un bledo… —dijo a media voz, como hablando consigo mismo—. ¿Qué iba a hacer él con la inteligencia británica? ¿Espía? ¿Y a favor de quién?

Aturdido por la noticia, Martín no hacía más que dar vueltas por la habitación.

«¿Qué está pasando? ¿De qué justicia anda escapando? Moncha no puede estar en peligro. Tiene que haber un malentendido», caviló.

Y ahí se terminó la amistad de café, copa y puro con el viejo amigo fascista.

Las siete colinas de Lisboa amanecieron ese día cubiertas por una antipática panza de burra. Unas nubes tupidas, algodonadas, sin terminar de deshacerse, se deslizaban lentamente desde el mar abierto hacia la desembocadura del Tajo. Revuelta y embarrada por unas mareas bravas recientes, el agua turbia del río irradiaba la pena grisácea del cielo. En una mañana entristecida que no acababa de despejar, un rayo de sol medroso, que se esforzaba por abrirse camino, entornaba la luz esporádicamente. A intervalos, una llovizna ligera oscurecía el ambiente tristón, añadiendo melancolía a la idea de viajar. Saudade, morriña: dos mensajes que unen pena y lejanía a la desesperanza de unos vecinos muy parecidos. Aunque más despejado para el mediodía, el sol portugués no era tan concreto como el de Madrid antes de salir. Ni la luminosidad castellana del trayecto era comparable a la luz amortiguada de la Lisboa invernal.

Como les habían anunciado poco antes, un funcionario inexpresivo de la embajada británica los recogió en el hotel para conducirlos en su automóvil, sin más explicaciones, y se dirigieron por una carretera secundaria a un recóndito aeropuerto militar en Sintra. Escondido entre pinos romanos, redondos y frondosos, alejado del mar, llegaron hasta allí con dificultad dando tumbos por unos laberintos de baches endémicos en un Austin crujiente. El cuero desgastado de los asientos rechinaba en cada bote al rozar contra las puertas forradas de caoba claro ultrabrillante. Allí les esperaba el avión de la Oficina de Guerra británica preparado para transportarlos a Inglaterra.

Viajaban con un buen número de gente, escapados igual que ellos, de distintas procedencias europeas, huyendo de su íntimo horror. Se nota. Y quizá había alguno de los que Lalo acababa de ayudar a escapar a través de España, irreconocible en su nueva situación. Como tantos perseguidos, trataban de salvar la vida viajando hacia las islas Británicas. A la espera de salir, los viajeros se apelotonaban alrededor de la puerta, en una sala amplia y medio vacía junto a los hangares. Unos estirándose para observar mejor la pista de aterrizaje a través del gran ventanal, otros inmóviles, absortos en su condolencia, la mirada ida, desolada, sin ver siquiera al vecino, sentados sobre su ligero equipaje: el último asidero de un pasado del que no se querían desprender completamente. Un par de ellos, gabardinas en el brazo, paseaban fumando, nerviosos, girando sobre sus talones cada pocos pasos, limitados por el espacio, tratando de encubrir su tensión y la del ambiente. No se atrevían a mirar a otro grupo de silenciosos viajeros, agazapados aparte, que se cobijaban entre sí instintivamente. Todos compartían una misma incertidumbre: despegar hacia lo desconocido y volar a la intemperie entre bombas enemigas, para aterrizar en medio de la guerra más sobrecogedora de todos los tiempos, resignados a enfrentarse a la incógnita de llegar a un Londres atacado ferozmente a diario por los alemanes.

Lalo no le quiso confesar entonces a su mujer que marcharse de esta manera, sin saber cuándo regresarían a España, le encogía el corazón, pero le delataba el rictus desencajado que le acentuaba los pómulos, ya marcados de por sí, proporcionando un brillo opaco a una cara más afilada de lo usual. Con la mirada perdida, triste, disimulaba su pena, sin atreverse a fijarla en ella, al abrazarla por los hombros, arropándose mutuamente. Tener que huir de esa manera, sin saber cuándo volverían a ver a los suyos e ignorando qué se encontrarían al bajar del avión, le consternaba. Abatido por tanto pesar y en medio de la incertidumbre, él era incapaz de centrarse en la felicidad compartida con su nueva mujer, sobre quien proyectaba involuntariamente el mismo destino incierto. Su enamoramiento no le hacía menos realista, aunque se lo ocultara a ella.

Poner distancia a las experiencias de los últimos meses, no obstante, le ayudó a tomar conciencia de su osadía. El ritmo excesivamente acelerado de la propia clandestinidad le había impedido recapacitar serenamente justo antes de la boda. Pero observándolo desde lejos, reconocía que escapaban de un gran peligro para meterse en otro igual o aún peor, en Inglaterra. Lalo lamentaba profunda e inconfesablemente cuánto podía perjudicar a su mujer, sin mencionárselo, por orgullo y por vergüenza, incapaz de aceptar este viaje como una derrota. Pero se sentía impotente ante una culpabilidad indeterminada. No podía reivindicar nada, no tenía derecho a quejarse, ni a quién hacerlo. Las circunstancias en las que ahora se encontraba eran previsibles, dada la situación. Había sido su elección personal cooperar con los aliados; nadie le había obligado. Al menos ahora se marchaban juntos, aunque le mortificaba dejar atrás sus otros grandes amores: su familia, los amigos, una profesión encarrilada, el sol, los toros, el vino tinto. Madrid, Galicia. Su mundo.

Acurrucada en el asiento de al lado, enroscada cariñosamente en su brazo, entre fascinada y temerosa por el primer vuelo de su vida, Moncha lo animaba espontáneamente con su sonrisa radiante, disimulando su propio pesar, concentrada en disfrutar del momento, olvidándose del miedo... e ignorando lo que él sentía.

Nevaba cuando los recién casados aterrizaron en el aeropuerto de Bristol, como un presagio dulce y revelador de lo que se les venía encima. Las dificultades realmente no terminaban ahí. Comenzaban. Compartir aquel Londres bombardeado no era la forma ideal de emprender una nueva vida en común. Necesitarían mucho tesón, buena voluntad y un amor sólido para enfrentarse a una realidad aún más dura que la ya experimentada en España para salir adelante.

Sin embargo, para comprender en profundidad tanta audacia y por qué se arriesgó mi padre hasta ese extremo para salvar aquellas vidas desconocidas durante la Segunda Guerra Mundial, cuando las espantosas vivencias de la Guerra Civil española aún estaban frescas, habría que sopesar la huella de su propia experiencia anterior. Sólo así se puede entender realmente qué le impulsó a involucrarse en la causa humanitaria con su amigo Alan Hillgarth, olvidando el peligro que eso podría suponer. Leyendo la versión original de lo que él experimentó, en *Zona Roja*, escrito veinticinco años después, quizá comprendamos mejor sus motivos para unirse voluntariamente a los secretos proyectos del MI6 en España.

IX
Las secuelas de la Guerra Civil española

El 18 de julio de 1936 estaba en Madrid, asustado, como todos, por las graves noticias que acabábamos de recibir. Impresionado ante la reciente violencia desatada entre el clamor popular que aumentaba de hora en hora y oyendo rumores sobre los asesinatos —y los que se avecinaban—, traté de moverme de un lado a otro, sin paradero fijo. Temía que alguien me estuviera buscando, o me reprocharan un antiguo conflicto ignorado que me costara caro pagar ahora.

Presentía que podría ser víctima de alguna antigua represalia y no me quería exponer a seguir con mi rutina, por lo que creí más conveniente alejarme de la ciudad. No obstante, mi deber con la Cruz Roja me hizo recapacitar y preferí unirme a ellos, ahora que me necesitarían quizá más que antes.

Interrumpo el relato para aclarar que, aunque a él nunca se lo oí comentar, sí estuvo amenazado por uno de sus compañeros de Cruz Roja española, el doctor Tamames, que, como cuenta mi madre, le provocaba diciéndole: «Contigo haremos el número 18». No sabemos si se refería a los que iban encarcelando o ejecutando... o si era una broma pesada entre compañeros en semejantes circunstancias. Lo cierto es que mi padre se sentía realmente atemorizado y prefirió quitarse de en medio. Continúo con lo que mi padre escribió:

Me presenté a la nueva dirección tomada por los rebeldes comunistas, que me enviaron a Radio Sur. Un importante centro comunista instalado en un antiguo convento madrileño desde donde ahora operaban los nuevos directivos de Cruz Roja española. Cuando me presenté, alguien decidió que yo sería más útil como médico de campaña, actuando directamente desde el frente, lo que además de poder continuar ejerciendo como médico, también cumplía mis deseos de alejarme de Madrid. Entonces me enviaron a la provincia de Badajoz.

El héroe más popular de Cabeza de Buey, en Badajoz, era sin duda un muchacho valiente, convertido ya en leyenda de sí mismo. En una mañana calurosa de septiembre estaba rodeado de sus camaradas, excitados por los acontecimientos y excesivamente acalorados, tumbados detrás de unas rocas, contemplándole con admiración y esperando verle ejecutar el acto singular del día.

El chico se subió a la roca más alta, listo para lanzar una granada de mano hacia el fondo del valle, donde no se divisaba nada, excepto algún que otro cactus desperdigado sobre un mar de tojos resecos. En ese momento sacó del bolsillo una granada de mano y la colocó en un rudimentario tirador de cuero. Tiró de la cuerda de seguridad y sin pararse a pensar en los preciosos segundos que estaba perdiendo, la hizo girar alrededor del cuello. Al principio despacio, después contoneándose más deprisa, antes de lanzar la granada, que se convirtió en un meteoro diminuto, dejando tras de sí una larga estela de humo sobre un cielo color cobalto. Seguidamente se oyó la explosión al fondo del terraplén, en medio del calor abrasador, sin pensar que la esbelta silueta del joven servía de magnífico objetivo de un tirador árabe que esperaba su oportunidad. No lo pensó dos veces y se escuchó el disparo de un Máuser. El chico se inclinó hacia delante para contemplar el rebote de la bala, contra la roca, bajo sus pies y se echó a reír cuando le gritaban que se escondiera.

—¡Bájate de ahí, imbécil, que te han visto! ¡Escóndete, cabrón!

Media hora después la enfermera me despertó de la siesta.

—Es una herida abdominal seria —me advirtió—. No creo que se pueda hacer nada por él, pero no quiero dejarlo morir sin que usted lo vea antes.

Me levanté del camastro y me puse la bata blanca que sentí como una capa de armiño por el calor. Y me salpiqué la cara con agua fría antes de ver al herido.

El chico estaba tumbado, pálido, escuálido, sobre la mesa de operaciones. Le recortamos la ropa polvorienta alrededor de la herida y la lavamos. Le inyectamos morfina y le limpiamos el abdomen ensangrentado con éter y yodo. En pocos segundos estaba anestesiado. Ya operado, lo colocamos en la parte más fresca del colegio (habilitado como hospital de campaña). Pronto se quedó dormido bajo la atenta vigilancia de la enfermera.

Cuando fui a verle a la mañana siguiente tenía peor semblante. Los ojos hundidos, la nariz afilada, la lengua reseca y los dedos cianóticos del *shock*. Trató de sonreír al verme, pero era ya una mueca patética.

Sus camaradas hacían guardia delante de la puerta de su habitación sin atreverse a entrar, siguiendo mis instrucciones.

Al mediodía el calor era insoportable, pero el joven herido apenas lo sentía, tumbado en su habitación, fresca y oscura. Un moscón, atrapado entre la ventana y la gruesa contra de madera, buscaba furioso una salida. El impertinente zumbido de protesta resaltaba aún más en el silencio de la cámara mortuoria, y yo me sentí como hipnotizado entre el ruidito del bicho y el rítmico abaniqueo de la enfermera contemplando al paciente. Pero enseguida advertí la conmoción originada fuera. Era el galope de los caballos que avanzaban por la calle principal de Cabeza de Buey y el hermano del herido que venía a despedirse, haciéndose notar. Cuando poco después el herido fallecía, se acordó que se le enterrara lo antes posible.

Una gigantesca corona de claveles rojos, atravesada por una ancha banda de seda negra en la que se habían inscrito en oro frases significativas, apareció como por arte de magia en medio de aquel desierto de cardos. Querían enterrarlo con todos los honores de un héroe militar y en presencia de las autoridades locales. A mí me pidieron que acudiera en representación del hospital.

Una bandera roja con la hoz y el martillo de gran tamaño cubría el féretro sobre un armón. Dos camaradas de armas le seguían, portando la gigantesca corona de claveles rojos. A mí me situaron entre el comandante del regimiento y el hermano del fallecido. El resto del pueblo nos siguió y nos encaminamos al cementerio.

El camino polvoriento y sin asfaltar estaba repleto de incómodos cantos rodados y restos de latas roñosas. A cada lado, unos afilados cipreses fantasmagóricos se reflejaban en dos hileras paralelas sobre el camino. El calor era tan sofocante que los milicianos se olvidaron de desfilar marciales. Al ir alejándonos del pueblo, pasamos junto al muro recién encalado del cementerio, reluciendo bajo los cipreses. De repente reparé en que esa misma pared era la que se utilizaba para los fusilamientos y acababan de repintarla por orden del alcalde.

La ceremonia quedó algo deslucida por el excesivo calor, restándole dramatismo a un cortejo que caminaba, sudoroso, a duras penas. El comandante, rodeado de sus principales compañeros, aprovechó para echar una arenga elogiando al joven recién fallecido. Pero nada más terminar, mencionó la palabra «venganza». ¿Qué venganza? ¿Por qué hablar de venganza siendo hermanos peleando en un mismo suelo?

—¡Que nos den las llaves de la cárcel! ¡Hay que vengarse de los traidores! —gritó uno de los amotinados.

Me eché a temblar pensando en lo que se avecinaba, impotente de no poder impedir lo que se presentía claramente. Pero el comandante, envalentonándose al ver el efecto de su arenga sobre la multitud, insistía.

—¡Silencio camaradas, si es éste vuestro deseo, el deseo de la mayoría democrática de este valiente pueblo y de mis soldados, que se haga como piden!

No esperaron un momento más. Nada los retenía. Girando sobre sí mismos, regresaron al pueblo a todo correr, en busca de esa venganza tan deseada contra los presos de la cárcel improvisada. Corrían apelotonados, enredándose unos con otros, aullando y saltando, sudorosos, levantando una seca polvareda. Sedientos de Dios sabe qué venganza.

Los amotinados sabían bien que no todos los presos merecían la muerte, ni aun en estos tiempos de guerra. Muchos eran sólo sospechosos o indocumentados. Otros eran poco más que agitadores, casi niños, o demasiado jóvenes para ser juzgados. Alguien sugirió que se organizara un juicio popular rápido antes de tomar ninguna decisión.

—¡Qué juicio ni qué hostias! —gritaron—. Los que están ahí dentro son culpables y todos lo saben. Y si no nos dais las llaves para entrar en la cárcel ahora mismo, os metemos a todos dentro.

Fuera por la razón que fuera, las llaves del edificio improvisado como prisión no tardaron en aparecer.

Yo me escabullí como pude y regresé al hospital, pero cuando estaba dispuesto a volverme a poner la bata blanca, apareció la enfermera de nuevo, con un vaso de agua fría al que había echado un chorro de ginebra y un limón en la mano.

—No hay hielo, lo siento, espero que le guste así —me dijo ella, con una voz dulce y reposada—. Tiene bastante ginebra. Esta noche le toca subida de temperatura (por una malaria mal curada que aún padecía) y con estos calores tiene usted que hacer más esfuerzos. ¡Si se tomara la quinina como Dios manda!

—Prefiero tener fiebre que náuseas y zumbido en los oídos.

Y en el mismo tono reposado con que me había hablado para entregarme la bebida, me dijo:

—No sabe cuánto lo siento, doctor, pero tiene que volver a salir. Hay dos hombres en la puerta que quieren que regrese con ellos al cementerio. Lo necesitan como testigo de las ejecuciones.

En ese instante, la enfermera sabía que yo perdería la calma y estaba segura del dolor que me producía la noticia.

—¿Qué estás diciendo? Avísales de que no puedo ir. Que tengo fiebre, que estoy atendiendo a otros enfermos. Lo que quieras. Tú sabes muy bien que no puedo ir. Por favor, haz lo que sea para evitarlo.

—Ya lo he intentado todo antes de avisarle, pero no me escuchan. Están fuera de sí. No parecen hombres; son auténticos animales. Dicen que será una operación rápida. Total, usted siempre está con fiebre y los enfermos pueden esperar. Le aseguro que no puede librarse de ésta. Tiene que ir forzosamente. ¿Quiere que le prepare otra copa antes?

Mientras con grandes esfuerzos yo me disponía a volver a salir, ella se atrevió a comentar:

—¿No está usted harto de tanto horror, doctor? ¿Por qué un hombre como usted, que no tiene nada que ver con las ideas de esta gente, tiene que aguantar lo que aguanta? ¿Por qué no se pasa al otro lado?

—No puedo por dos razones. Primero, porque soy totalmente apolítico y no me importa de qué lado trabajo, con tal de cumplir con mi deber de médico. Además, creo que me necesitan mucho más de este lado que del otro. Por eso me quedo. En segundo lugar, si intento pasarme ahora, seguro que me acribillan a tiros. Siempre habrá un moro escondido dispuesto a dispararme. Ahora no podría ser, tengo que esperar el momento oportuno.

Ella me miró entonces como poniendo en duda mis motivos y no añadió nada más.

Un nuevo grupo de hombres me esperaba fuera. Insistían, ansiosos, en que se cumplieran las instrucciones superiores: era obligatorio tener un médico presente en las ejecuciones para certificar las muertes después. En otras ejecuciones anteriores, algunos fusilados en masa habían logrado escaparse moribundos, sin rematar, y al llegar los enterradores se encontraban con que había menos cuerpos de los que se habían ejecutado. Era demasiado laborioso tratar de cazar a los escabullidos y más eficiente pegarles el tiro de gracia a aquellos recién fusilados con los que hubiera duda de si vivían o no.

Eligieron treinta y cuatro presos al azar y los subieron al camión sin medir si eran inocentes o no. Pero no era eso lo que más les importaba. La masa del pueblo estaba sedienta de sangre y odio, confabulados para vengar la muerte de su héroe, y ante tanta ira colectiva su reacción era imprevisible. En el camino al cementerio, uno de ellos reclamó.

—¡Pero si soy de los vuestros, si soy igual que vosotros! ¡No me matéis, soltadme!

Y otro respondió:

—¡Es verdad, soltadlo, no miente, él es mi amigo!

Y se zafó de los verdugos.

Conforme nos acercábamos al cementerio aumentaba el griterío, pero en medio del alboroto alguien tuvo el valor de subir al camión y soltar la soga de uno de los presos atado a otro compañero. Éste saltó rápidamente al suelo, restregándose las muñecas, y se abrazó al primer soldado que encontró junto a su amigo redentor. A partir de ahí, se engancharon por el hombro y se unieron al cortejo de sicarios con el mayor de los entusiasmos.

—¡Canallas, fascistas, al paredón! —les gritaban con el puño en alto, sin sentir la mínima piedad por las víctimas.

El cortejo prosiguió su camino hacia el camposanto. Un cortejo que seguía a treinta y dos cadáveres vivos, con los corazones latiendo, los pulmones respirando el aire limpio del campo. Se les conducía a la tumba sin afeitar, temblorosos, tratando de mantenerse en pie a duras penas, tambaleándose entre la debilidad y el pavor, atados unos a otros, sabiendo que sería la última vez que verían sus campos, los mismos que los vieron nacer. ¿Por qué tenía que ocurrir algo tan trágico? ¿Qué habían hecho aquellos pobres campesinos para merecer esta muerte? ¿Cómo era posible que el único que estuviera triste, que sintiera un amor infinito por estos pobres que iban a ejecutar, estos cadáveres en vida, fuera sólo yo? ¿Eran ellos los fuertes y yo el débil? ¿Por qué me temblaban las piernas?

El sol rosáceo de la tarde ahora se reflejaba de refilón en las paredes del cementerio. Descargaron a los moribundos del camión y los colocaron frente a la pared inmaculada, en fila, uno tras otro. Algunos se arrodillaron llorando, pidiendo clemencia; otros más valientes miraban retadores a sus verdugos, frente a frente; hubo quien prefirió ponerse de espaldas para no ver. Temblaban con lágrimas en los ojos o permanecían exultantemente valientes. Todos callaron, tristemente.

Comenzaron a oírse los disparos de los Máuser, los rifles, las pistolas, los revólveres, en una cacofonía infernal mezclada con los alaridos histéricos de los asesinos. Cada disparo me retumbaba por dentro. Eran eternos.

Cuando por fin tuve el valor de abrir los ojos, tenía una pila de cadáveres ante mí. En el centro vi a un hombre desfigurado, arrodillado, con las piernas separadas junto al cuerpo del compañero al que le habían atado. Tenía media cabeza destrozada y mostraba ensangrentada la mano con la que había tratado de defenderse, ingenuamente, de los disparos. Se desplomó cayendo sobre el resto de los cadáveres. Mientras aún sonaban los últimos tiros, fui incapaz de seguir mirando. Me sentía desesperadamente impotente y solo en el inmenso silencio del atardecer que siguió a la matanza.

—¡Fíjese bien, camarada! ¡Eh, no hay quien lo mejore! —me gritó uno, carcajeándose histérico, satisfecho de su hazaña.

Me acerqué despacio, conmovido, al grupo de cadáveres. La pared encalada, blanca hacía sólo unas horas, volvía a estar salpicada de sangre. Ahí estaba un joven, casi un adolescente, junto a su padre, irreconocibles, abrazados a un crucifijo. Inermes, desfigurados, torturados. Algunos aún con la sangre fluyendo de las heridas. Estaba terriblemente indefenso: no podía expresar la angustia que me producía el tétrico espectáculo. Desfallecido ante semejante visión, tuve que sentarme en una roca para poder asimilar tanto horror. Me eché a llorar desconsoladamente allí mismo y comencé a tener convulsiones. No podía parar de llorar, incapaz de asimilar esa escena; me había quedado sin fuerzas. Imposible ponerme en pie. Sin reponerme aún, al instante sentí la mano amorosa de la enfermera acariciándome la cabeza.

—Véngase conmigo; ya le ha vuelto otra vez la fiebre. Le tengo preparado algo fresco para beber en el hospital. Tome el pañuelo y séquese el sudor. ¡Está empapado! Es que usted es muy terco doctor... No quiere tomar la quinina y así le pasan estas cosas. Ande, acompáñeme.

Regresamos al pueblo, caminando en silencio, apoyado en el hombro benevolente de mi enfermera. Yo aún apenas podía tenerme en pie. Daba igual que fuera por la malaria o por el terror. Sostenido por ella, pude finalmente contemplar el anochecer sobre el tranquilo pueblo. Comenzaban a brillar las primeras estrellas de una noche clara.[12]

Esta patética escena de una España feroz, pero real, que para su desgracia tuvo que presenciar mi padre tan de cerca, reproduce la efervescencia de un pueblo desalmado e insensible, alardeando de una crueldad contenida hasta liberar la furia inmemorial de odio y rencor acumulado de siglos que estalló durante la Guerra Civil, tristemente satisfecho al embadurnarse con la sangre aún caliente de un prójimo cercano. Una impresión difícil de asimilar para cualquier infortunado testigo, insoportable e imborrable para alguien con una sensibilidad acusada como la de mi padre, entrenado además para salvar vidas y no para promover la muerte.

No es de extrañar que miles de españoles tuvieran que hacer grandes esfuerzos para sobreponerse y asimilar experiencias parecidas a ésta para continuar viviendo en el mismo lugar y entre la misma gente, sin reconcomerse en el rencor y en un odio silenciado a la fuerza el resto de su vida y que otros, por la misma razón, prefiriesen el exilio. Pero si además la crueldad local se prolongó cinco años más con otra guerra internacional, cualquier relación directa con la barbarie contribuía a revivir las torturas, como estoy segura que le ocurrió a él. Curando heridas ajenas, Lalo se olvidó de tratarse las propias, arrastrando unas secuelas físicas y emocionales de las que nunca se liberó totalmente.

Por eso mismo, para alguien que reverenciaba la vida humana como una finalidad ética, moral y profesional, entrenado para cultivar y proteger con devoción la de los demás; testigo accidental de estas terribles experiencias durante la Guerra Civil en su propio país, mi padre no podía negarse a salvar a otros seres indefensos en una guerra muy próxima. Aunque fueran víctimas anónimas y desconocidas, pero condenadas a morir tan injusta y trágicamente durante la Segunda Guerra Mundial como los españoles aquí descritos. No es extraño, pues, que después de su triste experiencia en Cabeza de Buey, Lalo hiciera lo que fuera para impedirlo. Ya fuera a requerimiento de su amigo y agregado naval británico, Alan Hillgarth, como por deseo propio.

X
Los renglones torcidos de Hitler

Una de las personalidades más controvertidas del siglo XX es, sin duda, Adolf Hitler, a quien resulta muy difícil juzgar con objetividad por las nefastas consecuencias humanas e históricas de su crueldad y de sus fracasos. Los biógrafos más modernos del Führer, sin embargo, coinciden en clasificarlo como un hombre perezoso, desorganizado, indisciplinado e histérico, hasta cuando trataba de relajarse oyendo a Wagner. Y aunque en apariencia no lo pareciera, tampoco era meticuloso en el trabajo, ni en el estudio de esos documentos secretos que tanto preocupaban a su gran enemigo Winston S. Churchill.

Adolf Hitler era un noctámbulo que odiaba madrugar y al que le gustaba disfrutar de las reuniones de la alta sociedad berlinesa, en las que se quedaba flirteando hasta muy tarde, rodeado de las actrices de moda y de admiradores, dejándose halagar por ellos. Sin embargo, era un conversador insulso y aburrido cuando le tocaba hablar en la intimidad, a no ser que se tocaran sus temas favoritos cuando tomaba la palabra. Entonces, podía hablar sin parar durante horas, obligando a sus invitados a escucharle hasta que él quisiera. Los comunicados altamente secretos de la inteligencia militar británica (escritos en 1943 y que se conservan en los archivos del Public Records Office en Londres) dicen que el Führer detestaba a lo intelectuales, y tampoco le gustaba intercambiar impresiones con interlocutores que destacaran más que él en temas que no dominaba. El Führer prefería rodearse de adeptos mediocres, a ser posible de físico atractivo y que ensalzaran los rasgos de la pureza racial aria. Endiosado y con un ansia de poder ilimitada, hasta el punto de unir la hegemonía dictatorial del partido nazi con el Estado alemán, por otra parte, sus altibajos depresivos eran frecuentes e inesperados. Un padecimiento que no sólo lo dejaba agotado, sino que obligaba a Bormann a relevarlo para incumplir unas órdenes jamás ejecutadas, puesto que una vez transmitidas, a Hitler podían olvidársele totalmente. Era un desorden muy poco aireado mientras ocurría, ya que se mantuvo en secreto dentro de su círculo más íntimo, pero que así y todo repercutía en el entramado de rígidas incoherencias en su gobierno. Desgraciadamente no se tardó tanto tiempo en saberse lo desafortunada que fue esa inestabilidad psíquica y el caos que él solo desencadenó para millones de personas.

Según su director de prensa, Otto Dietrich, en los doce años de poder, Hitler ocasionó la mayor confusión de gobierno que existió en la segunda mitad del siglo XX. Una confusión que sin duda reflejaba su propio desorden mental, como consecuencia de una extraña patología derivada quizá de una frustrada experiencia juvenil en Viena, como pintor fracasado. La del estudiante que no asimiló el rechazo a entrar en la academia de Bellas Artes, y a quien una cadena de casualidades convirtió en militar durante la Gran Guerra, encumbrándose sin motivo y sin tener la disciplina ni la formación académica necesarias. Aunque algún don tendría para mantener durante años su hegemonía, confundir a sus colaboradores y evitar competencias directas.

Entre las grandes frustraciones que padecía Adolf Hitler estaba que comparasen la revolución bolchevique con el nazismo, por lo que atormentaba a los ministros que pretendieran compararlo con Stalin. Argumentos incoherentes que nos hacen pensar que la anarquía interna existente, o provocada, entre los dirigentes del Tercer

Reich debía resultar beneficiosa para las ambiciones personales del dictador. Haciendo un uso omnipotente de su megalomanía, el Führer aspiraba a ser un dios convertido en un satán catastrófico, cuando en definitiva escribió los renglones torcidos de la historia de la Europa moderna, al cambiar su curso desde que él apareció en escena.

Sin embargo, y a pesar de tanta incoherencia, en público, el gobierno del Tercer Reich no daba impresión de desorden debido a la eficiente coordinación de su equipo de propaganda. Por tanto, la complejidad de los problemas que presentaba como enemigo era para los británicos mayor que la agilidad con la que ellos encontraban soluciones. De ahí la necesidad constante de buscar referencias coherentes y fórmulas de ataque a través de los equipos de inteligencia, sobre todo para equipararse con lo que para los británicos era una indiscutible, pero inconfesable, superioridad bélica. Una situación que obligó al gobierno de Churchill a tomar decisiones improvisadas por la celeridad con la que se tomaron y no siempre obteniendo los resultados deseados.

Un enemigo acérrimo del nazismo que no tardó en percatarse de la gravedad del antisemitismo inherente a la política del Führer fue precisamente Winston S. Churchill. Gracias a esa curiosidad por analizar personalmente las noticias procedentes de los agentes secretos desde los países invadidos —una costumbre que adquirió desde que Hitler llegó al poder y que mantuvo a lo largo de toda la guerra—, Churchill estaba informado de la represión judía desde bastante antes de los comienzos de la guerra en Polonia. Churchill estaba al tanto desde un principio de que fue Goering, uno de los máximos exponentes del partido nazi perteneciente al exclusivo círculo hitleriano, quien mandó construir bajo su dirección personal los campos de concentración en Papenburg y Oranienburg-Sachsenhausen, donde recalaban los adversarios políticos del Tercer Reich. Reclusión de la que tampoco se libraron los primeros judíos antes de hacerse pública su persecución. Esta oportuna cortina de humo encubierta por la Segunda Guerra Mundial permitió justificar los arrestos en masa y las incautaciones de bienes judíos sin una explicación definida y con una facilidad que hubiera sido imposible en tiempos de paz. Una política sagazmente entremezclada con la bélica que se extendió desde Austria hasta Hungría, entre 1938 y 1944, y coincide de principio a fin con la movilización de las tropas alemanas.

No sería difícil asociar, por lo tanto, el ensalzamiento de la raza que emerge en Alemania, con el obsesivo antisemitismo nazi que se extendería a los países sojuzgados. Como así ocurrió. Allí donde llegó el ejército alemán, aislaban a las comunidades judías del resto de la población civil en los guetos más humillantes y empobrecidos de las ciudades ocupadas. Acorralados e ignorantes de la verdadera gravedad que encerraba el poder del Tercer Reich, no todos pudieron escapar y menos aún tras la llegada de los invasores. En consecuencia, desinformados y sin medios para defenderse, fueron partiendo escalonadamente, entre engaños, hacia los campos de trabajo y de exterminio. O, sencillamente, fusilados a la puerta de su casa.

Así comenzó el Holocausto.

La política del terror, aplicada no sólo para los prisioneros de guerra, tuvo sus inevitables repercusiones sociales hasta que se convirtió en un secreto a voces entre las clases dirigentes. Los nazis sometieron, castigaron, encarcelaron y mataron a comunistas, homosexuales, gitanos o judíos utilizando el doble juego criminal con las luchas en el frente. Los detenidos judíos, engañados por inexplicables y diversas disculpas, desaparecían en unos misteriosos aislamientos en sórdidos campos de trabajo durante tiempo indefinido, de donde la gran mayoría no regresaba. Como mucho, se explicaba a los familiares que los concentraban como mano de obra barata para la industria de la guerra, pero les ocultaban su auténtica y patética situación de presos raciales. En los primeros años cuarenta, nadie sabía qué pasaba con los semitas desaparecidos, puesto que ninguno regresaba para contarlo.

Hasta que poco a poco se fueron infiltrando las desconcertantes noticias, conociéndose la verdad de lo ocurrido en Auschwitz, Belec, Belsen, Buchenwald, Chelmo, Sohibur Saxen Hausen, Treblinka... Es decir, en los centros creados para someter a los judíos, así como a los enemigos del Tercer Reich a trabajos esclavizantes y torturarlos antes de aplicarles la solución final.

Por su parte, la Gestapo, como representante de los servicios secretos del Tercer Reich, organizada desde Alemania para respaldar la expansión bélica europea, utilizó unas tácticas de inteligencia secreta totalmente opuestas a las británicas. Aunque por la agresividad y eficacia de sus resultados parecían tener agentes en todas partes (como creía el embajador Hoare que ocurría en España), lo que realmente hacían para dar esa impresión expansiva era valerse de informantes civiles repartidos entre distintos sectores de la población. Por tanto, eran éstos quienes les facilitaban todo tipo de noticias. A veces incluso coaccionaban a terceras personas para llevarlo a cabo. Había delaciones de todo tipo: desde el sospechoso comportamiento del vecino indeseado, hasta los rasgos semíticos de otro. Apellidos indeterminados de posible ascendencia semita, rutinas misteriosas que se salían de la cotidianeidad, comportamientos inusuales, orígenes dudosos de lejanas y sospechosas conexiones semíticas, hasta en tercer grado, que muchos se ven obligados a alterar u omitir para evitar su persecución. El trato entre empleados, las relaciones entre los administrativos en un banco, cualquier información sobre el círculo personal de los trabajadores podía orientar a los dirigentes sobre la raíz de sus persecuciones. Se llevaba cuenta puntual y escrita de todos los movimientos.

Fuera de los campos de batalla, el 80 por ciento de los crímenes políticos del hitlerismo estaban basados en la información facilitada por la población civil, que no tenía por qué ser exclusivamente de origen nazi. Aún cuando su máximo exponente, el Führer, tuviera una mente peligrosa, sus subalternos sabían manejar con siniestra habilidad sus retorcidos fines criminales, asistidos por el manipulable fanatismo popular, hábilmente sustentado por una excepcional propaganda política. Estrategia maquiavélica, extraordinariamente bien montada por los grupos de élite de las SS y reafirmada por los agentes de la Gestapo en asociación con los informantes y las policías locales de los países invadidos.

De esta forma, el nazismo consiguió confundir un oportuno antimarxismo de oscuros propósitos políticos con un antisemitismo hábilmente enfrentado a la glorificación de la raza aria, que logró ponerse en práctica subrepticiamente en paralelo a la Segunda Guerra Mundial. Un comportamiento que en principio estaba exclusivamente asociado al pueblo alemán, pero que se fue extendiendo por Europa al compás de la invasión alemana con un criterio tergiversado que identificó, sin ninguna lógica aparente, a judíos y bolcheviques como enemigos comunes del nazismo, y sobre quienes se volcó la culpa de los problemas económicos y políticos que venía sufriendo Alemania desde el Tratado de Versalles de 1918.

Al observar la situación en su conjunto, resulta más fácil entender el éxito arrollador de un Adolf Hitler defensor a ultranza de los derechos de los alemanes, cuando en 1933 su partido lo presentó casi como a un héroe mesiánico que fuera a solucionar los problemas arrastrados desde los desfavorables acuerdos de la Gran Guerra de 1914, y que se asociara estratégicamente a los enemigos de Alemania con los judíos y oportunamente con el marxismo.

Dos años después de haber sido elegido Führer en unas elecciones democráticas, durante el VII Congreso del Partido Nacionalsocialista en 1935, se dieron a conocer las Leyes de Núremberg. En ellas se excluía a los judíos del resto de los alemanes, por ley, así como de la comunidad del Estado con la inexplicable disculpa de proteger «el honor de los alemanes» y preservar la pureza de la raza aria. Este concepto distorsionado por el abuso de poder y una hábil propaganda nazi se fue extendiendo y degradando con el avance de la guerra en Europa. El descarado totalitarismo que coartaba la defensa y la libertad de las comunidades judías dio pie a su vez a la política de agresiones físicas y morales para coartar la defensa y la libertad de estas comunidades, despojadas de sus bienes y acusadas de una culpabilidad indeterminada de la que tampoco se podían defender ante un tribunal.

Siguiendo estas normas abusivas, los judíos fueron despedidos de sus puestos de trabajo, recluidos e incomunicados en sus casas primero, o conducidos directamente a los campos de concentración después. Se les confiscaron las cuentas bancarias y unos bienes a los que no volverían a tener acceso. Rebuscando formas de humillarlos, en Viena debían barrer las calles los domingos, y en los países ocupados, todos los semitas debían identificarse con una estrella de David visible y amarilla cosida en la ropa. Tenían prohibido viajar en tranvía o en metro y hacer uso del correo o el teléfono. Éstas fueron las injustas normas que fueron sufriendo los que aún se iban librando de la reclusión definitiva.

En menos de tres años se confiscaron los pasaportes de la población judía alemana, hasta expulsar a diecisiete mil del país. El racismo del Führer parecía no tener fondo. Son famosas las anécdotas de sus manejos para negarse a felicitar a los ganadores de color durante las Olimpiadas de Berlín en 1936. Cualquier oportunidad era buena para alardear de su desprecio racial.

Finalmente, en 1938 salta el primer chispazo que confirmaría la obstinación racista del Führer y reafirma su intransigencia ideológica. Tras el asesinato a manos de un judío de un secretario de la embajada de Alemania en París, el teniente general de las SS y jefe de seguridad, Reinhard Heydrich, ordenó en represalia la destrucción de todos los comercios judíos e incendiar y demoler las sinagogas en Alemania y Austria. Fue lo que históricamente conocemos como «la noche de los cristales rotos», cuando de una vez se corrió el telón del odio abierto a los judíos a los ojos del mundo.

Pero volviendo a España y en el caso que relaciona a mi padre con los diplomáticos británicos del MI6, para comprender el ámbito nacional en el que se movían y tener en cuenta la actitud del gobierno de Franco, abiertamente inclinado hacia los países del Eje en 1940. Mediante la fuerte propaganda que anega la prensa nacional, internamente se pretende hacer creer a los españoles que viven más como espectadores y no como participantes de ese conflicto bélico que se desarrolla más allá de sus fronteras, cuando realmente no es así. Aunque sólo sea por la forma de difundir su doctrina fascista muy en consonancia con el nazismo alemán. Así lo afirma el historiador Antonio Marquina:

> En España se reafirmó una hostilidad manipulada hacia los judíos (comunidades inexistentes o desconocidas en el país) sin saber bien por qué. El gobierno confunde a la opinión pública, equiparando a los semitas con la masonería como culpables de la devastación recién concluida contra los «rojos». Dejándose manipular por los esbirros del Tercer Reich infiltrados en sus ministerios, el gobierno franquista copia y adapta los métodos propagandísticos alemanes y agrupa a los que considera enemigos [del nazismo] como un todo, acusándolos de los innumerables desastres que sufren los españoles, particularmente los económicos, uniéndolos a los que impiden la recuperación del país desde la Guerra Civil. Una adaptación muy oportuna de las simpatías pro alemanas y que, como es costumbre, culpa a los demás de las repercusiones sociales de cualquier guerra y especialmente de los problemas de difícil solución.[13]

Así lo insinuaba el general Franco públicamente en el discurso de fin de año de 1939 que, según parece, volvió a repetir en agosto de 1942:

> Ahora comprenderéis los motivos que nos han llevado a distintas naciones a combatir y alejar de sus actividades a aquellas razas en

que la codicia y el interés es el estigma que las caracteriza [...] el peligro para el logro de su destino histórico. Nosotros, que por la gracia de Dios y la clara visión de los Reyes Católicos hace siglos, nos libramos de tan pesada carga, no podemos parecer indiferentes ante esta nueva floración de espíritus codiciosos y egoístas tan apegados a los bienes terrenos.[14]

Discurso pronunciado desde una indudable óptica nazi, cubierto por el manto protector de un gobierno falangista que autoriza la entrada indiscriminada al país de cientos de agentes de la SS y la Gestapo, desde el inicio de la nueva guerra en Europa. Una influencia siniestra que abarcó España de punta a punta, sin que se pusieran objeciones a sus innumerables intromisiones y que se recrudeció con los reajustes en las relaciones hispano-alemanas de 1940, condicionando cada vez más la política nacional a las exigencias del Tercer Reich.

Las idas y venidas de Ramón Serrano Súñer (de macabra coincidencia en las iniciales de su apellido con sus admirados SS) a Alemania se corresponden con otras visitas de políticos alemanes a España. Himmler llega a Madrid en octubre de 1940, pocos días antes del famoso encuentro de Hendaya entre Franco y Hitler, con amplias sesiones de trabajo en Gobernación y diversas reuniones con el responsable de la Dirección General de Seguridad, el conde de Mayalde. Se actualizan antiguos acuerdos hispano-alemanes en Interior y se revisan los proyectos para los agentes de la Gestapo, a los que permiten instalarse como funcionarios de seguridad en su embajada y consulados, bajo la estrecha observación de Paul Winzer, el comisario de la policía política alemana, cómodamente establecido en España. Con estos acuerdos, muy del gusto de Serrano Súñer, se intenta equiparar a los ministerios franquistas con la política del Tercer Reich, forzándolos a que desarrollen su labor a la sombra de una Gestapo claramente dominante.

Entre los escalofriantes acuerdos mutuos de represión, se firma uno de intercambio, investigación y entrega de indeseables no afectos al régimen, lo que resultó en miles de víctimas, perseguidas como consecuencia de la Guerra Civil, que no sólo resultaron ejecutadas en los campos de concentración o en las cárceles extranjeras y españolas. Transcurridos cincuenta años vamos teniendo noticias de muchos de los que cayeron presos por la «ayuda mutua en la labor de investigación fuera del territorio español y alemán». De forma que en España se reproduce, cuando supuestamente Franco era ajeno a la nueva guerra europea, una represión política copiada de la de los países ocupados por el Tercer Reich, y eso que se alternaba la neutralidad con la no beligerancia, y frente a los aliados se presentaba otra cara.

El primer resultado de los pactos hispano-alemanes se refleja en la oficina de pasaportes, en Gobernación. Algo de lo que obviamente tenía que estar al corriente Alan Hillgarth, como responsable de inteligencia en la embajada británica en Madrid. Él fue quien más insistió a mis padres para que tuvieran listos los pasaportes cuando se casaron, sabiendo que tendrían que marcharse en cualquier momento. Su aventura de recién casados, que no deja de estar envuelta en una gran ironía del destino, concluye frente al propio comisario de Gobernación, Lisardo Álvarez, viejo amigo de la familia De Vicente mientras era jefe de Fronteras del puerto de Vigo. Precisamente el mismo que les entrega a mis padres, sin el más mínimo reparo, los documentos redentores. Una operación entonces muy restringida para cualquier español y que ellos superaron por simple amistad, mientras los visados para el extranjero se miran con lupa, al tratar de reducir y controlar al máximo a quienes huyen de otros países de Europa a través de España. Los judíos, en su mayoría apátridas o indocumentados, son rechazados implacablemente.

Este tira y afloja de las negociaciones hispano-alemanas duraría hasta fines de 1942, y cuando toda Francia cae ya bajo jurisdicción alemana, se recrudece el cierre de las fronteras pirenaicas y mis padres deben marcharse precipitadamente. Ahora comenzaba a comprender mejor, sesenta años después de ocurrido, por qué ese pequeño grupo de amigos centralizados en Madrid tuvieron que actuar en la clandestinidad, arriesgándose tanto, con grandes esfuerzos para llevar a cabo las ayudas humanitarias: la amenaza alemana superaba a la franquista. El embajador Hoare insiste varias veces en sus memorias en que fue esa postura (legal) indeterminada de la Administración española, tan influenciada por la política nazi, la que obligó a los aliados a buscar alternativas para ayudar a los refugiados a cruzar la Península Ibérica, aunque sin detallar que esta finalidad derivara en los salvamentos clandestinos a los que yo me refiero:

> Una responsabilidad que debería recaer en la Cruz Roja, u otras asociaciones humanitarias de los gobiernos aliados, pero las condiciones particulares en las que tuvimos que operar lo hicieron imposible. Los trabajos de alivio (*relief* en sus palabras) y evacuación estaban tan estrechamente conectados con la maquinaria civil y militar española, que hubo que concentrarlo en la embajada británica. Tanto mi equipo como yo teníamos que intervenir a cada momento.[15] [...] Los gobiernos de los Países Bajos, Bélgica, Yugoslavia, Grecia, Polonia y Checoslovaquia y parte de Francia —exceptuando el gobierno de Vichy— no estaban reconocidos por el gobierno español, de ahí que tuviéramos que ocuparnos de todos ellos... Aunque sólo deberíamos responsabilizarnos de los refugiados británicos, tuvimos que ampliarlo a refugiados de todo tipo.[16] [...] Miles de antinazis alemanes y austriacos, particularmente judíos, llegaban sin que se les aceptara su nacionalidad. Nuestra batalla contra la Gestapo era interminable.[17]

De ahí derivó la lucha soterrada de los diplomáticos británicos con los representantes de los ministerios del Ejército, Asuntos

Exteriores e Interior, para tratar de suavizar las restricciones locales tan influenciadas por la política del Tercer Reich.

En marzo de 1942 se concluye la primera etapa de autorizaciones legales a los refugiados judíos que atravesarán España hacia Portugal. Pero muchos más siguen entrando por diversos conductos ilegales, franqueando los Pirineos de las formas más peregrinas, por temor a ser devueltos a sus orígenes. Fechas que coinciden con la colaboración de mi padre con los aliados. Pero para entonces el nuevo matrimonio ya vivía en Londres.

XI
La Gestapo en la Puerta del Sol

—Señor comisario, ha vuelto ese capitán Hans Vogel.
—¿El mismo alemán de ayer...? ¿Pero no te he dicho que le digas que no estoy?
—Ya lo sé, señor comisario, pero no quiere marcharse. Está muy enfadado. Dice que se quedará ahí fuera hasta que usted le reciba para...

No había terminado de decir la frase el subalterno de Lisardo Álvarez, cuando la puerta de su despacho se abrió de un modo brusco y entró, formalmente vestido de calle, el capitán de las SS Hans Vogel, destinado en Madrid. Era el mismo que el día anterior había esperado una antesala de casi una hora ante el despacho del comisario general Político-Social de la Dirección General de Seguridad, en la Puerta del Sol número 1, Lisardo Álvarez, marchándose enfurecido por no haber conseguido verlo. Pero hoy no estaba dispuesto a aceptar que se repitiera la ofensa, y sin ningún permiso abrió la puerta del despacho airadamente, para entrar con determinación. En un español claro, de fuerte acento alemán, el oficial mostró su ira abiertamente.

—¿Cuánto tiempo tenía pensado hacerme esperar hoy?
—Perdone capitán, pero estoy ocupado. Ahora no le puedo atender... Por favor, Samuel, le puedes indicar la salida al...

—Ninguna salida, señor Álvarez —cortó el teutón con pronunciado ceño—. De eso nada. Hoy no me muevo de aquí hasta que logre hablar con usted. ¡Y escúcheme bien! —exclamó fuerte y claro—. Ha sido usted el que me ha obligado a volver hoy por su falta de consideración de ayer. Así que quiero que se me atienda. Inmediatamente. ¿Está claro?

—Está bien, está bien, Vogel, pero no necesita decírmelo a gritos. Le concederé un momento —claudicó Lisardo amablemente, sin alterarse ni agachar la cabeza.

—El tiempo que sea necesario —precisó su interlocutor—. ¿Me entiende?

—De acuerdo, de acuerdo, Vogel… Cuénteme qué le preocupa tanto esta vez.

—Mire, comisario… Estoy muy descontento con lo que está ocurriendo en estas dependencias. Ustedes no están cumpliendo con lo establecido entre su patria y la mía, y esto no puede seguir así.

—¿A qué se está refiriendo?

—Sabe muy bien a lo que me refiero… A cumplir con nuestros pactos. Y más concretamente, con el Pacto de Acero firmado entre España y los países del Eje. Además de otros acuerdos bilaterales entre España y Alemania que usted debe conocer de sobra, y según los cuales un enemigo de Alemania también lo es de España.

—En efecto, capitán. Y de Italia también… y si me apura, hasta de Abisinia. —El comisario sonrió con desgana—. Pero de acuerdo con su guerra. Y que yo sepa, España aún no se la ha declarado a nadie.

—No quiera interpretarlo a su modo. Nuestros acuerdos de 1940 han de cumplirse, entre o no España en la guerra. Aparte de los arreglos comerciales preestablecidos entre el general Franco y el Führer. ¿O ya se le ha olvidado lo que los alemanes hicimos por ustedes para que ganaran la guerra los nacionales? ¿Eh? ¡Los suyos!

—Desde luego que no, capitán. Pero también debe admitir que les correspondemos con un trato preferente. Y no sólo en las relaciones comerciales… ¿Qué me dice de nuestro apoyo humano? Ahí tienen a mis compañeros de la División Azul. Dieciocho mil españoles luchando en Rusia, codo con codo con su ejército contra los bolcheviques. ¿No le parece un buen respaldo? Tampoco se olvide usted de eso.

—Claro que no nos olvidamos —respondió Vogel, tajante, sin perder la insolencia con la que había comenzado la conversación—. Al Tercer Reich y a su gobierno, señor Álvarez, nos unen muchos intereses comunes y por eso mantenemos las mejores relaciones a todos los niveles. Como, por ejemplo, preservar la pureza de sangre aria y no cejar en la lucha antibolchevique… —El SS bajó algo la voz para añadir—: Pero ahora no me estoy refiriendo a estos casos. Usted sabe a qué he venido, ¿no es así? —remató, seco y mal encarado.

—Me lo imagino. A algún tema de visados, de pasaportes, o algo parecido.

—No exactamente.

—Pues ése es aquí mi principal cometido. Así que antes de que siga, Vogel, ya le tengo advertido que no todos los casos que ustedes nos imputan competen a esta casa. Muchos dependen de Asuntos Exteriores, incluso del Ministerio del Ejército. Hace dos años que no paramos de firmar unos acuerdos que además no dejan de ampliarse constantemente. ¿A cuál de ellos se refiere usted ahora?

Sin poder contener la furia por más tiempo, el capitán Vogel atacó directamente.

—¿Quién le ha dado permiso para concederle un pasaporte a ese mediquillo medio inglés?

—No le entiendo. ¿Qué pasaporte, y a qué médico se refiere? ¿Inglés?

—Por favor, Álvarez… sabe muy bien a quién me refiero. Usted mismo ha extendido y firmado el pasaporte que le permitió salir de España a ese indeseable de Martínez Alonso por la frontera de Ciudad Rodrigo, y escapar tranquilamente por Vilar Formoso a Portugal.

—Oiga usted, ese mediquillo al que se refiere es un gran médico español. De inglés, o de indeseable, nada. Es bien español, e igual que su mujer, a quien conozco desde niña, tiene derecho a un pasaporte para salir y entrar del país cuando quiera.

—No, si está fichado.

—¿Fichado? —El comisario estaba perplejo—. ¿Por quién? ¿Aquí, en esta Dirección General de Seguridad? Están ustedes muy equivocados. A mí no me consta.

—Pues a mí sí. ¡Ustedes tienen la lista de nombres de nuestros indeseables! —gritó estrepitosamente el alemán, intercalando frases en su idioma para que le pudiera oír algún paisano próximo—. Nosotros mismos se la hemos facilitado. Y si consta como nuestro enemigo, también lo es suyo. ¡Tenía que haberlo detenido! En este momento debería estar en la cárcel y no paseando tranquilamente por Lisboa, siendo un... —Enrojecido por la furia, el oficial de las SS trató de controlarse para obligar al comisario a que recapacitara, pero se contuvo—. Era su obligación no dejarlo escapar y avisarnos... —Arrastrando aún más las erres por el nerviosismo, Vogel no pudo evitar los gritos—. ¡Se lo venía advirtiendo, Álvarez; hace meses! Usted no cumple siempre lo pactado. Si le facilitó a ese Martínez un pasaporte en regla, lógicamente se ha escapado... Así de fácil. ¿Y qué pasa entonces con nuestros acuerdos, con nuestras instrucciones, con nuestros enemigos comunes?

—Mire, *her*... capitán, con todos los respetos. Hablemos claro. Ningún extranjero va a venir a enmendarme la plana en mi propia casa, por muchos pactos que hayamos firmado —se defendió Lisardo Álvarez en el tono más chulesco que pudo—. Yo expido cientos de documentos a la semana. Visados, salvoconductos, pasaportes y muchos papeles más de los que no tengo por qué darle a usted explicaciones. Es mi trabajo, y también mi deber. ¿Cree usted que no tengo bastante con controlar lo nuestro? ¿Cómo voy a revisar, además, nombre a nombre los que me proporciona la Gestapo?

—Porque también es su obligación. No puede negar que estaba usted advertido. Muchas veces. Hacía tiempo. Ésta es una indudable negligencia por su parte. Y tendremos que tomar medidas. Usted sabe perfectamente quiénes son nuestros enemigos, quiénes estorban nuestra labor y por qué estamos obligados a castigarlos. Y este médico inglés, o gallego si lo prefiere, es un subversivo. Tenemos pruebas de su deslealtad... Ese hombre es un traidor a su patria... un impost...

—¡Chsss! Un momento, un momento, capitán. Mida usted mejor sus palabras. Está usted hablando de un súbdito español que tiene derecho a actuar libremente en su territorio; no en el de ustedes. No existe ningún cargo en su contra, y además, si me permite decírselo, es un héroe de nuestra Cruzada.

—¡Bah! —exclamó, despectivo, el SS—. Un héroe... lo que me faltaba por oír. Un héroe, dice. ¿Así clasifica usted a un individuo que luchó con los rojos y cuando le convino se pasó con los nacionales? A cualquier cosa le llama usted héroe. Quizá no sea bolchevique, o anarquista, pero se pasó de bando porque le convino más, no por convencimiento. Y en cualquier caso, ¿está seguro de que no es masón? No pisa una iglesia. Es anticlerical. Está todo el tiempo rodeado de extranjeros. Tenemos pruebas de todo.

—¿Qué pruebas? Muéstrelas... ¿En qué basa sus acusaciones?

—En las notas que me remiten mis subordinados y les enviamos a su oficina por escrito reiteradas veces.

—¡Tiene bemoles que un extranjero venga aquí, a mi propia casa, a cantarme las cuarenta! —estalló Lisardo con más insolencia—. ¡Escúcheme bien, capitán Vogel! —le gritó a la cara—. No existe ni una sola prueba de la deslealtad del doctor Martínez Alonso a su patria; ni al Caudillo. No trate de buscarle tres pies al gato.

Colarse así, en mi despacho, a pedirme explicaciones de algo que no le incumbe... Usted es el que no tiene vergüenza.

El SS no daba crédito a lo que escuchaba.

—¡Oiga, Álvarez, un respeto! —exigió con los dientes y los puños apretados.

—Es que me tienen harto, caramba. Pues si tanto sabe sobre ese doctor, como dice, entonces sabrá también que estuvo en los dos frentes, efectivamente, durante nuestra Cruzada. Pero ojo, no por chaquetero, ni siquiera por interés, sino como médico de campaña en la Cruz Roja. El único cuerpo neutral digno que sirvió a las dos Españas por igual. Aunque sólo fuera por eso, por arriesgar su vida durante casi tres años para ayudar a sus compatriotas, debería hablar de él con respeto. Éste es un hombre de bien. Me consta porque somos paisanos y lo conozco. Lo ha sido entonces, lo es ahora, y aquí lo sabemos. Por eso no teníamos motivo para negarle un pasaporte. Ya le he dicho que no existe ninguna denuncia interna contra él, ni, por lo tanto, razón para detenerlo... —Levantándose del asiento impulsivamente para afirmar sus palabras, el comisario dio un puñetazo en la mesa—: ¡Y de rojo, nada! No confunda usted los términos. Ni siquiera es republicano. Martínez Alonso nunca ha negado que fuera monárquico. Conozco muy bien a su familia y sé que él es un caballero de arriba abajo. Claramente de derechas. Y que, para colmo, está condecorado por sus méritos con los nacionales. Lo sé de muy buena tinta... ¿Me entiende? Y lo afirmo porque lo conozco bien... —Álvarez hizo una mueca sarcástica, se miró las uñas, displicente, y luego miró fijamente a Vogel sin poder contener la furia—. Que Eduardo se queda en casa cuando su familia va a misa, ¿y qué? ¿Sabe cuántos hombres decentes hay en este país que hacen lo mismo? Por lo menos no es hipócrita, como muchos que prefiero no señalar. ¿Y eso le hace traidor a su patria?

—A su patria quizá no, pero a la España tradicional, sí.

—No me haga reír, Vogel, por favor... —Álvarez sonrió de medio lado, irónico, abriendo los brazos en actitud interrogante—.

Con ese criterio tendríamos que apresar a media España, y le aseguro que ya no tenemos cárceles ni comisarías donde meter a tantos.

La arrogancia, una característica de por sí muy española, añadida a la soberbia recrudecida de aquellos funcionarios totalitarios en un Estado militarista y policial, al defender su postura ante un alemán excesivamente entrometido, sin embargo, tenía sus matices. Pocos días antes de este incidente, y desde ese mismo despacho, Lisardo Álvarez Pérez, efectivamente, se había enfrentado por teléfono con mi abuelo, Martín de Vicente Sasiaín, para reprocharle que su yerno lo había utilizado para fugarse del país, jugándose su antigua amistad en Vigo. Pero cuando le achacó a voz en grito su complicidad en la fuga de su hija, sabiendo que mi abuelo nada tenía que ver con eso, el comisario conocía de sobra, por el puesto que ocupaba en Gobernación, los movimientos de su yerno con los aliados. Pero no la armó hasta que no estuvo seguro de que la pareja estaba a salvo en Portugal, y convencido de que el suegro ignoraba el motivo de sus acusaciones. En aquel momento tenía próximos (igual que en la escena anterior) a sus superiores y a los oficiales de la SS, y había que hacer el paripé sobre un hecho insalvable que el mismo comisario había facilitado.

Aun lejos de tener una relación directa con el Servicio Secreto de la embajada británica (aunque estuviera indirectamente informado por el Servicio Secreto español), el comisario general Político-Social del Ministerio de la Gobernación fue quien, de todos los que tuvieron que ver con la fuga de mis padres, más medios e influencia tenía para favorecerla. Nadie como él estaba informado de los pasos de cualquier súbdito español, y con mayor motivo, de los de un perseguido de la Gestapo. Protegidos bajo su ala invisible, desde el momento en que Álvarez entregó los pasaportes a Moncha y Lalo, convencido de que la pareja estaba al tanto, igual que él, del peligro que corrían sin esa documentación, no le resultó difícil atar cabos sobre lo que vendría después. Nadie de ese entorno los conocía mejor que Álvarez desde que ejercía como jefe de Fronteras en el puerto de Vigo, años atrás. Y nadie mejor que él sabía que no había motivo de sospecha militar, política o policial española contra el doctor Martínez Alonso o su mujer, aunque estuviera al corriente de sus problemas con los alemanes por sus simpatías aliadófilas o de lo que pudieran pensar los colaboradores del MI6 en España.

Si Álvarez hubiera querido, podría haber buscado cualquier disculpa para detener, e incluso encarcelar, a mi padre. Por menos estuvieron presos muchos. Pero los informantes de la secreta ya habían confirmado al comisario que la colaboración de Lalo con los aliados no era desde luego criminal, ni siquiera ideológica, sino humanitaria. Un apartado crucial pero que se les había pasado por alto concretar entre tantos acuerdos hispano-alemanes, manejando el Convenio de La Haya a su modo... Una situación delicada que las autoridades nacionales trataron como quisieron. O pudieron. Siempre he creído que en Gobernación estaban mejor informados sobre las actividades clandestinas de Lalo de lo que el mismo MI6 sospechaba, y por eso Lisardo, desde un puesto oficial clave, cooperó como pudo para ayudarlos a escapar del asedio nazi. No hay que confundirlo con otros perseguidos del franquismo. Nada que ver con eso.

El comisario actuó con la dureza de cualquier alto funcionario ejerciendo en 1942 al recibir la llamada desde la frontera de Ciudad Rodrigo pidiéndole autorización de salida, mientras mis padres esperaban intranquilos su respuesta junto a Joan y David Babington-Smith, sin saberlo. Los confundidos aduaneros estaban obligados a contrastar su firma oficial en los pasaportes con las listas entregadas por la Gestapo en las fronteras, donde destacaba el apellido Martínez Alonso, que les impedía el paso. Cosa que por otro lado sabía muy bien el reducido grupo de diplomáticos británicos que encubrieron su huida. Intuyendo la maniobra desde la distancia, el comisario les facilita el paso a Portugal con su beneplácito inconfesado y oculto a esos oficiales de la Gestapo que merodeaban por Gobernación. Los verdaderos rastreadores de la pareja. El gobierno español no tenía ningún motivo legal para detenerlos. Mis padres podían salir tranquilamente de viaje de novios a Lisboa.

De todas formas, Álvarez tenía razón cuando le armó la marimorena a mi abuelo Martín, vociferando por teléfono que los recién casados habían salido del país gracias a él. Que sin los pasaportes en regla que él entregó a su yerno podrían haberlo tachado de indocumentado, era verdad. Pero, como buen gallego, Álvarez tampoco le aclaró a mi abuelo por qué. Sólo le pasó la noticia a medias. Si en su calidad de comisario general Político-Social no llega a tergiversar las ordenanzas impuestas por el Tercer Reich en Gobernación, manipulando su poder interno con toda la arrogancia patriótica de la que podía hacer gala, la Gestapo habría apresado sin discusión a la pareja en la frontera, con unas consecuencias imprevisibles. Por eso Álvarez manejó los hilos como pudo, sobre todo al entregarles él mismo los pasaportes. Por su influyente cargo en la Dirección General de Seguridad y como antiguo jefe de Fronteras en Vigo, controlaba al dedillo los entresijos de los pasos fronterizos, un poder que en esta ocasión puso en práctica para beneficiar a los recién casados. Y el plan funcionó.

Superado el difícil trance de escapar de la Gestapo por la frontera de Ciudad Rodrigo, Lisardo Álvarez, sencillamente, se calló. Y para cuando notaron su falta en el piso de Gurtubay número 6, hizo creer a los que merodeaban por su despacho en Gobernación que en un descuido la pareja había llegado a la frontera y se había colado con sus flamantes documentos. Por otro lado, con todo su derecho y como lo que eran, unos españoles más en viaje de novios.

Entre tantos acuerdos hispano-alemanes, no se tuvo en cuenta algo esencial entre aquellos españoles recién salidos de su conflicto bélico: el poder vinculante de la amistad, si además va unida a la patria chica. El empeño que se puede llegar a poner para defender a un paisano frente a un extranjero, sólo por el hecho de serlo, cuando éste se encuentra en una situación difícil, como una sutileza clásica del orgullo español. Por muchos acuerdos bilaterales que existieran entre España y Alemania, no existía ningún documento que impidiese a Lisardo Álvarez aplicar su criterio personal para proteger a uno de los suyos perseguido por el nazismo, desde un puesto tan decisivo en Gobernación. Y aplicó todos los resortes a su alcance para que la pareja se salvase de los nazis.

Una situación que no se volvió a discutir jamás a mi alrededor y que quedó en el aire, indefinida, como una de tantas anécdotas familiares dejadas al olvido, entre otros acontecimientos desagradables de las guerras indeseadas y que ahora saco a la luz por primera vez. Pero no me cabe la menor duda de que esta cadena de coincidencias es el eje principal de la fuga de mis padres y confirma un hecho poco conocido de las relaciones hispano-alemanas de los difíciles años cuarenta.

Siendo éste un tema crucial de nuestra vida en común, que tanto influyó indirectamente en mi vida posterior, he meditado mucho sobre la experiencia de mis padres, y el cúmulo de consecuencias que derivan en el desenlace final que les obligó a vivir en el extranjero. Por eso nunca he dudado que, por ejemplo, el conde de Mayalde, como director general de Seguridad en esta misma época, supiera muy bien quién era en realidad el doctor Eduardo Martínez Alonso y a qué se dedicaba, dentro y fuera de su consulta. Entraba y salía de la embajada británica libremente, por ser médico allí y, además, por tratarse con la mayoría de los diplomáticos y sus familias directamente en sus casas. Igual que asistía con frecuencia a los cócteles y las reuniones sociales en los que todos ellos participaban. No digamos ya como asiduo a los encuentros de Embassy, con el local repleto de diplomáticos y simpatizantes aliados. Su nombre aparecía con regularidad en las listas de invitados a la embajada (listas que casualmente recalaban en alguna mesa clave de Interior) y había estado casado previamente con una inglesa, al mismo tiempo que su padre, Eduardo Martínez Vázquez, ejercía como cónsul general en Liverpool. Con estas características, no era un personaje difícil de identificar, ni resultaba extraño que tuviera unas obvias tendencias proaliadas. Pero no tenía por qué ser, además, un traidor a España. Su caso resulta singular en la posguerra, puesto que mi padre no era otro español perseguido por el franquismo por sus ideas; ni siquiera un espía a favor de los británicos, como se rumoreaba por Vigo.

Aun sabiéndose vigilado en sus movimientos diarios por la Gestapo, Lalo no recibió ningún aviso directo, ni se le aproximó nadie amenazante, y mucho menos se sintió coaccionado o perjudicado en otras facetas de su vida por la policía española. Aunque apresaran a Carmen Zafra, su enfermera, para interrogarla mientras ellos aún estaban camino de Ciudad Rodrigo, y Moncha y él se escaparan milagrosamente a tiempo. Pero era de los agentes de la Gestapo de quienes se escapaban ambos. El gobierno español no tenía nada que ver. Antes que nada, eran españoles políticamente correctos y moviéndose en su propio territorio, aunque no disimularan sus simpatías probritánicas en un tiempo de ideas confusas. Es indudable que a mi padre le perseguían los alemanes, no las autoridades nacionales, que habrían sido mucho más efectivas para impedirles el paso, o llegar aún a más, si lo hubieran considerado oportuno.

De todo ello saco la conclusión de que, a pesar de lo mucho que se arriesgó mi padre, jugándose la vida continuamente mientras cooperaba con el MI6, el gobierno español estaba al corriente de sus movimientos. A ellos nunca les faltaron medios propios para averiguar la mínima sospecha de cualquier español, y sabían que, aunque colaborase descaradamente con los británicos, Eduardo Martínez Alonso nunca hizo nada desfavorable a su país. Ni siquiera contra la dictadura fascista. De ser así, la reacción en Gobernación, con o sin amiguismo, hubiera sido muy diferente. Él era un médico conservador que pertenecía a la clase social adecuada. Se había casado con una joven sin ningún antecedente social o político en contra del régimen. Aunque no fuera a misa. Por eso lo dejaron estar.

Lalo era sencillamente un gallego romántico, apolítico y anglófilo por sentimentalismo, que intentaba aportar su granito de arena benefactor, dentro del caos bélico europeo, como mejor sabía. Otro español más de los que habían concluido la contienda civil del lado correcto, lo que le benefició después. Un idealista solidario, aficionado a cantar y recitar en gallego, que soñaba en inglés y disfrutaba en español, sólo pensando en ayudar a los demás, no podía ser peligroso.

Sabemos de sobra que Franco utilizó la neutralidad bélica como mejor le convino, y si le llegaban rumores sobre las actividades de un idealista suelto, aunque estuviera respaldado por las embajadas aliadas (una garantía en sí) no había necesidad de averiguar más. Las autoridades españolas se lavaban las manos y hacían como que dejaban a los nazis el campo libre, mientras manipulaban sus problemas internos a su manera. O les paraban los pies cuando convenía.

Unos y otros creían burlar al contrario y, a su vez, eran los burlados.

Impasibles ante los acuerdos de La Haya en temas humanitarios, exceptuando un par de ocasiones, como cuenta el embajador Hoare, en que hubo canje de prisioneros en Barcelona, ya en 1944, las autoridades nacionales hicieron la vista gorda a este sector aparentemente inofensivo del MI6, quizá también por estar estrechamente vinculado a la Cruz Roja. Sencillamente los ignoraban. Cosa que no hubieran hecho, seguro, si cualquier colaborador fuera contrario al régimen, como les ocurrió a tantos. Las cárceles españolas y el exilio estaban repletos de ellos en los años cuarenta. No olvidemos que las autoridades también estaban condicionadas a unos acuerdos hispano-alemanes excesivos para un país neutral, proyectados más para los participantes directos en la Segunda Guerra Mundial que para los observadores que aparentaban ser.

Los asesinatos impunes y la persecución encarnizada, que desgraciadamente también hubo, se centraban en los «indeseables políticos», contra quienes aprovechaban cualquier disculpa (o la rebuscaban) para someterlos sin misericordia. Algo que Winston S. Churchill sabía muy bien al seleccionar a sus colaboradores clandestinos españoles y de lo que Lalo quedaba excluido por su trayectoria personal. Otra cosa era el riesgo que corría con la Gestapo.

Tampoco me consta que Margarita Taylor tuviera que enfrentarse a nadie, oficial u oficiosamente, ni que llegaran a clausurarle Embassy por ningún motivo, lo que bien pudiera haber pasado aunque su condición de extranjera la protegiera. Eso mismo, precisamente, podía ser motivo suficiente para haberla puesto despiadadamente en la frontera, y no lo hicieron. ¿Sabía realmente el gobierno a qué se dedicaba la señora Taylor en sus salones madrileños durante la posguerra, además de a servir el té a los europeos más elegantes a su paso por Madrid? Eso queda por descubrir aún.

Margarita vivió dignamente desde 1929 hasta el fin de sus días en Madrid, donde hoy descansa en paz, sin que nadie la extorsionara. Por si fuera poco, aún con Franco en el poder y siendo súbdita británica, la condecoraron con la Medalla del Trabajo por su larga y ejemplar labor en su propio establecimiento. ¿Cuántas españolas conocemos que se hayan ganado esta distinción merecidamente hasta el día de hoy? No tendría tan malas referencias la señora Taylor en un tiempo de semejanes intransigencias, cuando en los años sesenta la encumbraron hasta ese punto dejándonos un recuerdo muy digno y querido de su largo paso por Madrid.

XII
Entre Londres y Escocia

En Londres nos acostumbramos a convivir con la guerra. Es un decir, claro. A que formara parte de nuestra vida. Tratamos de impedir que nos absorbiera, en lo posible, y hasta procuramos disfrutar. Sacábamos el mejor partido a la situación. Nuestro mundo cambió radicalmente. Costaba adaptarse a unas circunstancias muy diferentes a las de España, mucho más apacible, incluso en guerra, que aquel alboroto londinense, sumergidos las veinticuatro horas en el conflicto internacional.

Había conseguido, al fin, lo impensable el día que apareció el diario de mi padre diez años antes: que Moncha, ya cumplidos los ochenta y a la que logré estimular para que desempolvara sus recuerdos bélicos, lo hiciera gustosa, sólo para su hija. Que relegara ese secretismo grabado a fuego y me relatara sus proezas sin sufrir ningún sentimiento de culpabilidad. Fue un elaborado lavado de cerebro, pero gracias a mi insistencia y al ambiente relajado en el que se desarrollaron los acontecimientos, pude convencer a mi madre para que perdiera el miedo y me contara de una vez lo que realmente les pasó durante la Segunda Guerra Mundial. Ya era hora de que yo conociera más a fondo la colaboración de mi padre con los británicos. Algo crucial para cualquiera, pero mucho más para una antropóloga social a quien los orígenes de las cosas tanto importan. Por suerte, lo solucioné yéndome a vivir con ella a Alamares, donde nos sentamos a charlar indefinidamente, sin medir el tiempo. Sin premeditarlo, no podía encontrar un método más apropiado para escuchar sin prisas aquellas misteriosas experiencias paternas desde un ángulo diferente al que yo había ido procesando desde su juventud gallega a ese Londres enaltecido donde me engendraron y nací.

En su ancianidad pacífica, reposada y débil de salud, mi madre conserva, sin embargo, la fortaleza de espíritu de siempre y una envidiable lucidez que revierten en un optimismo contagioso. A veces, el enfisema pulmonar que padece la ahoga y por unos instantes su malestar nos transmite una angustia pasajera hasta que recobra el ritmo normal de respiración. Entonces continúa, decidida a contar, con una memoria de elefante y sin rendirse a la adversidad de la mala salud. Junto al Mediterráneo que ambas adoramos, Moncha se rodea de sus recuerdos: fotos, cuadros, muebles, el mismo piano de su infancia. Detallitos insignificantes como un florero o un cenicero de plata que necesita sentir cerca tienen para ella un valor sentimental que los demás no apreciamos tanto, pero respetamos. Lola, mi antigua niñera y ahora «los pies y las manos» de mi madre, y yo somos el centro del escenario que le hemos preparado y que une el pasado con el hoy. Somos también el presente emocional que la alienta a revivir muchos momentos anteriormente compartidos y a mantenerse dignamente firme en el significativo lugar que ella ocupa en nuestros corazones. Y pienso si realmente escribo este libro por ella o por mí. Por las dos, quizá. Por asentar criterios, sin duda. Sé que nuestras charlas son la lenta despedida (en la que no quiero regodearme) de esta mujer de mundo, alegre, atractiva y frívola a ratos, que no ha perdido un ápice de su elegante feminidad, totalmente dispuesta a mostrarme espontáneamente, cuando menos lo esperaba, su opinión sobre ese pasado que desconozco. Así es mi madre.

Tras un leve forcejeo verbal cuando le conté el propósito de mi larga estancia con ellas, comprendió que el tiempo había trastocado los grandes secretos compartidos con su marido de recién casados, y que con los años ya eran acontecimientos históricos. Los cambios de toda índole desde su boda en 1942 y el paso del tiempo nos obligaban a afrontar su relato con una nueva perspectiva. Derribamos muros infranqueables, rompimos las barreras de la intimidad (que no del respeto) y en pocos meses lográbamos hablarnos de mujer a mujer. La primera y última vez en nuestra vida. Yo revindicaba mi derecho a saber lo que me habían ocultado más de cincuenta años. Ella rompía amorosamente su largo silencio ante mis insistentes requerimientos. No era cuestión de juzgar, sino de informar. Y no sólo como hija. Varias generaciones posteriores tenían derecho a saber también lo que había ocurrido a su generación, admitiendo que era un privilegio escuchar las respuestas de primera mano. Sin darse ninguna importancia, Moncha me aclaraba muchos interrogantes de la trastienda histórica y social de la Europa de la Segunda Guerra Mundial, voluntariamente y sólo porque yo le insistí. Si no, esas estimables experiencias habrían pasado, por desgracia, desapercibidas. Una vez convencida del valor de su opinión, agradecí que mi madre no tomase nuestro plan casero a la ligera, colaborando con un buen ojo crítico en sus respuestas. Y nos pusimos manos a la obra.

—Nunca perdimos el contacto con Alan Hillgarth. Venía a vernos en Londres y hablábamos por teléfono con asiduidad. Era un gran amigo; siempre estaba a las duras y a las maduras. Él siguió como agregado naval en Madrid durante toda la guerra, pero jamás comentaba nada de su trabajo. Se daba por hecho que todo era *top secret*. Conversador escueto, de palabras justas y atinadas, Alan contaba anécdotas intrascendentes de su vida entre Londres y Madrid en los años cuarenta; posiblemente lo más sobresaliente del siglo XX, sin que ninguno tuviera conciencia de ello. Admiraba a Churchill y disfrutaba sobre todo imitando a sus colegas españoles, con una elegancia crítica, natural. Sarcástico, siempre sonriente, no dejaba de quejarse de la lata que daban los falangistas arremolinados a la puerta de la embajada entre Monte Esquinza y Fernando el Santo, queriendo aparentar que eran unos manifestantes espontáneos. Vociferaban horas y horas, sólo para fastidiar a los inquilinos, igual que los *hooligans* futbolísticos de ahora. Hasta el punto de que el griterío les molestaba tanto que cubrían con grandes lonas las paredes del edificio, como si estuvieran de obras, pero sobre todo para impedir que observaran los movimientos de las personas que entraban y salían.

»¡Ah, pero se les veía el plumero! —añadió mi madre—. Los gritones sólo eran unos mandados. Una chiquillada política de los alemanes en Madrid… —Reía ella por bajo—. Nuestra relación con Alan siempre fue distendida e íntima. No se cómo se las arreglaba, pero, inmersos como estábamos en semejante guerra, y con la de preocupaciones y problemas que debía de tener, él siempre nos transmitía tranquilidad.

Mi madre se quedó pensativa un rato, antes de seguir.

—De vez en cuando llamaban a tu padre del Foreign Office. Él acudía a verlos y no me explicaba más. Si quieres que te diga la verdad, no sé a qué iba allí. Si les asesoraba de algún asunto sobre España, si le daban instrucciones, lo que fuera. Ni idea de la información que se cruzaban. Tu padre nunca se consideró un agente secreto, una clasificación impronunciable en casa. Para mí quedaba lo que yo pensara al respecto. También comprendía que él tendría sus razones para callar. Cualquier indiscreción, por insignificante que fuera, podía ser crucial en aquel ambiente. Aunque Lalo jamás perdió la compostura, ni le vi alterado; teníamos cuidado de no hablar demasiado, sobre todo por no involucrar a otras personas. La guerra nos hacía sigilosos.

Aquella joven ingenua que huyó de España en el invierno de 1942, sin medir las consecuencias, de la mano de un marido tan desconcertado, quizá, como ella, era hoy una anciana lúcida y cuidada que conservaba muchos de los encantos de su juventud, facilitándome la puesta al día de unas noticias, ya históricas, pero que para nosotras eran familiares. De forma que las fuimos reconstruyendo al alimón con enorme placer.

—En Londres vivimos una guerra muy cosmopolita. Comparada con la de aquí, que fue mucho más pueblerina... —Rió—. Hasta el racionamiento de los ingleses era civilizado, suficiente para estar bien alimentados. No nos faltaba de nada. Había cupones para todo, hasta para conseguir ropa; el pescado se podía comprar libremente. Es curiosa la consecuencia que resultó de aquello, pero avanzaron mucho sobre la dieta con este sistema. Descubrieron que de madres racionadas nacían bebés con el peso justo. La dieta involuntaria provocada por el racionamiento favoreció el peso adecuado de los recién nacidos. No hay mal que por bien no venga.

Volvió a entristecérsele la mirada al recordar.

—Jamás nos sentimos exilados. Vivíamos convencidos de estar de paso. Y eso que nos quedamos casi cinco años en Inglaterra. Toda la guerra. No les pasaba lo mismo a los republicanos con los que nos tratábamos. Mientras estuviera Franco, ellos insistían en que no regresarían a España. Lalo y yo, por el contrario, sabíamos que nuestra estancia allí estaba sólo condicionada por otra guerra y que, en cuanto ésta terminara, volveríamos a casa. Planear el regreso nos protegía de la nostalgia que tenían otros españoles.

—¿Conocisteis a tantos entonces? —seguía yo curioseando.

—A bastantes. Llegaban a través de la consulta, recomendados unos por otros. O por la Embajada de España, con la que no perdimos el contacto nunca. Nos reuníamos socialmente igual que con los ingleses. Así fue como nos llamó el coronel Segismundo Casado un día. El que tuvo que entregar Madrid a Franco en la Guerra Civil... ¿Te acuerdas?

—Tengo una idea.

—Como pasaba con los pacientes españoles, llegamos a hacernos muy amigos. Pero se evitaba comentar si habíamos sido republicanos o franquistas. Claro que también se notaba por su actitud. Teníamos tantas otras cosas en común: el mismo amor por nuestro país, los mismos recuerdos, que lo de menos era el choque de ideas.

Moncha seguía contando sin que yo tuviera casi que preguntarle. Ya octogenaria, el estímulo de las charlas domésticas le ayudaba a ordenar los recuerdos y evocaba con claridad los acontecimientos bélicos que tanto me interesaban. Yo la escuchaba, en mi propia madurez, con una atención diferente a la de mi infancia, cuando crecimos en la convicción de que las guerras habían ocurrido, desde luego, pero eran lejanas y ajenas e irrepetibles. Al tomar conciencia, vemos cuánto afectan sus consecuencias, aunque les ocurra a otros. Noticias escritas de la Segunda Guerra Mundial no faltan, igual que publicaciones y documentos oficiales, pero los testimonios de los supervivientes serán más y más significativos según vayan quedando menos. Cuando ellos ya no estén, sus experiencias serán tan valiosas o más que los documentos y, desde luego, más escasas. Por eso yo sabía que estas conversaciones eran un privilegio que no me quería perder.

—Segis había sido alumno de mi tío Luis de Vicente en la academia militar y, aunque terminaron en bandos opuestos, hablaba de él con el respeto del alumno. Las diferencias políticas eran otro asunto; intocables. Bastante teníamos ya con la lucha diaria. Nos contó varias veces su versión de cómo tuvo que entregar Madrid a Franco, aquel tétrico día en la primavera del 1939.

—¿Y cómo fue?

—Pues mira, veré si me acuerdo. Es algo complicado. Miaja y él no se llevaban tan bien como se creía. Al final, claro, cuando tenían todo perdido, hacia marzo de 1939, oliéndose lo que venía, los cabecillas comunistas desaparecieron y el resto de los que quedaron del lado republicano se vieron atrapados y abandonados. Fueron varios días de luchas sanguinarias, algo atroz. Hasta que se dio el alto al fuego.

Moncha tomó el aliento perdido al revivir mentalmente unos acontecimientos indeseados e intentó colocar las cosas en su sitio para que yo lo entendiera.

—Prácticamente rendidos a los nacionales, comenzaron las ejecuciones de los republicanos que quedaban. Justo lo que Franco necesitaba para envalentonarse. Ya se le veía el plumero dictatorial. El Partido Comunista se desintegró. O muertos o desparramados por el mundo. Segis, a la cabeza de los militares republicanos, tuvo que defenderse a capa y espada… —Ella gesticulaba acaloradamente, moviendo los brazos como un espadachín—. Como era un hombre muy preparado, inteligente, militar de carrera, al fin y al cabo equiparable por categoría a Franco, trató de negociar la rendición de Madrid. Pero ya sabemos lo que pasó… No hubo nada que hacer —reafirmó, convencida de lo que ella recordaba—. Con todo a su favor y los republicanos derrotados, mi paisano el general se iba creciendo, cada vez más inflexible. Imagínate cuántas ejecuciones innecesarias; prefiero no pensarlo. Al menos, Segis consiguió una retirada digna para los militares republicanos que aguantaron hasta el último momento. No sé cómo salieron por Valencia. Se libraron de la cárcel o del paredón, que ya es algo. No les pasó lo mismo a los comunistas, con los que se cebaron. —Silencio. Se quedó pensativa y con una voz apesadumbrada, mi madre añadió—: No me acuerdo de más detalles. Segis me lo contó tantas veces. Sin amargura, como era él. Escribió un libro, pero como la entrega de Madrid está bastante enrevesada, no puedo precisarte más. Cada uno cuenta de la feria según le va…

Y entonces suspiró nostálgica.

—Después los republicanos tuvieron que dispersarse a la fuerza. Tenían todo perdido. Algunos se fueron a México, Indalecio Prieto y Miaja seguro; otros, a Buenos Aires. Los que tuvieron menos suerte se quedaron en Francia. Terminaron en campos de concentración y hasta llegaron a participar en la Segunda Guerra Mundial. Bueno, eso ya lo sabes. Negrín y Segis se exiliaron en Londres, que fue donde nosotros lo conocimos. Tanto Lalo como yo éramos muy amigos suyos. Con unos vinitos dentro me decía: «¡En cuanto echemos fuera a ese paisano tuyo, te hago ministra de Sanidad!».

Y nos reíamos hoy de su ocurrencia, igual que ellos hacían en Londres, medio ocultos de los bombardeos alemanes, con las cortinas echadas, años atrás. Mi madre paró de hablar y se levantó con agilidad para prepararse una bebida. Era obvio que revivir aquellas tensiones y aquella felicidad la conmovía. La edad no era un impedimento; describía algunas secuencias como si acabaran de ocurrir. Una de las pocas ventajas de la ancianidad bien llevada. Tomando un nuevo aliento, vaso en mano, estaba lista para continuar. Antes, levantó el brazo con el gesto de ofrecerme otro.

—No gracias, ahora no —contesté, abstraída en la conversación.

—Pues volviendo a Segis; era un tío bragado. No sabía lo que era el miedo. Flaco, austero, duro; no se quejaba de nada, ni le estremecían los bombardeos. Impasible. Y cuando yo me asustaba tanto al oír las sirenas que los anunciaban, él me gritaba como si fuera un sargento: «¡Una española valiente como tú no puede tener ese miedo, carajo!». Así, por teléfono, me echaba una arenga militar —ella se excitaba y alzaba los brazos, imitando a su amigo—. «¡Viva España!», me gritaba Segis, para animarme, y yo, con el pavor con que escuchaba el zumbido de las bombas alemanas por encima de la cabeza, le contestaba: «¡Qué España ni España, Segis, si esto es Londres y las bombas que caen son de los alemanes! A mí me traen sin cuidado unos y otros. Y yo me estoy jugando la vida todos los días por ellos, sin comerlo ni beberlo. ¡Ésta no es mi guerra, caramba!». Cada vez que pienso lo que pasamos... —recapacitó ella—. Yo no quería morir aplastada por algo que no iba conmigo. A finales de los sesenta, Segis regresó a Madrid. ¿Lo recuerdas? Vino a vernos.

Me acordaba muy bien. Aquel coronel Casado que conocí de adolescente me pareció un hombre corriente que no destacaba por nada que llamara particularmente la atención. Enjuto, seco, poco expresivo. Claro que tenía veinte años más que en Londres y durante el exilio no le había ido tan bien como a su colega Franco, aposentado cómodamente en el poder. Lo que sí noté fue el calor que son capaces de transmitir los españoles que se quieren y se respetan, ideologías aparte. Después de todo lo que había pasado, Segis seguía siendo fiel, sin duda, a sus ideales, pero ya no lo comentaba. De todas formas percibí una sensibilidad varonil diluida por el tiempo que apenas dejaba entrever una amargura recóndita en su inexpresivo talante.

—Como estábamos racionados, sin excepción, cuando nos reuníamos en casa de unos u otros, porque la vida social era intensa de todas maneras, incluíamos la ración. Había que ajustarse a las normas si queríamos cenar en comandita.

Entre un sorbo lento y otro, continuamos hablando cómodamente sin medir nuestro tiempo, en una tarde apacible que se aliaba a nuestro ritmo de charla.

—Me encantaban las mujeres uniformadas con los trajes sastre color caqui: chaqueta larga, cinturón estrecho, falda tubo con un gran tablón para darle holgura al andar y rematadas con gorra de plato. Monísimas. Las estoy viendo. Los zapatos masculinos de cordones con tacón ancho en mujeres tan femeninas resultaban muy sexi —comentaba contenta—. Las que estaban en Marina, siempre de azul, igual que sus compañeros. Luego llegaron los pantalones. Parecían prestados de los maridos, anchos y desgarbados... ¡Je, je, je! No creas que tenían la gracia de las chicas de ahora. Chocaba verlas cruzarse por la calle con los militares escoceses moviendo garbosos la falda. ¡Qué contraste! Cada uno estaba en su sitio, no te creas; nadie perdía la compostura, el uniforme los dignificaba mucho.

Más risueña aún, rememorando estos recuerdos pintorescos, cambió de postura y se relajó ya con la copita dentro.

—Los ingleses trataban de hacernos la vida agradable, en lo posible —recordaba en retrospectiva—. Tenían sus detalles. Nos regalaban entradas para los conciertos, y también para el cine. Nunca he visto mejores espectáculos ni he asistido con más gusto al Covent Garden o al Albert Hall. ¡Qué óperas! ¡Qué ballets! Las mejores orquestas pasaban entonces por Londres. El West End estaba a tope. Y sin costarnos nada. Las entradas se repartían en el trabajo o con el sueldo. Para mantener la moral de los empleados, ¿sabes? A todo esto, ¡ag!, se me olvidaba contarte que había que cargar con las máscaras de gas, por si nos bombardeaban con esa dichosa bomba de hidrógeno amenazante. Goebbels se encargaba de advertirnos. Aparecía una notita en la prensa de tanto en tanto: que ya tiran la bomba, ya, ya, mañana mismo... Tener listas las máscaras de gas. Yo, hecha un adefesio, me la probaba delante del espejo. Hombres y mujeres, daba igual; todos parecíamos las mismas moscas monstruosas, con hocico y ojos desorbitados. Te ahogabas sólo con probarla. ¡Qué hubiera sido de nosotros de haber tenido que llegar a usarlas! No estaría aquí ahora, desde luego. Ya fueras vestida de gala o a comer *fish & chips* a la esquina, tenías que cargar con el bolsito de marras y la máscara dentro.

—¿Eso fue lo peor que tuviste que soportar en la guerra?

—No, desde luego que no; eso sólo fue una amenaza que por fortuna no cumplieron. Fueron peores los bombardeos. Horrible. Diarios. Nunca me pude acostumbrar. La Luftwaffe tiraba aquellas bombas fulminantes, como el inmenso *flash* de una cámara oculta, mortal, que se disparaba al libre albedrío en medio de la oscuridad más absoluta, hasta que al explotar con gran estruendo se desparramaba donde cayese, armando una espantosa humareda de polvo. Esos terroríficos *Black outs* antes de acostarnos me aterrorizaban. Comenzaban las sirenas... Yi, yi, yiiiiii... Todos a oscuras...

—Exaltada, Moncha continuaba su descripción—. Aún puedo oír ese silbido distintivo que siguió usándose años después para avisar a los trabajadores en las fábricas. ¡Todas... las... noches, un día tras otro! Así, años. Horroroso. Encerrados en casa, esperando el zumbido antes de la explosión... Trepidaba el mundo. Eran unos segundos interminables en los que yo no paraba de temblar. La vida entera se me cruzaba como un relámpago por la mente. Debe ser una sensación parecida a un terremoto. Y tú sin saber si te tocaría esa vez o al día siguiente. Una lotería bestial. Durante los ataques aéreos te sentías enormemente indefenso, sólo a la merced de Dios. Nunca he rezado con más devoción que en aquellos años.

—¿Tan mal te sentías?

—Muy, muy mal. Me desmoronaba. Era incontrolable... En cambio Lalo, no lo comprendo —se encogía de hombros—, no tenía miedo a nada. Trepidaba la casa, se oían las sirenas amenazantes, las ambulancias que las seguían; hasta podíamos oler a quemado por el fuego próximo, y tu padre... tal cual. Yo le cogí un miedo cerval al metro. Corriendo escaleras abajo, despavorida, aborté dos veces. Ya no me volví a cobijar allí nunca más. Estoy segura de que fue por el miedo... —Calló un instante, pensativa—. Hasta el ginecólogo se sorprendía. «¿Pero tiene usted tanto miedo? Las inglesas no abortan por una cosa así» —me decía él—. «Pues serán más frías —contestaba yo—. Yo soy latina y las V-1 y V-2 me desgarran por dentro. ¡Yo qué sé!». —No podía contenerme.

Tras una breve pausa, mi madre giró la conversación hacia unos momentos más felices.

—También pasábamos nuestros buenos ratos, no te creas... —Respiró hondo, entrecortada—. El ambiente del Londres bélico tenía sus cosas interesantes. No parábamos de conocer a gente nueva. Y cada uno aportaba sus experiencias. Otras veces, en cambio, me sentía muy sola. Entre el War Office, el Foreign Office y las horas de hospital, tu padre tenía más que cumplida su ración de actividades. Pero yo estaba incómoda así, de mirona, sin hacer nada especial. Todo el mundo ayudaba a aliviar la situación como se pudiera, con esa admirable solidaridad típica de los ingleses ante las adversidades. Y yo, sin hablar inglés todavía, no se me ocurría de qué manera podía colaborar. Una mujer joven y sana no podía estar de brazos cruzados. Se lo comenté a Lalo y él me contestó sin pensárselo mucho: «Pues canta»… Así que los miércoles por la tarde llegaba al Queen Mary's Hospital, en Roehampton, y, mientras Lalo pasaba consulta, yo cantaba en la sala de enfermos que me adjudicaran para esa tarde. Hombres repartidos por las enormes salas abarrotadas. Unas camas pegadas a otras. Algunos tumbados, inmóviles, otros sentados en las incómodas sillas de madera. Los que podían, de pie, medio colgados de las muletas, o apoyados en la pared.

Noté cómo Moncha se entristecía.

—Y yo ahí, en un rinconcito de la enorme sala, medio encogida del frío, en pleno invierno, sin ropa adecuada, vestidita con mi traje de entretiempo, de lo poco que pude traer de Madrid. Con mis zapatos de tacón ancho, azul marino, me ponía a cantar *a capella*, canciones de Conchita Piquer, jotas navarras, en gallego, en vasco, las canciones que me cantaba mi abuela vasca de niña… Cualquier cosa.

> *No me mires que miran, que nos miramos.*
> *Y cuando no nos miren, nos miraremos.*
> *Disimulemos.*
> *Que cuando no nos miren, nos miraremos…*

»Aún puedo verles las caras desencajadas, intentando sonreírme. Aquellos chicos jovencísimos tan pálidos, heridos, mutilados, enfermos… Abatidos. Sin hablar el idioma, igual que yo, lejos de su familia, como yo. La mirada... humm, perdida, como si las canciones, que no entendían, los transportaran a alguna parte. Me escuchaban como si me entendieran. Los estoy viendo, con los ojos hundidos, las ojeras profundas. Patético.

Mi madre rememoraba la escena del hospital minuciosamente, como si pasara a cámara lenta por su mente. Como la película nítida que se le grabó en la memoria y le describía sesenta años después a su hija con los ojos llenos de lágrimas.

La conversación terminó ahí esa tarde. A los pocos días, sin embargo, siguió contándome.

Mi madre no había olvidado una cierta visita, recién instalados en su pisito de Kensington, próximo a Holland Park. Ella no reconoció al militar que apareció inesperadamente en su casa, pero Lalo sí. El visitante no se quiso identificar, pero como venía del Foreign Office, no se entretuvieron en explicaciones. La anónima visita les contó que los alemanes habían desplegado treinta divisiones en la frontera pirenaica con intención de cruzar la Península Ibérica para llegar hasta Gibraltar, situarse en el Estrecho y tomar posiciones en el norte de África. El eterno temor a la invasión alemana del sur de Europa. El asunto era tan secreto entonces que es muy posible que ni él conociera la trama completa, y tampoco mi padre lo describe en sus memorias. Cuando lo fuimos reconstruyendo, tampoco la versión de mi madre y la mía coincidían exactamente.

—Por su anterior experiencia en la Guerra Civil, la ayuda de tu padre desde dentro de España podría ser muy valiosa, le dijo el militar de visita —seguía contándome Moncha.

Le ofrecieron formar un equipo con cinco ayudantes que él dirigiría bajo el nombre de teniente Martin. Su experiencia anterior como médico de campaña sería muy útil. Con un acento inglés impecable, irreconocible como extranjero, y el conocimiento cultural de ambos países, mi padre encajaba perfectamente para situarlo en España de «comando guerrillero». El nombre de Martin servía para los dos países; podía pasar por inglés cuando fuera necesario o actuar de español, a conveniencia. Cuando después de pensárselo se decidió a aceptar esa propuesta, Lalo puso una sola condición: colaboraría con los británicos (que lo depositaran directamente en un puerto español o lo tiraran en paracaídas) si Franco declarase la guerra oficialmente a los aliados. Sólo en ese caso. El Foreign Office aceptó la propuesta y hasta acordaron pagarle unos honorarios durante el entrenamiento.

—Nunca llegó a decirme cuánto; seguro que no era mucho. Pero, como era tan caprichoso, se lo gastó en antigüedades y en muebles de segunda mano que después trajimos a Madrid —continuó mi madre, evocando unos hechos que yo contrastaba con las memorias y el diario escritos por él—. Se le adjudicaron a Lalo funciones de comando y agente del Servicio Secreto combinados para actuar en España, dirigido desde el Ministerio de la Guerra británico. Es decir, que formaría parte del cuerpo de élite de la resistencia subversiva; lo que luego se llamó el SOE, dependiente del MI6. Pero para eso tenía que entrenarse en Escocia, con otros resistentes que cumplieran las mismas funciones en territorio ocupado.

El riesgo de los salvamentos gallegos durante dos años, burlando a la Gestapo y a la policía, cruzando España de norte a sur con el cargamento humano clandestino, las visitas de doble intención al campo de concentración en Miranda de Ebro y otro paso clandestino por Jaca que cuento más adelante, además del trasiego de Embassy eran un plan de «guerrilla informal»; cosa de inexpertos. Ahora venía lo bueno.

—El grupo se dirigió en tren a Fort William, para el adiestramiento. Desde allí prosiguieron a la granja especializada en entrenamientos subversivos. Se llamaba algo así como... espera; un nombre extrañísimo... A ver si me acuerdo... Algo así como... ¡Ya! Camus Daruch. Ahí estuvo. Aislado, incomunicado. Yo no tenía ni idea de dónde estaba, ni él sabía a dónde iba antes de salir. Se fue completamente a ciegas. Eso sí, me dejaron un número de teléfono y una clave: 055A, que me obligaron a memorizar en inglés; nunca la usé. Pero no se me ha olvidado: la clave 055A.

En Escocia vivían en un ambiente agradable, aunque austero. Acuartelados en un descampado en medio de un frío glacial, con buenas chimeneas y, sobre todo, muy bien alimentados, Lalo recordaría siempre la camaradería de los compañeros y aquel whisky escocés exquisito de cosecha propia. Un lujo en plena guerra.

Un militar se encargaba del adiestramiento, otro de los ejercicios físicos y de los «trucos». Durante los descansos charlaban relajadamente con los supervisores. Un aprendizaje duro y completísimo; físico y psicológico. Los superiores debían conocer a sus hombres desde todos los ángulos. Cuantos menos secretos hubiera entre ellos, más fácil sería la relación posterior. Mientras Lalo estuvo en ese lugar desconocido e incomunicado, Moncha sólo sabía que el Ministerio de la Guerra británico se había llevado a su marido para el entrenamiento. Tampoco estaba segura de cuándo regresaría. Memorizó sólo la clave: 055A, impresa en la mente el resto de su vida hasta el punto de recordarla en el año 2000 cuando me lo contó. Con un significado que no hemos sido capaces de esclarecer.

Al regreso, aunque mi padre no era aficionado a contar muchas cosas, sí le dijo a mi madre que los entrenamientos estaban destinados a sabotear puntos estratégicos, manejar bombas de mano, voladuras de edificios, puentes, carreteras, vías de tren. Cualquier cosa que sirviera para entorpecer a los alemanes en los territorios invadidos. Los ejercicios se efectuaban a plena luz. O los despertaban de madrugada para actuar en la oscuridad. Las estrategias variaban constantemente, como en la realidad.

—Aprendió a hacer llaves de judo, golpes determinados en sitios estratégicos y defensa personal al estilo militar: acuchillar al contrario desde atrás agarrándole por el cuello; golpearle en medio de la nariz con el borde de la mano. O taparle los ojos con dos dedos abiertos en uve. Puntapiés en pleno estómago, con una pierna y agachados de medio lado. ¡Una delicia! Porrazos intencionados para dañar las partes más delicadas de la anatomía... Estábamos en guerra declarada, no te olvides —me aclaraba mi madre, como si yo creyera que me estaba contando una película de James Bond.

Mi padre pronto comprendió que estas trampas no se habían hecho para él. Ni siquiera en defensa propia. Aunque detrás hubiera otras razones de peso para utilizarlas, estas brutalidades no encajaban con su criterio de vida. Más bien eran la antítesis. Tampoco era ningún juego de niños, como cuando era *boy scout* en Glasgow. Ésta era otra Escocia, la de 1942, en plena guerra mundial, y la cosa iba muy en serio. Tendría que luchar frente a un enemigo real, cara a cara, a vida o muerte y en su propio país. Sin miramientos. Definitivamente, estaba decidido a no seguir adelante.

—Regresó al trabajo en el hospital, y creo que se le olvidaron pronto los entrenamientos, pero siguió haciendo ejercicio. Corría alrededor del Serpentine todos los días, mientras yo paseaba tranquilamente detrás. Cuando me acompañaba a hacer la compra a la vuelta, cargaba con las bolsas y corría a saltitos, alternando con zancadas largas y pasitos marcha atrás... ¡Ja, ja, ja! En Inglaterra tienen otro sentido del ridículo. Aquí sería impensable entrenarse corriendo en mitad de la calle, mientras le cargas las bolsas de la compra a tu mujer.

Para su suerte, al poco tiempo de pasar Lalo por Camus Daruch cambiaron las estrategias para España del MI6. A él le contaron que las divisiones militares situadas en la frontera se habían desplazado a otra parte. Ya no había necesidad de trasladar al equipo de apoyo militar para el que lo habían entrenado. ¡Qué respiro! La propuesta original se desvaneció y las tropas alemanas nunca atravesaron la Península Ibérica. Por lo tanto, tampoco se tuvieron que poner en práctica los ejercicios especializados y tan bien aprendidos en Camus Daruch.

No puedo afirmar hasta qué punto mi padre conocía el propósito global de su entrenamiento. Por su íntima amistad con Alan Hillgarth debía saber bastante, como se percibía por su relación con los exilados españoles durante la cena de recién casados en Lisboa, invitados por José María Gil-Robles. En su diario, mi padre escribe que volvieron a verse en Londres, sin ampliar de qué hablaron. Sólo un escueto «muy interesante». Sesenta años después, Moncha no podía distinguir una cosa de la otra. Resultaba imposible asociar la cena entre fados de Lisboa con los entrenamientos escoceses de su marido pocos meses después.

Por lo tanto, el doctor Eduardo Martínez Alonso no llegó a ser «jamás» especialista en sabotajes, ni agente del Servicio Secreto británico. Se quedó sencillamente en aprendiz. Todo aquel rollo de ser el teniente Martin, aquí y allí, quedó en agua de borrajas. Su antimilitarismo nato, recrudecido con tanta guerra, le hizo aborrecer cualquier relación belicista, ni tenía intención de involucrarse con ningún servicio de inteligencia. Su cooperación con el capitán Hillgarth estaba basada en su amistad desinteresada. Él siempre fue un médico vocacional, aunque tuviera múltiples intereses ajenos a la medicina.

Lalo nació vigués y siguió siéndolo con toda el alma; vivió morriñoso lejos de su cuna, entre brumas de nostalgia, como suelen hacer sus paisanos, y murió en Madrid en 1972, recitando a Rosalía de Castro en gallego y soñando en inglés. El resultado típico de la Galicia marinera que hace a sus emigrantes flexibles y adaptables. Y eternamente añorantes de una tierra a la que desean volver, aunque de alguna forma se las arreglan para no hacerlo, creando un círculo frustrante que se renueva ejercitando la morriña.

—Hacia el año 1944, los temas bélicos se fueron relajando y cedieron los contactos con el Foreign Office. Se presentía el final. Vivíamos pendientes de cualquier novedad y por eso escuchábamos regularmente la radio. La teníamos enchufada horas. Cuando cayó Alemania, ¡por fin!, hubo una explosión popular. Nos tiramos corriendo a Picadilly Circus, agitando las banderitas inglesas. Hasta yo, que nunca perdí mi identidad española, me uní a la conmoción general. Por ahí están las fotos... —Sin perder la chispa de su mirada, al revivir la intensidad de la experiencia londinense, mi madre reproducía su alegre ansiedad de entonces—. Ese día éramos unos entusiastas más. Unos jubilosos supervivientes que se alegraban de compartir la vida con once millones de personas. Once millones de londinenses que habían pasado las mismas angustias, los mismos sinsabores. El terror a los idénticos *black outs*, sometidos a la voluntad aleatoria de las V-1 y V-2... —Paró en seco y continuó—. Aunque estábamos muy integrados en Londres, teníamos que pensar en regresar a España cuando por fin se acabó la guerra. Lalo soñaba con volver a Madrid; añoraba más que yo el clima, la comida. Su chato de vino tinto, los toros y el flamenco no se le olvidaban, ni en un mundo tan opuesto como aquél. Quería ver torear a Manolete, comer sardinas asadas en Bayona... Hacer las cosas que siempre le fascinaron en su país y eran impensables en Londres. —Sonrió burlonamente al recordarlo.

Moncha prefería quedarse. Ya hablaba bien inglés; gracias a su buen oído logró aprenderlo sólo escuchando la radio y repitiendo lo que oía frase a frase, eso le permitió participar mucho más de la vida social que antes. A pesar de las trágicas consecuencias de la guerra, de los destrozos causados por años de *blitz*, en 1945 Londres seguía siendo una ciudad rebosante de gente. El paso de esos soldados aliados con sus uniformes por cualquier rincón, militares de distintos grados y condiciones... y países, le daba mucho colorido, mucha vida a la ciudad. Como ella me acabó de contar:

—Terminada la guerra, teníamos el campo despejado para volver a Madrid, y no esperamos. «Regresamos; nos volvemos», insistía tu padre. Así que comenzamos a preparar la mudanza. Pero mira tú por dónde, en pleno ajetreo, descubro que estaba embarazada de ti.

—¡Vaya broche de oro! —comenté contenta.

—Después de años de contrariedades, todo lo bueno llegaba de repente; pero yo en esas condiciones no me quise mover. Quería tener un hijo, por fin, y encantada de que fuera inglés. Sería el resultado positivo de todo lo bueno y de todo lo malo que habíamos pasado. Sabiendo que nos íbamos, a Lalo no le importó esperar unos meses más. También le hacía mucha ilusión regresar a España contigo en brazos... En cuanto naciste, estaba todo listo para irnos. Se nos juntaron tantas alegrías... Demasiadas emociones...
—Se quedó pensativa, con mirada nostálgica—. Tu llegada, nuestro regreso. Cinco años de destierro terminados. ¡Qué alegría! Volver.

XIII
Barrio de Chamberí

Baby Boomers, el renacimiento biológico en compensación a los millones de muertos en los campos de batalla; el borrón y cuenta nueva positivo y alentador que surge en la posguerra mundial, es la clasificación propia de estudio de mercado que nos aplicaron a los nacidos durante esa explosión demográfica. Una renovación generacional con la que confieso que me reconforta identificarme. Aunque a la larga seamos los precursores de un mercado de consumo atosigante.

En el mismo año en que las bañistas más audaces aparecieron en las playas de la Costa Azul luciendo el recién inventado y recatado bikini (en alusión al nombre del atolón japonés donde se experimentaron las bombas atómicas posteriores a la Segunda Guerra Mundial), nacimos, día arriba, día abajo, el sultán de Brunei, William Clinton, Paquita la del Barrio, Lizza Minelli y yo. Convencida de que crecimos en un entorno y con unos gustos lejanísimos, probablemente, igual que ellos, cuando llegó el momento, me convertí en una adoradora más de Elvis Presley. De aquél rock & roll *made in USA* del final de los cincuenta, tardíamente aterrizado en España y que tanto dignificaron los Beatles con su barniz europeo una década después.

Totalmente establecida con mis padres en Madrid, sin regresar nunca a vivir en Londres, entre el «Only You» de unos y el

«Yesterday» de otros, traspasé una adolescencia imperturbable, aprendiendo a bailar agarrado. Época en la que sustituimos los vaporosos cancanes de nylon, conjuntados con unas bailarinas de torero, planas y aniñadas, por unos estilizados tacones y faldas de tubo que automáticamente nos cambiaron el andar, marcándonos así unas curvas hasta entonces insospechadas. Era la total transformación de unas jóvenes ingenuamente sexis, obligadas a adaptar los andares, por sorpresa, a la nueva moda. De las fastidiosas medias de cristal que remataban el atuendo de adulta (otra interminable preocupación femenina) tampoco hemos acabado de liberarnos las ya abuelas, herederas generacionales de aquellas pioneras, de esas medias de nylon que sustituyeron a las de seda. Maquillarse fue otro difícil e interminable aprendizaje al que hemos tenido que ir adaptándonos gradualmente, según marcaban la pauta Revlon, Rimmel o el estilista de turno.

El mayo del 68 pasó bastante desapercibido en España para la gran mayoría de nosotros. Yo aún no estaba en la universidad y por eso me libré de tenerme que enfrentar a los grises ramplones que se dedicaban a perseguir a los estudiantes a batacazos. Fue, sin embargo, el revuelo parisino, que apenas retumbó por aquí, el que logró etiquetarnos como progresistas contestatarios; cuando lo que hubiéramos preferido muchos en realidad era convertirnos en los irresponsables *hippies* del otro lado del Atlántico. Cosa que en España pocos se atrevieron a emular con el descaro y con la fuerza con que nació en California. Era una filosofía ya deshilachada para cuando alcanzó las costas ibicencas. Los precursores de nuestra libertad sexual y del pasotismo ya peinan canas, aunque se empeñen en mantener la melena recogida en una cola de caballo, creyendo que así se rejuvenecen. Mientras las beldades de torsos desnudos y esculturales redondeces con las que paseaban de la mano, arrastrando los pies con desgana en los primeros conciertos *pop*, son hace tiempo abuelas ajadas. La consecuencia realista de una filosofía efímera, pero desconcertante para sus mayores, hermana del *country*, del *soul* y del *rock,* que duró lo que dura la jugosidad juvenil y que se esfumó con el cannabis y los delirios del LSD, al abusar de una libertad permisiva. Escandalosa y envidiable.

En ese mismo periodo, en la Ciudad Universitaria los grises a caballo zurraban fuerte y sin misericordia con las porras de goma al que se atreviera a propasarse. Pero los que aún no la pisábamos, no nos enterábamos de lo que pasaba a cuatro paradas del metro de Alonso Martínez. Porque nadie hablaba de ello, y menos aún la prensa. Sólo, y muy bajito, se comentaban los sucesos parisinos paralelos en los corrillos próximos a las familias de los estudiantes que sorprendían apedreando a los guardias. Pero todos callaban como muertos. Un revanchismo manifiesto podría repercutir en el futuro de los muchachos detenidos en la Dirección General de Seguridad, cebándose en ellos hasta terminar encarcelados en Carabanchel.

Años después, muchos de aquellos jóvenes audaces y respondones ocuparon puestos altísimos en la nueva sociedad democrática. Pero para los que aún no éramos contestatarios, esa capital de España, entre provinciana y cosmopolita, en la que nos movíamos, tenía su encanto. Había poco tráfico, desconocíamos lo que significaba la polución atmosférica y acababa de nacer la niña «dos millones» (de habitantes) en Madrid, lo que indica lo holgados que estábamos de espacio y prisas.

Los primeros semáforos, plantados tímidamente en céntricas esquinas estratégicas, comenzaban a sustituir a los guardias urbanos, mientras aprendíamos a circular en colores: ojo en rojo, adelante en verde radiante, alerta en ámbar. Una civilizada educación urbana que no percibimos ya de qué forma se incrustó en nuestra psique, convirtiéndose en un arquetipo de identificación cultural universal que pocos reconocen como un práctico invento de posguerra. El ocio se limitaba a los bailes y a las películas de cine. Cantinflas al natural, frente a los John Waynes y Gary Coopers de importación, doblados con acento castizo, aparecían salpicados de algún que otro filme de romanos, intercalados con las españoladas del productor de cine Benito Perojo. En la radio, coplas de exclusiva fama nacional, Antonio Machín, Molina o rancheras de voces viriles y mensajes dulzones y machistas se alternaban con los chistes de Gila los martes, que nos hacían refugiarnos en casa, en competencia con las sesiones de Pepe Iglesias *El Zorro* los jueves.

Inocentes reuniones familiares que perdieron mucho encanto cuando se destaparon las voces antes imaginadas al escudarlas sin ponerles cara a través de la radio, y aparecieron en la pantalla de televisión recién instalada en los hogares. Misa los domingos por la mañana. Por la tarde, fútbol o toros, y según la época del año, paseos por el Retiro o Rosales, rematando en una tasca del centro a tomar tapas con un chato de vino, o una caña de cerveza. Con el buen tiempo, una horchatita en cualquier chiringuito, ya desaparecido, del paseo de la Castellana, nos permitía contemplar el relajado caminar de los madrileños desocupados. A las madres y abuelas con los niños, o los colegiales de uniforme camino a casa despreocupados, observando el paso cansino de los pintorescos barquilleros que soportaban el voluminoso bombo de latón rojo, cargando con las dulces viandas para gozo de los pequeños que se jugaban su fortuna al vuelo de los números marcados.

Entonces, visitar Embassy para mí no era sólo ir a un lugar distinguido y de lujo. Iba particularmente a ver a su dueña, Margarita Taylor, una querida amiga, como de la familia, que nos recibía con enorme alegría y de brazos abiertos cada vez que nos veía aparecer a cualquiera de nosotros. También éramos invitados asiduos a los grandes acontecimientos íntimos de su vivienda encima del establecimiento. Por la sincera cordialidad que existía entre Margarita y mis padres, desde niña intuí la deferencia mutua que se tenían, basada en su estrecha y antigua amistad.

Ya entonces, Margarita me dedicaba unas charlas a solas que hoy reconozco excesivamente personales y en las que llegó a contarme muchas confidencias demasiado serias para mi corta edad, que retengo afectuosamente sólo para mí, por respeto a su memoria. Por supuesto, ella no soltaba ni media palabra sobre ninguna actividad clandestina y su valiente actuación junto al grupito de diplomáticos en los años cuarenta. Yo daba por hecho que esta antigua relación sólo tenía un origen social. Después, a lo largo de esos años, he visto a Margarita como a la mentora inteligente y sensible, la abuela inglesa que hubiera querido tener y no tuve. La vida tampoco le concedió a ella, tan maternal, un ansiado nieto, por lo que esos cálidos roles adoptivos fueron recíprocos. Margarita Taylor fue siempre «nuestra amable amiga irlandesa» que, aunque muy adaptada al ambiente español, no se olvidaba de ningún san Patricio para enviarme la mejor *mousse* que he comido nunca, o el *Christmas pudding* para compartirlo en casa por Navidad. Como unos lazos amistosos que ella se preocupó de mantener atados hasta el final de su vida. Visto en retrospectiva, agradezco a la Providencia que me concediera la oportunidad de tratarla tan de cerca y de conservar el recuerdo de ese especial afecto. Pues la fundadora de Embassy no era una mujer simpática con todo el mundo; al contrario, sabía a quién ponerle distancia y mantenerse en su sitio cuando tenía que hacerlo. Aunque también a quién transmitir una ternura sin tapujos. Hoy conservo la agradable sensación de haberla sentido así desde mi infancia al recordarla con respetuosa devoción al admirar con mayor motivo su participación clandestina con el MI6, sin moverse el resto de su vida del mismo lugar donde salvó a tantas personas sin mencionarlo a nadie.

Como un contraste paradójico con el tipo de amistad que manteníamos, la ocasión a la que jamás faltábamos a su casa era en los desfiles de la Victoria, cada primavera. En ese mismo piso en el que ella dio refugio a los fugitivos durante la guerra y que conservó el secreto entre sus cuatro paredes, años después de cobijarlos para que se aliviaran de sus angustias en el camino hacia su salvación, Margarita abría los salones a sus amistades en la soleada mañana y nos obsequiaba con sus deliciosos aperitivos en privado, mientras los representantes festivos del Ejército español desfilaban marciales por la calle. La proximidad del desfile que contemplábamos a la altura de los árboles, nos permitía distinguir el material del que estaba hecho el sombrero de doña Carmen o cómo le aumentaba la tripa de año en año a su rechoncho marido, que en esta ocasión especial aparecía como un Cid Campeador altivo y gallardo, blindado por los jinetes de su guardia mora, capas al viento. Luciendo sus mejores galas y condecoraciones con orgullo, Franco aparecía arrogante mirando fijamente a un horizonte tan ilimitado como el que se veía para sí mismo al mando, mientras sus súbditos le aclamaban al paso del cochazo descapotable que en su día le regalara Adolf Hitler.

Es verdad que en nuestra infancia de los años cincuenta había pocos viajes y prácticamente ninguno al extranjero, excepto los largos veraneos de tres meses en los que viajábamos de noche en tren, envueltos en las sábanas de una litera estrechita y divinamente hecha. Mecidos por el interminable traqueteo, dormíamos plácidamente cubiertos de carbonilla, camino de un ocio estival prolongado, de mares fríos y exquisitos peces gallegos. Redondela marcaba la antesala del fin, intuyendo el melancólico son reiterado y estridente de una gaita aún por escuchar. Luego, nos bajábamos en la siguiente estación: Vigo.

La reunión familiar en torno a la abuela Guillermina en La Portela, con parte de sus once hijos y nueras, y los treinta y dos nietos que llegaban de varias partes del mundo, era un agradable estímulo físico y emocional para los niños y un aliciente para los mayores, del que ninguno se ha olvidado. Además de disfrutar de las frutas que comíamos a cualquier hora, cogidas directamente del árbol, y de los cientos de churros que preparaba la abuela para el desayuno, los chiquillos corríamos en alpargatas y con los flotadores de goma, listos para el chapuzón, por el estrecho caminito interno de la finca, hasta llegar al mar. Las mismas ortigas punzantes, los mismos helechos incontrolados en escalafón, perpetuamente humedecidos y desparramados a nuestro paso, convivían con las zarzas de las moras con las que hacíamos mermelada, enredadas alrededor de los viñedos. La misma sensación de libertad que no tantos años antes debieron sentir los refugiados entre las mismas paredes, al conducirnos, unos y otros, hacia la misma Ría de Vigo liberadora por un paraje de ensueño. Los niños salíamos, ingenuos, por la puerta chirriante y escondida entre los matorrales que en su día usaba el Servicio Secreto británico para sacar a los indocumentados al mar y colarlos en las embarcaciones con destino indefinido. Ellos para salvar su vida; nosotros, para gozar de ella. Traspasar aquella salida minúscula hacia un insignificante embarcadero de frágiles tablas irregulares era su esperanzado fin del trayecto. Para los primos y para mí el mejor chapuzón del año, ignorando los secretos que guardaba el lugar, ocupados sólo en disfrutar de nuestra niñez, creyéndonos libres y felices.

La Portela, situada en un extremo prominente al final de Redondela, favorecía una amplia variedad de actividades gallegas dentro del estrecho núcleo familiar en el que convivíamos varias generaciones durante el verano. Era tan normal ver ordeñar a Lola la Grande la vaca en el establo, como escuchar que al tío Guillermo (tan agnóstico como sus hermanos) se le había aparecido la Virgen un día a los pies de la cama. Sólo que cuando la recua de sobrinos insistíamos en si el tío podía distinguir si aquella iluminada aparición divina era la Virgen de Fátima o la de Lourdes, el tío contestaba sin alterarse que el resplandor era tan cegador que no se lo permitía. Y nosotros nos quedábamos dudando si algún día podríamos experimentar algo parecido, obviamente después de hacer la Primera Comunión.

Además de alentar la convivencia en esta original y enriquecedora concentración familiar, estas reuniones veraniegas favorecían mucho el trato entre los vecinos. Nos permitía participar en las ferias de ganado, las romerías y las fiestas patronales, donde los niños acudíamos en tropel, mezclados entre los paisanos, absorbiendo cada instante vivido. La feria de ganado, en particular, era todo un acontecimiento. Deambulábamos en grupitos, escabulléndonos entre las piernas de la gente, y comíamos rosquillas resecas cubiertas de azúcar *glass* para palpar a los terneritos, los cochinillos, las ovejas, y ese entorno que giraba alrededor de la austeridad ganadera, empobrecida, de un pueblito marinero gallego, totalmente distinto a nuestra vida madrileña. Nos envolvía el olor a pinos y a mar con la marea alta, o al fango, con la marea baja, donde se cultivan los moluscos más ricos del mundo. Aromas singulares que se incorporaban a los que despedían los animales entre el tumulto de unos paisanos de pómulos marcados y largos mentones, que charlaban con desparpajo a gritos, entre ellos, como si no existiera más mundo que el suyo. Mujeres, chiquillos, hombres con boina y garrochas de apoyo para su paso rústico. La densidad de un ambiente inolvidable que nos envolvía y cuyo atractivo nos superaba, al intuir que le pertenecíamos sin que nadie nos lo explicara.

En Madrid llegué a tener tres Mariquitas Pérez, posiblemente regaladas por algún paciente agradecido de mi padre, y con las que recuerdo cuánto me gustaba jugar en solitario durante horas y horas. Pero nunca las aprecié tanto como a las sanas alegrías familiares de mi infancia gallega.

Durante la celebración de la Virgen del Carmen, los feligreses la paseaban en una lancha engalanada con banderitas de papel. La imagen navegaba erguida, el pelo alborotado, sobre un pedestal cuajado de flores naturales, cargando al Niño en sus brazos y envuelta en un universo de cohetes ruidosos. Las ensordecedoras sirenas de los barcos del cortejo la escoltaban en una pugna de pitidos estrepitosos. Copaban la ría, detrás, las lanchas con gaiteros y mozas vestidas de gallegas, acompañándose con panderetas o palmoteando enérgicas el pandero atado a la cintura, gesticulando un canto a toda voz, que la distancia y el ruido nos impedían escuchar. Era el espontáneo, tierno y ensordecedor festejo de la patrona marinera que siempre llevo en mi recuerdo. Los niños, apelotonados en el balcón, observábamos la escena entre barrotes, sin oír las canciones por la distancia, ingenuamente conmovidos, ignorando el porqué, al contemplar la pintoresca procesión que se deslizaba sobre una ría revuelta por las olas. Cuando al anochecer estallaban los fuegos artificiales, como relámpagos inmunes que languidecían al deshacerse sobre la isla de San Simón, los más pequeños caíamos rendidos, incapaces de rematar la fiesta completa, mientras los jóvenes se componían para salir al baile. Aún les quedaba mucho por festejar.

En aquellos días represivos en lo social y lo político, de grandes privaciones económicas para tantos, en casa vivíamos condicionados a la profesión de mi padre, como único medio de sustento. Sujetos a la incertidumbre económica de una profesión liberal que reproducía la inestable realidad del medio, y que, como cualquier comerciante, tenía que esperar la entrada del cliente/paciente por la puerta para hacer frente a los gastos. Aunque mi padre llegó a ser un médico famoso que pudo mantenernos dignamente, nunca perdió su toque altruista y continuó ejerciendo hasta el último momento como jefe de servicio de cirugía torácica de la Cruz Roja en Madrid, sin cobrar nada, durante más de cuarenta años; con lo cual su familia quedaba mucho más limitada económicamente de lo que pudiera parecer. Pasado el primer periodo de escasez de posguerra, en el que afortunadamente era demasiado pequeña para reconocerlo, la sociedad de consumo aún balbuceaba. No existía la tarjeta de crédito, ni se sabía qué eran las compras a plazos. Escaseaban artículos que otros países desarrollados ya disfrutaban, pero que tampoco se echaban en falta, por desconocidos. Hoy, por el contrario, inmersos en una sociedad de consumo (democrática, eso sí) y supuestamente equitativa, en una Europa unida por el euro y las copas de fútbol, dejando de lado otros criterios ancestrales mucho más sólidos, vivimos pendientes de cubrir las excesivas compras impersonales con el dinero de plástico. Al tiempo que se nos niegan artículos imprescindibles, curiosamente concebidos para consumirse, si no justificamos los fondos para pagarlos. Clasificados globalmente por grupos aleatorios y desnivelados, hoy se nos aplican unas reglas económicas absurdas e impersonales, deducidas a partir de estadísticas estandarizadas por ordenador, para atraparnos en una peculiar política mercantil, artificialmente creada para someternos dentro de un círculo vicioso de trampas y necesidades superfluas. Omitiendo otros conceptos que debieran ser más válidos, se nos acepta o desclasifica dentro del grupo social al que deberíamos pertenecer, al seleccionarnos como parte de unos proyectos macroeconómicos desconocidos, sin importar cómo logramos cubrir las micronecesidades individuales, a veces acuciantes, que ellos mismos provocan.

El contraste entre las vacaciones gallegas y el ambiente madrileño era muy estimulante, por ser totalmente opuestos. En Redondela corríamos a nuestras anchas, sólo limitados por las horas marcadas para las comidas, y nos relacionábamos con toda naturalidad con el entorno y entre nosotros. Los primos dormíamos de tres en tres, y hasta de cuatro en cuatro en una misma habitación situada sobre el establo, embebidos por el aroma penetrante de las vacas, que se confundía con el del vino de barril de la bodega contigua. Un misterioso lugar donde jamás entraba el sol y cuyo suelo estaba permanentemente húmedo. Sensaciones mezcladas que me han quedado impresas en la psique y más aún en el olfato, sin abandonarme nunca, reapareciendo en los momentos y lugares más inesperados, capricho mental que no te permite olvidar cuáles son tus verdaderos orígenes.

La combinación de esa vida sencilla entre los gallegos con el ajetreo de Madrid me permitió crecer como una hija única rodeada de adultos, entre el gusto musical de mi madre y la sensibilidad humanística de mi padre. Unas manifestaciones imperceptibles pero estimulantes para una niña solitaria, observadora y callada, que, como he podido comprobar luego, marcaron mi vida posterior. Por

El joven Lalo Martínez Alonso cuando vivía en Glasgow durante la Primera Guerra Mundial.

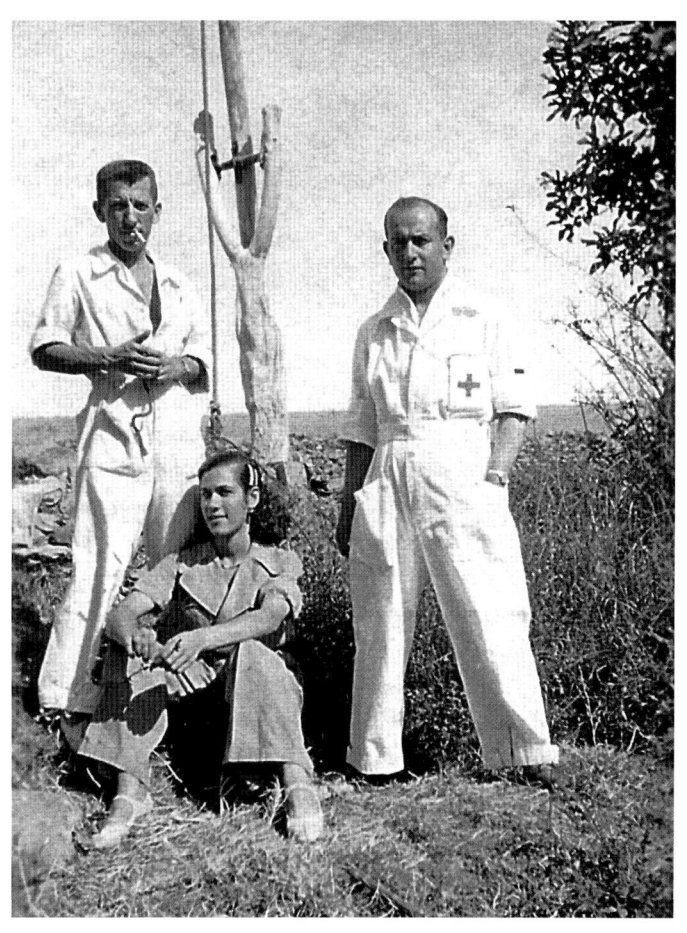

El doctor Martínez Alonso al servicio de la Cruz Roja
del lado republicano en Cabeza de Buey en 1936.

**El teniente Eduardo Martínez Alonso en 1938.
Ya se había pasado al bando nacional.**

Guillermo y Lalo Martínez Alonso durante el verano de 1941, frente a la casa de su tío Rogelio, párroco de Xende (Pontevedra) con el coche de matrícula diplomática en el que trasladaban a algunos refugiados de la Segunda Guerra Mundial.

Lalo y Moncha en el tranvía que hacía el recorrido Bayona-Vigo durante su noviazgo en el verano de 1941.

Lalo y Moncha poco después de su boda en 1942.

El embajador británico sir Samuel Hoare durante su presentación de credenciales a Franco en abril de 1940. (Archivo de Colin Creswell)

El capitán Alan Hillgarth como agregado militar y primer oficial de la Inteligencia británica en España. (Archivo de Tristan Hillgarth)

Dos reuniones informales de amigos en la playa de La Portela,
en Redondela (Pontevedra). En la foto de arriba se ven las escaleras
de la finca que daban a la playa por la que se evacuaba a los refugiados.
En la foto de abajo Moncha está en primer plano y, a su lado, con sombrero,
Alan Lubbock, el ayudante del agregado militar británico,
en la playa de Cesantes.

Excursión en *El Bedrines*, con los marineros Manolo y Moncho Otero.

La salida al mar desde La Portela en la actualidad.

Puerta de salida al mar de La Portela.

Moncha en La Portela con el matrimonio Babington-Smith, David y Joan, con los que poco después ella y Lalo se fugarían a Portugal.

Elizabeth y Michael Creswell con Crispín de Riezu, Francisco de Lezcano y Serafín de Tolosa, hermanos capuchinos de Pamplona, en 1942, en el convento de Jaca donde se alojaban los refugiados.

La fachada del salón de té Embassy, regentado por Margarita Taylor, donde el Servicio de Inteligencia británico centralizaba sus acciones.

Lalo y Moncha en Estoril (Portugal) tras su huida de España camuflada en luna de miel.

Moncha con las enfermeras del Brompton Hospital de Londres, donde cantaba para los enfermos todos lo miércoles entre 1942 y 1944.

Segismundo Casado con unos amigos. El coronel republicano también estaba exiliado en Londres y se hizo amigo del matrimonio Martínez Alonso tras su paso por la consulta médica de Lalo.

Moncha con Mr. Harris y la madre de éste, en Londres, en 1942. Mr. Harris fue el único refugiado acogido en La Portela que Moncha llegó a conocer durante su huida.

Moncha en Londres, fotografiada por Lalo, el 8 de mayo de 1945, durante la celebración del fin de la Segunda Guerra Mundial.

Páginas del Diario de 1942 de Eduardo Martínez Alonso que puso a la autora tras la pista de las acciones humanitarias de su padre durante la Segunda Guerra Mundial.

El 3 de enero de 1942, día de su boda con Moncha,
Lalo hizo una sencilla anotación.

| 16 | **JANUARY, 1942** | 3rd Week |

16 FRIDAY (16-349)
● New Moon, 9.32 p.m.

Leave Madrid.
Sleep C. Rodrigo

Lalo, por su educación británica, escribía indistintamente en español y en inglés. El 16 de enero de 1942 anotó: «Abandono Madrid. Noche en Ciudad Rodrigo». Fue el día en que él y Moncha huyeron de la capital perseguidos por la Gestapo.

| 31 Days | JANUARY, 1942 | 17 |

17 SATURDAY (17-348)
s.r. 7.58, s.s. 4.22

Enter Portugal
Sleep Coimbra.

El 17 de enero de 1942 escribió: «Entrada en Portugal. Noche en Coimbra».
Lalo y Moncha ya estaban a salvo de la persecución de los alemanes.

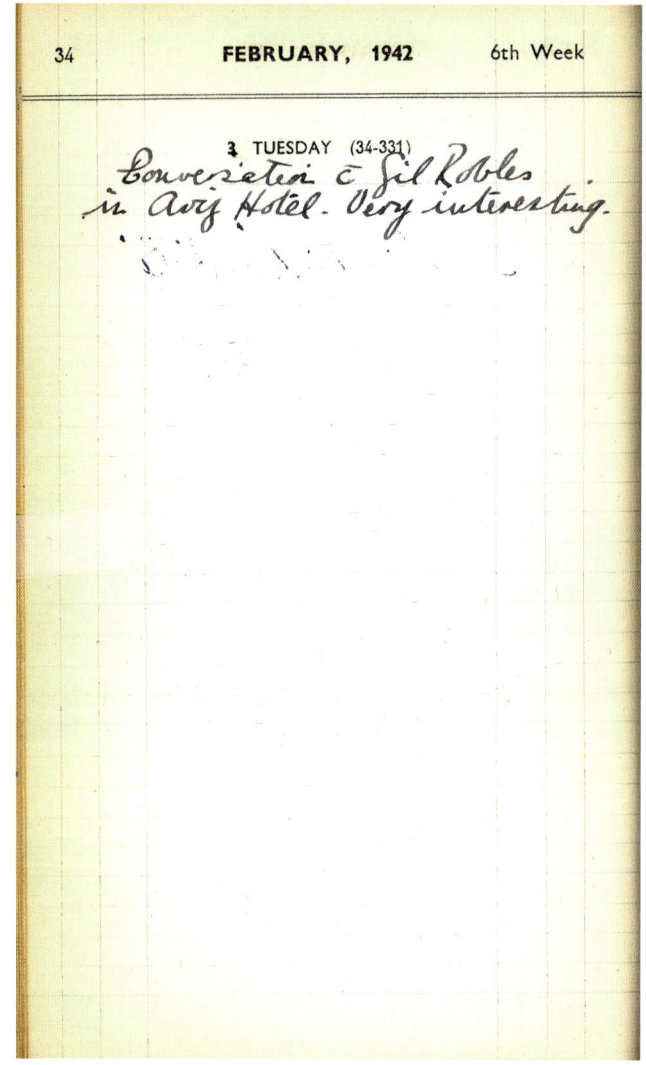

El 3 de febrero de 1942, Lalo y Moncha cenaron en Lisboa con José María Gil-Robles y otros exiliados españoles en Portugal.

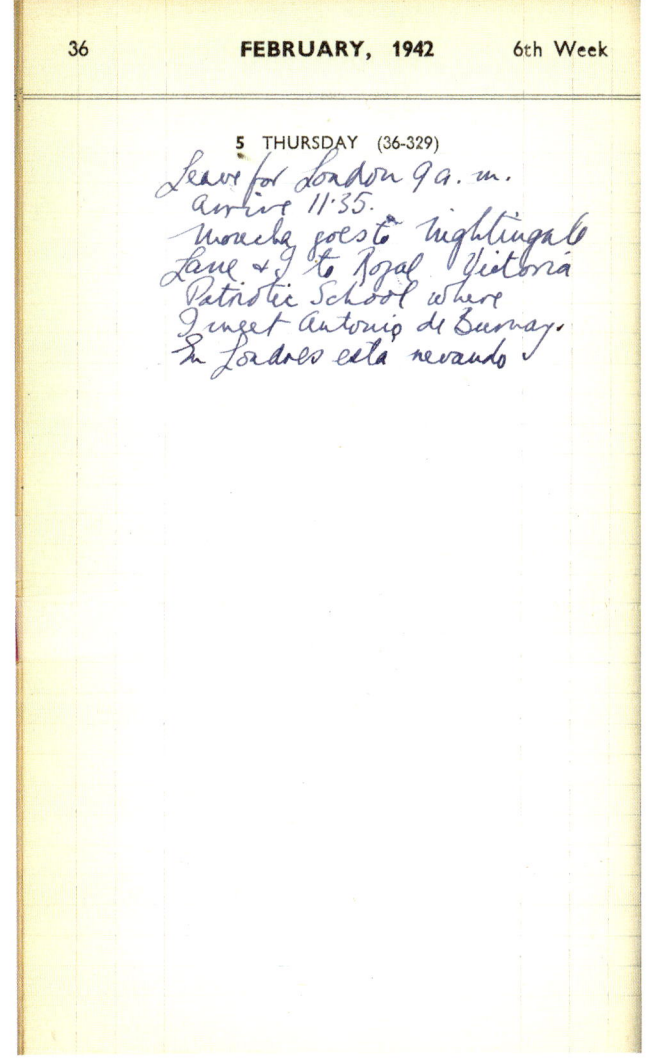

El 5 de febrero de 1942, el matrimonio Martínez de Vicente abandonó Lisboa camino de Londres. Ese mismo día, Moncha acudió al hospital Royal Victoria para colaborar como enfermera.

FEBRUARY, 1942 — 7th Week

9 MONDAY (40-325)

No news yet of 055A. Lunch at the Tings. Cenamos con Benito que regala a Moucha cosméticos de todas clases y a mí una caja de Swan Vestas — que escasean. Nos prestan plancha eléctrica para que trabaje Moucha. Quisiera saber si un soldado raso saluda a una mujer oficial. Me pongo a observar.

Primera anotación críptica del diario. El 9 de febrero de 1942, Lalo escribió en inglés: «Sin noticias todavía de 055A». La autora averiguó, tras una laboriosa investigación, que ésta era la clave que su padre tenía en el Servicio de Inteligencia británico.

MEMORANDA

Date	Source	Amount
	From Father	£ 10:0:0
18 Feb. 1942	Col. Clarke	£ 50:0:0
23 " "	Col. Clarke (ex E. Bur)	£ 30:0:0
6 March	C. H. Scott	£ 35:0:0
4th April	Mc. Gill	£ 65:0:0
30th "	"	£ 25:0:0
1st. May	B.B.C.	£ 7:7:0
~~25th April~~	~~John~~	~~£ 30:0:0~~
10th May	Mc. Gill	£ 15:0:0
26th "	B.B.C.	£ 7:7:0
3rd June	Mc. Gill	40:0:0
6th "	Brit. Embassy	27:0:0
30th "	B.B.C. (Moncha)	6:6:0
1st July	Mc. Gill	40:0:0
2nd "	(Father's will)	116:0:0
1st. August	(W.O.)	40:0:0
25th "	(B.B.C.)	8:8:0
28th "	(B.B.C.)	11:11:0
1st. Sept.	Mc. Gill	40:0:0
18th "	B.B.C.	10:10:0
1st. October	Mc. Gill	40:0:0
8th "	B.B.C.	3:3:0
21st "	(B.B.C. Moncha)	7:7:0
1st. November	(Mc. Gill)	40:0:0
12th. Rumba	B.B.C. (Moncha)	6:6:0
" "	"	2:2:0
" Translation	B.B.C.	5:5:0
15th. Hospital		2:0:0
		£685:12:0

PRINTED IN GREAT BRITAIN.

Al final del diario de 1942, Eduardo anotó las diferentes entradas de dinero que había tenido a lo largo del año. Obsérvese que la primera anotación fue un préstamo de 10 libras que le hizo su padre el 18 de febrero, recién llegados Lalo y Moncha a Londres. Debajo aparecen diversos honorarios procedentes del MI5.

El matrimonio Martínez Alonso con su hija Patricia en 1946.
Acababan de volver a España de su exilio londinense.

Moncha y Lalo en Madrid, en 1948.

A su regreso a Madrid, Moncha y Lalo recuperaron su activa vida social.

Patricia Martínez de Vicente con Colin Creswell, autor del prólogo de este libro e hijo de Michael y Elizabeth Creswell, los encargados del MI9 (Servicio de Escape y Evasión británico) en España durante la Segunda Guerra Mundial.

El doctor Martínez Alonso en 1948 con Alexander Fleming en Chicote, Madrid.

Justin y Tristan Hillgarth, los hijos de Alan Hillgarth, visitaron a Moncha y a Patricia en Madrid en 1969.

Moncha y Lalo Martínez Alonso, los protagonistas de esta historia, en los días felices de su matrimonio en su casa de Madrid.

nuestra casa pasaban personajes muy variados. Aparte del abundante trasiego familiar de parientes cercanos y lejanos que hacían de ella un centro de paso, o la excusa para otras permanencias más estables, en nuestro cuarto de huéspedes han dormido desde destacados médicos internacionales, artistas, músicos y escritores, hasta los más desafortunados pacientes, incluso tuberculosos sin medios para costearse una pensión, a la espera de ser atendidos por caridad en los hospitales antituberculosos de la Sierra de Madrid o a través de Cruz Roja española, a donde mi padre regresó después de la guerra europea sin mayores problemas tras especializarse en Londres como cirujano torácico. Aún no existía la Seguridad Social y faltaban años para que el sistema se automatizara, despersonalizando la identidad del enfermo. Un fenómeno que en algo tan delicado como la salud nos ha privado del calor humano que ejercían los médicos de entonces, aunque tuviera ese matiz injusto de desnivel económico, pero quienes sin duda ejercían una intención mucho más solidaria ante el dolor ajeno que la socializada impersonalidad actual.

Ser caritativo sin aquel filtro monjil y humillante del franquismo me hizo entender muy pronto la fortuna que tiene el que da frente al que recibe. Siempre está en el lugar aventajado. Esta sutil lección de generosidad se confirmaba cuando me hacían recoger mis juguetes regularmente en una maleta para llevarlos al hospital y repartirlos entre los niños pacientes. Nunca rechisté, aunque fueran mis mejores juguetes. Desprenderse de los objetos queridos, sin medir su valor material o afectivo, a beneficio de otros menos afortunados y antes de tomar conciencia del valor de las cosas, fue una estupenda lección práctica de altruismo, pues aparte de que nada dura para siempre, el valor material de las auténticas necesidades, cuando surjan de adultos, nos pillará menos desprevenidos.

Coincidiendo con la hora de consulta a media tarde, nos reuníamos en un pequeño cuarto interior (y aún no entiendo cómo aparecía por allí tanta gente sin avisar) con estudiantes de medicina, amigos, colados y pacientes, en un entrañable intercambio de risas y frases alentadoras. Se contaban chistes y anécdotas intrascendentes para desviar la angustia reprimida, propia del paciente que visita en privado a un médico amigo, con la esperanza de no tener nada grave. En las noches, durante las cenas también entre amigos, la atmósfera clínica pasaba a un segundo plano y daba paso a otra más relajada y frívola, donde se combinaban los invitados más heterogéneos con artistas de cine y de teatro, la mayoría también pacientes. Bailaores, cantaores, guitarristas de distintos toques (español, flamenco, clásico) que desconectaban durante estas reuniones nocturnas de los problemas presentados en la consulta. Por esa típica actitud de mi padre, metido en distintos asuntos de su interés al mismo tiempo, además de los amigos que se turnaban en las cenas de los miércoles, que celebramos durante años, nos visitaron Frank Capra, Nicholas Ray y otros directores de Hollywood que pasaban por Madrid al reclamo de otro hombre de cine americano: Samuel Bronston, productor de *El Cid*, *Lawrence de Arabia* y *55 días en Pekín*. Billy Wilder, el gran director norteamericano atraído por nuestro país, nunca llegó a ser nuestro invitado, pero sé que vivía sigilosamente en un ático de la calle Zurbarán, frente a nuestro piso, rodeado de estucos pompeyanos rescatados de alguna película. Mientras descansaba de sus rodajes con Audrey Hepburn o Bette Davies, sus actrices predilectas, ningún periodista descubrió su escondite madrileño, en el que se refugiaba alternativamente con su familia hasta por lo menos los años setenta.

Entre estos visitantes estaba Ava Gadner, amiga y paciente de mi padre, la más famosa de nuestras artistas invitadas los miércoles. Ava al natural era una mujer que destilaba mucho más *glamour* que en la pantalla. Sensual, bella por dentro y bellísima por fuera, cálida, simpática y de una gran dulzura, su sonrisa irradiaba una luz propia deslumbrante, sin ninguna afectación. Era una mujer extrovertida que se sentía cómoda al exhibir sus encantos entre los españoles. Madrid era su casa, y se sentía en casa. La posteridad no le ha hecho la justicia merecida por sus apariciones en papeles de mala o dura. Todo lo contrario a la realidad. Quizá encarnaba esos personajes precisamente por su aspecto físico, por el contraste marcado de un pelo negrísimo con una piel blanquísima, de inglesa barnizada en Hollywood. Un contraste excesivamente duro en el cine, contrario a su verdadera personalidad.

Ava gesticulaba con ademanes distinguidos, refinados, con una elegancia y una belleza natural genuinas, que, por la razón que sea, sus directores no supieron reflejar en la pantalla. Ella nunca disimuló el cariño especial que le tenía a mi padre, quien, aunque parezca raro en un hombre al que le encantaban las mujeres, tampoco exteriorizaba lo mismo hacia ella. Al menos en público. Entre las vivencias que compartimos con la actriz, sé que él la ayudó discretamente a que adoptara un niño español mientras aún estaba casada con Frank Sinatra. Según pensaba, la única forma de salvar el tormentoso matrimonio, insalvable de por sí, con el actor. Juntos visitaron varios orfelinatos en busca del hijo ficticio español que Ava no podía concebir.

A pesar de la perseverancia y la influencia que pudiera ejercer el médico de la actriz para conseguir su propósito en los orfelinatos de los años cincuenta, aquellas monjas españolas de estrechas miras morales y religiosas, encargadas de custodiar a los huerfanitos, pusieron como impedimento la excesiva fama de los padres adoptivos y el vacío religioso en el que crecería su hijo, para negarles la adopción. Jamás aceptaron entregarle un anónimo niño español a la famosa actriz internacional en la cumbre del éxito.

XIV
El campo de concentración de Miranda de Ebro

Entre los variados personajes que nos visitaban en casa, no faltaba a su cita el capitán Hillgarth, ya concluidas sus actividades diplomáticas y militares de los años cuarenta y de regreso en Irlanda. Viajaba a Madrid al menos tres veces al año, con una u otra excusa, y aparecía siempre con toda la confianza con que le recibíamos a él y a su familia. Mi madre le perdió enseguida el miedo de su primer encuentro de recién casada, y desde el momento que empezaron a tratarse en Londres durante la guerra, se profesaban el mismo afecto que le unía a mi padre. Como es natural, Alan también estaba bastante más relajado que entonces. Se reía mucho con nosotros, y aparecía como un hombre pleno y feliz. Aunque fuera cumpliendo años, se mantenía en forma y disfrutaba de la vida intensamente, lo que se le notaba en una vivacidad divertida, gozando de todo lo que España y los españoles le ofrecían, muy lejos ya de las tensiones de la guerra.

Alan Hillgarth era un amigo discreto que aparecía y desaparecía invariablemente y con sigilo de nuestras vidas durante cerca de cuarenta años y al que se le respetaba no sólo por la antigua amistad con mis padres, sino por haber compartido con Lalo unas vivencias tan insólitas como secretas. Entre ellos existía una simpatía difícil de clasificar para quienes no hayan experimentado algo parecido. No he conocido otro vínculo más auténtico entre dos personas que el suyo. Alan y mi padre parecían confabulados en una relación personal, casi idílica, indescifrable, de las que perduran entre hombres que han compartido y superado situaciones de extrema gravedad. Y grandes secretos. Algo que únicamente ellos dos parecían entender y que los demás respetábamos por su valor sentimental. Una fidelidad alentada sin disimulo por los protagonistas hasta el final de sus vidas, sin el menor altibajo.

Aunque delante de mí, y mucho menos de extraños, raramente se hablaba de la guerra, o de las actividades extraoficiales de Alan Hillgarth en Madrid (y no digamos ya hacer referencia alguna al MI6), siendo yo jovencita, en una ocasión el antiguo capitán parecía ansioso por contarme cierta experiencia de entonces. Como si nuestro amigo creyera oportuno que yo supiera en qué estaba basada su íntima amistad con mis padres, durante una de las muchas cenas familiares que compartimos me contó:

—Siendo agregado naval en Madrid, hacia 1940, tuve que pedirle a tu padre que me ayudara en un asunto altamente peligroso y delicado. —Me lo explicaba veinticinco años después de ocurrido, con la misma mirada atemorizada, implorante, de aquel tiempo, al recordarlo—. Teníamos inmovilizados a cientos de polacos y otros prisioneros aliados, entre ellos muchos judíos, en el campo de concentración de Miranda de Ebro, en la provincia de Burgos. Desde Gobernación nos decían que Franco no quería interferir, que no se podía hacer nada, lo que significaba que los repatriarían. Algo impensable. Si se habían escabullido de unas horribles matanzas en su país, arriesgándose a llegar a duras penas hasta España, para terminar encarcelados en Miranda de Ebro, nosotros no podíamos permitir que los devolvieran allí. Los matarían a todos, seguro.

Mis padres y yo escuchábamos a Alan muy atentos en el silencio del comedor de casa.

—Londres nos tenía alertados; había que hacer lo posible para que no les extraditaran, porque en ese caso sabíamos que morirían sin piedad. Yo estaba tan preocupado que realmente no sabía qué hacer. Se lo conté a tu padre, por si a él se le ocurría alguna solución. Teníamos que salvar a esa gente como fuera. Todos nos arriesgábamos mucho, pero él aún más. Y sin dudarlo un momento, Lalo me ayudó.

Mi padre escuchaba, risueño, a su amigo, sin intervenir para nada en la conversación, mientras mi madre observaba dulcemente a Alan, como si también fuera la primera vez que escuchaba esa historia. Ni siquiera ante un testigo tan directo afirmaban o negaban su participación en los salvamentos humanitarios. Yo, por mi parte, jamás había oído hablar a ninguno de los dos sobre este tema; ésta fue la única vez. Los comentarios esporádicos me han llegado de refilón a lo largo de los años o a través de otras personas. Como en tantos aspectos de esta experiencia, mi padre se llevó el secreto a la tumba.

Puede uno imaginarse la calamitosa situación de los prisioneros en Miranda de Ebro al acabar la Guerra Civil. Junto a los presos rezagados del fin de ésta, en abril de 1939, el relevo europeo a partir de septiembre añadió patetismo a un escenario ya escabroso de por sí. Escasos de alimentos, ropa y medicinas, desinformados de cuanto ocurría en el mundo exterior, corriendo el riesgo de ser deportados o fusilados y aislados de lo que no fuera su propio terror, la perspectiva de un futuro incierto, o de caer enfermos por la escasez generalizada, la falta de higiene y el hacinamiento, aquellos hombres vivían en una incertidumbre constante. Hambre, pavor, angustia, incomunicación. Era indudable que había que buscar salidas para, si no solucionar, al menos aliviar el drama a los más de tres mil hombres recluidos en un espacio inicialmente previsto para quinientos. Además de intentar sacarlos de allí como fuera, mi padre organizó una ruta hacia Portugal, por Aranda de Duero, para llegar hasta nuestra casa de Redondela y darles salida hacia el Atlántico.

Considerando los innumerables impedimentos oficiales para conseguir los visados de entrada y salida del país y los salvoconductos para circular por España, era notorio que las autoridades españolas controlaban los movimientos internos de la gente a su manera. Los evadidos de las cárceles extranjeras que llegaban a España y caían presos (aunque fuera territorio neutral) deberían permanecer así hasta el fin de la guerra si no se tomaban las medidas pertinentes. Pero, más importante aún, si alguno caía en manos de la policía o la Guardia Civil, éstos estaban autorizados a avisar al agregado militar de su embajada o a los cónsules en las provincias, pero no siempre les llegaba el requerimiento. Un proceso que en Suiza tardaba horas en solucionarse y en Suecia pocos días, en España requería esperar semanas o incluso meses, por lo que la mayoría de los detenidos preferirían inventarse una historia ante las autoridades españolas para salir lo mejor parados posible.[18] A pesar de las quejas reiteradas del embajador Hoare, era evidente que no resultaba sencillo liberar a los prisioneros aliados de las cárceles españolas. Y lo más que él consiguió fue que los oficiales de los ejércitos aliados pudieran recluirse en hoteles en calidad de detenidos, pero el resto de los presos debía permanecer invariablemente en las dependencias del campo.

Buscando soluciones para cooperar con sus amigos ingleses, a mi padre se le ocurrió echar mano del fraile capuchino que había sido su capellán (obviamente del lado nacional) en la unidad móvil de Cruz Roja española en Mundaca, Vizcaya, durante la Guerra Civil. Sabiendo que estos frailes tenían varios conventos recónditos en las faldas de los Pirineos navarros, les pidió que alojaran a los perseguidos y sirvieran de enlace en los traspasos humanos, para evitar así que cayeran en Miranda de Ebro. Mi madre sólo conocía la existencia de este sacerdote conocido como el Páter, sin que pudiera añadirme muchos detalles sobre él. Pero gracias a la inestimable ayuda del superior de los hermanos capuchinos del convento de San Antonio de Padua, en Pamplona, José Antonio Lasa, por las fotos que conservamos de entonces lo hemos podido identificar como Francisco de Lazcano. Él, el superior provincial, Serafín de Tolosa, y el secretario provincial, Crispín de Rieza, no tuvieron inconveniente en facilitar a los diplomáticos británicos un pequeño convento de retiro en Jaca (hoy desaparecido) para resguardar y atender a las víctimas en los traslados fronterizos.

Aun teniendo en cuenta las pésimas condiciones de las carreteras nacionales en esos años, si trazamos una línea geográfica desde Jaca a Galicia, sería fácil desviarlos hacia Portugal o hacia Ciudad Rodrigo, en Salamanca, para evitar pasar por Madrid en su salida. Ésta es posiblemente una de las primeras rutas de evacuación clandestina que se organizaron en España, y que se fueron ampliando y modificando según conviniera.

Aunque las salidas a Portugal comenzaron inicialmente a la altura del río Miño, poco a poco fueron extendiéndose hasta Huelva, siempre bajo la dirección y supervisión del MI9 y atendidos por los agentes del SOE, con la misma estructura organizativa de casas de acogida por el camino. Aparte de las salidas directas de Madrid hacia Gibraltar. Confrontando fechas, José Antonio Lasa me comenta que Serafín de Tolosa no fue elegido provincial de la Orden Capuchina hasta julio de 1942, cuando mis padres ya no estaban en España. Por lo tanto, este proyecto venía de antes y las fotos que conservamos en compañía de Elizabeth y Michael Creswell están tomadas posteriormente. Su precipitada fuga no le impidió a mi padre dejar organizado este punto, y como aparece en otros documentos, el trayecto de los Pirineos navarros, enlazado a los resistentes franceses, siguió funcionando el resto de la guerra. El actual superior de los hermanos capuchinos en Pamplona me confirmó en el año 2000 que desgraciadamente ya no queda nadie para atestiguarlo, pero lo que es aún más curioso es que ni él ni nadie de la orden sabía que los hermanos capuchinos hubieran cooperado jamás con los aliados en las rutas clandestinas organizadas entre el Páter y mi padre.

La conmovedora situación en la que se encontraban los hombres confinados, tanto en el campo de concentración de Miranda de Ebro como en la cárcel del Castillo, en Gerona, en Albatera, o San Pedro de Cardeña, entre los recintos que han quedado documentados, forzó a los británicos a improvisar estos métodos liberadores. Cualquier procedimiento de rescate, por arriesgado que fuera, servía para aligerarles la salida y evitaba prolongar los sufrimientos de los presos, retenidos indefinidamente por la Administración española. Todo valía con tal de no estancarse en prisión. Era un compromiso humano y un deber moral auxiliarlos, y facilitarles el traslado y la salida de la Península Ibérica. Las víctimas que recalaban en España huían de unas aterradoras vejaciones y sufrimientos, y en su intento por socorrerles, no es de extrañar que el equipo diplomático y mi padre, al visitarles cada fin de semana, trataran de aliviar sus amarguras.

El tan temido tifus, una enfermedad mortal y muy extendida durante la Guerra Civil, se transmitía a través del popularmente llamado piojo verde, y para principios de los años cuarenta aún estaba en su apogeo. Una infección común que en ciertas circunstancias podía convertirse en epidemia, particularmente en recintos insalubres y cerrados, como en las cárceles, en los cuarteles y en el propio frente de batalla. Padecimiento que, por desgracia, se extendió entre la población civil, causando graves estragos durante unos años más. A pesar de las planchas que se repartieron a los presos por encargo de mi padre, para repasar por las costuras de la ropa donde se alojaban los piojos, como él mismo cuenta en sus memorias, la enfermedad atacó a uno de los militares británicos en Miranda de Ebro. Por suerte, fue el único. Pero la historia real va más allá.

Descritos los síntomas a los visitantes regulares de la embajada británica y examinado el enfermo sobre el terreno, se le pudo diagnosticar el peligroso y epidémico tifus. Temiendo que una auténtica epidemia pudiera propagarse y agravara aún más la precaria situación de los internos, y por indicación del doctor Martínez Alonso, el capitán Bordonado, director del campo de concentración de Miranda de Ebro, decidió liberar al oficial británico inmediatamente para evitar males mayores. ¡Un chispazo salvador surgió a partir de ahí! Si la firma de un certificado médico había salvado a un enfermo auténtico, otros falsos enfermos-reclusos podrían quedar libres manipulando el inesperado diagnóstico redentor, el capitán Bordonado no repararía en soltar a los futuros enfermos para evitar un mal mayor de incalculables consecuencias.

Un nuevo método de evacuación estaba servido. No había mal que por bien no viniera. La firma de un médico español, colaborador de la Cruz Roja española, aunque viniera de parte de los británicos, era una garantía para los carceleros nacionales. Aprovechando las circunstancias y reaccionando rápido y bajo su responsabilidad, se pudo liberar a un número indeterminado de prisioneros, entre los que se colaron parte de los judíos polacos retenidos indefinidamente por las autoridades españolas que tanto le preocupaban al agregado naval británico. Aquellos que Alan me mencionó veinticinco años después en nuestra casa de Madrid. En esa ocasión mi padre se arriesgó a certificar múltiples casos con el milagroso y oportuno diagnóstico: tifus. Cuántos, lo ignoramos. Habría que revisar los archivos del campo de concentración, si es que quedó algo registrado.

Esta treta dio tan buenos resultados que además de evacuar a los prisioneros en los coches habituales de la embajada, se incluyeron ambulancias de la Cruz Roja española, para facilitar todavía más salidas, a través del director del centro en Madrid, el doctor Francisco Luque, que no dudó en poner los medios para colaborar con su amigo y colega. Seguro que en estas circunstancias atravesaron mucho más holgadamente los puestos de la Guardia Civil y los controles provinciales, al trasladar a los recién liberados de un lado a otro, soslayando el control franquista para sacar adelante a los beneficiados de la epidemia del tifus. La casualidad se aliaba con la necesidad.

—Con la perspectiva que da la distancia del tiempo, sin olvidarnos de que había una guerra próxima, moviéndonos entre unos personajes que arrastraban un largo y tortuoso sufrimiento anterior, ¿no contribuiría a su manera el capitán Bordonado, al dar facilidades para que salieran los presos en pelotón? —recalcó mi madre hablando de Miranda de Ebro entre nosotras, viviendo ya confortablemente en Alamares, muchos años después.

Por un temor real a las consecuencias del tifus en unas circunstancias tan adversas, faltos de alimentos y medicinas y sin una higiene adecuada en semejante concentración exagerada de hombres, el consentimiento del capitán Bordonado seguro que les aligeraba el equipaje. Y es posible que él mismo se dejara engañar, contribuyendo a unas liberaciones que no estaban proyectadas. También él se quitaba un gran peso de encima en caso de que el tifus se pudiera propagar en un recinto tan congestionado.

Claro que aún había que ayudarlos a salir del país, y cuantos más ilegales abandonaran el campo, más medios tendrían que poner sus rescatadores para organizar el resto de las evacuaciones.

—Si alguien me preguntara cuántos hombres rescató tu padre con Alan Lubock, me resultaría imposible de precisar. Igual que ignoro si una vez fuera de Miranda salían por Gibraltar o hacia Lisboa, y hasta qué punto intervino la embajada en Madrid o fue un rescate doblemente clandestino, para evitar la intervención tanto española como alemana —siguió observando mi madre al reelaborar juntas un acontecimiento al que íbamos dándole forma juntas, tratando de recomponer el rompecabezas formado por el SOE con la poca información que teníamos.

Las referencias, de existir, pueden estar en archivos diferentes, e incluso recopiladas en países distintos, dado que la procedencia de los prisioneros era muy diversa y, por tanto, difícil de rastrear. Además, tampoco hubo dos casos iguales. Pero mi madre me aseguró que se salvaron muchos con este procedimiento de los falsos certificados médicos y la epidemia de tifus.

Bajo la estricta disciplina interna, las actividades del MI9, completadas con la ayuda de civiles como Lalo, era imprescindible guardar el máximo secreto de unas operaciones extremadamente arriesgadas. Con lo cual, los colaboradores tenían la consigna prioritaria de no intercambiar nombres, ni entre los rescatadores ni entre los rescatados, y más aún cuando se trataba de los judíos.[19] Había que evitar a toda costa que, en caso de caer en manos enemigas, incluso si los torturaban, pudieran sacarles una información de tanto valor. Aunque los mandos desde Londres, y los agregados militares en la embajada en Madrid estuvieran informados al detalle sobre los evacuados, ningún cooperante local tenía nombres ni sabía los orígenes exactos de las víctimas. La celeridad no premeditada formaba parte del plan general de ayuda y no se podía perder el tiempo en esos pequeños detalles. Es muy posible también que en la confusión del momento los mismos presos que se fueron rescatando no tuvieran clara su verdadera situación ni quiénes o cómo daban los pasos desde el exterior de la cárcel para rescatarlos. Quizá ni siquiera supieran dónde se encontraban geográficamente en ciertos momentos. Y no digamos ya si además viajaban en el maletero de los coches diplomáticos. Incluso es probable que ignorasen quiénes les ayudaban realmente en este trasiego español. Aunque los rescatados supieran que al cruzar los Pirineos entraban en un país neutral, sería prácticamente imposible para los prisioneros liberados de Miranda de Ebro por estos métodos identificar su recorrido de salida y qué personas concretas les auxiliaban; tanto en el caso del tifus en Miranda de Ebro como en el resto de las evacuaciones que continuaron realizándose a lo largo de la guerra.

No he logrado recopilar ningún testimonio directo. Tampoco he encontrado documentos que se refirieran a esta experiencia humanitaria. Me baso únicamente en las noticias familiares, en anécdotas de mi entorno y en archivos que han ido apareciendo haciendo referencia a Miranda de Ebro, pero sobre todo en los recuerdos que conservo y que transmito aquí lo mejor que he podido.

XV
Mambrú se va a España

El descendiente directo de John Churchill (el primer duque de Marlborough, aquel popular Mambrú que se fue a la guerra, «mire usted, mire usted qué pena», rememorado en la canción infantil durante generaciones por niños franceses y españoles sin reconocer su auténtico origen), es decir Winston S. Churchill, como ya he dicho, siempre tuvo un particular interés en los temas de inteligencia. Por eso conocía de sobra la importancia de seleccionar a los colaboradores adecuados. Un asunto demasiado complejo para que lo manejaran sólo los especialistas, lógicamente concentrados en las prioridades militares de la propia guerra. Para el primer ministro, la calidad de la materia prima humana implicada en estas operaciones durante la Segunda Guerra Mundial era decisiva. Los componentes del SOE no deberían hacerse únicamente cargo de las tácticas de alto nivel, sino que tenían que formar parte de un proyecto global que aglutinara a profesionales de intereses y con preparaciones múltiples, sólo con una condición: que fueran de ideología conservadora. Conservadores como era él mismo, ya que Churchill sabía muy bien que elegir a algún republicano, en el caso español, que cayera en manos de las autoridades franquistas tendría graves consecuencias. Por tanto, la variedad de profesiones y características de los hombres que formaban estos equipos especiales de inteligencia sirvió para aunar fuerzas y experiencias diversas a la hora de analizar los problemas y las estrategias desde ángulos diferentes. Por otro lado, un método idóneo para aplicar a la ayuda humanitaria.

El almirante John Godfrey, anterior responsable de Inteligencia Naval y cuyo secretario había sido Ian Fleming (el creador de James Bond, el Agente 007), fue quien más influyó para que se eligiera a Alan Hillgarth en la doble misión oficial y secreta para la embajada de Madrid, en la primavera de 1940. Como ya dije que me contó su hijo, el historiador Jocelyn Hillgarth. Pero su padre ya era conocido del primer ministro desde los tiempos de Churchill al frente del Almirantazgo. De entonces data una relación amistosa y profesional duradera que confirma también el historiador David Stafford. Alan siempre fue un hombre fiel de sus muchos y variados amigos, lo que sin duda contribuyó a conservar grandes y perdurables relaciones personales de todo tipo.

Instalado en Madrid al poco de comenzar la nueva guerra europea, Hillgarth se trajo como soporte a David Babington-Smith, casado con Joan, la hija de Mary, su mujer. Los compañeros de «excursión» de mis padres cuando se fugaron por Ciudad Rodrigo, camino del exilio portugués. Así mismo Michael Creswell, responsable del MI9 (Escape & Evasion Services), que actuaban con la estrecha colaboración de Elizabeth, su mujer, que se unieron a la experiencia del veterano agregado militar, el brigadier Torr (el militar que había llegado a España en 1903 como acompañante de la princesa Ena de Battenberg cuando vino a casarse con el rey Alfonso XIII), secundado por Alan Lubbock. Estos diplomáticos, junto al encargado de pasaportes, David Thompson, formaron en un principio la base esencial de la ayuda humanitaria del Servicio de Inteligencia británico en España durante la Segunda Guerra Mundial, en una secreta y delicada doble misión aliada.

Mi padre era el único que no era diplomático, además de Hilario, el portero, también condecorado con el King George Medal for

Courage por su importante colaboración como iniciadores de los rescates hispano-británicos entre 1940-1944, que continuaron funcionando, incluso con mayor intensidad, después de que mis padres se marcharan.

Para el primer ministro era primordial contar con un equipo humano fiable, y Hillgarth supo, a su vez, interpretar muy bien sus indicaciones, granjeándose las simpatías personales de su superior y no pocas polémicas con el embajador Hoare, por la audacia y el temple con que llevaba adelante sus cometidos, como también confirma el historiador David Stafford. Cuando en realidad ese arrojo provenía de las mismas instrucciones de Downing Street número 10. Ahora sabemos que aquel atrevimiento y el éxito de su labor secreta en España, además de la atinada selección de unos colaboradores fuera de lo común, dieron magníficos resultados. Y sin que ninguno de ellos lo divulgara jamás en su vida.

Desde su primer destino como vicecónsul en Palma de Mallorca en los años treinta, Hillgarth conservaba contactos españoles muy interesantes y útiles para los proyectos secretos del primer ministro diez años después. Un núcleo importante de bodegueros jerezanos (su secretario era un joven familiar de las bodegas Williams & Humbert) de apellidos y orígenes ingleses; ciertos miembros de la familia Ybarra, navieros vascos; el doctor Martínez Alonso, como médico de la embajada y de Cruz Roja en Madrid; Margarita Taylor, en su famoso local del paseo de la Castellana, y el más importante de todos, Juan March, el magnate mallorquín y uno de los hombres más ricos e influyentes del país. Unas relaciones muy ventajosas para comenzar a promover con la máxima discreción sus planes de inteligencia en España.

No obstante, a pesar de no haber encontrado ningún rastro documental sobre los rocambolescos rescates gallegos utilizando el refugio familiar de Redondela, en La Portela, o de la participación directa de mi padre en todo lo demás, no necesito ninguna confirmación escrita para saber que la idea de utilizar la finca como un punto de evacuación directa hacia Portugal fue suya. Es imposible que el Servicio Secreto británico, el SOE, el MI5, el MI9 o el M21, dedicados exclusivamente al caso español, o los organizadores del War Office (y hasta el Foreign Office) y el mismísimo embajador británico en Madrid, conocieran este trascendental enclave gallego. Con una puerta de entrada amurallada por tierra y una salida directa al mar, y encima con la ventaja de que este colaborador de confianza se arriesgara hasta ese punto, aunque se tratara de salvar la vida de miles de personas. Si mi padre no hubiera puesto su casa a su disposición, habrían encontrado otras salidas, no me cabe duda, pero esta solución resultaba muy acertada; tanto como los pasos por el Pirineo navarro que recalaban sobre el convento de los frailes capuchinos que él conocía. Escondites difíciles de encontrar, custodiados por cooperantes impensables, que no se habrían puesto a disposición del SIS sin la intervención del doctor Martínez Alonso.

Descubrimientos providenciales, como una fórmula mágica para que Alan Hillgarth llevara a cabo satisfactoriamente las instrucciones directas de Winston S. Churchill, sin levantar a su alrededor la menor sospecha de que mi familia hubiera puesto su propia casa a disposición del primer ministro británico. Lo que tampoco significa que los más próximos estuvieran informados al completo. Mi abuela y sus hijas nunca supieron a ciencia cierta a qué venían aquellos hombres callados «que mandaba Lalo» y aparecían a horas intempestivas o salían al amanecer, recién desayunados. Eso mismo se hacía frecuentemente con otros invitados extranjeros, mucho más comunicativos y sociables, a los que, además, les gustaba participar en diversas actividades familiares. Claro que ellas no tenían por qué saber que si sólo hablaban polaco, difícil sería que pudieran intercambiar palabra alguna. El abuelo, aún destinado en Liverpool y alejado durante más tiempo de lo habitual por la guerra, no tuvo oportunidad de saber lo que ocurría en su propia casa. No había aparecido por ella desde que acabó la Guerra

Civil, y murió en Liverpool en 1942 sin enterarse de las aventuras de su hijo Lalo con los aliados en España.

Donald Darling completaba en Lisboa los auxilios secretos desde el exterior, mientras el resto de le Península Ibérica quedaba cubierta con profesionales competentes, en su mayoría ligados a los cónsules británicos. Según el historiador Nigel West, llegó a haber 168 agentes probritánicos repartidos por toda España, entre los que los empleados de Juan March en la naviera Trasmediterránea jugaron un importante papel como informantes portuarios. Hasta donde yo sé, el plan de La Portela era exclusivo y extremo, y desde el momento que se fueron mis padres a Inglaterra, se canceló, mientras que el paso por Jaca y otras franjas del Pirineo navarro continuó funcionando a cargo de Michael Creswell, el responsable del MI9, hasta bastante tiempo después de su marcha.

Una finca tan recóndita en suelo neutral y en plena guerra internacional, además de ser un paraíso idílico y una obra de arte de la naturaleza, se convirtió en una puerta de salvación inusitada, difícil de imaginar para quien no la conociera. Encima estaba disponible para llevar adelante las operaciones de rescate, aunque las realizaran unos aficionados inexpertos y sin entrenar. Justo la clase de gente que buscaba Winston S. Churchill para su proyecto. El arrojo no tenía por qué provenir siempre de los militares. Entre los gallegos, sobraban las excesivas explicaciones. Los tiempos eran duros para todos y entendieron que Lalo les había pedido este gran favor por el bien de unos infortunados. No era el momento tampoco para sopesar los motivos de tan extrañas huidas y la buena fe mueve montañas. Faustino, Moncho y Manolo Otero sabrían o no que los salvamentos eran ilegales, pero la misma tragedia les ayudaba a comprender que salvaban a unos seres inocentes. Unos secretos familiares y de estrategia diplomática de los que apenas tenían noticias los propios hijos de Hillgarth cuando se los comenté, y que desvelo sesenta años después de ocurridos, casándolos con las escasas noticias que publica el embajador Hoare en 1946, las más recientes de los historiadores Nigel West y David Stafford, publicadas en 1983 y 1997 respectivamente, y los más valiosos de todos, los testimonios directos de mi madre.

Estas aventuras gallegas se guardaron, como tantos otros secretos, entre los paisanos como un acuerdo entre caballeros, sin firma, entre *xente boa*, de la que el pueblo judío, polaco y británico nunca estarían suficientemente agradecidos si llegaran a enterarse. Todos los gallegos que actuaron en esta trastienda bélica colaboraron con la misma consigna solidaria, sin mirar más allá: salvar vidas era su mejor recompensa. No tengo noticia tampoco de que ninguno de ellos se acobardara ante el riesgo que corrían.

Sobre estos invitados de paso, mi madre sabía poco. Ella me dijo que mientras les ayudaban a traspasar la frontera ilegalmente tampoco mi padre podía detallárselo. No obstante, lo más enternecedor de mi regreso al redil familiar para recopilar estas noticias a mis cincuenta años fue leer juntas, madre e hija, el diario de mi padre, treinta años después de su muerte. Percibir unidas lo que sentía él durante su indeseado exilio, la angustia de la lejanía y el sometimiento obligado a otra guerra igual o peor que la española. Leer su frustración cuando mi madre perdió al bebé concebido entre bombardeos y abortado por la misma causa. Comprender por qué desahogaba su ansiedad escribiendo unas veces notas sueltas y escuetas, a modo de recordatorio, y otras frases filosóficas, para no transmitirle esos sufrimientos a su joven esposa. La mortificación de las dificultades económicas hasta que logró enderezarse profesionalmente, y ese cúmulo de contrariedades que tuvo que soportar, no tan resignadamente, un hombre muy activo e inquieto como él, al verse obligado a dejar atrás el confort y una vida bien encarrilada en Madrid, por muy cosmopolita y excitante que fuera el ambiente de Londres. Y ninguna mención al miedo o queja por haberse involucrado con los ingleses. De muchas otras cosas que le sucedieron a espaldas de su mujer también nos enteramos juntas.

—¿No me digas que la Gestapo se llevó a Carmen, su enfermera? Nunca me lo dijo —comentó espontáneamente mi madre, releyendo las páginas.

—Para no asustarte —contesté, convencida—. Y Casilda, la cocinera, le guardaba la correspondencia que llegaba a Gurtubay 6. Después, Alan la enviaba a Londres por valija diplomática o se la llevaba en mano.

—Tampoco lo sabía —contestó mi madre, muy tranquila.

—Pues seguía escribiéndose con su enfermera Carmen. Casilda era el enlace.

—Ya decía yo que esa mosquita muerta era más que una enfermera. Siempre lo sospeché... —Mi madre se quedó pensativa, pero sin alterarse excesivamente. Asuntos más serios de ese periodo le ocupaban la mente.

—Bueno, mujer, piensa en lo difícil que debió de ser para él dejar tantas cosas atrás. Le arrancaron media vida. Por lo menos, mantener los contactos afectuosos era un estímulo. Es inútil reprochárselo; total, ahora, ya...

—Bah, a toro pasado. —Moncha se encogió de hombros, poco impresionada ya a su edad por las batallitas juveniles de su marido.

También le escribían sus compañeros, Alfonso Peña y el doctor Luque, director de la Cruz Roja madrileña. Y Alan siempre haciendo de correo para evitar la censura. Asimismo, hemos descubierto a través del diario que los británicos enviaron a España 2.500 libras esterlinas en medicinas el 29 de abril de 1942 a través del Information Ministry, siempre por intermedio del agregado naval. Envíos que mi madre me confirma que continuaron hasta 1946, en los que se incluían medicamentos, comida infantil y leche en polvo.

Además de los encuentros amistosos en el piso de Kensington, en los que ella siempre participaba, Alan Hillgarth y Lalo se vieron muchas veces por su cuenta. Cosa que tampoco sabíamos, aunque cabía esperarlo. Se reunían en el hall del hotel Ritz, en el Reform Club o en el restaurante Martínez de Swallow Street, donde se les podía unir Alan Lubbock, de paso en Londres, o cualquiera de los diplomáticos españoles con quienes también intercambiaba impresiones. Encuentros que aparecen en su diario sin excesivo detalle. Desde que mis padres salieron de España, Alan Lubbock continuó siendo, en su papel militar, uno de los principales contactos entre Miranda de Ebro y el War Office, como confirman los documentos de los archivos británicos.

Según en qué momento, también acudían el coronel Clark, McGill o Humphreys, del War Office, o incluso personal del Foreign Office. No lo hemos podido concretar, porque mi madre no llegó a conocerlos. En esos años el general Eisenhower tenía a un coronel Clark como asistente, pero no podemos confirmar que fuera el mismo que aparece en el diario de mi padre. Es de suponer que necesitaban contrastar las noticias que unos y otros aportaban, sin que nunca les faltara la opinión de mi padre como intérprete cultural confiable y por su habilidad para desentrañar dudas de situaciones paralelas entre España y el Reino Unido.

—Me encantaría saber qué paso en Vigo cuando nos marchamos… Yo creo que ni tu padre lo supo después.

—Pues yo he leído que los alemanes se siguieron abasteciendo del wolframio gallego que salía por el puerto de Vigo. No hace mucho leí en uno de los libros de Paul Preston que Vigo había sido un puerto estratégico durante la Segunda Guerra Mundial en las rutas nazis del Atlántico, particularmente en el traslado y suministro a la marina y al ejército alemán. Había militares del Reich que llegaban por barco y se dirigían en tren por el norte de España hacia el sur de Francia, para reincorporarse al frente europeo. Otras veces lo hacían a la inversa: llegaban desde el sur de Francia en tren y recorrían la ruta cantábrica hasta enrolarse en los submarinos alemanes fondeados en Santander e incluso en Vigo.

—Yo sí he oído a más de uno que se veía desfilar a los soldaditos del Tercer Reich, todos uniformados, con la esvástica bien visible y a paso de ganso, por las calles de Vigo, bajando por la cuesta de Urzaiz.

Parece ser que en Vigo ya estaban acostumbrados a estas aparatosas apariciones, totalmente opuestas a la discreción con que los aliados llevaban sus asuntos, también, en la neutral España. El favoritismo franquista hacia los alemanes era notorio, y de eso se aprovechaban ellos, mientras el reducido grupo de colaboradores británicos tenía que hacer mil peripecias para no poner en peligro sus vidas y las de sus protegidos.

—El Colegio Alemán jugó un importante papel como centro para los alemanes de paso en Vigo, igual que otros en Soutomayor e incluso en Redondela —comenté, basándome en comentarios que iba recopilando por aquí y por allá, de parientes y vecinos que aún se acordaban de verlos pasar—. Existía una finca llamada La Tapadera… ¡Qué nombre tan adecuado! Por cierto, situada no lejos de la nuestra La Portela, donde se solían resguardar muchos alemanes.

—Claro, en Vigo han vivido desde siempre muchos extranjeros, no sólo alemanes o ingleses. Las relaciones con el puerto y la industria eran ya antiguas y consolidadas cuando estalló la guerra. Seguro que eso también ayudó… —se rio ella al recordar— para muchos apoyos estratégicos, como el de cobijar a las tripulaciones, por ejemplo. Desde que yo puedo recordar, tanto los alemanes en sus diferentes actividades como los británicos del Cable Inglés traían a sus propios ingenieros para la reparación de los buques y otras necesidades marítimas costeras, con o sin guerra. Por eso no sería nada extraño que a los más adecuados les encargaran una buena labor de espionaje paralela.

—Vete tú a saber. Los consulados de unos y otros debían trabajar a toda máquina, aprovechando la neutralidad española. El mismo Hoare dice que desde su embajada en Madrid supervisaba veintidós consulados británicos por toda España, imagínate qué trajín de espionaje se traerían. —Reí por lo bajo, algo inconscientemente, al desconocer cuántas funciones además de las humanitarias sacaron adelante la gran mayoría de cónsules del Reino Unido establecidos en España.

—La misma neutralidad española daba pie a ello.

—¡Ah!, bueno, espera... que también requisaron el pazo de Torres Agrelo, cerca de Redondela, a unos vascos que andaban medio escabullidos por Vigo —saltó mi madre espontáneamente al hacer memoria—. Con la típica coacción franquista, obligaron a los propietarios a que resguardaran a las tripulaciones alemanas; claro que no sé si tan confortablemente como en la finca de tu abuela, ¡con aquellas comidas tan exquisitas que nos hacía Lola!

—Bien pensado, mamá, yo creo que a la hora de la verdad la mayoría de los participantes estaba al cabo de la calle de lo que hacían unos y otros... ¿No te parece? Si se andaban pisando los talones, entrando y saliendo de los mismos sitios; todos girando alrededor del puerto de Vigo. ¿Cómo no iban a estar enterados los de aquí, con el control policial que existía, de lo que esos extranjeros, para colmo en guerra, se traían entre manos? Entran escalofríos de pensarlo —reconsideré, preocupada—. El trajín de los barcos en la ría, la costumbre de utilizar el mar para fines sospechosos, el contrabando de tantos tipos, no son ningún secreto en esa zona y han formado parte de su vida desde mucho antes de que nosotras naciéramos. Seguro que entre los vecinos, acostumbrados a cruzarse con gente de aspecto forastero, se sabía que algo extraño estaba ocurriendo.

Pero las noticias muy reservadas de aquellos extraños con los que se pudieran cruzar, apenas se comentaban muy bajito en el discreto corrillo limitado de vecinos y parientes próximos a La Portela. Es el eterno misterio de leyendas imprecisas, susurradas en esta región y que se esparcen con la neblina brumosa con la que estamos acostumbrados a convivir los gallegos costeros, generación tras generación. Es muy posible que además de *El Bedrines* hubiera otras lanchas y barcos pesqueros para fomentar las evacuaciones a Portugal. Pero no sabemos aún con qué procedimiento ni cómo actuaban realmente, puesto que estas costas estaban particularmente vigiladas. Que se saltaran algunas normas no quiere decir que lo tuvieran fácil.

—¿Pero tú no crees, mamá, que la colaboración con los alemanes, de la que hemos sabido siempre, aunque no se comentara, coincide con el traspaso de nuestros judíos y de los indocumentados, y hasta pudieran ser los mismos que, de paso, ayudaban a trasladar los documentos de valor?

—La valija que traía Elizabeth Creswell cuando cenamos en el puerto de Vigo, dos días antes de casarnos, salió con los hombres que pasaron la noche en La Portela. Esos documentos, supongo que de una importancia vital, serían para alguien que no debía estar muy lejos.

Así y todo, el *modus operandi*, honestamente, no nos queda muy claro; ni tampoco cómo funcionaba el siguiente enlace hasta pasarlos a Portugal desde Redondela. Por mucha flexibilidad que pudiera existir alrededor de nuestra casa, los guardacostas y los rumores rondaban por todas partes, y además la familiaridad entre la gente del lugar facilitaba la información. No dudo que la Gestapo se metiera por medio; que mis padres, de novios, se cruzaran con esos funcionarios alemanes en más de un lugar y ocasión, aunque no trascendiera en su día y no se metieran directamente con nadie. Pero que hubo su mar de fondo entre los servicios secretos alemán y británico en las Rías Bajas, es indudable. El salón de baile Suevia, durante años propiedad del alemán Walter Jurhans (igualmente propietario de la sala de fiestas Erika en Madrid), era un lugar que frecuentaban los jóvenes vigueses, entre ellos mis padres, antes de casarse.

En plena posguerra española, todo Vigo sabía que ése era un centro de reunión nazi, algo que no parecía alterarles excesivamente. Uno de los aficionados al baile que me rodean en mi familia recordaba que algunas tardes, de repente, en pleno baile, alguien gritaba: «¡Ya están ahí los de la Gestapo!», y entonces, los jóvenes seguían bailando sin prestarles mayor atención. Por otra parte, las ocultas actividades gallegas contribuyeron a facilitar la comunicación entre los consulados británico y alemán, más sueltos y alejados del foco concentrado de las embajadas y del gobierno en Madrid; aunque quedan aún innumerables archivos por desclasificar y es probable que muchas cosas importantes no se lleguen a saber jamás sobre la diversidad de actividades que se resguardaron alrededor del puerto de Vigo. Pero que ocurrieron, eso ni dudarlo. Estas aguas y sus paradisíacas costas guardan entre sus numerosos secretos milenarios historias legendarias; otras, en cambio, más reales y palpables, entre las que fluye una interesante información sobre el trasiego soterrado de las actividades del MI6 frente a los representantes de los países del Eje.

XVI
Descubriendo el pasado

Unos cepillos giratorios gigantes rotan mecánicamente sobre sí mismos y me envuelven, de izquierda a derecha y a la inversa, empapándome con los chorros a presión de agua-espuma, que se deslizan con un ruido escandaloso sobre mi cabeza. Las monumentales máquinas de lavado de coches entre las que me siento atrapada y liberada a un tiempo escurren el agua, o resoplan un aire huracanado alternativamente, mientras se desplazan a ritmo robótico alrededor de mí. El «crack» y el «cractch» y el «rumban ban, ban» metálico de las compuertas que se abren y cierran, suben y bajan a un compás medido y estruendoso, mientras ducho el coche. A pesar del encajonamiento ensordecedor, aún puedo escuchar las chulerías cantadas de Sabina en la radio. Aislada por un instante del tumulto y del asfixiante calor de la ciudad, este anticlímax refrescante me ayuda a plantarme en el presente; pero necesito retomar el pasado para enfrentarme decididamente al relato en el que estoy totalmente zambullida desde que vivo con mi madre.

Por muchas vueltas que daba a las proezas bélicas de mi padre desde que apareció el dichoso diario de 1942, pasaba el tiempo y no acababa de redondear una interpretación coherente sobre lo que en verdad había ocurrido durante la última guerra mundial.

Según iba asimilando las versiones indirectas que me llegaban de su colaboración secreta con los aliados, apenas comentadas a mi alrededor de niña, referidas de refilón en las conversaciones de adultos o sencillamente cazadas al vuelo ya de mayor, había pasado los cincuenta años y seguía sin poder situar estas intrigantes experiencias en su contexto total. Ciertos hechos reales se desvanecían entre los imaginarios o quedaban suspendidos en interrogantes sin respuesta.

Por las dificultades que tuve para sonsacar noticias más concretas a mi madre y a pesar de los esfuerzos y la buena voluntad que mostró después de aparecer el diario paterno para irme contando lo que yo deseaba saber, llegué a la conclusión de que el mismo halo de misterio paralizante que ella había sufrido en los años cuarenta le impedía profundizar hoy en sus secretos de recién casada. Cuanto más hablábamos, más me convencía de que mi madre ignoraba cantidad de cosas sobre la doble vida de su marido con los aliados. Decidida a ordenar lo que flotaba en mi cabeza entre las fantasías de adulta y los recuerdos infantiles, a los pocos meses de instalarme en Alamares para vivir con Lola, mi antigua niñera, y ella comprendí que era imposible desvelar las verdaderas hazañas de mi padre si seguía por este camino. Tenía que dejar mis emociones en un segundo plano y poner la distancia necesaria para que encajaran las piezas desbaratadas de un jeroglífico lleno de huecos, antes de reunir los elementos que faltaban para transportarlos a un libro legible.

Muerto Franco, ya no había nada que temer. Liberados de aquel interminable silencio temeroso impuesto, se podía desvelar por fin lo que un día fuera una colaboración ilegal y clandestina durante su dictadura. Incluso meritoria y digna de destacar. Hasta se podía presumir ya de la heroicidad de unos amigos audaces, valientes y capaces de violar unas leyes inhumanas, indefinidas, enfrentándose al dictador con coraje y sin violencia, para salvar a miles de víctimas, sin que ese mismo gobierno se diera por aludido. Ésta había dejado de ser una historia para comentar a hurtadillas, como lo era cuando vivíamos en el temor de desvelar cualquier asunto antifranquista, recelosos, como se trataban aquellas noticias distorsionadas por la censura. Ya se podía hablar abiertamente, y yo quería difundir lo que iba descubriendo entre los que apenas sabían nada de lo ocurrido. ¡Por fin había dado la vuelta la tortilla! Había llegado el momento de hablar libremente, de comentar estas cosas sin miedo, cuando los chaqueteros se disponían a sustituir la vieja camisa azul, con el yugo y las flechas bordado, por el *blazer* azul marino con el parche esnob de los «demócratas de siempre» de UCD. La mayoría respirábamos hondo. Era el momento oportuno de difundir unas noticias memorables, aunque los principales protagonistas ya no estaban entre nosotros. Alardear, sí, desde luego, presumir a conciencia de haber conocido y tratado de cerca a unas personas auténticas, capaces de exponerse por otros hasta ese extremo sin mencionarlo nunca. Había que contarlo.

Entre tanto lastre nefasto de martirios y otros horrores de los crímenes nazis, la intransigencia fascista o la rigidez comunista, como irremediables consecuencias de las peores guerras del siglo XX, era un alivio poder divulgar un episodio humanitario positivo. Mostrar ejemplos gratos con un final feliz, para contrastar con las crueldades de la Segunda Guerra Mundial. Encima, burlando con éxito las ajustadas normas neutrales impuestas en nuestro país. Ya se podía contar sin miedo.

Con esa discreción inculcada por mi padre desde que tenía conciencia de ello, cuando él falleció en 1972, me retraje de hacer comentarios incluso con mis amigos más íntimos. Un silencio comparable al de sus secretos profesionales (que también ignorábamos en su mayoría) me impedía hablarlo ni siquiera entre nosotros. Fueron otros casos similares (ya fuera de los rescatadores o de los rescatados) que iban asomándose al público cincuenta años después de ocurridos, los que me movieron a considerar esta divulgación.

Temía que influenciada por el tamiz opaco de la paz franquista en la que crecí, se trastocara el verdadero significado de esta «clandestinidad conservadora». Considerada siempre como una actividad más propia de los «malos de izquierdas» que de un grupo de amigos liberales, de tendencias moderadas, pero valientes hasta la temeridad; y desde luego una historia mucho más atractiva que aquellas versiones de catequesis en las que se rememoraban unos acontecimientos edulcorados e inconcretos, con sus correspondientes adaptaciones, como convenía en su día. Ya demócratas, las noticias recuperadas que yo aportara tenían que ser veraces y divulgativas. No había razón para que el nuevo horizonte político y social deformara lo que hicieron mi padre, Margarita Taylor o Juan Bourgignon junto a un puñado de amigos diplomáticos durante la guerra. Éste era otro tipo de clandestinidad, al que no estábamos acostumbrados por pura desinformación y que, por tanto, alguien debía contar. Este misterio tenía que dejar de ser un gran enigma. Había que reconstruir las proezas y relatarlas como lo que eran: auténticas.

Si durante la Segunda Guerra Mundial murieron unos sesenta millones de personas (el 2 por ciento de la población de entonces), irremediablemente, es una enorme satisfacción saber que viví rodeada de gente que contribuyó con su esfuerzo a evitar que murieran muchos más y sin pedir nada a cambio. Sencillamente por echar una mano de la manera que mejor sabían, dentro de ese maremágnum de millones de muertes injustas. No puedo negar que me satisface enormemente provenir de gente así, cuya callada aportación no ha podido evaluarse hasta ahora en su auténtica dimensión. Lo que, años después, me ha dado la fuerza necesaria para desvelarlo.

Pensé entonces, que quizá Consuelo Alan, la hija de Margarita Taylor, ya fallecida, podría contribuir con sus testimonios a aclararme algunos puntos. Sería conveniente cruzar sus noticias con mi información familiar, aunque sólo fuera por las vivencias directas que compartió de niña con su propia madre, en el mismo piso sobre el establecimiento del paseo de la Castellana número 12. Seguro que ella me ayudaría a deshacer los entuertos y a elaborar los primeros pasos de mi relato. Sabía que con su apoyo podría reconstruir unos acontecimientos muy exclusivos, únicos, que yo ya estaba dispuesta a desentrañar, sabiendo que indagábamos en unas experiencias personales excepcionales e intransferibles: la que su madre y mis padres compartieron en el salvamento de los refugiados clandestinos a través de España. Intercambiar esta experiencia con Consuelo para contarla desde nuestro papel común de hijas de los héroes desaparecidos era una oportunidad única.

Titubeé algún tiempo, no obstante, antes de decidirme a hablarle. Las dos andábamos distanciadas por nuestras ocupaciones, y por tanto, mal de tiempo. Ella, viviendo en Inglaterra, yo, en España; ocupadas en nuestras actividades. Una disculpa para seguir mareando la perdiz y remolonear hasta ponerme a ello en serio, porque la verdad era que yo no sabía aún por dónde empezar a contar esta historia. Hasta que por fin, a mediados de los años noventa, durante una agradable comida entre mujeres en una de las múltiples visitas de Consuelo al piso que conservaba aún en el paseo de la Castellana, se dieron las circunstancias adecuadas y me atreví a comentarle el tema.

—Consuelo, tú y yo tenemos algo muy importante en común. La labor conjunta de nuestros padres como cooperantes altruistas para salvar a tanta gente durante la guerra. Creo que ha llegado el momento de unir fuerzas y recopilar noticias y las demos a conocer, a ser posible, juntas. ¿No crees que éste es un compromiso moral que ya es hora de asumir?

Por el respingo inconsciente que dio ella, comprendí que éste era un secreto tan íntimo para Consuelo como lo había sido para mí.

—Están todos muertos —susurró.

—Por eso mismo, Consuelo. Es nuestro deber contarlo. Tú y yo juntas podemos relatar lo que pasó entre las paredes de tu casa y unirlo a las rutas de evacuación a Galicia. En tu caso, aún mejor, como lo viviste. Eres el único ejemplo directo que conozco. Piénsalo bien, deberíamos darlo a conocer como un homenaje tardío a la heroicidad de nuestros padres.

La confusión de Consuelo Alan al escucharme me confirmó que ésta también suponía para ella una experiencia inconfesable, todavía más habiéndola pasado personalmente. Estaba claro que ninguna de las dos había pensado jamás en desvelar nada, influenciadas por una cautela familiar exagerada a estas alturas. Pero mi amiga reaccionó rápido y no puso más pegas. Sí, estaba dispuesta a acompañarme en este proyecto común. Alborotadas por los planes imprevisibles que se nos avecinaban, ese mismo día comentamos de pasada algunas noticias coincidentes, guardadas recónditamente en nuestra memoria y seguro que nunca confesadas hasta ese momento.

La misma conversación nos iba trazando el hilo del plan que podríamos desarrollar juntas, mientas se hacía evidente que su información era mucho más rica y extensa que la mía, aunque sólo fuera por haberlo experimentado en carne propia. Al poco rato nos sentíamos cómplices de un gran secreto. Fue una sensación excepcional sacar a la luz la tramoya de los salvamentos humanitarios y los recorridos por medio país. Esas cosas que nadie se podía imaginar que se resguardaran entre los clientes de un salón tan elegante e impensable como Embassy, en una de las avenidas más concurridas de Madrid, sería nuestra gran sorpresa. A partir de ahí, quedamos comprometidas para una cita sin fecha. Consuelo y yo sabíamos que nos era imposible dedicarle el tiempo necesario a la investigación, y menos aún montar la estructura inicial. Pero esa misma tarde ella comenzó a contarme espontáneamente anécdotas de aquel Madrid de los años cuarenta que yo ignoraba. Lo hacíamos tan ilusionadas que ni nos importó charlar sentadas, incómodas, en las banquetas de la cocina hasta horas después de terminar de comer.

—Mamá estaba feliz con su negocio, Patricia. Ya sabes que siempre estuvo muy apegada a su empresa y a sus empleados. Yo crecí con ellos, como en familia. Juntos conocimos muchos Madrid diferentes. Compartimos de todo. Cosas buenas y malas. Aunque hay que reconocer que fue el tesón de mi madre el que logró sacar el negocio adelante.

Observadora inteligente, Margarita Taylor llegó a la capital de España asimilada ya la decadencia de los viajeros románticos ingleses del siglo XIX y coincidiendo con la aparición de los primeros hispanistas, como Gerald Brenan, en Andalucía, aunque mucho antes de que el turismo de masas nos invadiera. Era a finales de los años veinte. Al alojarse en el hotel Palace con su marido, dieron un paseo por la Castellana y se quedó fascinada al ver a aquellas amas de cría cuidando orgullosas a los niños del aristocrático vecindario, como se estilaba entonces. Con sus faldas largas acancanadas, delantales blancos y chal de ganchillo a los hombros, las cuidadoras se recogían el moño alto con una pequeña cofia que lo cubría escasamente, luciendo, además, los característicos pendientes de enormes bolas para rematar su atuendo tradicional. Estas niñeras tan típicas y exclusivas que supervisaban los juegos de los niños más importantes de España.

—Mamá enseguida advirtió, en el recorrido bordeado de palacetes, desde la plaza de Neptuno hasta más allá de Colón, que no había un solo lugar donde resguardarse. Un café o un salón elegante desde el que las madres de esos niños los pudieran observar jugando a distancia. Así es como se fundó Embassy.

Claro que, influenciada por su propio instinto maternal, Margarita Taylor no cayó en la cuenta de que aquellas madres aristocráticas, dispuestas a dejar, literalmente, a sus hijos en pechos ajenos, no se preocupaban por detalles tan tiernos como el de supervisar a las amas o contemplar a los niños jugando. Ni de cerca ni a distancia. En consecuencia, el local que podía haber servido originalmente para esos sencillos menesteres femeninos dio un giro hacia otros encuentros más sofisticados y menos maternales entre las élites madrileñas.

Con un olfato envidiable a la hora de situar su negocio, la irlandesa se colocó visiblemente ante el público que ella buscaba, reclamando su atención con unos exquisitos dulces que iban acompañados de una auténtica taza de té británico. Luego se ampliaron con los cócteles y demás especialidades de la casa, que la caracterizaron. La proximidad del segundo piso como vivienda le ahorró a Margarita muchos problemas y tiempo en idas y venidas. Pero, sobre todo, la ató el resto de su vida a unos menesteres de los que apenas se pudo librar hasta cumplidos los ochenta años. Así es como se convirtió al instante en vecina del duque de Medinaceli o de la duquesa de Sueca, de los Villabrágima, de las Ortueta, de los marqueses de San Nicolás, de los duques de Lerma y de los marqueses de Quintanar, los inquilinos de los palacetes próximos y de las casas principales de la zona, que no tardaron en acudir al sutil reclamo de las delicias expuestas en los escaparates. En menos tiempo del esperado, gran parte de la nobleza española les siguió sin proponérselo. La gente bien de Bilbao, la aristocracia sevillana y lo mejorcito de Jerez de la Frontera, anglófilos endémicos desde tiempo inmemorial por sus infancias entre *nannies* inglesas auténticas (que les imprimieron un sutil sello británico en la madurez), no podían pasar por Madrid sin visitar el salón de té. Los Terry, los González Byass, los Osborne o las atractivas hermanas Larios alternaban cómodamente con la duquesa de Luna, las Ybarra sevillanas o bilbaínas, y los Aznar, junto a otras familias de la burguesía madrileña y los vecinos diplomáticos de alrededor. Embassy no tardó en impregnarse de un caché exclusivo, en un ambiente eminentemente madrileño, con un auténtico sabor inglés.

—Yo recuerdo muy bien que los Wolf alternaban con los Pahle, que vivían en Monte Esquinza; o los Kirkpatrick con los Holstein, que vivían en Serrano, mientras las señoritas de Orgaz o las López-Chicheri esperaban sin alterarse a que quedara mesa libre para sentarse a merendar junto a las ventanas del paseo... y ver pasar a los chicos de cerca. —Me contaba Consuelo riendo, al ponerle nombres a las caras que había visto desde su infancia.

En poco tiempo, las amas de cría quedaron donde estaban, cuidando de los niños en el paseo, hasta que, gradualmente, las necesidades, las modas y los cambios sociales las hicieron desaparecer. Pero Embassy permaneció donde estaba.

Una influyente colonia británica se había formado en Madrid hacia los años veinte, atraída por las nuevas oportunidades que ofrecía la influencia de la reina Victoria Eugenia, casada con Alfonso XIII, que atrajo con su presencia a personalidades expresamente llegadas desde Inglaterra para integrarse, por diversos motivos económicos y sociales, en la vida española. De forma que comenzaron a aflorar hombres de negocios, profesionales y banqueros, o el magnate de los aviones De Havilland, Peter, instructor de vuelo de la primera generación de pilotos militares españoles, como Alfredo Kindelán. Personalidades del comercio y la cultura, procedentes de las élites europeas que por distintos motivos recalaban en la capital de España, y coincidían en Embassy como punto indispensable de encuentro social. En ese tiempo también inauguró un club inglés en la Gran Vía, encima del Banco de Londres y América del Sur, el hospital Hispano-Inglés, posteriormente conocido como Anglo-Americano, los equipos de rugby universitarios, el Instituto Británico. De forma que por su habilidad y buenas maneras, Margarita consiguió aglutinar con gran naturalidad en su pequeño salón a lo más chic, nacional e internacional, que pasaba por Madrid.

La Segunda República no fue una buena época para el negocio. Las revueltas sociales próximas influyeron en los asiduos al local y las ventas cayeron. Aunque ni siquiera entonces Margarita pensó en cerrar el local.

—Pero mira, aquella época pasó y la superó con esa fortaleza de carácter que tenía mi madre —seguía contándome Consuelo, aún sentadas en las banquetas de la cocina de su casa, medio siglo después de que todo eso ocurriera—. Igual que se superaron los difíciles momentos de la Guerra Civil, cuando no tuvimos más remedio que marcharnos y cerrar el negocio. Nos fuimos a París, donde mamá también tenía amigos. Tan precavida como era, ella vio la oportunidad de que yo aprendiera francés. Ni en plena guerra podíamos perder el tiempo… ¡Qué graciosa! Pero aguantamos el tiempo justo lejos de aquí. En cuanto se acabó la Guerra Civil española, regresamos. No veíamos el momento de volver a nuestra casa. Porque Madrid se había convertido en nuestra casa desde hacía mucho tiempo. ¡Cuánto lo habíamos echado de menos!

XVII
El coraje de Margarita Taylor

Cuando Margarita Kearney Taylor se instaló en la esquina del paseo de la Castellana con Ayala, había elegido vivir en la capital más provinciana de Europa. Algo debía tener ella en mente, siendo una conocida mujer de mundo, al instalarse en ese rincón y no en Bruselas o Estocolmo. Eso no lo sabía tampoco su hija. Quizá lo hizo porque su establecimiento estaba a sólo dos calles de la embajada británica, por un lado, y por otro, al colocar explícitamente el cartel de su salón en inglés delante de los aristócratas del vecindario, dejaba claro que su intención era atraer a un público influyente, social, económica y políticamente hablando. Los vecinos que ella ya veía como clientes y que sabía bien que todavía recordaban con nostalgia a su reina inglesa, Victoria Eugenia. Pura asociación de ideas que hizo su efecto.

A pesar de la atmósfera explosiva de aquel Madrid, para usar las mismas palabras del embajador Hoare, Margarita Taylor pudo aglutinar entre sus cuatro paredes, como en un callado ritual sentimental de su estratégica esquina madrileña, a los últimos monárquicos románticos que quedaban en la capital, sin que ninguno tuviera necesidad de mencionar a esa añorada reina inglesa durante los primeros tiempos franquistas, aunque todos la recordaban con afecto. Ésa era, muy posiblemente, la verdadera intención de la irlandesa. Mezclar a las, en su día, influyentes élites monárquicas (que no tardaron en sustituir por otras más indiferentes aquellas modas y formas de vida) con los representantes diplomáticos de las embajadas suiza, belga, norteamericana, holandesa, británica y noruega de la vecindad. Para que, a su vez, ellos pudieran codearse con los hombres de negocios que visitaban Embassy regularmente. El establecimiento se convirtió en el principal referente de encuentros distinguidos desde que se inauguró en 1931.

Por si esto no fuera suficiente, Alemania tenía su embajada enfrente y tampoco era extraño que sus funcionarios acudieran a tomar un té, entrando y saliendo por la misma puerta giratoria que aún existe, como cualquier cliente del barrio de Salamanca, o más interesados aún en curiosear en un ambiente típicamente británico. El embajador Von Stohrer podría aparecer en cualquier momento, sabiéndose protegido por los arrogantes oficiales de la Gestapo, de porte mucho más altivo que los mismos aristócratas cuando actuaban impunemente entre los españoles.

Elsa Bruckman, princesa Cantacuccene, anfitriona destacada en los comienzos políticos de Adolf Hitler en el Múnich de los años treinta, a quien había logrado reunir con las élites nazis en los principales salones de la alta sociedad alemana desde sus inicios, merodeaba con la mayor libertad a su paso por Madrid entre las señoritas y caballeros que asistían diariamente a Embassy en plena guerra mundial. En esos encuentros departía abiertamente con las elegantes bien peinadas por Rosita Zavala, y tan bien perfumadas como ella, acompañada, quizá, por la condesa Ciano, hija del Duce; otra asidua del salón de té en sus largas temporadas madrileñas y que acudía con frecuencia al local junto a cualquier amiga afín al régimen dispuesta a mostrarse igual de sofisticada que ella en el centro madrileño más internacional y chic de su época. Es posible, incluso, que Elsa Bruckner se reuniera allí de vez en cuando con la marquesa de Llanzol, la amante reconocida de Serrano Súñer y exclusiva maniquí volante de Balenciaga en los privilegiados ambientes franquistas de posguerra. Una dama española a la que le gustaba acudir a este curioso local de reclamo aliado todas las tardes hasta el fin de su vida muchos años después. No era ningún secreto ni para los clientes del establecimiento, ni para la alta sociedad que su último embarazo era fruto de sus amores encubiertos con el cuñadísimo de Francisco Franco, cuando cada uno estaba casado por su lado. Embassy era un mundo aparte en el que la permisividad no se consideraba como tal.

Aquí los clientes se comportaban como si su mayor preocupación fuera destacar por sus modelos y sombreros de última moda con el gusto discreto de los auténticos elegantes al mostrarse públicamente con las últimas colecciones de la temporada, mientras saboreaban el más destacado té con pastas de la capital de España. Y sin que la guerra internacional, el estraperlo o el hambre de los españoles les alterase fuera de su círculo más cerrado de relaciones personal. Igual que ocurría con el príncipe Max de Hohenlohe, ciudadano de Liechtenstein, casado con Piedita Iturbe, al que tampoco le importaba utilizar este medio social con unas intenciones más concretas: pasar mensajes sutiles a los diplomáticos aliados que allí se reunían, ofreciéndose a mediar en unas posibles negociaciones pacifistas entre Alemania y Gran Bretaña. Cosa a la que, como él mismo confiesa, siempre se negó el embajador Hoare.

Por su estratégica situación y ambiente, pero sobre todo por la habilidad de Margarita Taylor para aglutinar a los chics más destacados que pasaban por Madrid en sus escasos setenta metros cuadrados, ella logró reunir con ingenio y su elegancia natural a unos seres irreconciliables y abiertamente enfrentados a muerte en cualquier otro lugar de Europa, conservando en su pequeño islote de paz una sugestiva concordia que contrastaba con el caos que asolaba el Viejo Continente. Dentro del aislamiento carismático del recinto, este público tan selecto, a su vez, se comportaba como si ese diminuto mundo sólo les perteneciera a ellos. Ya que Margarita tuvo la sagacidad de hacer que sus clientes se sintieran identificados por algo que superaba a las tragedias del momento: hacerles sentir que formaban parte de las élites y de una misma clase social por encima de los enfrentamientos. ¿Fue entonces sólo idea de la irlandesa, o una sugerencia indirecta de algún colega de Inteligencia que creara este negocio precisamente con esta intención social? Visto lo visto, no me extrañaría nada que Margarita Taylor, a pesar de todo, también fuera una agente especial del Servicio Secreto británico establecida en España tras la marcha de la reina Victoria.

No hacía tanto tiempo que, precisamente, algunas damas de la reina Victoria Eugenia, como la duquesa de Lécera, Rosario, cliente aristócrata, castiza y anglófila hasta la médula, no se cortaba un pelo al departir en el más pulido inglés con la cuñada de la reina, Irene, marquesa de Carisbrooke, de visita a sus parientes aún viviendo en el Palacio de Oriente, ante un jerez o un té, sin importarle quién pudiera oír en la mesa de al lado. La misma clientela que continuó yendo al local, impasible ante los cambios políticos y sin admitir que lo que realmente les unía era su empatía social. La curiosa amalgama de los asiduos de Embassy logró lo impensable al norte de los Pirineos, que los que fueran enemigos en los campos de batalla convivieran pacíficamente en el número 12 del paseo de la Castellana, atraídos por el ambiente peculiar que la propietaria había creado en el corazón de los madrileños elitistas.

Durante las tardes que se citaba la joven duquesa de Montoro con sus primas Falcó, o las Silva, mientras su padre, el duque de Alba, ejercía de embajador en Londres, en las mesas próximas departían con toda naturalidad los colaboradores clandestinos unidos a Margarita Taylor, Tom Harris, Walter Starkie, el matrimonio Creswell, corresponsales de prensa, diplomáticos, médicos, financieros con o sin sus esposas, para reforzar las reuniones-tapadera de los refugiados, a las que eventualmente se unieron el matrimonio Logie o Marjorie Hill, la famosa enfermera jefe del hospital Hispano-Inglés, directamente relacionados con las evacuaciones y el soporte de los heridos que no tenían inconveniente en echarle una mano a su amiga merodeando socialmente por el local.

¿Quién podría imaginarse que este ajetreo social estaba ocurriendo al mismo tiempo que unos aliados tan osados como los que aquí describo llevaban a cabo sus actividades clandestinas? La gente continuaba conversando sin inmutarse, sin levantar la voz y manteniendo su compostura; pero sobre todo, sin saber lo que realmente se cocinaba en aquella trastienda, mientras se ayudaba a colar hasta los salones a los refugiados delante del público, camino de la frontera. Nadie notó nunca nada, ni siquiera los que todavía se acuerdan de sus ratos agradables en aquel recinto. Los antiguos empleados a quienes he consultado me confirman que nunca estuvieron al tanto de estas secretas actividades. O, si lo estuvieron, precisamente por eso no han querido reconocerlo. Los colaboradores llegaron a programar sus estrategias tan atinadamente que las víctimas no se distinguían de los clientes.

Tantos años después todavía asombra descubrir que nadie sabía entonces (ni después) que Margarita Taylor amparaba en su propio establecimiento a los aliados cubriéndose en un ambiente distendido para cumplir con las instrucciones serias y directas de un MI6 que lo hacía a propósito. Una insospechada colaboradora *underground* que salvó la vida y ayudó a evacuar de las formas más rocambolescas a miles de refugiados gracias a su valiente y generosa aportación. Personas que además de ampararse en ella, gracias a que se prestó a colaborar en estos favores humanitarios, aprovechaban el desconcierto de sus rastreadores para huir como menos éstos se podían imaginar, es decir, delante del público, a pleno día y en la arteria central y más concurrida de la capital de España.

Embassy se convirtió de esta manera en un centro neurálgico y aislado en el que alternaban sin correr peligro los que eran enemigos declarados a pocos kilómetros de allí. A todo esto, conservando una atmósfera de colonia británica, como si estuvieran en Hong Kong o Kenya, supuestamente indiferentes a las tendencias políticas del momento y de sus variados clientes. Esos clientes que ignoraban lo inimaginable: que esa señora irlandesa, eficiente y amable que los atendía con suma discreción, además de concentrar a un círculo social privilegiado en ese rincón madrileño, los desafiaba por detrás, delante de sus narices, al arriesgarse a pasear a los perseguidos por su propio establecimiento. Todo ello cuando nadie (fuera del entorno más íntimo) conoció los empeños humanitarios que ella se traía entre manos, mientras la guerra seguía su letal curso en Europa.

Cuando las luchas en los campos de batalla acabaron, el toque británico continuó siendo la característica de este singular local, impulsado por su dueña y siempre asociado a su admiración por la olvidada reina Ena, quien, incluso después de despedida de su cargo, dejó una estela de añoranza entre los escasos monárquicos españoles que no la podían olvidar. Una mezcla que podría haber sido explosiva en plena ebullición franquista si no fuera porque Margarita Taylor manejó la situación con tacto, pulcritud, profesionalidad y, sobre todo, haciendo gala de una prodigiosa habilidad.

—¡Puaf! Sabía muchas cosas de tu madre, Consuelo, pero no hasta ese punto. ¡Qué mujer! Me dejas asombrada. ¿Entiendes ahora que esto tenemos que contarlo? —afirmé, convencida de que nuestro proyecto en común sería un éxito. Ella permaneció callada y, de momento, nos despedimos ilusionadas, dejando en el aire el próximo encuentro.

Al día siguiente yo salía para un corto viaje a Nueva York, dejando aparcado como un gran propósito esperanzado, sin día ni hora establecida, el reencuentro con Consuelo y el comienzo de la elaboración de nuestra historia en común. Mis amigos Maribel y John

Haldi me habían prestado su apartamento en Manhattan, en su ausencia y al llegar me encontré que en la terraza habían anidado unas palomas que ya estaban criando. Tomé esa señal de paz, inverosímil en un piso 22, como el buen presagio de que algo estupendo estaba por ocurrir. Desgraciadamente, sólo un par de días después y con los polluelos asomando el pico en su nido, me llamaron inesperadamente para darme una triste y sorprendente noticia: Consuelo Alan acababa de fallecer, de repente, en su casa de Brighton, nada más llegar del Madrid que adoraba. Apenas unas horas después de compartir nuestra agradable comida y la charla que le siguió sentadas en la cocina. Prácticamente al mismo tiempo en que yo descubría, fascinada, a las palomas arrullándose anidadas en medio de Manhattan. Mi instinto me había fallado.

Impresionada por la noticia, me preparé un *gin tonic* para digerirlo a sorbos lentos. Estática, aferrada al vaso helado, a falta de una mano a la que agarrarme, comencé a divagar mentalmente contemplando la ciudad a través del enorme ventanal que me separaba de los pájaros y donde se reflejaban, distorsionados, los rascacielos. Al contemplar el atardecer de Manhattan envuelto en las luces esporádicas que se iban encendiendo a intervalos, enorme y desparramado árbol navideño prendido en plena primavera, Nueva York me regalaba un espectáculo único. Pero la lejanía de mi pensamiento me impedía disfrutarlo. Ni el alegre aleteo de los recién nacidos me distrajo de la mala noticia. ¡Como habían cambiado las circunstancias! Una tristeza furiosa, rebelde, me hacía rechazar la realidad, incapaz de admitir lo inadmisible. El agradable proyecto a dos sobre las actividades clandestinas de Embassy se había desvanecido. Pero, aún peor, enseguida comprendí que estaba ante un desagradable imprevisto: únicamente quedaba yo para contar las insólitas aventuras del MI6 en la España de la Segunda Guerra Mundial.

Lo que en principio hubiera significado un trabajo muy placentero junto a Consuelo, se empezó a convertir en una incómoda obligación. Aunque sabía que Margarita y Lalo habían cooperado al mismo tiempo, no resultaba tan fácil ensamblar unas experiencias con otras. Los testimonios de Consuelo y los de mi madre, frente a las notas del diario de 1942, dejaban todavía numerosas incógnitas. Aún tenía que encontrar la trama coherente que uniera a los personajes y la dirección inglesa con los enlaces españoles. La procedencia, las rutas y salidas de los rescatados. Es decir, no sabía por dónde empezar a contar sin la valiosísima información de conjunto que pudiera proporcionarme Consuelo Alan. Una posibilidad que, por desgracia, se perdió para siempre.

Por eso pasó bastante tiempo entre aquella inolvidable reunión y los relatos caseros con mi madre, cuando por fin me lié la manta a la cabeza y decidí instalarme a vivir con ella para elaborar este libro. Sin duda, era la mejor forma de charlar sin interrupciones, hasta que eventualmente fueron sus testimonios los que sirvieron de base para todo lo demás, aunque yo no era capaz de saberlo todavía. También Lola, mi antigua niñera, testigo de más de cincuenta años de incontables vivencias familiares que abarcaban seis generaciones del lado materno, y otros tantos cuentos paternos, aún vivía con ella. Así que juntamos recuerdos y anécdotas de las que yo no había oído hablar, antes de ponerme a rebuscar en bibliotecas y archivos como la base inicial de esta historia. Una «tormenta de ideas» sentimental a varias bandas que eventualmente se prolongó un par de años y nos proporcionó unos momentos divertidos e inolvidables, a pesar de las discusiones acaloradas cuando algo no encajaba bien. Curiosamente, mi visión infantil de algunas cosas chocaba con la adulta de ellas, y un mismo suceso, supuestamente intrascendente, aparecía magnificado y hasta contradictorio al exponerlo juntas. Hasta que entre charla y charla encontré el punto medio coherente que finalmente me ayudó a enfocar correctamente lo que yo buscaba, proporcionando un resultado más amplio y enriquecido de lo que podía imaginar antes de ponerme a ello.

La hora del desayuno era la más fresca y adecuada para recordar. Así fue como le hice contar a mi madre lo que ella mejor recordase, siguiendo el hilo de las noticias, difusas a veces, más claras otras, que fui ordenando a solas, o con la ayuda de Lola, al desenmarañar una trama confusa y que según avanzaba resultaba menos personal y más amplia.

Mi madre me lo contaba a su aire. Luego, yo lo he ido colocando como me parecía.

XVIII
Los archivos de Kew Gardens

La recopilación de datos caseros, que tanto me había esforzado por canalizar, hacía que mi madre reviviera su juventud con una jugosidad muy actualizada que favoreció enormemente la información, ya que para ella había sido lo mejor que la vida le había dado. Pero ese mismo protagonismo, concentrado en unas experiencias personalizadas, me impedía ver la situación de conjunto. A las pocas semanas de comenzar nuestras charlas (y aunque en otros muchos aspectos fueron extremadamente interesantes y las disfrutamos al máximo), forcejeábamos entre sus recuerdos en blanco y negro y la actualidad a todo color, con brillo, que ella me iba desvelando. Al sopesar su valiosa información, sentía que la reconstrucción de las fuentes todavía dejaba incompletos muchos aspectos de la trama que yo buscaba. Entre las risas y el llanto dulce de aquellos recuerdos memorables, alternados con discusiones acaloradas, largos silencios y otros buenos ratos, el contraste de opiniones entre madre e hija y los diferentes puntos de vista sobre una misma situación, me obligaron a poner distancia a la concentración familiar y comenzar a buscar por otro lado.

Cuanto más sabía de la colaboración de mi padre con el MI6 en España y el papel que habían jugado los británicos en la neutralidad española, más necesidad tenía que enriquecer los testimonios maternos con una prueba oficial. No tenía la más mínima duda de que las cosas habían ocurrido como me contaba mi madre, pero había que probarlo. Necesitaba juzgar sus experiencias bélicas desde la distancia para darle la perspectiva que la excesiva proximidad familiar me impedía. Quería observar mejor (sin juzgar, desde luego), pero manteniendo el ojo crítico, el conjunto de estas vivencias encubiertas de la posguerra. Para eso, no me quedaba más remedio que acudir a los archivos. Londres tenía la respuesta. La única forma de librarme de lo que se estaba convirtiendo en una pesadilla obsesiva y comenzar a encauzarla por el camino adecuado era averiguar directamente.

No tuve ninguna dificultad para entrar en el Public Records Office, próximo a Londres, cruzando un Támesis que define su frontera con Surrey, como puede hacer cualquiera, después de atravesar los espaciosos Kew Gardens, uno de los jardines botánicos más cuidados y floridos de Inglaterra; que ya es decir. El edificio, entre vanguardista y austero, que recuerda a un antiguo barracón acristalado y minimalista, parece proclamar con su transparencia que está abierto al mundo. Quien quiera consultar en uno de los archivos mejor organizados que existen en Europa, no encontrará ningún impedimento. A la entrada hay un pequeño lago artificial donde conviven unos displicentes y estilizados cisnes negros con unos inquietos patos salvajes que se deslizan, o se sumergen, con total espontaneidad. De manera que el conjunto arquitectónico del lugar combina una naturaleza muy delicada con una apertura total al conocimiento, haciendo las visitas aún más agradables.

Allí se encontraba la parte principal de la extensa y valiosa documentación que a estas alturas de mis conversaciones familiares creía imprescindible consultar para redondear esta historia.

Tras un largo recorrido en metro, bajo y sobre Londres, aparecía temprano por la mañana para hacer mis pesquisas, con cuaderno y lápiz en mano. Prohibidos los bolígrafos. Entre tanto avance técnico, sin embargo, no me costó trabajo orientarme. Aunque enseguida me advirtieron que muchos documentos de la Segunda Guerra Mundial tardaban más tiempo de lo usual en abrirse, y en el caso concreto de la inteligencia británica (justo lo que me interesaba) estaban clausurados durante setenta y cinco años y estábamos en el año 2000. Por lo tanto, el acceso estaría abierto hacia 2020. En cuyo caso, otras generaciones tendrían que buscar por mí. A pesar de eso, sí pude averiguar que los documentos por desclasificar correspondían a los archivos HS9, inaccesibles aún de todo punto. En vista de lo cual me dediqué a buscar por otra parte.

Tardé en encontrar otras pruebas que encajaran con los salvamentos a los que yo quería referirme. Verifiqué hechos inéditos pero reconocibles, escritos a mano y a máquina desde Madrid, en el mismo papel con membrete oficial con que se habían escrito en 1940 y en 1941; o las simples copias de carbón encabezadas con el inconfundible sello rojo TOP SECRET. Noticias que de alguna forma iban encajando en mi investigación, pero que no eran exactamente lo que yo buscaba.

Por los textos tan intrascendentes que leí en ciertos casos, deduje que la correspondencia entre la embajada británica en Madrid y el Foreign Office en Londres a principios de los cuarenta debía ocultar, forzosamente, mensajes cifrados. Algunas reseñas eran demasiado insignificantes como para informar a sus superiores de ellas. Otro escritos, en cambio, estaban abierta y excesivamente subidos de tono, expresando la auténtica tensión de sus protagonistas; especialmente cuando trataban sobre la posible entrada de España en la guerra. Es en este punto en particular en el que los diplomáticos británicos se sentían realmente desbordados. Ramón Serrano Súñer aparece con frecuencia como portavoz tranquilizador, asegurando que el Caudillo no tiene intención de intervenir. Y así de esperanzados lo transmiten a sus superiores en Londres.

Al cabo de unos días, me sentía privilegiada al poder oír discusiones en mi mente y percibir de primera mano la forma que tenían los diplomáticos de encarar las diversas dificultades frente al gobierno franquista, al releer hoja por hoja lo que sabía que era una parte muy significativa de la historia del siglo XX. Una investigación así de directa no sólo estimula, sino que permite interpretar con insospechada proximidad el conjunto de la situación.

Las notas escritas no paran de quejarse de la influencia alemana sobre la población española. La información desvirtuada que sobre los aliados presenta la prensa tiene sus repercusiones sociales. Los británicos están claramente a la defensiva. Pero a pesar de que lo que buscaba comenzaba a fluir con facilidad, yo sabía que los papeles que tenía sobre la enorme mesa redonda del Public Record Office ocultaban mucha información, y que detrás de tanto escrito había más que unos comunicados internos a veces hasta irrelevantes. Gracias a que ya conocía gran parte de lo sucedido, por mis datos familiares y las lecturas de historia más recientes (en su mayoría, alejadas de esas noticias), pude ir encarrilando mis averiguaciones. Sin saberlo de antemano, hubiera sido imposible encontrar lo que buscaba en aquellos monumentales archivos.

Confirmé, sin embargo, ciertas lecturas sobre Miranda de Ebro. Está claro que mi padre y el embajador Hoare transcribieron en sus respectivos libros lo que ellos vivieron. Como comentan ambos, los archivos de 1940 ratifican la llegada a España de los pilotos de los países aliados, tras lanzarse en paracaídas sobre Francia, que trataban de escabullirse por las fronteras francesas hacia España; militares de distintos cuerpos y rangos que no tenían otra salida; judíos e indocumentados aislados que iban huyendo con la esperanza de librarse del nazismo. La gran mayoría de ellos llegaban desperdigados, desconectados de sus orígenes; pero tarde o temprano alguien se hacía cargo de ellos. Así lo explica el embajador:

Con los judíos que no fueran alemanes, las dificultades nos creaban problemas casi insolubles. Era imposible controlar los orígenes y ningún país los quería recibir... A ellos y a la mayoría de los refugiados, no había cómo evacuarlos. Había que organizar un destino, los permisos de las distintas autoridades españolas, *acercarlos a los puertos para embarcarlos adecuadamente* [la cursiva es mía], un laberinto que nos suponía grandes esfuerzos... A veces seleccionábamos a cierto número de judíos dentro de la cuota de emigrantes a Palestina: permisos, transporte por España y viajes por el Mediterráneo, lo que podría llevar meses de organización interna, mientras los interesados vivían en precario a la espera, en Madrid y Barcelona. Finalmente, llegaban los individuos distinguidos que ayudábamos de vez en cuando a cruzar el país. Los detalles de sus viajes no pueden describirse en este momento.[20]

Cosa que no se ha hecho hasta ahora, dos generaciones después.

En cuanto a los permisos a los que se refiere el embajador británico, es importante tener en cuenta que además de las dificultades ya explicadas, para conseguir los visados oficiales entonces, el régimen policial español sometía el tema de los refugiados sin ajustarse al Convenio de La Haya y, por tanto, los apátridas podrían encontrarse con grandes dificultades para conseguir cualquier tipo de documentación. Una responsabilidad que recae en el Ministerio de Asuntos Exteriores o en el del Ejército, indistintamente. Como las circunstancias obligaban a ajustar cada caso particular, estos asuntos tenían que tratarlos los diplomáticos, incluso cuando se tramitaran a través del Ministerio del Ejército. Para complicarlo aún más, a los refugiados se les clasificaba como extranjeros beligerantes, militares organizados y armados o civiles, al retenerlos como prisioneros. De acuerdo con esta clasificación pseudo aleatoria, se les repatriaba, se les expulsaba o se autorizaba su estancia, «según la forma y el alcance determinados por la práctica internacional», siempre y cuando se ajustara a la ley española. Un criterio retorcido que sólo servía para enredar o posponer la liberación de los detenidos. A todo esto, mientras, se aceptaba «la neutralidad vigilante» de seiscientos hombres procedentes del Eje, entre italianos y alemanes, que se movían por España sin dificultad, como señala Paul Preston.

Solamente del paso de los refugiados entre España y Portugal encontré por lo menos seis carpetas, que desgraciadamente necesitaría meses para revisar con detalle. Pero, por su volumen, podemos tener idea de la densidad e importancia de las relaciones diplomáticas relacionadas con la liberación de los presos aliados. Entre esos documentos, sir Samuel Hoare notifica a lord Halifax que el mayor Alan Lubbock (ayudante del agregado militar en Madrid) había visitado el campo de concentración de Miranda de Ebro en varias ocasiones ya para el 28 de noviembre de 1940, a fin de atender a los militares británicos acogidos allí. Viajes a los que solía acompañarle mi padre como médico; una vez más sin ninguna mención. Las palabras del embajador son: «Gran ayuda la que se prestó a nuestros hombres escapados desde Francia» (FO371/24507). Y a renglón seguido, siempre temerosos de que pudieran intervenir, dice que una comisión alemana estaba situada en Perpignan, peinando la falda de los Pirineos españoles.

Transcurrían los días y yo continuaba sin encontrar ninguna referencia concreta sobre las evasiones en las que había participado mi padre, ni era fácil averiguar quiénes habían utilizado las rutas de evacuación a través de España. El telegrama cifrado 719, dirigido al embajador el 15 de septiembre de 1940, describe la evacuación del personal británico de servicio, a lo que se añade una lista informal de nombres agrupados por países de origen, de los que llegaron a pasar a Portugal. En las listas que pasan al Foreign Office, el número de hombres varía constantemente, ya que gran parte de los refugiados llegan sin avisar. La confusión entre «legales» e «ilegales» debía ser tal, agravada por el complicado escrutinio español,[21] que es imposible clasificarlos debidamente, según otro telegrama al Foreing Office, ya para el 4 de febrero de 1942. Así y todo, para esa fecha se habían trasladado a Portugal 839 personas entre belgas, checos, holandeses, griegos, polacos, yugoslavos, noruegos, norteamericanos y franceses (FO 371/32655). A pesar del aparente desorden, ahora podía hacerme una idea de cuántos eran y con qué agilidad se iban pasando los evacuados.

Por otra parte, Alan Lubbock envía comunicaciones regularmente a su embajador en Madrid acerca de las visitas a Miranda de Ebro, con una descripción tan ingenua de la situación de los presos que resulta chocante. Leído en la distancia del tiempo, imaginando cómo debían padecer aquellos hombres en el campo de concentración y sabiendo que atravesaban por unas circunstancias graves, Lubbock asegura que en cada viaje intentaba liberar el mayor número de ellos, mientras, «tratamos de hacerles la vida lo más agradable posible». Y aunque, por mi parte, también sabía que mi padre formaba parte de todo aquello, su nombre seguía sin aparecer. En aquel momento, como cabía esperar, los presos se liberaban siguiendo las normas de las autoridades españolas; en definitiva, los que controlaban la entrega de los documentos.

Documentos que, como ya nos advierte el embajador, solían atascarse en Gobernación o en Asuntos Exteriores, con lo que se prolongaba indefinidamente la reclusión de los detenidos. Por eso tuvieron que inventarse disculpas y soluciones para que salieran de allí, como una epidemia de tifus y otras estratagemas por el estilo.

Todos estos comunicados suelen ser lacónicos y a veces demasiado condensados, pero en este primer periodo de 1940 ya cuentan que se libraron del encierro español 82 militares, 11 oficiales del ejército, 62 oficiales de marina, 42 marineros y 5 civiles británicos, que intentaban cruzar los Pirineos indocumentados y por su cuenta. Dados los problemas que eso acarrea, el embajador hace saber a sus superiores en el Reino Unido que los súbditos británicos que desean viajar no deberían pasar más allá de la Junquera, en los Pirineos.

Ya empezaba a comprender por qué Churchill se decidió por estos métodos de evacuación desde el comienzo de la guerra, hasta el punto de valerse de la ayuda de su Servicio Secreto. Era obvio que, por su situación geográfica, España resultaba una vía de escape natural, con suficientes puertos de salida y entrada entre el Mediterráneo y el Atlántico, y la mejor puerta de entrada por tierra a un Portugal también neutral y aliado británico tradicional.

Con la conocida intromisión alemana en el trato de los prisioneros y las ambiguas relaciones del Tercer Reich con los españoles, teniendo en cuenta la firmeza de carácter del primer ministro del Reino Unido, no es de extrañar que éste hiciera intervenir a sus servicios secretos sin titubear para resolver conflictos insalvables.

Había que ir a por todas para socorrer a las víctimas. La mezcla de nacionalidades, las dificultades para contrastar los documentos de origen y el incremento de evacuados, obligaba a tomar medidas drásticas, rodeando el espinoso camino de las autoridades españolas y los enfrentamientos con los alemanes; lógicamente, sin mencionar a ningún colaborador fuera del estricto equipo diplomático. El absoluto mutismo acerca de las evacuaciones humanitarias era cuestión de vida o muerte, el anonimato los protegía. Una consigna que cumplieron como el mejor escudo protector y explica también por qué se ha podido mantener este secreto largo tiempo.

Como suele ocurrir siempre en las tragedias y particularmente en España, donde se combinan por tradición y con toda naturalidad la pena y la alegría, también hubo situaciones amigables y hasta graciosas en el tira y afloja bélico. El embajador británico escribe, el 2 de julio de 1940, que mientras los jóvenes polacos, los checos y los británicos en edad militar seguían dirigiéndose cada vez con mayor frecuencia hacia España, escapando de Francia y cayendo bajo la responsabilidad de la Embajada del Reino Unido en Madrid, incrementando las dificultades de sus traslados clandestinos u oficiales, el gobierno español invitó a un cierto número de militares alemanes a presenciar las corridas de toros de la Semana Grande de San Sebastián en calidad de «turistas».

Según supieron luego, la intención era que se relacionaran festivamente con miembros del gobierno español y muy especialmente con sus antiguos camaradas de la Legión Cóndor. Ésta es una de las ocasiones en que Hoare no disimula el revuelo que se organizó en su embajada. Los diplomáticos juzgan esta provocación como una sutil cortina de humo que ocultaba otros peligros. Sir Samuel Hoare escribe airado a sus superiores en Londres que cree «que los alemanes preparan el terreno para encontrar el mejor momento de dar un golpe militar». Hasta el punto de que el agregado naval tiene que enviar otro informe tranquilizador de seis páginas al Foreign Office, afirmando todo lo contrario, como le asegura en una prolongada entrevista personal el ministro de Asuntos Exteriores, Ramón Serrano Súñer. El documento especifica que no hay motivo para pensar que esa visita, exclusivamente turística (como hicieron ver), los llevara a la guerra.

Durante este encuentro hispano-alemán en el País Vasco, totalmente inaccesible a los británicos destinados en España, debieron de proyectar la visita del Führer a Hendaya, así como los acuerdos que se firmaron ese otoño en Madrid, cuando volvieron a asistir a las corridas de toros, que les debieron gustar a las autoridades alemanas tanto como para repetir.

Continuaban pasando los días de búsqueda y no daba con la clave de mis pesquisas. Pero cuando ya empezaba a flaquear, aparecieron tres archivos relacionados con el salvamento español de los refugiados polacos, en conexión con la red portuguesa, aunque sin especificar si eran judíos o gentiles. Estaba claro que la situación incierta de sus protegidos fue un grave problema para los británicos. Hasta que finalmente di con lo que buscaba, en palabras del mismo sir Samuel Hoare: «Los refugiados polacos liberados en España serán enviados posteriormente a la Argentina». Aparte de una nota escrita a mano por él, del 8 de enero de 1942, con referencia concreta a los judíos polacos confinados en los campos de concentración españoles, quienes serán enviados a Jamaica «con la ayuda de las autoridades de seguridad británicas».

Por fin, la búsqueda iba por buen camino. Siempre que intervenía la seguridad británica, es decir, el MI6, en colaboración con el MI9 y el SOE, los salvamentos eran «clandestinos», y por lo tanto participaba mi padre. Pero el proceso de evacuación y cómo actuaban los eslabones españoles tampoco se explica; o no era el lugar preciso para indagar. Al tratarse, sin embargo, del rescate concreto de judíos polacos, tenía que seguir buscando, conociendo su directa relación con el enlace gallego.

La imagen de Alan Hillgarth contándome lo sucedido, de jovencita, en una de tantas cenas agradables en casa de mis padres en Madrid, casi treinta años antes, se reprodujo con toda nitidez en mi mente al leer este texto. Ahora podía confirmar, con los documentos que tenía en mis manos, los buenos resultados de aquellos salvamentos en la España de los cuarenta, descubiertos en el Londres de 2000. Al fin aparecía alguna conclusión oficial ante mí.

Aunque estamos jugando con un caso similar (si no el mismo) al que me contó Alan, los nombres que tengo coinciden con los del salvamento y las fechas que rodean a la boda y fuga de mis padres, en carta unida a las cuatro listas de nombres enviadas el 6 de enero de 1942 por la embajada de Polonia en Londres, en la que se clasifica a los polacos asistidos en oficiales en activo, personas en peligro y válidas para la guerra, personas útiles para la guerra y, por último, ciudadanos polacos sin garantía oficial. Los apellidos confirman que muchos son de origen semita. Se ruega también que se evacue a estas personas si surge algún contratiempo, como de hecho ya se estaba haciendo desde meses atrás, y se dan instrucciones a Lisboa sobre cómo proceder con el resto del traslado hasta América. La carta concluye con un SOS: «En caso de emergencia, confiamos en que se les ayude para evitar que permanezcan en territorio enemigo» (FO 371.32655).

AB/WJ.

21

POLISH EMBASSY.

No.792/4

TELEPHONE: LANGHAM {2652 / 2653}

47, PORTLAND PLACE,
LONDON, W.1. 6th January, 1942.

W 568

Dear Randall,

    I am referring to your letter of the 1st January, No. W 15098/6349/48, in which you asked for a list of those Polish nationals whom, in the event of an emergency in the Iberian Peninsula, the Polish Government would wish to be brought out.

    I am enclosing herewith a copy of lists available here, which although perhaps not absolutely up-to-date, (small changes may have taken place), may be considered as binding. You will notice that there are four lists, the persons in question having been divided into four categories, viz:

List "O"	–	Active Officials.
List "F/a"	–	Persons whose lives would be in danger, and persons of value to the war effort.
List "F/b"	–	Persons who might be of use in the war effort.
List "W"	–	Polish citizens without official guarantee.

    We should like all the people mentioned in Lists "O" and "F/a" to be evacuated in the event of emergency. As a matter of fact, since we spoke on this subject I have been informed that instructions have been sent to Lisbon already to proceed with the evacuation of those of our people whose presence in Portugal is not absolutely necessary. As regards the others, some of them will no doubt be classed in the category of those whom we hope will go to Jamaica.

    As I have already mentioned, apart from these people there is a group who recently came from

A. W. G. Randall, Esq.

p.t.o.

Unoccupied France and are in possession of visas for Canada, U.S.A., or countries of Latin America. All of this group can be classed as of value to the common war effort and we consider their evacuation to be of real importance. We hope that some of them will be able to reach their country of destination directly from Lisbon. In the event of an emergency, however, we hope that every assistance will be given to them to prevent their remaining in enemy-occupied territory.

Embajada de Polonia
Nº. 792/4

47, Portland Place,
Londres, W.1. 6 de enero 1942

Estimado Randall:

Hago referencia a tu carta del 1º de enero, no. W 15098/6349/48, en la que me pides la lista de los súbditos polacos que, en caso de una emergencia en la Península Ibérica, el gobierno polaco desearía que fueran liberados.

Te adjunto la copia de las listas disponibles aquí, que aunque pueden no estar totalmente actualizadas (ha podido haber pequeños cambios), pueden considerarse válidas. Verás que hay cuatro listas, las personas en cuestión se han clasificado de la siguiente forma:

Lista "O" – Oficiales en activo.
Lista "F/a" – Personas cuyas vidas están en peligro y personas válidas para la guerra.
Lista "F/b" – Personas que podrían ser útiles para la guerra.
Lista "W" – Ciudadanos polacos sin garantía oficial.

Quisiéramos que todas las personas de las listas "O" y "F/a" fueran evacuadas en caso de una emergencia. De hecho, desde la última vez que hablamos de este tema me han informado de que se han enviado instrucciones a Lisboa para que se proceda a la evacuación de aquellos de los nuestros cuya presencia en Lisboa no sea totalmente necesaria. En cuanto a los demás, algunos de ellos están clasificados, sin duda, dentro de la categoría de los que esperamos viajen a Jamaica.

Como ya le dije, además de los aquí mencionados, hay un grupo recientemente llegado de la Francia no ocupada con visados para Canadá, Estados Unidos o países Latino Americanos. Todos los de este grupo se pueden clasificar como útiles para el esfuerzo común de la guerra y consideramos que su evacuación es realmente importante. Esperamos que algunos de ellos puedan llegar a su país de destino directamente desde Lisboa. Sin embargo, en caso de que ocurra una emergencia, quisiéramos que se les proporcione toda la ayuda para evitar que permanezcan en territorio enemigo. Atentamente,

Traducción de la carta dirigida a Randall de la página anterior.

LIST "O"

No.	Name	Men	Women	Children	TOTAL	Living in:
1.	DUBICZ-PENTHER Karol	1	2	-	3	Lisbon
2.	RZESZOTKO Franciszka	-	1	-	1	"
3.	CIANCIARA Tadeusz	1	-	-	1	"
4.	CHILIK Ewa	-	1	-	1	"
5.	DEBICKI-JAXA Jan	1	-	-	1	"
6.	DEMBIŃSKI Stanisław	1	1	2	4	"
7.	GRACZYKOWSKI Stanisław	1	-	-	1	"
8.	HOUWALT Władysław	1	-	-	1	"
9.	JANUSZEWSKI Tadeusz	1	1	-	2	"
10.	JAWORSKI Mieczysław	1	-	-	1	"
11.	KAJETANOWICZ Stanisław	1	-	-	1	"
12.	KARA Stanisław	1	-	-	1	"
13.	KOTECKI Jan	2	1	-	3	"
14.	KOWALEWSKI Benedykt	1	-	-	1	"
15.	KOWALEWSKI Jan	1	1	1	3	"
16.	LORET Roman	1	-	-	1	"
17.	MALLY Fryderyk	1	-	-	1	"
18.	MAŃKOWSKI Antoni	1	1	-	2	"
19.	CHAŁPOWSKA Róża	-	1	2	3	?
20.	KUBS Rozalja	-	1	-	1	"
21.	WSZOŁA Izabella	-	1	-	1	"
22.	MAXAMIN Karol	1	-	-	1	"
23.	OLSZYŃSKI Stefan	1	-	-	1	"
24.	OSTROWSKI-RAWITA Krystyn	1	2	1	4	"
25.	PILARSKI Michał	1	1	1	3	?
26.	POPIEL Pia	-	1	-	1	"
27.	POTOCKI Józef	1	1	4	6	"
28.	KOZIOŁ Józefa	-	1	-	1	"
29.	ROGOZIŃSKI Stefan	1	-	-	1	"
30.	RUDOWSKI Jan	1	-	-	1	"
31.	SCHIMITZEK Stanisław	1	1	1	3	?
32.	SIATKA Józef	1	-	-	1	"
33.	SILBERMAN Ryta	-	1	-	1	"
34.	STASZEWSKI Jan	1	-	-	1	"
35.	SZYMCZAK Marian	1	-	-	1	"
36.	WOŁK-ŁANIEWSKA Maria	-	1	-	1	"
37.	ZDZIARSKI Kazimierz	1	1	-	2	"
38.	ZIELIŃSKI Adam	1	-	-	1	"
		30	22	12	64	

- 24

LIST "F/a"

No.	Name	Men	Women	Children	TOTAL	Living in
1.	FILIP Gabriela	-	1	-	1	Lisbon
2.	FREJLICH Józef	1	1	-	2	"
3.	GOL Stanisław	1	1	-	2	"
4.	GWÓŹDŹ Alojzy	1	-	-	1	Porto
5.	KALINOWSKI Jan	1	-	-	1	Lisbon
6.	LITWIŃSKI Leon	2	1	-	3	
7.	MAJEWSKA Dora	-	1	-	1	Estoril
8.	NIEFIEDOWICZ Janina	-	1	1	2	Lisbon
9.	NOWIK Włodzimierz	1	-	-	1	COIMBRA
10.	RADZIMIŃSKI Witold	1	-	-	1	Lisbon
11.	RYCHLEWSKI Kazimierz	1	-	-	1	Caldas d.r
12.	RZYSZCZEWSKI Roman	1	-	-	1	Lisbon
13.	SCHNEIDER Hanna	-	1	-	1	"
14.	SUKIENNIK Maria	-	1	-	1	"
15.	SZANIOR Edward	1	-	-	1	"
16.	SZEMBEK Jan)	1	1	-	2	Estoril
17.	ZETTLER Maria)	-	1	-	1	"
18.	SZMEJKO Bohdan	1	2	-	3	Ericeira
19.	TUROWSKI Wojciech Rev.	1	-	-	1	Lisbon
20.	WACNIK Stanisław	1	-	-	1	"
21.	WADOWSKI Stanisław	1	-	-	1	"
22.	WITKIEWICZ Ignacy	1	1	-	2	"
23.	WURCELDORF Adam	2	2	-	4	"
24.	ZARNOWER Teresa	-	1	-	1	"
25.	STEIGLER Artur	1	-	-	1	"
		20	16	1	37	

LIST "F/b".

No.	Name	Men	Women	Children	TOTAL	Living in:
1.	BESTAENDIG Jakób	1	1	2	4	Lisbon
2.	BIDERMAN Natan	1	-	-	1	Coimbra
3.	BINENSTOCK Teodor	1	-	-	1	Lisbon
4.	BILCZEWSKA Lifcia	-	1	-	1	Caldas d.r.
5.	DEMBIŃSKI Berek	1	1	1	3	Caldas
6.	DEMBIŃSKI Fajbuś-Szulim	1	1	-	2	"
7.	DRENGER Regina	-	2	1	3	Lisbon
8.	EISENBERG Henryk	1	-	-	1	Caldas
9.	EISENBERG Leopold	1	1	-	2	"
10.	EKSTEIN Boruch	1	2	1	4	"
11.	EPSTEIN Anna	-	1	-	1	"
12.	GRAUBARD Marja	-	1	-	1	Fig. da Foz
13.	FEDERMAN Dawid Aron	1	2	-	3	
14.	GLASSBERG Dawid	1	-	-	1	Caldas
15.	GLASCHEIB Bernhard	1	1	-	2	Lisbon
16.	GOLDHAR Marcin	1	1	-	2	"
17.	GRINSZPAN Rachmil	1	2	-	3	Caldas
18.	GROSS Mojżesz	1	2	-	3	"
19.	GROSSBAUM Simon	1	-	-	1	Lisbon
20.	GRUEN Markus	1	1	-	2	"
21.	HOCH Salomon	1	-	-	1	Caldas
22.	KORNGOLD Wolf	1	1	2	4	Lisbon
23.	KRAKOWIAK Izaak	1	2	1	4	Fig. da Foz
24.	KRAKOWIAK Jecheskiel	1	1	-	2	
25.	LICHTENBERG Juljusz	1	1	-	2	Lisbon
26.	LIPMANOWICZ Samuel	2	2	-	4	Caldas
27.	LIPSZYC Joel	1	1	4	6	Lisbon
28.	MAJBERG Ruchel)	-	1	-	1	"
29.	PORTEK Łoja)	-	1	-	1	"
30.	OSEŁKA Szapsia	1	1	-	2	Caldas
31.	PENNER Berysz	1	-	-	1	"
32.	PRIESEL Simon	1	1	-	2	Lisbon
33.	REICH Nechemia	1	-	-	1	Caldas
34.	REICHMAN Fryderyk	1	1	-	2	Lisbon
35.	ROSENBAUM Szyja	1	-	-	1	Caldas
36.	ROSENBERG Mordko)	2	1	-	3	Lisbon
37.	WARSZAWSKA Ida)	-	1	-	1	"
38.	RUBINSTEIN Matla	-	3	-	3	"
39.	RUCHOCKI Aron-Dawid	1	1	-	2	"
40.	SCHIPPER Samuel	1	1	1	3	"
41.	SCHNUR Aron	1	-	-	1	"
42.	SCHONBERG Szymon	1	1	-	2	Caldas

List "F/b" contd.

No.	Name	Men	Women	Children	TOTAL	Living in:
43.	STEGER Chaim	1	-	-	1	Caldas
44.	STELLMEISTER Helena	-	1	1	2	Lisbon
45.	SZLEZYNGER Gitla)	-	1	2	3	"
46.	KORN Berta)	-	1	-	1	"
47.	SZMALC Józef	2	1	1	4	"
48.	SZYBOWSKA Zofia	-	1	-	1	Caxias
49.	TEMPELMAN Leon	1	1	2	4	Lisbon
50.	TENNENBAUM Rafał-Dawid	1	1	1	3	Caldas
51.	TENNENBAUM	1	1	2	4	
52.	TISCH Leon	1	1	-	2	Lisbon
53.	WOLKEN Ludwik	1	-	-	1	Caldas
54.	ZANGER Mozes	2	2	-	4	Lisbon
		46	52	22	120	

Ref: FO 371/32655

- 27

LIST "W"

No.	Name	Men	Women	Children	TOTAL	Living in:
1.	BERKENBAUM Dawid	1	-	-	1	Caxias
2.	TENENBAUM Perla	-	1	-	1	Lisbon
3.	BIELER Erna	-	1	-	1	"
4.	BIRNBAUM Lea-Rosa	-	1	-	1	Caldas d.r.
5.	BOJM Jankiel	1	1	1	3	"
6.	BOJM Szlama	1	2	-	3	"
7.	CZOŁCZYŃSKI Izaak	2	2	-	4	Lisbon
8.	DOLATA Cecylja	-	1	-	1	Belas
9.	ERDMAN Bajla	-	1	-	1	Caldas d.r.
10.	ERTAG Urias	1	-	-	1	
11.	FELDMAN Pinkus	2	2	-	4	Lisbon
12.	FENERBERG Samuel	1	1	1	3	"
13.	FISCHLER Abram-Aron	1	-	-	1	Caldas d.r.
14.	FRIEDMAN Gitla	-	1	-	1	"
15.	FRIEDMAN Simon	1	1	-	2	"
16.	GOLDBLAT Etel	1	-	-	1	Lisbon
17.	HALPERN Naftali	1	1	-	2	Caldas d.r.
18.	HOCHHÄUSER Mozes	1	-	-	1	Lisbon
19.	ISSERLESS Ire	2	1	-	3	"
20.	KABOS Imre	1	-	-	1	"
21.	KIPER Jakób-Moszek	1	-	-	1	Porto
22.	KLEYMAN Moszek-Dawid	1	-	-	1	Caldas d.r.
23.	DZIAŁOWSKA Freyda	-	1	-	1	"
24.	KRISCHER Markus	1	-	-	1	Lisbon
25.	KUTNER Jakob	1	2	1	4	"
26.	LEWKOWICZ Noech	1	-	-	1	Fig.da Foz.
27.	LIEBERMAN Jakob-Moszek	1	1	-	2	Caldas d.r.
28.	LIEBERMAN Szmaja	1	1	2	4	Caldas d.r.
29.	LIPPER Felicja	-	1	1	2	"
30.	LIPSZYC Aron	1	1	-	2	"
31.	LITWOK Natan	1	-	-	1	Lisbon
32.	MANHEIM Chana	-	1	-	1	"
33.	MANN Emanuel	2	1	-	3	"
34.	MENDELSOHN Jakor	1	4	1	6	Fig.da Foz.
35.	MILGROM Simon	1	-	-	1	Caldas
36.	PEJSACH Gabriel	1	-	-	1	Lisbon
37.	PELL Juda	1	1	-	2	"
38.	PIENICK Ela	1	2	-	3	Caldas d.r.
39.	POLAK Berta	-	1	1	2	Lisbon
40.	ROZEN Mina	-	1	-	1	"
41.	RUBENFELD Samuel	1	-	-	1	"
42.	SANDZER Miriam	-	1	-	1	"
43.	SEGAL Uszer	1	-	-	1	"
44.	SZTEIN Wiktorja	-	1	-	1	Porto
45.	THEE Chaim Der	1	1	3	5	Caldas d.r.
46.	WEISS Mauricio	1	1	-	2	Lisbon
47.	ZAJĄCZEK-RUECKERT Zofia	-	1	-	1	
		37	40	11	88	

255

Tampoco era tan descabellado pensar que tanto la nota del 8 como la carta del 6 de enero del año 1942 se referían al salvamento de los dos judíos que pasaron por Redondela dos días antes de la boda de mis padres. Aquellos que esperaban acurrucados en el maletero del coche aparcado delante del hotel Continental, mientras el matrimonio Creswell comía ostras (¿tranquilamente?) y brindaba por su boda con Moncha y Lalo en un restaurante el primero de enero. Las fechas y el tema coinciden.

Con este hallazgo la parte principal de mi proyecto de investigación había concluido. Tenía la prueba de que los polacos de los que había hablado tenían nombre propio, y su elaborado traslado a Portugal desde España era un hecho. Si pudieron clasificarlos en Lisboa, es que habían llegado sanos y salvos.

Pero, como siempre, Londres no cita a ninguno de los liberadores involucrados, ni los métodos de salvamento utilizados, ni cómo atravesaron la Península Ibérica y cuánto tardaron hasta llegar al último destino europeo. Sería necesario seguir averiguando o esperar a que se abran esos archivos tan codiciados, lo que puede tardar aún años.

Una vez en Lisboa, el coste del transporte de los judíos a América recae sobre el Hicem y el Comité de Distribución Judío, con la garantía del gobierno polaco, como aseguran por escrito desde la embajada de Polonia en Londres el 7 de enero de 1942. Pero realmente diversas asociaciones judías de Estados Unidos ya se habían unido para costear las evacuaciones de judíos europeos desde el 10 de octubre de 1939, cinco semanas después de la invasión de Polonia.

247

TREASURY CHAMBERS,
WHITEHALL, S.W.1.

Telephone No.: WHITEHALL 1234.
In any reply
please quote Regd. No.

W 14646
12 OCT 1939

10th October, 1939.

Dear Randall,

Polish Refugees.

I am told that the Bank of England have a big scheme in hand which they are discussing with Mr. Istorik on behalf of the various Jewish Associations both in this country and in America. The American Associations have something like $17 millions in hand and the idea is that they should sell these to the Bank of England who would undertake to remit abroad any amounts asked for by the Jewish Associations in this country in any kind of foreign currency, with the limitation that remittances in dollars or costing dollars should never exceed the 17 millions transferred. The Bank realise that a lot of sterling subscriptions may come in, but these could readily be transferred to some of the weak currency countries without any expenditure of dollars and the Bank hope, on the whole, to get dollars in exchange for weak currencies.

The plan is far from complete but is being carefully

A.W.G. Randall, Esq., O.B.E.,
   Foreign Office.

247
TREASURY CHAMBERS,
WHITEHALL, S.W.1

10 de octubre de 1939

Querido Randall:

<u>Refugiados Polacos</u>

Me han informado que el Banco de Inglaterra tiene un gran proyecto entre manos que están discutiendo con el Sr. Istorik, en nombre de diversas Asociaciones Judías establecidas en este país y en América. Las Asociaciones Americanas tienen algo así como 17 millones de dólares disponibles y la idea es que se vendan al Banco de Inglaterra, quienes se encargarían de enviar al extranjero cualquier cantidad requerida por las Asociaciones Judías en este país, en cualquier tipo de moneda extranjera, con la limitación de que los envíos en dólares no deberán sobrepasar los 17 millones transferidos. El Banco comprende que pueden entrar un buen número de suscripciones en libras esterlinas, pero éstas se podrían transferir a los países de moneda débil, sin gastar los dólares, mientras el Banco espera recibir dólares a cambio de las monedas más débiles.

El proyecto está lejos de completarse, pero...

A.W.G. Randall, Esq., O.B.E.,
Foreign Office.

Carta dirigida al Ministerio de Asuntos Exteriores inglés en 1939 en la que se habla de los fondos que estaban proporcionando algunas asociaciones judías para el rescate de refugiados polacos.

Un hecho más que confirma lo rápido que trataron de aliviar los problemas de los semitas y lo pronto que se tuvieron noticias de la persecución judía en paralelo a la guerra de Europa. No nos queda duda, tampoco, de la admirable solidaridad de sus congéneres al enviar su apoyo inmediato a través de sus asociaciones, y gracias desde luego a que pudieron desviarse los auxilios a través de la organización aliada de los enlaces de la resistencia europea.

XIX
Inconcluso

Iban pasando los años y todavía no conseguíamos descifrar el significado de la clave 055A, la consigna que tuvo que memorizar mi madre por indicación del Servicio Secreto británico para cuando quisiera identificar a su marido mientras se fue a hacer las prácticas a Escocia. Ésta procedía de España y era la misma que lo tuvo ligado al gobierno británico durante el tiempo que duró su colaboración. Pero no sabemos en función de qué. Otro de sus secretos inconfesados en vida, que quedó sin desvelar a su muerte.

Aunque no hay duda de que mi padre continuó su colaboración con el MI5 desde Londres una vez regresado de Escocia, donde seguía escribiendo largos informes para los británicos. La fuente de los honorarios, cuidadosamente anotados en la última página del diario, y que tanto me sorprendió al descubrirla durante nuestra mudanza veinte años antes de escribir este relato, siguió siendo la misma. A juzgar por las anotaciones previas, en estos informes opina sobre la situación social, económica y política de su país; qué se espera de los españoles después del resultado de la Guerra Civil y sus consecuencias. Cómo podría clasificar a los rojos y a los falangistas (o cómo se clasifican entre ellos), pero sobre todo qué piensa acerca del ejército y cuál es su opinión sobre el futuro de España. No puede pasarse por alto el rol de la Iglesia católica y la relación del gobierno franquista con el Vaticano. Son borradores que se irán convirtiendo en informes que entrega al Foreign Office. Otras veces se los pasa a su amigo Tom Harris, responsable del Sector Ibérico B21, dentro del MI5, quien junto a Alan Hillgarth y Alan Lubbock viajan continuamente entre Londres, Lisboa y Madrid durante toda la guerra.

Teniendo en cuenta la asepsia política de mi padre, algo que prefirió tratar con el ojo crítico del observador y no como participante, con estos informes se comprueba el interés británico por la opinión del ciudadano de a pie, siguiendo el parecer del primer ministro de elegir a los miembros del SOE. Notas que se intercalan entre unas escuetas referencias a los salvamentos humanitarios, nombres de amigos y cooperantes, como Faustino, Moncho y Manolo en Redondela. Faustino era el único que poseía una dorna en ese lugar. Pero ninguna mención a Margarita Taylor. De todas formas, creo que si mi padre no hubiera estado tan directamente informado a través del agregado naval de las operaciones del MI6 en España, no habría puesto tanta carne en el asador, arriesgándose él y parte de su familia para ayudar a cientos de desconocidos. Significaba demasiada responsabilidad para Alan Hillgarth utilizar sin su conocimiento a mi familia en Galicia y que pusieran tanto de su parte sin alguna garantía de seguridad a cambio. Aunque el proyecto de salvar miles de vidas fuera más romántico que político. Pero creo sinceramente que nunca sabremos qué les movió realmente a los protagonistas de estos hechos a arriesgar tanto a cambio de tan poco.

La propia ley de vida hace ineludible que los hijos enjuicien a los padres, no siempre acertadamente, tendiendo a ser más exigentes que arbitrarios con ellos. Algunos nos relacionamos el resto de nuestra vida con el mismo infantilismo con que fuimos comenzando a conocernos, aunque el trato llegue a ser adulto. Esta actitud, derivada de una inmadurez posesiva, nos hace sentirnos como gajos inseparables de una misma naranja vedada a los intrusos, que une, pero oprime, la relación. Al ser los padres la primera referencia emocional que imitamos, sin saberlo, quisiéramos mejorar este admirado y exclusivo modelo comparativo, el primer y principal espejo en el que nos miramos en nuestra vida, cuya misma ley nos hace asimétricos. Con los años, esa inflexibilidad infantil se va relajando, al comprobar en nosotros mismos (no sin asombro, es verdad) un comportamiento muy similar al suyo; pero, aún peor, cometiendo los mismos errores que ellos cometieron y que tanto nos chocaban de niños. Temerosos de que sus meteduras de pata trascendieran, al percibirlas con las torpeza de la ingenuidad, es curioso que con la experiencia de los años no seamos capaces de poner en funcionamiento los resortes de la lógica para evitar que se repita después en nuestras propias actuaciones.

En el caso concreto de esta generación de la posguerra, frente a los que nos siguen por edad, sin duda fueron esas mismas guerras tan cruentas y sus inevitables consecuencias las que recrudecieron involuntariamente unos parámetros y exigencias mutuas que hubieran sido más relajadas en las circunstancias más favorables posteriores, marcadas por la prosperidad de la sociedad del consumo y del bienestar. Por eso, conforme se va encajando la visión desclasificada de la infancia, hasta convertirse en reflexión madura, con su carga emocional inevitable, no podemos pasar por alto un comportamiento tan valeroso, temerario incluso, al reparar detenidamente en acontecimientos como los que vengo relatando, inconcebibles en otras circunstancias que no fueran bélicas. Admiramos su valía, pero, sobre todo, elogiamos los resultados.

Aun con su discreción, el carácter y la personalidad que emanan de las personas descritas aquí y que constituyeron la base fundamental de mis primeros años de vida, dejan huella. Y profunda. Sus sorprendentes experiencias los convirtieron en unos seres excepcionales que a pesar de su extrema cautela en tiempos de guerra, sí exteriorizaban su carácter en múltiples facetas de su vida posterior, que tuve la suerte de compartir. Inevitablemente, esto me colocó un listón humano muy alto, que, aun siendo muy positivo, ha llegado a distorsionar muchas evaluaciones personales posteriores, afectando a muchas otras relaciones a lo largo de mi vida. Sin proponérselo, ellos nos acostumbraron a movernos con naturalidad entre gente de una personalidad y un nivel humano poco común, distintos a los que nos vamos encontrando a lo largo de la vida y con los que no podemos evitar compararlos. Eso es lo malo, porque no volvemos a encontrar fácilmente en el camino a otras personas con esas originales particularidades humanas que caracterizaron a los amigos que aquí describo.

Y seguimos buscando, buscando...

Así y todo, aunque sólo he querido resaltar aquí su grandeza, no podemos descartar que mi padre y el equipo diplomático destinado en España también tuvieran sus pies de barro, como todo mortal. Asuntos inconfesables que quedan guardados en el disco duro, ahora que ya se ha dejado de utilizar el tintero. No voy a negar que las personas que describo con tanta admiración tuvieran sus defectos; pero éste no es el lugar para criticarlas, ni soy la persona más adecuada para hacerlo. El afecto que les tuve a cada uno en particular, fundado en esa sincera camaradería y una entrega incondicional, se reflejó en el cariño que me profesaron. Sacar a relucir unos trapos sucios, que sin duda hubo, para equilibrarlos con sus virtudes, no estaría justificado aquí. Tampoco se trata de santificarlos. El mérito de haber concluido con éxito unos hechos tan trascendentales estriba precisamente en que los llevaron a cabo mortales corrientes, con sus fallos humanos, pero que se esforzaron en superarse sólo para ayudar a los demás. No se trata aquí, repito, de elevarlos a los altares, sino de apreciar su valor en conjunto. Mi gran admiración deriva de su altruismo solidario y del bien sigiloso que hicieron a miles de personas, no sólo sin rechistar, sino con alegría. Sencillamente por su respeto al prójimo, sin ir más allá en su enjuiciamiento al apoyarles, acabando sus días en el anonimato, sin la menor alusión, y no digamos ya, alarde, a su heroicidad individual o conjunta. Por eso no necesito añadir que, excluyendo a Alan Hillgarth, cuyo nivel económico ya era superior al de los demás, ninguno de los participantes de este proyecto del MI6 en España durante la Segunda Guerra Mundial murió rico ni famoso. Una consecuencia lógica de su actitud ante la vida. Aunque cada uno alcanzara unas metas personales y profesionales respetables, pasar desapercibidos fue otra característica común.

El final de esta historia, elaborada entre el presente lejano y los vivos recuerdos testimoniales, coincide con el comienzo del siglo XXI, viviendo en Alicante con mi madre. Aún no es primavera y ya están los almendros en flor. Las ramas cuajadas, intercalando a capricho desde el lila rosáceo al blanco entreverado, brotan en un *degradé* borroso de primavera prematura, pero que sabe convivir con la plenitud invernal de los naranjos y los limones cuajados. De vez en cuando, los parcos olivos de tímidas hojitas escasas aparecen desperdigados entre un enjambre de palmeras africanas, recordándonos la proximidad de ese continente. Detrás, unas montañas cinematográficas cortadas a hachazos acorralan un horizonte acartonado. Y el mar, variando de aroma, absorbe el sol que reverbera luminoso sobre todo lo que toca, siempre cambiante, siempre diferente. Este Mediterráneo levantino de moros y cristianos, al conmemorar con una alegría marcial en sus fiestas anuales a los auténticos moros y cristianos del pasado, deja un rastro imborrable en unas norteñas de paso, como nosotras, asombradas por sentir tan diferentes, pero tan propios, otra gente, otro mar y otro sol. Ardiente. Brillante. Excesivo para quienes no estamos acostumbradas a la opresiva calima. ¡Tanto sol! que irradia nuestros días y agradecemos su presencia.

Los meses no pasan, vuelan. Desde que comenzamos los desayunos-recordatorio entre madre e hija, llegamos a la primavera y atravesamos la canícula del tórrido verano con asombrosa velocidad. Luego, sentimos que pasamos de un salto a los días reducidos del invierno, ya sin necesidad de escabullirnos a la sombra. El anticlímax de esta narración en un ambiente inesperado ha favorecido la relajada concentración que da la distancia del tiempo, imprescindible para poder plasmar unos recuerdos menos fáciles de revelar de lo que pensé al comenzar.

Entre tantas confidencias, hemos logrado deshacer algunos mitos familiares a través de las revelaciones imprevistas de los parientes que se han prestado a contestar a mis interrogatorios, obteniendo unas respuestas que estoy segura no hubiéramos escuchado en otra atmósfera más tensa. Madre e hija hemos compartido en la lejanía de la geografía y la de los años que nos separan de todo lo que aquí cuento, entre alegrías, llantos, discusiones acaloradas y muchas risas, una dedicación al tema impensable en el bullicio y la opresión de la gran ciudad. Estas agradables condiciones inesperadas han contribuido, por sorpresa, a sopesar y templar mejor las proezas de nuestros héroes, que nunca ejercieron, ni consideramos, como tales. La complicidad y el anonimato fueron otras de las características comunes de un pasado marcado por el recuerdo admirado de sus herederos y que me satisface enormemente poder desvelar ahora. Como cabía esperar, el grupo se dispersó cuando terminó la última guerra mundial, y exceptuando a Hillgarth, Margarita Taylor y Juan Bourgignon, con quienes nos seguimos tratando hasta sus últimos días, nosotras en particular no volvimos a dialogar con aquellos amigos de entonces. Tampoco sabemos si Lalo volvió a verlos alguna vez después.

Las condecoraciones polaca y británica que recibió mi padre posteriormente se le entregaron con el mismo sigilo con que se llevaron a cabo las actividades clandestinas, sin concretar que estaban relacionadas con el salvamento de los perseguidos polacos, en asociación con el Servicio Secreto británico. Indiferente a todo aquello, mi padre siguió ejerciendo de gallego inglés el resto de su vida.

Mucho después de que pasara todo esto, y sin dejar de visitar la Galicia recóndita que tanto adoraba, a su gente y a su familia en Vigo, Lalo se recreó intensamente en el escenario madrileño. La ciudad cuyas entrañas escudriñó desde sus días de estudiante, a caballo entre Liverpool y Madrid, disfrutando al máximo entre taberneros, marquesas, toreros y pitonisas. Disfrutaba visitando desde los barrios bajos, pasando por las Ventas, hasta los salones del Ritz, recreándose entre aquellos personajes que le ayudaban a sentir el palpitar de ese variado mundo castizo y cosmopolita que tuvo la suerte de alternar en su experiencia madrileña. Hoy, al igual que Margarita Taylor, descansa en paz desde 1972 en Madrid, junto a mi madre, fallecida en 2005.

El editor que publicó sus memorias describe a mi padre como «un entusiasta simpático cuya dedicación al trabajo se equipara a su interés por todo tipo de gente». Quizá. Pero en mi recuerdo, con los años, Lalo se convirtió en un seductor locuaz, ambivalente y coqueto, envuelto en múltiples contradicciones, provocadas por una exagerada sensibilidad al medio que le tocó vivir. Inclinado a merodear entre faldas prohibidas, otro de sus muchos intereses, escudado en un atractivo que emanaba más de sus inquietudes contagiosas que de su físico, mi padre vivió sus enredos informales sin perder el compás de la familia. Tampoco le impidieron anteponer su máximo interés: el bienestar de sus pacientes. Habiendo vivido una vida plena e intensa, al final resultó ser lo que siempre había sido: un solitario versátil y orgulloso, interesado por seguir aprendiendo. Sometido como cualquier español a la censura nacional de los diarios, se informaba de lo que ocurría en el resto del mundo a través del *Times* y el *Newsweek*, sin perder el hilo de la actualidad literaria en varios idiomas. Al final de sus días las dudas agnósticas de su juventud van quedando en entredicho, justo cuando empieza a recalar desde el subconsciente y en la antesala de la despedida final, ese pelo de la dehesa que uno mamó entre rumores de rosarios y fiestas de guardar. Entonces podía recrearse leyendo

Las moradas de Santa Teresa de Jesús o detenerse en los mensajes amorosos de la Biblia, para justificar, o tal vez comprender mejor, los motivos de su antigua incredulidad religiosa. Creo que buscaba en estas lecturas el contrapeso de los males espirituales, tan próximos a los físicos, en el ser humano. O, posiblemente, los propios.

Aunque tenía un temperamento fuerte, que controlaba, igual que su genio, mi padre trató de vivir en armonía entre sus colegas, pero de vez en cuando también creía conveniente intercambiar impresiones y tanteos curativos con Eulalia, una curandera de Torrelodones con quien llegó a tener una gran amistad. Ya en la madurez, la escuchaba con el interés y la inquietud del estudiante de medicina, por si todavía tuviera algo que aprender de ella, o ajustar alguno de sus populares remedios a los suyos. Mi padre cometió muchos errores, como cualquiera, pero es curioso que después de vivir tantas experiencias y haber sufrido lo suficiente, por otros y por él mismo, en cambio no tuvo la capacidad de prever el futuro de muchas cosas; como por ejemplo la socialización de la medicina. Algo que le resultó muy difícil de aceptar. Eso fue, quizá, lo que más le empujó a marcharse de Inglaterra al terminar la guerra mundial. Estaba claro que había un *Welfare State* en ciernes en el que él no creía, escéptico sin duda después de lo que acababa de pasar en la guerra, y que empujaría socialmente a la desaparición, antes o después, de la medicina privada. Algo en lo que nunca creyó, con todo lo avanzado que fue para otras muchas cosas. Y si lo veía difícil de desarrollar entre los británicos, imposible sería de lograr con el gobierno franquista. No creía en la despersonalización del trato médico-enfermo. Para él era imposible que se tratara a los enfermos como números, y no como individuos que merecían una atención exclusiva, por ese concepto humanista que tenía de la medicina. Nunca quiso unirse a la Seguridad Social, ni creyó que eso significara un avance para la sociedad. Pero pagó cara su terquedad y el medio le hizo el vacío.

Acostumbrados a convivir con unos gustos muy suyos y que a otros le podrían parecer extravagantes, tampoco nos chocaba que nos reprendiera por olvidarnos de ponerle música de ópera a la alondra colgada de un clavo de la terraza en una jaula incómoda, que sonaba desde un *pic-up* cercano, para que el pájaro se entretuviera (y aprendiera) escuchando las frases musicales del italiano. Pero sobre todo para que se inspirase en sus bellas canciones y así él poder recrearse en la naturalidad melodiosa del pájaro influenciada por el cantor. En las primaveras, sabíamos que sobornaba al jardinero del palacete de enfrente para que le cortara a escondidas la primera magnolia de la temporada. Un delicado capricho que inundaba con una penetrante fragancia hasta el último rincón del piso madrileño, irrumpiendo en la paz familiar. Mientras él gozaba de esa efímera intensidad arrullado por su aroma, colocaba la única flor exquisita a los pies de su cama, hasta verla deformarse y morir.

Estas delicadezas, acentuadas por las contradicciones de un país pre democrático como el que compartimos, nos enseñó, sin notarlo, a manejar muchas otras ambivalencias con un criterio especial. Cualidad que afortunadamente conservamos gracias a que aprendimos a convivir con sus sutilezas en un medio más pedestre.

Alan Hillgarth, retirado de la Royal Navy y del mundo diplomático, le sobrevivió algunos años. Vivió la mayor parte del tiempo en Tipperary, Irlanda, pero nunca dejó de mantener sus contactos españoles hasta el último momento. La ausencia definitiva de mi padre no alteró su relación con mi madre y conmigo en absoluto. Siempre nos dedicaba su tiempo para reencontrarnos en cada viaje que hacía a Madrid hasta varios años después. Una amistad auténtica e imperturbable, que estuvo marcada por ese intenso pasado al que apenas se hacía mención. Al menos en mi presencia. Pero muy especialmente, por el respeto y la lealtad entre amigos incondicionales que supieron compartir y superar unas vivencias extraordinarias y cuyo cariño y secreta complicidad los mantuvo unidos para el resto de su vida.

Sin embargo, al concluir estas confidencias una de las mayores sorpresas ha sido precisamente descubrir la trayectoria completa de Alan Hillgarth a partir de su experiencia bélica en España. Si no lo hubiera leído en más de un libro, aun habiendo tenido en mis manos sus informes oficiales enviados al Foreign Office y firmados como agregado naval en Madrid, en 1940, y que tuve la oportunidad de leer en el año 2000, en el Public Records Office londinense, nunca me habría imaginado que él era el máximo responsable de la inteligencia británica de la embajada en Madrid y quien organizó los salvamentos que aquí describo. Es decir, el principal coordinador de las actividades clandestinas aliadas, el SOE, MI9, el SIS y el MI6, encubierto como diplomático destinado en Madrid y en secretísima línea directa con Winston S. Churchill.

Aunque mi madre y yo no ignorábamos que Alan había desempeñado un papel importante, oculto y reservado en los salvamentos encubiertos de tantos judíos, refugiados e indocumentados que recalaban en España escapados del Tercer Reich, han sido los libros de historia consultados los que nos lo han desvelado al completo años después de su muerte. Algo que, a pesar de la estrecha amistad de tantos años compartidos, él nunca nos acabó de contar. Por extraño que parezca, nosotras ignorábamos la duplicidad de su actividad durante la Segunda Guerra Mundial en España. Ni mi padre se paró a contármelo en su día. Hasta que me puse a indagar sesenta años después.

Pero aún hay más. Concluida con éxito su participación con la inteligencia secreta en España, terminada la guerra lo nombraron responsable máximo de la inteligencia británica en los países del este de Europa, donde colaboró directamente con el contraespionaje japonés. A todo esto, sin dejar su labor como amigo y consejero de las inversiones internacionales de Juan March. Entonces él aprovechaba las consultas y visitas regulares a Madrid para escaparse, al menos tres veces al año, y visitarnos con su alegría característica, siempre ignorantes de sus verdaderas actividades paralelas.

Conociendo a fondo las vivencias españolas de Alan, ahora comprendo que tuvieron que tener unas consecuencias imborrables para él. Aquella mezcla de tratos oficiales de alto nivel combinados con los clandestinos sin duda le hizo vivir en España con la adrenalina disparada, pero también le permitieron conocer unos entresijos únicos del país. Pocos extranjeros han podido, como él, tratar tan cerca a los españoles, desde los de las más altas esferas hasta los más sencillos marineros gallegos, pasando por los cortijeros andaluces a su paso hacia Gibraltar. Algo que lo vinculó con honda admiración por todo lo español. Alan se convirtió al catolicismo cumplidos los cincuenta años, sabe Dios si por algo que barruntara desde muy atrás. Su hijo Tristán nació en Jerez de la Frontera, a su única hija Nigela la bautizaron con el nombre de Pilar después de la conversión del padre. Mientras Jocelyn, el hijo mayor, nunca se desvinculó de la isla de Palma, donde conserva su casa y vive gran parte del año.

Tratando de analizar el comportamiento de este entrañable y pintoresco amigo, me queda la duda de si ese interés personal de Winston S. Churchill por mantenerlo en un puesto clave en Madrid no estaría relacionado, entre otras muchas razones, con el hecho de que el capitán tuviera acceso al almirante Canaris, máximo responsable del Abwehr o Servicio Secreto Militar del Tercer Reich, a través de Juan March. No es ningún secreto que el financiero español y Canaris se trataban, igual que con el general Franco, desde que se conocieron en Cartagena en 1919. Una idea no tan descabellada que no he podido probar. ¡Hay tanta leyenda alrededor de estos personajes!

Al comenzar la Guerra Fría, Churchill retoma sus antiguas simpatías por Alan, de cuya afortunada participación en el incipiente M16 de 1940 no se había olvidado. Aunque ya desmembrado diez años después, para entonces Alan Hillgarth se convierte en una fuente de información regular e independiente sobre defensa e inteligencia internacional para Gran Bretaña, y de probada fidelidad para el viejo político inglés.

Cuando aún balbuceaba la estrategia anglo-americana sobre la bomba atómica, se establece la primera base aérea norteamericana en el Reino Unido. Pero las noticias facilitadas por Hillgarth conmueven a los altos mandos. No existe ningún plan anglo-americano sobre el uso de la bomba atómica si tuvieran que enfrentarse a la Unión Soviética, ahora la gran enemiga de los que fueron antiguos aliados durante la Segunda Guerra Mundial. Una vez más, Hillgarth muestra la eficiencia de su información de alta estrategia secreta internacional y la pone al servicio de sus compatriotas, manteniendo siempre su característica discreción.

Afirma David Stafford que Alan Hillgarth fue un soporte trascendental en las consultas de seguridad internacional para Winston S. Churchill, de quien provienen estas noticias publicadas en 1997. Para darnos una idea de cómo manejaban estos asuntos, concluye su crónica diciendo que ninguna de las visitas privadas que le hizo a Churchill, en su finca de Chartwell o en Downing Street número 10 (nuevamente reelegido primer ministro entre 1951 y 1955) aparecen registradas ni se mantienen reseñadas en ninguna parte. Todas fueron extraoficiales.

Esta prudencia llevada al extremo puede dar idea de su personalidad y la que se refleja en el resto de su estrecho equipo de colaboradores en España. Los héroes anónimos de Embassy.

Lola la Grande tiene noventa y un años. Es una anciana preciosa de pómulos marcados, con un cutis pulcrísimo y manos de hilandera. Por la agilidad con que mueve sus dedos finos al gesticular, parecería que acaba de dejar los palitroques de camariñas a un lado para hablarnos, si no fuera porque está ciega. Por su distinción y apostura innatas, nadie diría que hace cincuenta años labraba la huerta de mi abuela y le ordeñaba las vacas. Ella era la guardesa de La Portela, en donde vivía junto a Angelito, su marido, y es el único testigo superviviente que queda de aquellas experiencias anglo-gallegas durante la Segunda Guerra Mundial.

Aunque sólo podía escucharme y nunca me había vuelto a ver desde mi infancia, me distinguió en cuanto me identifiqué.

—Sí, claro que me acuerdo de Lalo. Y de ti, cuando te escapabas para comer el caldo que yo hacía.

—Lola, no puedo olvidar que tu hijo Angelito fue quien me enseñó a hablar en gallego. ¿Pero tú te acuerdas de las noticias que yo busco?

—Desde luego... Llegaba mucha gente extranjera, bien vestida. Paraban poco y salían enseguida. Yo preparaba la casa y hacía la comida.

—¿Pero sabías a qué iban?

—Andaban escapando. Así me lo decía tu padre... Al marchar, cruzaban el río Miño por Guilarey. En Tuy está más hondo. Tu abuela tenía una muchacha que se llamaba María, que era de allí, y su hermano quedaba esperando para pasarlos a Portugal. Eran gente perseguida. Antes de que marcharan, tu padre firmaba los certificados de defunción, y luego salían otra vez de viaje.

—¿Y cómo cruzaban el río?

—A nado.

Descubrí así esa alternativa de fuga, utilizada cuando se hacían más peligrosas las salidas acuáticas por la Ría de Vigo, en una conversación que tuvimos en Redondela.

En el registro del juzgado de instrucción donde lo verifiqué no aparece ni un solo fallecido extranjero entre 1937 y 1943. Al igual que con los certificados médicos firmados durante la falsa epidemia de tifus en Miranda de Ebro por mi padre, ¿a quién le podían interesar esos certificados de defunción? Era algo que aún quedaba por descubrir.

Embassy sigue donde estaba, pero se ha ampliado hasta tres locales en otras zonas de Madrid. Otras generaciones de madrileños, otras clases sociales y una renovada población, ocupada en unos menesteres muy diferentes a los de sus abuelos, aún disfrutan de un ambiente exclusivo, con una decoración renovada, donde el mejor té de Madrid y la misma distinción siguen caracterizando el lugar con otra familia de propietarios al frente.

Al tratar de recuperar las noticias de estas actividades clandestinas desde distintas perspectivas, no he podido evitar enjuiciar a los que persiguieron a mi padre y promovieron su huida hacia un indeseado destierro. Lejos ya de intentar un revanchismo absurdo a tantos años de distancia, simplemente como un análisis retrospectivo e imparcial sobre la procedencia de la información transmitida a la Gestapo. Aparte de la información que se recibiera en Gobernación sobre sus movimientos extraprofesionales y la participación irregular y sospechosa del doctor Martínez Alonso en el campo de concentración de Miranda de Ebro, junto a los diplomáticos británicos y a la que siempre tuvo acceso Lisardo Álvarez Pérez, en la Dirección General de Seguridad, nadie me ha podido rebatir que fue él quien facilitó a mis padres la salida del país, evitándoles un fatal final en manos de la Gestapo. Pero también sospecho que los que acorralaron a Lalo fueron los confidentes que merodeaban en el salón de baile Suavia de Vigo y su sucursal Erika en Madrid, regidos ambos por el mismo dueño alemán, Walter Jurghans, tan amigo suyo.

Eran lugares que mis padres frecuentaron desde solteros, mezclándose con otros jóvenes, y que continuaron visitando después de casados, especialmente el Erika, en Madrid. Si el dueño alemán, establecido en Vigo desde hacía años, era o no espía, agente o utilizaba sus locales como tapadera para facilitar las operaciones de la Gestapo en España, también se llevó el secreto a la tumba.

Walter era un gran amigo con el que se trataron hasta muchos años después de terminar la guerra; lo que significa que tenían referencias mutuas desde siempre. Sin embargo, jamás oí que uno sospechara del otro, ni que Walter hiciera referencia alguna a las actividades de mi padre, más allá del ejercicio de la medicina, fuera de las horas de baile en sus establecimientos. El trato educado, recíproco, característico de su relación, duró aproximadamente los mismos años que con Alan Hillgarth, aunque fuera en contextos diferentes. Así, los buenos ratos de diversión compartidos atenuaron cualquier otra diferencia entre ellos, si es que alguna vez la hubo. Pese a todo, no me ha pasado desapercibido que Erika, el nombre de su sala de fiestas en Madrid, era también el del tren que trajo a Hitler hasta la frontera de Hendaya para la famosa reunión con Franco, en el otoño de 1940.

La Portela la vendió mi abuela siendo yo niña aún. Fue un enorme disgusto para todos, pero, cabezota ella, se empeñó en deshacerse de la finca cansada de hacer tantos churros para los nietos y de organizar y atender la casa para las invasiones familiares veraniegas. Le suponía demasiado esfuerzo y preocupaciones para su edad. Incapaz de disuadirla y ante la irremediable decisión de su madre, furioso, mi padre mandó cortar el nogal bajo el que le había declarado su amor a mi madre en el feliz verano de 1941. No quiso que nadie más se cobijara a la sombra del primer testigo de su devoción amorosa. El mudo espectador del intercambio de ternuras impregnadas en sus ramas y selladas para la posteridad, envuelto en el aroma de los marisqueros del estrecho de Rande que contemplan la isla de San Simón, no podía quedar sujeto a un terreno al que no tuvieran acceso los protagonistas. Nadie más podría ya volver a repetir su misma experiencia.

Cortado en pedazos desiguales, el tronco llegó a Madrid, donde quedó guardado en un trastero. Algunas maderas se repartieron entre los amigos, que las acondicionaron a su medio. Hoy aún conservamos una reliquia de aquel tronco original. Transformado en taburete rústico, discretamente colocado en el hall de entrada en los distintos pisos cronológicamente habitados, los restos del nogal gallego han estado presentes en cada momento de nuestra vida diaria; como un tótem protector y ancestral que quisiera reforzar en silencio nuestro arraigo cultural, tímido y amoroso, recordándonos, con su imperceptible presencia permanente en un rincón inapreciable de la casa, cuáles son nuestras raíces.

SEGUNDA PARTE

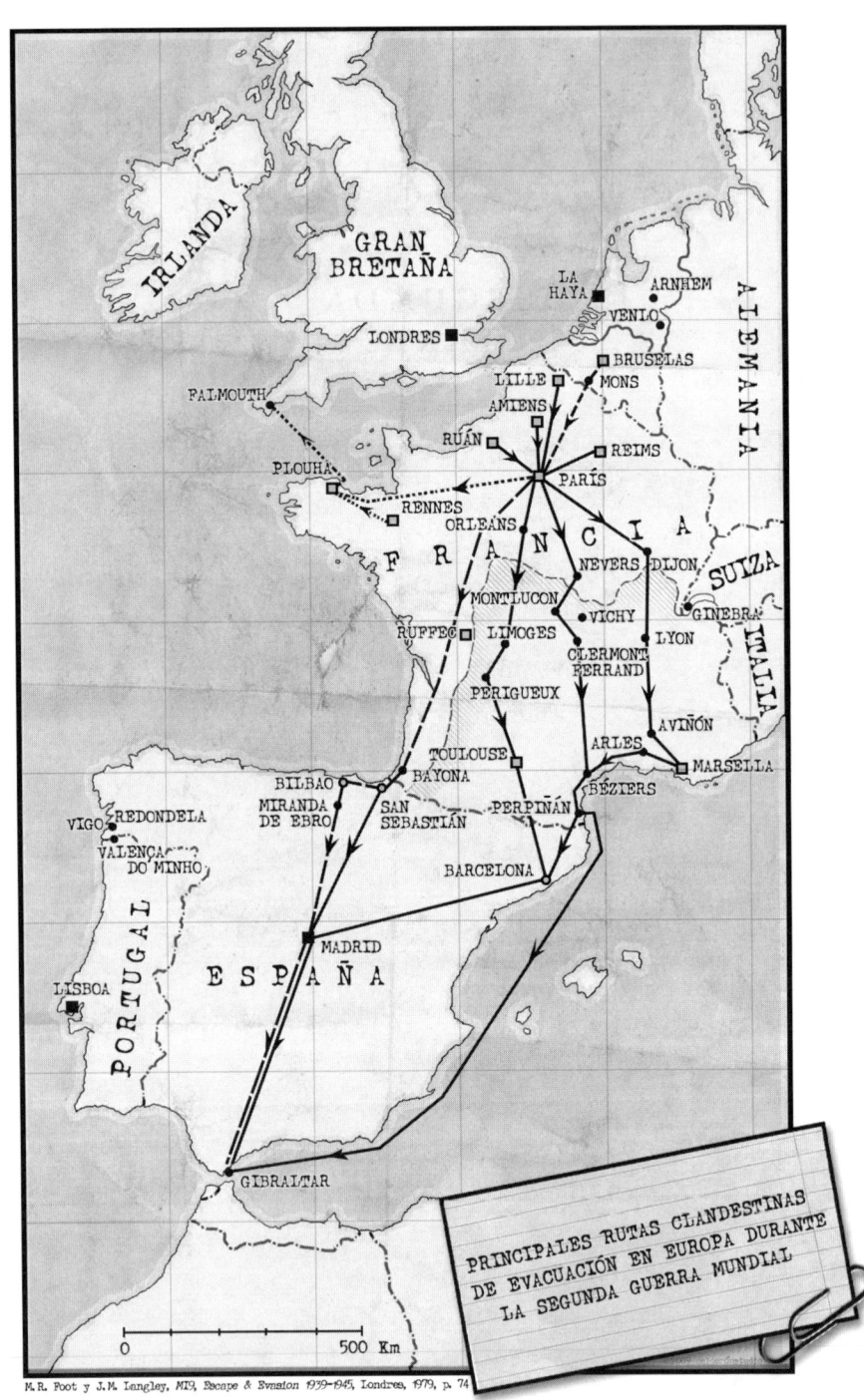

PRINCIPALES RUTAS CLANDESTINAS DE EVACUACIÓN EN EUROPA DURANTE LA SEGUNDA GUERRA MUNDIAL

M. R. Foot y J. M. Langley, MI9, Escape & Evasion 1939-1945, Londres, 1979, p. 74

XX
Tres años después

De: National Archives. Gov. UK
Enviado el: Viernes, 31 de marzo, 2006; 12:19:02pm
Para: laclavedeembassy@hotmail.com
Asunto: Call Reference F0007023

Estimada señora:

Gracias por su consulta. He examinado el archivo de su padre, y puesto que nació hace más de cien años, estoy capacitado para abrirlo para el uso general de los investigadores, como así he hecho. La carpeta incluye la información específica que usted solicita y reproduzco a continuación para usted lo más esencial del texto.

RECOMENDACIÓN DE LA CONDECORACIÓN PARA LA MEDALLA DEL REY POR SERVICIOS: Dr. Eduardo Martínez Alonso, ciudadano español.

Durante los años 1940-41 el Dr. Martínez (que prestaba servicio a la Embajada de S. M. en Madrid como médico) estuvo comprometido en una labor clandestina en ESPAÑA para la causa aliada. El Dr. Martínez organizó una «ruta de escape» entre España y Portugal, por la que huían de la Europa ocupada por el enemigo y QUE utilizaron camino del territorio aliado. Se incluye la detallada organización de los viajes de estas personas a través de España; así como el de las casas de acogida en el trayecto. El Dr. Martínez también hizo de acompañante en algunas de estas operaciones. Entre los que utilizaron este medio hubo algunos de interés concreto para el SOE y otras organizaciones británicas. En diciembre de 1941 se le advirtió al Dr. Martínez que su arresto era inminente por sus simpatías pro británicas y actividades a favor de los aliados. Entonces tuvo que salir de ESPAÑA, lo que supuso abandonar su profesión y comenzar de nuevo en el extranjero. Por los servicios que ha prestado el Dr. Eduardo Martínez Alonso a la causa aliada, se recomienda le sea otorgada la Medalla del Rey por los Servicios Prestados por la Causa de la Libertad.

Se hizo esta recomendación el 12 de noviembre de 1945 y se le otorgó el año siguiente, como aparece en la reseña del *Londres Gazette* el 2 de enero de 1947. También dice que el Dr. Martínez Alonso y su esposa llegaron a Inglaterra el 5 de febrero de 1942, donde parece que él cooperó en el Servicio de Urgencias del Queen Mary Hospital, de Roehampton, Londres SW. De los comentarios que se desprenden, se le consultó concretamente a «C», Director del Servicio Secreto británico (MI6), quien dio su aprobación. La «otra organización británica» mencionada debería haber incluido por lo menos el MI6. El archivo de su padre es extenso, consta de unas 200 páginas, la mayoría de la cuales se refieren a sus acuerdos profesionales y económicos en Inglaterra, pero también hay detalles biográficos y algunas referencias y cartas que él traía, así como sus actividades durante la guerra en España, que pueden interesarle. Si tiene pensado venir por Londres próximamente, quizá pueda visitar los archivos y revisar la carpeta. De lo contrario, se le podría enviar una copia a través de Internet, como aparece en nuestra *web*, citando la referencia HS 9/26/5 si prefiere solicitarlo directamente.

Espero que esta información sea relevante para usted. Atentamente,

Howard Davies,
Record Management and Copying Department

I

«Ha sido nuestro principal agente del SOE al ayudarnos con los rescates desde fuera y a través de España, y por tanto sugiero que continúe asesorándonos» (Ref: ADW/144/112 en HS9/26/5), confirma el comunicado del 11 de febrero de 1942 desde la embajada en Madrid al MI5 de Londres. Es la presentación más destacada entre las que van anunciando la llegada inmediata de ese doctor Martínez Alonso, desconocido e inesperadamente aparecido un día nevado en el aeropuerto de Bristol, acompañado de su mujer, sin saberse bien a qué venían a Inglaterra.

Aparecían por fin los documentos oficiales. La confirmación, corregida y aumentada, de los relatos maternos que yo había ido acumulando poco antes de que ella muriese y que le daba un vuelco significativo al papel que había jugado mi padre en esta cooperación. A pesar de los esfuerzos que hicieron los protagonistas, y más aún el gobierno de Winston Churchill, para preservar el secreto de los salvamentos humanitarios a través de la Península Ibérica, clausurando los archivos del Servicio Secreto durante tres generaciones para sellar indefinidamente la turbia clandestinidad de las rutas de evacuación, el Freedom of Information Act del 1 de enero del 2005 truncaba los viejos planes políticos. Pero favorecía los históricos. Al aclarar unas noticias vacilantes, controvertidas y legendarias, sobre los desmedidos acontecimientos protagonizados por un reducido equipo de intrépidos, amparados por la embajada británica en Madrid, la nueva ley nos ahorraba diez años de espera, y a mí, en concreto, me permitía verificar las hazañas bélicas de gallegos y británicos en una investigación en la que estaba personalmente metida desde hacía años. Así y todo, y aunque probablemente no fueron tantos los que llegaron a firmar el Official Secret's Act, impidiéndoles hablar el resto de su vida (como fue el caso de mi padre), no deja de sorprender que una trama social y política como esta red humanitaria —en la que se incluyen las rutas de evacuación que recorrían Europa de cabo a rabo— y en la que directa o indirectamente se vieron involucradas cientos de personas de orígenes, países e ideologías variadas, eventualmente repartidas por el mundo —por secretísima que fuera su labor—, haya podido mantenerse oculta hasta ahora. Pero así es.

Además de confirmar la participación oficial de mi padre en las acciones de los aliados, ahora podía confrontar sus actividades clandestinas como miembro del SOE. Con la salvedad de que a Eduardo Martínez Alonso no le condecoraron por sus *servicios* a la causa aliada, como solicita y firma Michael Creswell, sino por su *valor* (*courage*), como está grabado en la medalla de plata que conservo. No obstante, sí se sabe, una vez más a través del historiador David Stafford, que «C» (quien aprueba su condecoración) era sir Steward Menzies, el máximo responsable del Servicio Secreto durante la Segunda Guerra Mundial (Stafford, pág. 191).

Por otra parte, no todas las referencias al doctor Martínez Alonso que se conservan en su archivo son favorables. Entre las observaciones cruzadas que se van acumulando, también hay serias críticas —anónimas— al arrojo excesivo del doctor. Demasiado desenvuelto para ser un agente aliado, en el que la discreción se da por sentada. Hasta se ponen en duda sus aptitudes e integridad para convertirse en miembro del SOE. Ignoro si estos críticos tienen suficiente conocimiento de causa en que basarse, pero está claro que hubo interesados en ponerle la zancadilla o, como poco, provocar controversias. ¿Serían acaso críticas indirectas contra Hillgarth y su arriesgado proyecto de inteligencia para España, que alguien deseaba coartar? ¿O fueron sencillamente producto de envidias personales? También podía ser un método para provocar controversias en unos tiempos que dan pie a ello. Lalo no tenía carácter para ser un espía al uso. Un conspirador; un soplón confidente correveidile, siempre con chismes, de esos que abundaban entre los falangistas, en busca de rojos sospechosos, muy bien avenidos con los nazis infiltrados en distintos niveles de la sociedad española. Hillgarth lo tiene reservado para un plan mucho más delicado y acorde con sus conocimientos y su personalidad. Sabe de sobra que es un médico español conocido, con consulta privada de cierto prestigio en Madrid, en la que atiende a numerosos pacientes de la colonia británica con suma cordialidad, ya desde antes de estar casado con Mary de Havilland a fines de los años veinte. Lo que no debería dar pie a desconfiar de él. Quizá sus críticos no entienden su limpia amistad con Hillgarth, y desconfían de la soltura de este médico «de la casa» (léase embajada británica) con los altos cargos militares aliados destinados en Madrid. Les inquieta que este español excesivamente sociable se sienta tan a sus anchas en el mundillo diplomático, como departiendo con sus amigos marineros en las cantinas más ínfimas de los puertos gallegos. Y lo hace sin perder ese impecable trato señorial de los que están acostumbrados a merodear por los salones entre la alta sociedad internacional. Dimes y diretes molestos, pero intrascendentes para los auténticos propósitos que le tiene reservado el agregado naval a mi padre, ya que estos críticos ignoran lo fundamental: la particular habilidad del doctor como mediador social y políticamente idóneo —crucial, por otra parte, para los intereses británicos frente al gobierno del general Franco— para enfrentarse a los inflexibles funcionarios aduaneros —o carceleros— españoles en los delicados rescates de los refugiados de paso por el territorio nacional. Cualidades muy útiles en este intermediario resuelto que ni es ni tiene ninguna pretensión de comportarse como un espía y que, en cambio, en público aparenta una indiferencia rayana con la temeridad para los arriesgados tiempos que corren. Aunque haciendo recuento de los pros y contras, es evidente que los informes y cables que Hillgarth envía a los encargados del MI5 pesan más que todo lo demás. Aquellos que sacan sus conclusiones desde lejos y a nivel superior de los filtros que han proporcionado los informantes de a pie, saben separar el heno de la paja y clasificar como corresponde las controvertidas referencias cruzadas sobre este médico de confianza, seleccionando las que consideran más adecuadas a los auténticos propósitos políticos y humanos diseñados desde las oficinas de Whitehall.

No obstante, las tareas que deberán cumplir los miembros del SOE aún están en experimentación en la fecha en que mi padre empieza su colaboración con los ingleses, y está aún por decidir lo que Winston Churchill desea que sean los cometidos de estos colaboradores de élite: «Organizar, armar y controlar los movimientos clandestinos europeos en una escala suficientemente grande como para contribuir a los propósitos militares británicos» (Messenger, 2005). Es decir, un soporte complementario del SIS (Secret Intelligence Service) que comenzaba a dar espectaculares resultados con la resistencia francesa y que no estuvo operativo en España hasta 1941, cuando Lalo ya llevaba meses metido de lleno en el proyecto humanitario del que prácticamente fue pionero, sin que existiera una denominación exacta todavía. Sinceramente creo que él se ofreció como cobaya voluntaria, antes incluso de que hubiera una organización concreta, por las prisas que había por socorrer a los presos de Miranda de Ebro. Como ya reconocía el embajador Hoare que ocurrió el 28 de noviembre de 1940: «Una gran ayuda, la que han recibido nuestros hombres escapados de Francia» (FO371/24507). Pero debido a su puesto como médico de la embajada, a mi padre había que etiquetarlo de alguna manera ante el Foreign Office y, más aún, a su llegada a Inglaterra, cuando Hillgarth hizo lo imposible para evitar que lo capturase la Gestapo en España.

El 17 de enero de 1942, mientras la pareja disfrutaba de una agradable luna de miel portuguesa, a la espera de que les confirmaran su vuelo a Bristol, el capitán Strong, del MI5, recibe el secreto encargo de buscar cualquier rastro personal de:

HS 9-26/5

Secret.

No: S.F. ....

Date ...17th January, 1942..

M.I.5. (Captain STRONG)

Have you any trace, please, of

Name: Dr. Eduardo Martinez ALONSO or his wife.

Nationality: Believed to be of Uruguayan nationality, but his two brothers and one sister are British subjects.

Date and Place of Birth (or approximate age): born 23rd May, 1903.

Occupation: Since 1926 has attended British and American colonies and Embassies in Madrid. Visiting surgeon to British American hospital, Madrid. Member of Continental Anglo-American Society and of Spanish Physicians' & Surgeons' Academy. 1940 Appointed to Staff of British Institute. 1939: was officially appointed as surgeon and physician to British Embassy for duration.

Present whereabouts and address (if possible): Madrid.

Any outstanding particulars: Father Consul for Uruguay in Vigo till Nov. 1912, when he was moved to Glasgow as Consul. Now Consul for Uruguay in Liverpool.

Reasons for enquiry: March 1937 Dr. Alonso escaped from Government Spain in H.M.S. "Maine" and made Surgeon Capt in Franco's Army. Till August 1939 commanded a front line surgical unit.

Dr. Alonso has assisted our representative in Madrid with various matters and the question of bringing him and his wife to this country for possible employment either here or later in Spain is under consideration.

Remarks by M.I.5.:

NOTHING RECORDED AGAINST.

Nombre: Dr. Eduardo Martínez Alonso, o su esposa.

Nacionalidad: se cree que es de nacionalidad uruguaya, pero sus dos hermanos y una hermana son de nacionalidad británica.

Fecha y lugar de nacimiento (o edad aproximada): Nacido el 23 de mayo de 1903.

Ocupación: atiende a las colonias británica y americana y las embajadas en Madrid. Cirujano consultor del Hospital Anglo-Americano de Madrid. Miembro de la Sociedad Continental Anglo-Americana y de la Academia de Doctores y Cirujanos Españoles. 1940: elegido como parte del personal del Instituto Británico. 1939: oficialmente nombrado cirujano y médico de la embajada británica por tiempo indefinido. Su padre ha sido cónsul de Uruguay en Vigo hasta nov. 1912, cuando lo trasladaron a Glasgow. Ahora cónsul de Uruguay en Liverpool.

Motivos de las consultas: en marzo de 1937 el Dr. Alonso escapó del gobierno de España en el HMS *Maine* y ha sido capitán médico en el ejército de Franco. Hasta agosto de 1939 dirigió una unidad de cirugía en primera línea del frente.

El Dr. Martínez Alonso ha atendido a nuestros representantes en Madrid en diversas materias y traerlo con su mujer está siendo considerado para un posible empleo, tanto aquí como posteriormente en España.

Comentarios del M5: NADA REGISTRADO EN CONTRA

Notas que llegan dos meses después del telegrama cifrado número 3092, en el que ya se advertía que el doctor Martínez Alonso está amenazado de arresto inmediato por sus inclinaciones y actividades pro británicas, y garantizan, sin dudarlo, que «es pro británico, atrevido y resuelto, pero discreto. Gran conocedor de su país y su gente, este español nunca nos ha fallado en las difíciles negociaciones durante el cruce de fronteras. Perfecto conocimiento de inglés y español y algo de francés. Los detalles completos se envían por valija. Sigue telegrama».

Sin embargo, a los responsables del MI5, estas recomendaciones todavía no les convencen —o no llegaron a las personas adecuadas a su debido tiempo—, a pesar de recibir el telegrama del 3 de febrero de 1942 anunciando que «Alonso sale mañana» y que «por favor notifiquen la dirección en Bristol donde se les han reservado habitaciones».

```
GCB 2
S O E 795.                              Class E.
TO A C S S ONLY                         ─────────
CIPHER TELEGRAM RECEIVED FROM LISBON        H

NO 0691              DESP 1345 3.2.42.
                     RECD 1810 3.2.42.

                  IMMEDIATE

FOLLOWING FOR H FROM H A.

1.   A L O N S O  LEAVES TOMORROW WEDNESDAY.
2.   PLEASE INFORM BRISTOL ADDRESS AT WHICH HIS ROOMS ARE BOOKED.


TP AT    181/  1915 3.2.42 MEH.
```

Al aterrizar mis padres en Bristol no sólo son mal recibidos, sino que permanecen retenidos, por separado y confusos durante unos días, en la Royal Victoria Patriotic School, entre cientos de extranjeros en circunstancias similares a las suyas, y que, a juzgar por lo que pueden averiguar, en algunos casos incluso llevan meses incomunicados. Ni rastro de un hotel, ni nada parecido a una bienvenida. Aparte de las dificultades para huir de la Gestapo en España, usando como tapadera un viaje de novios a Lisboa, y de las que se encontraron ya delante del MI5 un mes después en Bristol, para colmo, con las prisas de su fuga, las referencias o las consignas debidas se han traspapelado, y el rechazo a la pareja es inevitable. No pueden entrar en Inglaterra. Hasta cierto punto, quizá, con razón. El principal motivo: los datos personales que van recibiendo los encargados de inteligencia sobre el doctor Martínez Alonso en los últimos meses no concuerdan. Las referencias solicitadas por el capitán Strong, por ejemplo, no coinciden con las del archivo 5593, las más veraces y completas desde el día en que salieron corriendo de Gurtubay 6 en Madrid. En ellas mi padre ya aparece como ciudadano español (y no *sospechosamente* uruguayo), nacido en Vigo el 23 de mayo de 1903. Casado, con domicilio en Madrid, licenciado del ejército (nacional), carné provisional de ex combatiente, claramente pro aliado, etc... Hechas las comprobaciones oportunas, la detención termina a los pocos días.

Pese a los malentendidos y al cruce de informaciones, no había duda de que Alan Hillgarth había pertrechado bien a su gran amigo desde Madrid para que continuara ejerciendo como agente en Londres, puesto que las referencias positivas son exhaustivas y claras, como para que no quepa duda de quién se trata. Un rápido intercambio de telegramas con la embajada en Madrid aclara su condición totalmente. Eduardo Martínez Alonso es el médico de esa embajada desde septiembre de 1939, fecha en que se presentó ante el agregado militar, brigadier Torr, como voluntario, para colaborar con Gran Bretaña. Fue el mismo día que se declaró la guerra contra Alemania, como escribe él de su puño y letra en un largo documento que culmina diciendo: «Pero me pidieron que me quedara en Madrid para ayudarles desde la embajada. Estoy muy interesado en las relaciones anglo-españolas y la restauración de la democracia», afirma para rematar la exhaustiva declaración manuscrita en la que detalla su vida de pe a pa, y en la que un observador anónimo ratifica:

El Dr. Eduardo Martínez Alonso es claramente monárquico, antifalangista y no simpatiza con la izquierda, ni tiene ninguna relación con los rojos. Tampoco hay duda de que es pro aliado. En cuanto a su carácter, es sociable, osado y discreto, y ha demostrado gran habilidad a la hora de solucionar problemas.

El escrutinio de su mujer, Ramona de Vicente, es igualmente exhaustivo, y su ficha personal, muy detallada, permanece en el mismo archivo, aunque siempre como acompañante, no como cooperadora.

Es curiosa la sutileza con la que el destino ha querido mantener a la pareja eternamente unida.

Por si todavía quedaran dudas de las futuras actividades a cumplir, mi padre lleva consigo cupones de ropa medio usada a nombre de J. Rule (para evitar levantar sospechas con trajes de corte y tela españoles). Y su flamante pasaporte español número 56 (obsérvese el número tan bajo), fechado el 14 de enero de 1942, debidamente visado por Portugal y Gran Bretaña para entrar en ambos países. Observándolo con la perspectiva del tiempo, y aunque entonces aún no se había extendido el uso de micrófonos en las suela de los zapatos, o relojes multiuso a lo Agente 007, como imaginó Ian Fleming al escribir sus ficciones, no queda duda de que, a juzgar por este estricto escrutinio y el inusual equipaje con el que aparece al llegar, Lalo ya estaba listo para continuar actuando de agente secreto en Inglaterra.

«Deberán tener en cuenta su experiencia directa en las evacuaciones por el río Miño. Tiene valiosos detalles sobre la ruta de Valença que él ha organizado», recalcan desde Madrid en el telegrama 4130, al presentar al tal doctor Martínez Alonso, intentando acabar con el forcejeo de presentaciones ante el MI5. El agregado naval, imagino que preocupado desde la lejanía por la situación, como amigo, diplomático responsable y cabeza del M16 en España, no deja de insistir: «No preguntarle acerca de sus actividades clandestinas, ya que podría desvelar nuestros movimientos y contactos actuales en España. Principalmente porque él se ha encargado de las rutas de evacuación a Vigo desde Miranda de Ebro... Ha cooperado en muchas negociaciones difíciles, como el cruce de fronteras, ayudándonos eficazmente y sin desfallecer nunca». Además, «tiene una relación extremadamente íntima con esta embajada y... nos es de gran utilidad en este momento».

II

Aquel archivo HS9/26/5 del Public Records Office, en Kew Gardens, que quise consultar y aún seguía clausurado en el año 2001 para ajustarse a los setenta y cinco años de rigor, por fin detallaba las auténticas peripecias de mi padre, al desclasificarse en 2005. Eran mucho más intensas y complejas de lo que me había ido contando mi madre en los últimos años de su vida. Aun así, en cuanto abrí la carpeta número 22666/A, a nombre de Eduardo Martínez Alonso, y comprobé que él sí había firmado el Secret's Act el 27 de enero de 1943, un año después de su rocambolesco aterrizaje, todavía se despejaron más incógnitas: los múltiples motivos de su contribución a la causa aliada que motivaron su huida. Pero sobre todo se aclaraba por qué nunca pudo dar a conocer su historia completa a nadie. No es que él no quisiera contarla, es que había jurado no hacerlo. Nunca, jamás y para siempre. Y acató su juramento hasta la tumba. Incluso callándose delante del mismo Alan Hillgarth cuando éste me contó, de jovencita, en la intimidad familiar madrileña, veinte años después de la guerra, en qué estaba basada su antigua y estrecha amistad.

ALONSO. Dr. Eduardo martinez.

OFFICIAL SECRETS ACTS, 1911 and 1920.

2. "(1) If any person having in his possession or control any secret official code word, or pass word, or any sketch, plan, model, article, note, document, or information which relates to or is used in a prohibited place or anything in such a place, or which has been made or obtained in contravention of this Act, or which has been entrusted in confidence to him by any person holding office under His Majesty or which he has obtained or to which he has had access owing to his position as a person who holds or has held office under His Majesty or has held a contract made on behalf of His Majesty or as a person who is or has been employed under a person who holds or has held such an office or contract,—

(a) communicates the code word, pass word, sketch, plan, model, article, note, document, or information to any person, other than a person to whom he is authorised to communicate it, or a person to whom it is in the interest of the State his duty to communicate it, or

(aa) uses the information in his possession for the benefit of any foreign power or in any other manner prejudicial to the safety or interests of the State, or

(b) retains the sketch, plan, model, article, note, or document in his possession or control when he has no right to retain it or when it is contrary to his duty to retain it, or fails to comply with all directions issued by lawful authority with regard to the return or disposal thereof, or

(c) fails to take reasonable care of, or so conducts himself as to endanger the safety of the sketch, plan, model, article, note, document, secret official code, or pass word or information;

that person shall be guilty of a misdemeanour.

(1a) If any person having in his possession or control any sketch, plan, model, article, note, document, or information which relates to munitions of war, communicates it directly or indirectly to any foreign power, or in any other manner prejudicial to the safety or interests of the State, that person shall be guilty of a misdemeanour.

(2) If any person receives any secret official code word, or pass word, or sketch, plan, model, article, note, document, or information, knowing, or having reasonable grounds to believe, at the time when he receives it, that the code word, pass word, sketch, plan, model, article, note, document, or information is communicated to him in contravention of this Act, he shall be guilty of a misdemeanour, unless he proves that the communication to him of the code word, pass word, sketch, plan, model, article, note, document, or information was contrary to his desire.

8 (2). Any person who is guilty of a misdemeanour under the Official Secrets Acts, 1911 and 1920, shall be liable on conviction or indictment to imprisonment, with or without hard labour, for a term not exceeding two years, or, on conviction under the Summary Jurisdiction Acts, to imprisonment, with or without hard labour, for a term not exceeding three months or to a fine not exceeding fifty pounds or both such imprisonment and fine."

I understand that the above clauses of the Official Secrets Acts, 1911 and 1920, cover also articles published in the press and in book form, and I undertake not to divulge any official information gained by me as a result of my employment, either in the press or in book form.

Signature _E. Martinez Alonso._

Witness _[signature]_ Date _27th. Jan 1963_

ACTA OFICIAL SECRETA, 1911 Y 1920

2. (1) Si cualquier persona tiene en su poder o control cualquier código oficial secreto, o clave, o cualquier dibujo, plan, modelo, artículo, nota, documento o información relacionada con, o es utilizada en un lugar prohibido, o cualquier cosa en dicho lugar, o que se haya hecho u obtenido en contra de este Acta, o que haya sido confiada confidencialmente a él por cualquier persona con un cargo oficial bajo la potestad de Su Majestad, o que él haya obtenido o al que haya tenido acceso por su posición como persona que tiene o ha tenido un contrato en nombre de Su Majestad, o como persona que es o ha sido empleada por una persona que ostente o ha ostentado un cargo o contrato,

(a) comunica el código, la clave, dibujo, plan, modelo, artículo, nota, documento, o información a cualquier persona que no sea la que esté autorizado a comunicárselo, o a una persona que sea del interés del Estado su deber de comunicarlo, o

(aa) utiliza la información en su poder para beneficio de cualquier poder extranjero, o en cualquier otra forma perjudicial para la seguridad o intereses del Estado, o

(b) retiene el dibujo, plan, modelo, artículo, nota o documento en su poder o control cuando no tiene ningún derecho a retenerlo, o cuando sea contrario a su deber retenerlo, o deja de cumplir con todas las direcciones establecidas por la autoridad legal en relación a la devolución o disposición del mismo, o

(c) deja de tener un cuidado razonable de, o se comporta de forma tal que pone en peligro la seguridad del dibujo, plan, modelo, artículo, nota, documento, código secreto oficial, o clave o información.

Dicha persona será culpable de un delito.

(1ª) Si cualquier persona que tiene en su poder o control cualquier dibujo, plan, modelo, artículo, nota, documento o información relacionado con municiones de guerra, lo comunica directa o indirectamente a cualquier poder extranjero, o en cualquier otra manera perjudica la seguridad o interés del Estado, esa persona será culpable de delito.

(2) Si cualquier persona recibe cualquier código secreto oficial, o clave, o dibujo, modelo, artículo, nota o información sabiendo, o con prueba suficiente para creer en el momento en que lo recibió, que el código, clave, dibujo, plan, modelo, artículo, nota, documento o información le ha sido comunicada en contra de lo convenido en este Acta, será culpable de delito, a no ser que pueda probar que lo que le ha sido comunicado sobre el código, clave, dibujo, plan, modelo, artículo, nota, documento o información fuese contrario a su deseo.

8 (2) Cualquier persona que sea culpable de un delito bajo el Acta Oficial Secreta de 1911 y 1920 estará sujeto a condena o acusación de prisión, con o sin trabajos forzados, durante un periodo no superior a dos años, o por el contrario, bajo el Acta de Jurisdicción Sumaria, a prisión, con o sin trabajos forzados, por un periodo no superior a tres meses, o a una multa no superior a cincuenta libras, o a ambos, prisión y multa.

Yo entiendo que las cláusulas arriba indicadas del Acta de Secretos Oficiales 1911 y 1920 también incluyen los artículos publicados en prensa y en libro y me comprometo a no divulgar ninguna información oficial recibida como resultado de mi cargo, tanto escrito en prensa como en libro.

Firmando: E. Martínez Alonso
Testigo: Norman G. Mok/Capt.   Fecha: 27 de enero de 1943

Después de leer este significativo documento, pocas dudas me quedaban sobre el compromiso adquirido por mi padre con Su Majestad británica y el estado del Reino Unido. Aunque sigue sin aclararse cuál fue el auténtico detonante que obligó a la pareja a escapar rápidamente. Sólo se menciona que Lalo estaba perseguido por la Gestapo. Y él mismo reconoce de pasada que había tenido un enfrentamiento interno con alguien de «C» (¿no sería con el mismo Samuel Hoare?). Pero nada de que hubiera una denuncia oficial u oficiosa del gobierno español. No se decía, por ejemplo, si el Colegio de Médicos de Madrid, donde estaba colegiado, le había pillado escribiendo falsos certificados médicos de inexistentes enfermos presos en Miranda de Ebro para liberarlos; o que hubieran descubierto algún certificado de defunción equivocado, firmado en último extremo para que el refugiado en cuestión se dirigiera hacia otra vida con nueva identidad por detrás de la frontera. Fechorías cometidas por compasión y que, de haberse descubierto entonces, como poco podrían haberle truncado su carrera de médico. O llevarle al paredón de fusilamiento, con juicio sumarísimo, por contravenir las leyes del gobierno español. Tampoco se dice si Lalo cometió alguna grave imprudencia mientras ejercía sus labores humanitarias en la clandestinidad. Pero todavía más curioso es que no aparece nada sobre las evacuaciones marítimas por la Ría de Vigo desde Redondela, junto a los marineros Faustino y Moncho Otero. Ni se hace referencia alguna a Margarita Taylor, o a su valiente aportación a través del Embassy en Madrid, ni las peripecias en que allí andaban metidos los diplomáticos (¿con o sin el conocimiento del Foreign Office, o del War Office, siguiendo las instrucciones directas de Winston Churchill?) para colar a los refugiados en tránsito entre los clientes del establecimiento y encubiertos entre el público hasta conducirlos hacia las fronteras con el mayor disimulo. Por ello deduzco que igual que no se clasifica a mi padre como cobaya de las actividades pioneras del SOE en 1940, hasta que se instituye en 1941, éstas se llevaron a cabo *off the record*, durante el año anterior, debi-

Excelentísimo Señor Ministro!

En este Deposito en Miranda de Ebro queda concentrado un grupo de ca. 500 /quinientos/ súbditos polacos, que por consecuencia de los acontecimientos bélicos y politicos vieronse obligados de quitar Polonia y de pasar luego, legal- o illegalmente la frontera española, tan solo para pasar a otros paises neutrales, sin el mas minimo deseo de perjudicar à España, ni él de quedarse en ese pais.

A pesar de esto y contrariamente a las clausulas de las Convenciones Internacionales respectivas estan encarcerados sin saber por cuanto tiempo, y sin que antes hubieran puestos ante los juzgados, o se les hubiera comunicado el motivo de tal medida

Esta situacion de los súbditos polacos lleva ya dos años sin estar resuelta, mientras los individuos de varios otros grupos nacionales asaber: de los ingleses, canadienses, belgas, grecos, sudafricanos y otros, se ven puestos en libertad despues de permanecer en Miranda durante un tiempo menos prolongado

En esas condiciones y más especialmente despues de haber sido impedido la actividad normal de la Legacion de Polonia en Madrid, se sienten injustamente perjudicados y desprovistos de todas posibilidades de defender sus derechos y libertad, y por lo tanto tienen el honor de dirigirse a Su Excelencia Señor Ministro suplicandole se digne tomar resoluciones convenientes para que todos aquellos súbditos polacos que han penetrado en España después del 25 de Junio de 1940 puedan recibir la libertad y el permiso de ir a uno de los estados neutrales por via del mar o terrestre.

Esperan que Su Excelencia no tardara de resolver el asunto más arriba presentado, de acuerdo con la Justicia Christiana y con las nobles tradiciones de la Nación Española, y piden a Dios le de muchos años para el Bien de España

Miranda de Ebro   de Julio de 1942

y Guerra
Exmo. Señor Ministro de Asuntos Exteriores de España

Madrid

do a la urgencia de encontrar soluciones válidas y eficientes para salvar a cualquier precio la vida de los polacos retenidos en Miranda de Ebro, como se ve claramente en la carta que recibe el ministro de Asuntos Exteriores en julio de 1942 solicitando la liberación de los detenidos desde el 25 de junio de 1940.

Sin duda, fue una evacuación dirigida por Hillgarth y sustentada por Michael Creswell, muy posiblemente sin el conocimiento del embajador Hoare, con quien siempre existieron roces a causa de esta controvertida clandestinidad, ante el temor de poner en entredicho su representación oficial ante el gobierno de Franco. A todo esto, sin contar con la intervención alemana. Por otro lado, hay que tener en cuenta que estos informes secretos comienzan a escribirse a fines de 1941. Por lo tanto, las evacuaciones por la Ría de Vigo desde la finca familiar durante ese verano, el funcionamiento de las casas de acogida entre los amigos de Madrid, en el piso de soltero de mi padre en el barrio de Salamanca, o las técnicas de acogimiento, entrada y salida a través del salón de té en el paseo de las Castellana número 12 —que continuaron en funcionamiento por lo menos hasta 1945— no se detallan. Aunque sí hay múltiples referencias a las rutas de evacuación y casas de acogida en otros archivos relativos a España. Como debaten, por ejemplo, en el comunicado interno número 76, del 6 de enero de 1943.

Personalmente, considero muy significativo que en los nueve años dedicados a esta investigación haya sido imposible rastrear en ningún archivo a Margarita Taylor (aunque pudiera tener un seudónimo y estar archivado en otro lugar) o cualquier referencia más concreta a la doble función clandestina de los diplomáticos que aquí describo. Su mención, cuando aparece, como en el caso del capitán Hillgarth, es la puramente oficial. Aunque podrían muy bien estar en clave dentro del amplio apartado del HS9/26. Donde sí se describe, por ejemplo, a «Susan» y «Daisy» —obvios «nombres de guerra»— como encargadas de sus respectivos grupos de ayuda, al dirigir a tres guías y dos casas, ya en octubre del 42. «Daisy» viaja por

```
                    S/1/a/8
              Copy for

To:   HX                                    6.1.43.
From: FA   Cc. to D/F and HA                No. 76
```

VARIOUS LINES (Your HX/AF/50 of 1.1.43)

1. Your paragraph (d) this difficulty must and can be overcome. As far as I am concerned, you will remember that I attended to the Riley Line. My end at Salvaterra is in working order but in the meantime you had a mishap on your side. If your end on the Spanish side cannot be used I suggest asking DF.113 to make his own arrangements on the Spanish side of the border so that you may be able to use the rest of the Riley Line. In other words, you would deliver the body in Spain to DF.113's representative.

2. <u>Sunbeam Line</u> (handled by HA) H.A. informs me that contact has already been effected as advised in his No. 173. So there is no question of a slip-up.

3. <u>Armstrong Line</u> H.A. says that this is all laid on and we are waiting to effect contact as or when you desire.

4. <u>Morris Line</u> H.A. can arrange a safe house in Guarda and can also have bodies contacted there, but he will require seven to ten days to make arrangements.

5. <u>Austin Line</u> I sent you DF.112's report on the 28.12.42. from which it was clear that a safe house in the Sabugal or Foyos region is out of the question. I intend sending DF.112 to the border in order to try to make arrangements further south so that you may connect these arrangements with your own at Hoyos.

A: HX
De: FA Co. A D/F y HA
DIVERSAS LÍNEAS (SU HX/AF/50 del 1.1.43)

1. Su párrafo (d): esta dificultad deberá y se podrá solventar. En lo que a mí respecta, Vd. recordará que yo atendí la Línea Riley. Mi lado en Salvaterra funciona bien, pero mientras tanto Vd. tuvo algún traspiés en su lado. Si su lado español no se puede

> utilizar, sugiero consultar a DF.113 para que haga sus propios arreglos en el lado español de la frontera para que Vd. pueda utilizar el resto de la Línea Riley. Es decir, Vd. entregará el cuerpo en España al representante del DF.113
> 2. Línea Sunbeam (a cargo de HA): HA me informa que ese contacto ya está afectado como advierte en su nº 173. Por tanto no tiene caso meter la pata.
> 3. Línea Amstrong. HA dice que está todo listo y estamos esperando a contactar en cuanto Vds. hagan el envío.
> 4. Línea Morris: HA puede conseguir un acogimiento seguro en Guarda y también puede tener cuerpos de contacto allí, pero necesita entre 7 y 10 días para hacer los arreglos necesarios.
> 5. Línea Austin: Te envié la notificación de DF.112 el 28.12.42 en la que quedaba claro que una casa de acogimiento en las regiones de Sabugal o Foyos no viene al caso. Trato de enviar a DF.112 a la frontera para organizar las actividades más al sur y Vd. pueda acoplar estos contactos a los suyos en Hoyos.

el resto del país para controlar su buen funcionamiento (ref. HX/150 en HS6/969).

Durante los primeros traspasos gallegos, omitidos igualmente entre estos papeles colaterales, me he enterado recientemente por unos familiares de que mi padre llegó a involucrar en las evacuaciones a su tío Rogelio, famoso párroco de Berducido y Xende, en el interior de Pontevedra, el mismo que había casado a mis padres en la iglesia de Santiago de Vigo el 3 de enero de 1942. Por lo que me cuentan, Rogelio también acogía en su casa del recóndito Xende a grupos de jóvenes de aspecto extranjero, a los que acompañaba a cruzar por el Miño a Portugal vestidos de seminaristas. Normalmente lo hacían a la altura de la «raya seca», en Pousa, aún en la provincia de Pontevedra, cuando el río no llevaba caudal suficiente y podían hacerlo andando. De lo contrario pasaban en el taxi de Ríos, como describe mi padre en su reportaje un poco más adelante, o en el coche con matrícula diplomática y volante a la derecha que conduciría él mismo, pero debía pertenecer al cónsul británico en Vigo, mister Rogers.

Tampoco sería raro que mientras Lalo iba y venía de rescatar a los refugiados en el campo de concentración de Miranda de Ebro, dejándolos a buen recaudo con su familia a la espera de su evacuación furtiva, su tío Rogelio los conectara con los hermanos Alen en Guillarey —una aldea próxima a Tuy, que apenas separa de Portugal el propio río Miño—, antes de que los depositaran en la otra orilla en barca. Es fácil deducir por lo que el mismo Lalo cuenta que otros tantos indocumentados, ya provistos de falsa documentación, cruzaron la frontera del puente de Tuy, como cualquier turista, en el taxi de Ríos, un agente gallego considerado uno de sus mejores colaboradores por los propios británicos. Y todos ellos con intención de usar la ruta concertada por mi padre hacia Valença do Minho. Tanto entusiasmo y vitalidad tenía mi padre a los treinta y ocho años que después de todas estas peripecias aún le quedaba tiempo de pasear en el tranvía de Vigo a Bayona con su novia. Entre otros motivos, para dejarse ver en público, siguiendo las indicaciones de sus compañeros británicos de levantar las mínimas sospechas.

Al ir despejando dudas sobre estas actividades clandestinas, tampoco sería imposible deducir que estos silenciosos *invitados* extranjeros (la mayoría sólo hablaban polaco), a los que muchos años después alude mi familia que aún vive en la zona, y que continuaron pasando por Xende tras la marcha de mis padres, se unieran a la ruta Riley por Salvatierra do Miño, en el tramo que Lalo supervisaba ya desde Londres. En otro comunicado del archivo HS6/969 se afirma que dos años después: «Los pasos en Salvatierra están funcionando correctamente» (nota número 76 del 6 de enero de 1943). Pero, como siempre, no aparece ni un nombre propio de los participantes. En este caso, me ajusto a los comentarios familiares. También hay que tener en cuenta que, dadas las circunstancias, la improvisación era inevitable, y no es extraño que se vieran obligados a ajustar los planes sobre la marcha para adaptar las fugas a la necesidad del momento. Aunque la discreción y el valor de los colaboradores desde Galicia fue insuperable, también la necesidad del MI6 debía ser acuciante, para tener que llegar a rebuscar semejantes vericuetos de escape con el fin de salvar a sus protegidos a través de la Galicia más recóndita.

III

Pero está claro que las aventuras humanitarias aquí descritas, aparentemente desordenadas y trazadas a voleo por lo enredadas que se presentan —otro método, quizá, para desviar la atención enemiga—, estaban mucho más planificadas y estructuradas de lo imaginado. Una prueba de ello es el cable de máximo secreto y sin firmar, con fecha 18 de febrero de 1941, que el secretario de Asuntos Exteriores envía al primer ministro Winston Churchill, en el que se pone de manifiesto la trascendencia que tienen para ellos los hombres que forman el SOE y la esmerada articulación de los salvamentos españoles. En este caso concreto, se refiere a la posibilidad de que España entrara en la guerra, lo que conllevaría aumentar el número de personal local.

GIBRALTAR.

18.2.41.

  Following for Prime Minister from Secretary of State for Foreign Affairs.

<u>Telegram 3</u>.

A.   My immediately preceding telegram.

B.   Have had some discussion about preparations now being made for S.O.E. activities in Spain, though I believe following directions are generally accepted, it is most important they should be rigidly observed.

B.   Spaniards themselves are experts at this form warfare, but any Spaniard now resident in Great Britain is hereby suspect anti-FRANCO sympathies. It would therefore be most dangerous to attempt introduce any such men into Spain or Gibraltar before outbreak hostilities.

C.   ?(It is) of first importance to co-ordinate S.O.E. activities with whatever military plan is acceptable for assistance to Spain.

D.   For these reasons I recommend that in general we should aim at provision material for use by Spaniards already in Spain rather than the introduction of agents whether British or Spaniard. All S.O.E. activities and arrival of their personnel in Spain should be directly controlled by Ambassador acting through Captain HILLGARTH, who will keep in close touch with liaison delegation.

———

MÁXIMO SECRETO

GIBRALTAR

18.2.41

EL PRESENTE PARA EL PRIMER MINISTRO DEL SECRETARIO DE ESTADO

PARA ASUNTOS EXTERIORES

Telegrama 3

A. Mi inmediato y precedente telegrama.

He tenido algunas discusiones sobre los preparativos que se llevan a cabo para las actividades del SOE en España, y aunque creo que

> las indicaciones normalmente son aceptadas, es de la mayor importancia que se observen estrechamente.
>
> B. Los españoles son expertos en esta clase de guerra, pero cualquier español que en el momento actual resida en Gran Bretaña es sospechoso de ser antifranquista. Por lo tanto, sería muy peligroso tratar de introducir a cualquiera de estos hombres en España o Gibraltar antes de que comenzaran las hostilidades.
>
> C. Es prioritario coordinar las actividades del SOE con cualquier plan militar que sea aceptado para asistir en España.
>
> D. Por estas razones recomiendo que en general deberíamos tener como objetivo contar con la colaboración de los españoles que ya residan en el país, mejor que introducir nuevos agentes, sean británicos o españoles. Las actividades del SOE y la llegada de su personal a España deberán estar directamente controladas por el embajador, que actúa a través del capitán HILLGARTH, quien permanecerá estrechamente conectado con la delegación de enlace.

No cabe duda, pues, de que el proyecto estaba bien dirigido, e incluso se adelantaba a la posible entrada de Franco en la guerra. Apenas quedan cabos sueltos. Pero, regresando al archivo de mi padre, aparte de los exhaustivos datos personales que más importan a la inteligencia británica, no hay duda de que su principal aportación ha sido la dirección de su ruta de salvamento y el asesoramiento sobre las evacuaciones entre Galicia y Portugal. Ahora podemos comprobar que sus actividades continuaron desde la distancia a partir de 1942, ya fueran dirigidas desde el War Office, el Foreign Office o directamente desde Whitehall. Pero en los documentos quizá no hay tiempo ni espacio para los detalles menudos sobre los rescates previos por media España, y prefieren ajustarse a las evacuaciones más recientes y evidentes al escribir sus declaraciones. Como hace personalmente en el *Reportaje del doctor Martínez Alonso*, con la puntualidad requerida por sus superiores. Aquí se refiere a los itinerarios entre Miranda de Ebro y Vigo, Valença do Minho o Ciudad Rodrigo, indistintamente, e incluye un mapa ya borroso donde señala los puntos más estratégicos. Por lo que se deduce que siguió supervisando desde Londres los itinerarios gallegos.

> Después del cruce [de los refugiados] por los Pirineos, descanso y recogida en coche con matrícula diplomática. Viaje hasta Madrid. Descanso y última etapa hasta la frontera portuguesa. Ruta que toma unas 12 horas de viaje en coche para cubrir 670 km, aparte de las paradas para comer, repostar, etc..., lo que llegarían a ser 14 horas de ruta. Y se puede necesitar una 4ª etapa en invierno, para llegar hasta Vigo, lo que supondría dejar a las personas esperando en el lado español. Los hombres que entren por Navarra están al cuidado de SABAS, quien los atiende en su granja de Pamplona; allí les recoge Michael Creswell con un nuevo coche con matrícula CD. Desde que descubrimos a este agente ha resultado enteramente fiable y hasta ahora ha hecho un buen trabajo [puesto que hay fotos que lo avalan y se deduce de la descripción y la zona de la que se trata, Sabas debía ser el páter de la Orden Capuchina en Navarra]. Sé que existen otras zonas de acogimiento, pero no tengo contacto ni con Barcelona, ni más allá de los Pirineos. Igual que con el cónsul Farquhar en Barcelona, que puede facilitarles más información.
>
> Yo me limito a los pasos de la frontera gallega [lo que el SOE llamó la ruta de Valença do Minho] y estudio las posibilidades de la frontera salmantina entre Ciudad Rodrigo y Fuentes de Oñoro. Paso que se ha utilizado con cierto éxito para los polacos, aunque ha habido algunos casos desafortunados, quizá por falta de medios apropiados, mala organización y porque se intenta «contrabandear» a demasiada gente a la vez.

Seguidamente recomienda cómo deben moverse por esa zona, hace una descripción geográfica del lugar, anota las mejores horas de paso fronterizo y dice cómo deberían camuflar a la gente en una llanura muy despoblada, teniendo en cuenta que la frontera de Ciudad Rodrigo se cierra a las 9 de noche, etc. Lo peor es que, por ser un lugar despoblado y poco transitado, cualquier transeúnte podrá llamar la atención por inusual. De cualquier manera deberá hacerse antes del amanecer.

> Quien cruce deberá dirigirse a la carretera principal en Portugal. El mismo coche podrá depositar [al fugitivo] en España y recogerlo en un punto preacordado ya en Portugal. El lugar que me parece más adecuado es un puente a unas 7 millas del puesto fronterizo, aunque tendrán que caminar 9 millas campo a través antes de llegar allí. Lo que les llevará unas 2 horas. Mientras, el coche que cruce la frontera llegará al puente 1 hora antes. En cuyo caso sería mejor esperar en el restaurante de la frontera y desayunar para hacer tiempo. Es menos probable que la persona a recoger llame la atención en el puente a pie que en el coche. Una vez dentro del vehículo con matrícula CD ya estará a salvo, mejor que en un coche español.

Lalo presenta distintas alternativas de cruce, y otras a explorar, teniendo en cuenta que éstas son carreteras muy poco transitadas y cualquier coche que salga de Ciudad Rodrigo hacia Fuentes de Oñoro al anochecer, con la frontera cerrada, llamará la atención. Por lo que ciertos tramos deberán hacerse a pie. Entonces mi padre propone que continúe explorando este territorio David Babington-Smith, el diplomático con quien se fugó la pareja de recién casados. Es una ruta que eventualmente se puso en funcionamiento para otros traspasos de polacos, como he sabido más recientemente. Pero Lalo no deja de insistir en que…

La ruta de Vigo no debería utilizarse tanto, aunque sea segura y conveniente. En cualquier caso siempre es bueno contar con alternativas.

Mecanismos de la Ruta de Vigo. Las primeras veces que la emplearon bajo mi dirección se hizo el verano pasado (1941), cuando los días son más largos y pude acogerlos en mi piso de Vigo y en la casa familiar de Redondela, a 10 km. La policía parece que está informada y por ello hemos discontinuado esta ruta. Acordamos con los portugueses la hora y el día exactos para cruzar, que eran las 9.30 de la noche. Ahora mismo utilizamos dos puntos diferentes para los cruces de fronteras. Uno está a unos 3 km de Guillarey, desde Tuy, sobre el Miño, que corre paralelo con la carretera y el tren. Aquí es donde los hermanos Alen tienen una casa [que todavía existe en el año 2008], una tienda y una pequeña granja. Esta familia tiene un negocio de contrabando y son muy conocidos de los carabineros, con quienes se llevan de maravilla. El siguiente punto está más próximo al río. Viniendo de Tuy, donde nuestro agente Trimotor —cuñado de uno de los carabineros— tiene otra casa con terreno y un barquito de pesca que podría albergar doce hombres y una tripulación de seis personas. Utilizamos los dos puntos alternativamente.

Cuando yo estaba en España, avisábamos al taxista Manuel Ríos (nuestro agente en Vigo) sobre los horarios del coche que llega de Madrid. Eso lo hacíamos a través de mi novia (ahora conmigo en Inglaterra como mi mujer)* pero se puede hacer a través

---

* Durante las charlas con mi madre en las que baso la primera parte de este libro, ella nunca reconoció su participación en nada. Al contrario, insistía sobre lo poco informada que estaba de la labor de mi padre con el SOE, cuya denominación desconocía. Lo que me hace pensar (ahora que ya no podré contrastar esta noticia nunca) que ella prefirió ocultarme algunos datos extremadamente secretos. No porque no se acordara de algo tan vívido en su memoria a su avanzada edad, ni mucho menos. Al hablar de una labor tan secreta y tras-

del cónsul Rogers, o avisando por telegrama a Manuel Ríos… con un texto acordado: «Vete al *express* de Madrid el jueves». Él ya sabe entonces que al día siguiente se deberá hacer efectivo el cruce. Cuando el telegrama lo firme un nombre que comience por A (por ejemplo Álvarez) se utilizará la ruta de los Alen. Y si es con T, por ejemplo, Talavera, cuando vayan a utilizar la ruta de Trimotor. En cuanto sale el coche de Madrid con el cargamento, Lisboa ya está alertada si será A o T para el día siguiente y la ruta de paso a utilizar para las 10 de la noche (las 9 en Portugal). Notificando que la persona llegará al cruce del km 124 de la carretera de Oporto, en el caso de los Alen, o el km 111 para Trimotor (ver mapa). Ríos los avisa con 24 horas de antelación y prepara el camino. Yo salgo un día antes de Madrid para concretar con Ríos y con Alen. Cuando la persona ya ha cruzado a Portugal, donde les cobija el guía portugués, nos avisan de su llegada.

Así es como mi padre había combinado estas evacuaciones con David Babington-Smith hasta entonces. El diplomático salía de Madrid al amanecer en coche y Lalo en tren, para encontrarse con el taxista Ríos. Con él eventualmente se reúne en la estación de servicio de Porriño. «Ahí se le pasa la persona a Alen. Quien, ya a salvo en Portugal, nos confirman que ha llegado», dice el documento.

---

cendental para la pareja, aunque fuera a su única hija, mi madre sencillamente optó por inhibirse y se calló algunas cosas, como puedo comprobar ahora con los documentos en la mano. Por lealtad a su labor de conjunto, por fidelidad a las buenas intenciones de su marido, pero más aún por respeto al compromiso moral que compartieron para salvar cientos de vidas en la clandestinidad. Algo que le debió marcar mucho más en su juventud de lo que me había demostrado siendo anciana a lo largo de nuestras conversaciones y nunca me explicó. El reconocimiento de los salvamentos siempre fue para él.

Pero no todo sale con la precisión prevista: hay pinchazos por el camino, niebla y hasta nieve en invierno, la sincronización de los enlaces falla algunas veces, circunstancia agravada por el cambio de hora con el lado portugués, y mi padre insiste con firmeza en que este procedimiento no le parece el más adecuado por el peligro añadido de que las autoridades descubran su plan:

Aunque es conveniente alternar a Alen y Trimotor, los tripulantes de los coches CD deberán relacionarse lo menos posible con Manuel Ríos en Vigo, quien cobra 2.000 pesetas por cruce, más 500 pesetas por su trabajo. Aquí se incluyen los gastos de los carabineros y los colegas portugueses de cuyos pagos se encargan Alen y Trimotor. No recomiendo usar la ruta de Vigo, ya que las autoridades conocen perfectamente que nos encargamos de pasar gente por el río Miño hacia el norte de Portugal, y en cuanto ven aparecer un coche británico con matrícula diplomática, de acuerdo con la Gestapo, están pendientes de sus movimientos... En vista de la excesiva vigilancia en Vigo, sería mejor hacer noche en la carretera.

Para después tomar como alternativa desviarse por Santiago de Compostela vía Porriño... y hacer noche en la Bañeza, o en el hotel Oliden de León, viniendo desde Madrid. El director de la Bañeza es amigable y no suele pedir documentación y si lo hace, sólo la del propietario del coche, a quien se le carga la cuenta. Una copia del registro va a la policía. Pero si se llega después de las 10 de la noche, la policía no lo recibe hasta la mañana siguiente, cuando los huéspedes ya han salido del hotel. Los salvoconductos se pueden falsificar con facilidad; he traído dos conmigo. Si la persona no tiene un aspecto muy extranjero, puede pasar por español, como en el hotel Oliden de León, donde son un poco más estrictos y no debe dejarse ver demasiado. En cuyo caso, deberán registrarse como españoles y como chóferes del coche. Deberán salir para Vigo muy temprano por la mañana. En verano es más fácil el proceso porque no hace falta hacer noche en la carretera. No me atrevo a sugerir la ruta de

Salamanca, pero no hay ningún motivo por el que la ruta Vigo-norte de Portugal no deba utilizarse con éxito. Sería conveniente hacer así hasta que A y T sean conocidos por el personal de Lisboa.

Teniendo siempre en mente sus conocimientos médicos, Lalo no puede evitar pensar en el bienestar de los fugitivos y recomienda: «Es necesario que los ocupantes descansen bien antes de cruzar la frontera». Pero no se cansa de insistir en un proceso alternativo al de Vigo y sugiere:

Santiago de Compostela es un centro turístico y es más fácil que personas del cuerpo diplomático lo visiten. Sugiero que todos los ocupantes (que procedan de Madrid) se bajen a visitar los monumentos en la mañana y coman en la carretera Pontevedra-Vigo, como por ejemplo en Puente Sampayo, donde hay un criadero de ostras (una estupenda disculpa para parar un par de horas) y llegar a Redondela al atardecer.* Los hermanos Alen y Trimotor sólo quedan a 25 km de distancia y Ríos podrá recogerlos en el camino y acompañarlos hasta el Miño. Al regreso deberá evitar pasar por Vigo. Hay suficientes carreteras que dan a la principal a Madrid, sin necesidad de regresar por Porriño.

¿No estaría Lalo organizando ya la Ruta Riley sin saberlo? Y concluye diciendo:

Las rutas desde los Pirineos a Madrid tendrán que organizarse desde Madrid a través de Barcelona o Pamplona.

Mal sabía él que en ese momento el cónsul Farquhar ya tenía en proyecto unos 16 pasos clandestinos por los Pirineos catalanes.

---

* ¡Como se presiente la morriña al planear una comida gallega a la que él no tiene acceso en Londres!

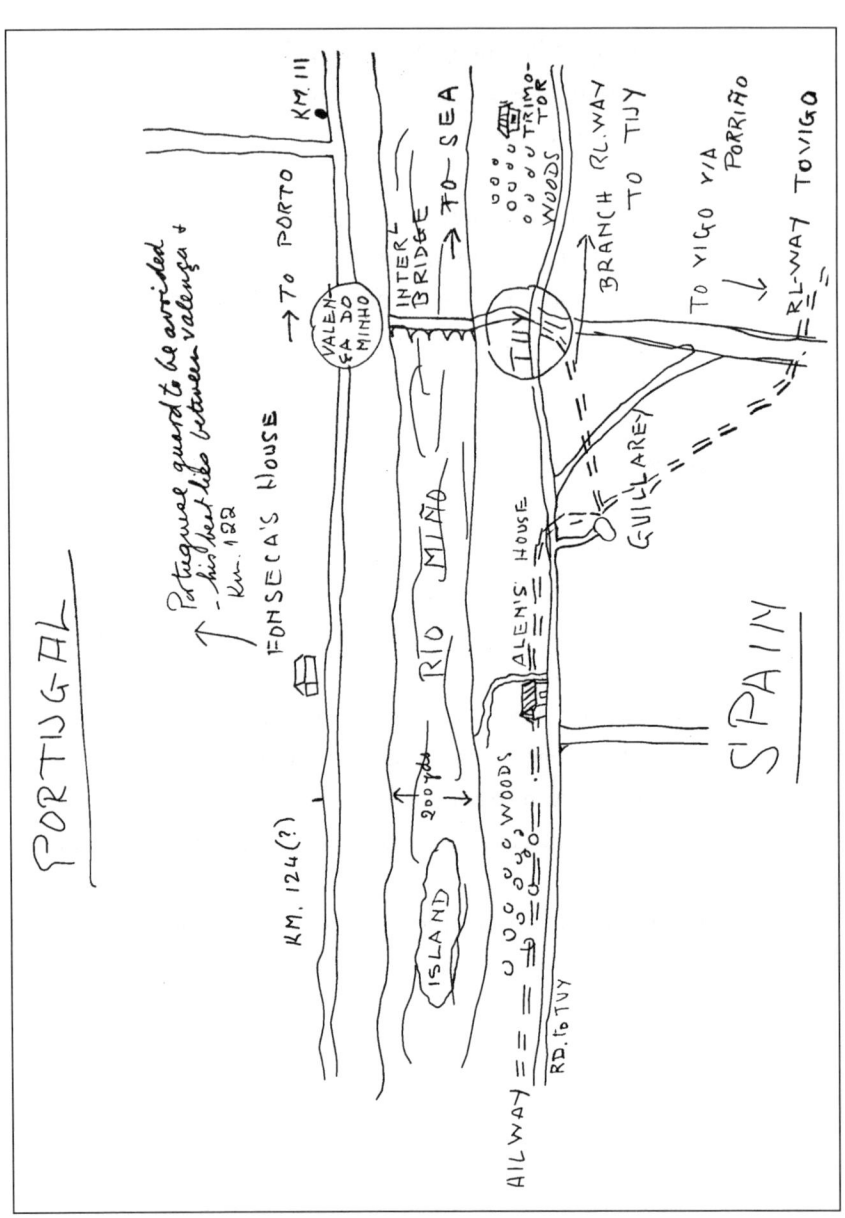

Itinerario, dibujado por mi padre, entre Guillarey y Valença do Minho, último tramo de las evacuaciones ilegales entre España y Portugal. Destaca el tramo entre la granja de la familia Alen y la de Fonseca. A la derecha, en Tuy, el puente que marcaba la frontera oficial.

IV

Mientras mi padre busca en Londres un acomodo profesional que le permita ganarse la vida dignamente, preocupado por el futuro incierto que les espera en una Gran Bretaña revuelta, insegura y totalmente involucrada en la Segunda Guerra Mundial, como escribía en su diario de 1942, Hillgarth se siente responsable de su situación e intenta ayudarle a encontrar salidas dentro del MI5. Y será él quien insista en las recomendaciones, ya que Lalo «puede continuar supervisando el tránsito *underground* a través de España para otros agentes del SOE como consultor sobre zonas, lugares, etcétera. Zonas en las que él mismo podría actuar en un futuro». En caso de que España se involucrara en la guerra del lado del Eje, porque mi padre sabe bien que no puede regresar a Madrid. «Considerando que Alonso lo ha arriesgado todo por nuestro servicio, deberíamos evitarle más preocupaciones financieras y proporcionarle un trabajo médico, en la Cruz Roja o algo por el estilo, que le permita ganar 500 libras al año. Ya que contamos con pocos amigos, deberíamos entender que el cuidarnos de ellos tiene sus compensaciones». Son evidentes las afectuosas consideraciones que se leen entre líneas Parece que estas reclamaciones no caen en saco roto, y mi padre continúa asesorando, desde la distancia, sobre las rutas gallegas, además de sobre los intercambios de buena voluntad entre los aliados y España, secretamente acordados ya entre Churchill y Franco. La íntima amistad entre Alan y Lalo, pero más aún el común deseo de paliar el sufrimiento humano, favorecen todo lo demás. A pesar de que actúan por separado, en cuanto mi padre se ajusta a las directrices del MI5, y consigue un trabajo retribuido en el Queen Mary's Hospital, prosigue la labor humanitaria con envíos hacia España, encargándose principalmente de las medicinas, ropa y alimentos, de los que ya hablaba en su diario. Yo hubiera dado lo que fuera por oírle hablar de ello de primera mano, por saber lo que sentía al intentar aliviar la situación de sus compatriotas desde lejos y en unas circunstancias cruciales, sin que nadie lo supiera en España. Convencido, además, de que al tratarse de un asunto relacionado con el Servicio Secreto, no iba a saberse nunca. ¿Cómo podía imaginarse Lalo en plena guerra mundial que una hija aún por nacer daría con los documentos oficiales que desvelarían en el año 2006 aquellos secretísimos salvamentos de fugitivos?

Nunca puso en práctica los ejercicios subversivos que aprendió en Escocia, en el entrenamiento para una misión —demoliciones, voladura de puentes y toda clase de sabotajes a los avances alemanes— muy distinta de la que finalmente llevó a cabo, como ya me había confirmado mi madre años antes. Pero cuando Hillgarth le recomendó que se entrenara, sabía por qué lo hacía. La amenaza de la participación española en la guerra estaba presente al menos hasta 1943, temiendo que esta decisión afectara a los planes aliados para el Mediterráneo y norte de África. Para evitarlo, los británicos mantuvieron la política de incentivos económicos con el general Franco, sin bajar la guardia frente a las transacciones —lícitas e ilícitas— del wolframio entre España y Alemania, que se deseaba impedir a toda costa. En caso de no haberse frenado ese comercio, una de las posibles funciones de los miembros del SOE sería sabotear, incluso volar y destruir ciertas infraestructuras españolas, en represalia a su actitud pro germana. Algo a lo que Hoare se negó a ultranza, puesto que semejantes atentados directos a la población española empeorarían las relaciones hispano-británicas, logrando erradicar totalmente este plan (Messenger, 2005). No obstante, el binomio inteligencia-diplomacia, a pesar de las muchas discrepancias registradas en su momento, dio buenos resultados frente a los movimientos del enemigo en suelo neutral.

Seguro que Alan Hillgarth no tardó en percibir que aquel amigo gallego no servía para poner en práctica la agresividad frontal para la que le entrenaron, rechazada por naturaleza, y que, de tener que llevarla a cabo forzosamente, lo haría de muy mala gana. Una de las primeras condiciones que puso mi padre al unirse al proyecto de los SOE desde Inglaterra —como ya me había confirmado mi madre años atrás— fue la de no actuar nunca contra su país. Así que de aquella enriquecedora experiencia humana durante el entrenamiento en el Camus Daruch escocés le quedó el magnífico sabor del whisky de cosecha privada, la abundancia del *roast beef* y la extraordinaria camaradería entre unos compañeros sin nombre, cuyas fotos de boda permanecen aún pegadas en el álbum familiar.

Durante la época de las discretas entregas de medicinas y alimentos del gobierno británico al español, en contraste con la machacona prepotencia germánica que aparecía constantemente en la prensa española, se aprecian las fricciones entre el embajador Hoare y los responsables del Servicio Secreto en el Reino Unido. Estos últimos defienden que no es su cometido involucrarse en las causas humanitarias, cosa de la que, obviamente, debería encargarse la Cruz Roja, como recuerda sir Samuel Hoare en el capítulo 22 de sus memorias, publicadas en 1946. Pero cualquiera sabía que, aun permaneciendo neutral, la necesidad generalizada en España es acuciante, mientras los presos aliados se amontonan en las cárceles donde se recrudecen sus padecimientos. Y a eso hay que añadir el desastroso vacío legal de los países sometidos al Tercer Reich, que mantiene atados de pies y manos a los que tratan de ayudarlos por los medios que sean. Era obvio que los desertores perseguidos a muerte, o bajo el peligro de ser deportados a sus lugares de origen —si llegaban a caer presos sin documentación—, seguían fluyendo clandestinamente a miles por las fronteras españolas. Eran situaciones inevitables, que requerirían una atención profesionalizada mucho más delicada y concreta que la labor de buena voluntad de las esposas de los diplomáticos, o de los voluntarios rasos de la Cruz Roja, que ignoraban el fondo verdadero de tanto dramatismo, sin el entrenamiento o los conocimientos necesarios para enfrentarse al enemigo.

El *London Economist* del 29 de noviembre de 1941 había anunciado que la Dirección General de Salud reconocía 8.000 casos de tifus en España.[22] Una epidemia incontrolable que venía extendiéndose desde la Guerra Civil, sin que existieran aún medios adecuados para hacerle frente. Aquella excusa que mi padre había utilizado como cortina de humo para rescatar a unos cuantos reclusos polacos de Miranda de Ebro, cuando se inventó un brote de tifus en el centro de internamiento. Por tanto, y aunque aún están en proceso de experimentación, el 16 de febrero de 1942, el gobierno de Madrid solicita al de Londres dos millones de vacunas contra el tifus. Dado su elevado coste, los británicos dudan en complacerles. Mi padre resalta la trascendencia de proveerles de suero para paliar el tifus, e insiste en la imposibilidad de conseguirlo localmente y en las carencias añadidas que se sufren en su país. Mientras, el capitán Hillgarth destaca que esta donación serviría como «una propaganda extremadamente beneficiosa» para los propósitos aliados ante el gobierno de Franco. Una de cal y otra de arena: el agregado naval sabe bien por qué lo dice. Mientras mantiene preparados los sabotajes subversivos de los SOE, con sus comandos listos para poner la zancadilla a los alemanes que se atrevan a traspasar los Pirineos, las medicinas servirán de compensación a las evacuaciones de los tránsfugas prisioneros y los indocumentados que transitan a escondidas por las rutas españolas. En un intento de forzar diplomáticamente al general Franco a hacer la vista gorda con los fugitivos mediante esta sustanciosa y muy necesaria prestación humanitaria. Además, la intención del capitán Hillgarth (siempre dentro de la reserva promovida por el primer ministro británico) es doble: él desea que la oportuna noticia del donativo se filtre a través de los principales médicos españoles. Ellos sabrán apreciarlo y divulgarlo de la forma debida, la vía más indicada para propagar la noticia sin gran estruendo. El agregado naval, muy sensibilizado por la terrible situación de los presos, también era hijo de médico y conocía bien ese ambiente. Pero deja absolutamente claro que los británicos no desean que se involucre al ejército español en el reparto, como se quería. Un uso inadecuado, pero, sobre todo, la sombra de su desvío hacia el mercado negro, podría entorpecer las auténticas intenciones sanitarias y políticas británicas. La discrepancia acabó causando tales fricciones diplomáticas entre ambos gobiernos que debieron intervenir los norteamericanos para resolverlo.

Las vacunas contra el tifus llegaron a la representación diplomática en Madrid, que seguidamente se encargó de su distribución, como confirma el comunicado 4521 anunciando la expedición de material por valor de dos mil libras:

> La dirección recaerá sobre el doctor de la embajada, junto al agregado naval y el agregado de prensa [Tom Burns]: administrándose desde la embajada en Madrid.[23]

Sir Samuel Hoare se asegurará de que los medicamentos lleguen a los más eminentes doctores españoles a través de la Cruz Roja española, mientras se crea The Madrid Scheme (Proyecto Madrid), iniciativa aliada compartida con la norteamericana del War Organization. Además de ser una solución práctica y efectiva, estas donaciones alcanzaron la repercusión propagandística deseada (HS9-26/5) entre el sector elegido, sin que la prensa local u otros medios oficiales se hicieran eco de ello.

V

Cada vez estaba más claro que las necesidades humanitarias aumentaban, puesto que con la evolución de la guerra la afluencia de fugitivos por las fronteras españolas seguía siendo imparable. Y como el mismo embajador Hoare reconocía, aunque ellos sólo deberían ocuparse de los súbditos británicos, «nuestra responsabilidad se extendió a *todo tipo de refugiados*».[24] Y pone un ejemplo: «Un soldado ruso que hubiera escapado de un campo de prisioneros alemán, desde el momento que cruzara los Pirineos, podía solicitar la protección británica [...] así como los súbditos de los países que no estaban reconocidos por el gobierno español, como eran Holanda, Bélgica, Yugoslavia, Grecia, Polonia y Checoslovaquia. Por no mencionar la larga lista de franceses escapados del régimen de Vichy, que sí estaba reconocido por Franco». Pero ahí no acababa la responsabilidad para el escueto y hábil equipo de la embajada británica en Madrid, puesto que «miles de alemanes y austriacos perseguidos por los nazis —especialmente judíos— llegaban indocumentados, a los que había que atenderles por motivos humanitarios. Fue para ellos para quienes mantuvimos abiertas secretamente las líneas que los conectaban con Francia, y procuramos tener noticias suyas cuando ya estaban del lado español y *encargarnos de su rescate y evacuación, eventualmente*» (cursiva de la autora). Una responsabilidad que se repartieron entre un puñado de colaboradores internos, como ya sabemos, ya que «buscar ayuda externa pondría en grave peligro nuestras rutas de evacuación secretas».

Yo ya había llegado a un punto en el que resultaba imprescindible redondear la información del archivo de mi padre con varias noticias colaterales, para poder completar el conjunto de sus actividades no sólo como agente del SOE, sino también como médico de la Cruz Roja. Siempre había tenido mis dudas sobre el auténtico papel que había jugado esta entidad española en las evacuaciones clandestinas aliadas que menciono desde un principio, a pesar de la íntima amistad de Lalo con el director del hospital de San José y Santa Adela en Madrid, el doctor Francisco Luque. Aunque sospechaba que existía alguna contribución que caía por su peso, dadas las circunstancias, aunque luego no resultó como yo pensaba. Con esta idea en mente, consideré apropiado consultar los archivos de la Cruz Roja británica en Londres, pues estaba segura de que tendrían una información más concreta, como, en efecto, aparece en el reportaje confidencial del Red Cross of St. John, *The Official Record of the Humanitarian Services of the War Organisation, 1939-1947*, recopilado por lord Chetwode. Resumen privado del que sólo se publicaron cincuenta ejemplares en 1949, evitando el acceso al público, sin duda para no vulnerar el secretismo del Servicio Secreto al que estaban ligadas unas funciones tan delicadas como ocultas durante esos famosos setenta y cinco años de clausura oficial; y por tanto herméticamente cerrados hasta el Freedom of Information Act de 2005. Pero una delicada e inesperada mano mágica, dentro del edificio situado detrás de Fleet Street, me entregó los documentos deseados, como sacados de la chistera de un prestidigitador, sin mayor esfuerzo, cuando los solicité en el año 2006.

Esa documentación confirma que, ya en abril de 1941, y siempre a través de la embajada británica en Madrid, se habían repartido desinfectantes, ropa y tabaco entre los presos aliados retenidos en diversas cárceles españolas. Al embajador no le había quedado más remedio que admitir que tanto él como sus agregados militares habían trabajado arduamente para ayudar a los hombres retenidos en España (Cruz Roja, 550). ¡Y eso que a pesar de las declaraciones publicadas en 1946 no estaba conforme con que el grueso de la responsabilidad humanitaria recayera sobre su centro oficial madrileño en plena guerra! De cualquier manera, además, y gracias a diversas maniobras diplomáticas, en los siguientes diez meses ya se habían liberado 400 presos, sin que los documentos especifiquen los métodos «oficiales» utilizados. Un hecho que le sorprende dada la desinformación interna que existía, ya que el propio embajador Hoare no comprende cómo el War Office no está puntualmente al corriente de tales acontecimientos. Entre estas fricciones internas, de nuevo se percibe la influencia velada del primer ministro, Winston Churchill, en directa comunicación con el capitán Hillgarth y Michael Creswell, sobre ciertas manipulaciones de los encargados de la inteligencia, actividades que no siempre llegan a oídos del embajador. Para calmar las aguas le explican a Hoare que las listas de refugiados, por su trascendencia (e impedimentos de las autoridades nacionales) las manejaba directamente el MI9 (es decir, Michael Creswell, como responsable del Servicio de Evacuaciones y Evasiones), y dado el alto riesgo que corrían los protegidos aliados, el Foreign Office no deseaba que una información de semejante relevancia pudiera filtrarse por ningún conducto, pues desgraciadamente «hemos llegado al punto en el que debemos atender a otros presos de los países aliados» (Cruz Roja, 551). La obsesión por evitar que las noticias pudieran alcanzar los oídos alemanes cercanos, que permitía a esas alturas ponerse zancadillas mutuas, llegaba hasta ese punto. La tensión es tan extrema que, durante una acalorada discusión en el despacho de sir Samuel Hoare, un enfurecido Michael Creswell le tira el teléfono a la cara al embajador. A éste le falta tiempo para comunicar a Londres que «habrá que sustituir a este colaborador por motivos de salud». Obviamente, tal estado de cosas era provocado por el excesivo estrés, según quedó reflejado en la correspondencia privada del embajador. Sin embargo, la afortunada intervención de las esposas respectivas, lady Maud Hoare y Elizabeth Creswell, evitó el traslado. De forma que Michael Creswell, como responsable del MI9, permanece en su puesto hasta concluir su (doble) labor diplomática en España con un éxito espectacular y largamente silenciado. Tanto, que prácticamente sigue en el anonimato, aun cuando en su día, al acabar la contienda, recibió el título de sir Michael Creswell, por el alcance y el éxito de su servicio.

El despacho número 50, del 3 de febrero, dirigido al embajador de España en Lisboa (léase Nicolás Franco Bahamonde, hermano del Caudillo) y que firma Alfonso S. Conde, del Ministerio de Asuntos Exteriores, nos da idea de las difíciles negociaciones que debían llevarse a cabo con semejantes adversarios hasta tramitar legalmente cualquier asunto. Tal era el caso concreto de los polacos detenidos en Miranda de Ebro. Y a esas dificultades se añadían los impedimentos en los trámites marítimos. Sin una representación oficial en condiciones, la responsabilidad de socorrer a los polacos no sólo recae sobre los británicos, sino que la intermediación española añade impedimentos a su liberación.

MINISTERIO DE ASUNTOS EXTERIORES

NÚM.

Doc 8

2192/3

R-10.1

REFERENCIA: Despacho nº 50 de 3 febrero del Embajador de España en Lisboa.-

A S U N T O: Traslada Nota le dirige Ministro Polonia en Lisboa, solicitando en nombre su Gobierno se autorice el visado para España uno de sus funcionarios cuya misión consistiría ocuparse problemas relacionados internados polacos en Miranda Ebro.-

Excmo. señor:

En la Nota de referencia se manifiesta que la llegada a España de tal delegado del Gobierno polaco sería estrictamente limitada y determinado el tiempo de la estancia, y que su nombramiento resulta mucho más necesario si se tiene en cuenta la situación especial en que se encuentra el Ministro y la Legación de Polonia en Madrid.

Del asunto concerniente a los internados polacos se ocupa muy activamente un antiguo funcionario de la Legación de Polonia, el Sr. Kobylecki, como Representante de la Cruz Roja de su país, secundado con todo interés y diligencia por el Delegado de la Asamblea Suprema de la Cruz Roja Española, y del resultado de las gestiones llevadas a cabo, favorecidas y apoyadas en todo momento por la política de comprensión, benevolencia y justicia puesta en práctica por este Ministerio, no puede caber la menor duda, ya que desde el 8 de enero pasado, en que el Ministerio del Ejército acordó la libertad de un buen número de internados de diferentes nacionalidades, no comprendidos en edad militar, hasta el día de la fecha, han sido liberados más de 250 súbditos polacos y hay pendientes de liberación un gran número de ellos, lo que equivale a haber libertado en el transcurso de cinco o seis semanas la mitad de los internados polacos.

Así, pues, no parece que la presencia en España de un delegado especial del Gobierno polaco para ocuparse de gestionar la libertad de los súbditos de aquel país, sea muy necesaria y si su estancia se quisiera justificar basándose en la conveniencia de atenderlos y ocuparse de ellos, tamppco podrían presentar argumentos convincentes, ya que el trato del campo es bueno y humano y los citados internados reciben con frecuencia la visita del referido Sr. Kobylecki, del Delegado de la Cruz Roja Española y de otras personas que se ocupan de que estén en las mejores condiciones y que les llevan víveres, ropas, etc.

Por otra parte y en otro orden de ideas, la presencia en nuestro territorio del tantas veces citado delegado polaco podría infundir sospechas y despertar dudas en algunas Representaciones extranjeras, que darían, seguramente, lugar a quejas y reclamaciones a las que no parece conveniente dar pie en estos momentos cuando en realidad no es necesario ni siquiera útil.

Por lo expuesto, Excmo. señor, la Sección de Europa, que tiene la honra de informar, estima que nada aconseja la presencia en España del delegado que propone el Gobierno polaco y que, por lo tanto, debe contestarse en este sentido a nuestro Embajador en Lisboa, para que lo transmita al Ministro de Polonia en aquella capital.

V.E., no obstante, resolverá.

En la delicada pugna entre los intereses diplomáticos, el MI6 y las funciones de la Cruz Roja, se acuerda que esta organización apolítica e imparcial servirá de pantalla externa para el conjunto de las actividades humanitarias del Servicio Secreto británico en España. De cara a la galería, y sobre todo ante el gobierno español, la asociación internacional deberá parecer la principal encargada de resolver unos problemas humanos muy complicados —pero «apolíticos»— en un país neutral. Siempre jugando la baza de la imparcialidad y la no beligerancia española frente a una supuestamente endeble posición aliada ante la presión alemana. La imagen humanitaria y despolitizada de esa impensable tapadera facilitó la compleja intervención de la inteligencia a la que se ven avocados los aliados, y dio los resultados esperados.

El secretario de Estado de Asuntos Exteriores, refiriéndose a las evacuaciones clandestinas a Gibraltar, envió un comunicado que resalta claramente que el SOE forma parte de los proyectos militares ultrasecretos: «[...] Por lo tanto, recomiendo proveer con material de socorro a los españoles [a cambio], mejor que introducir agentes en el país» (Archivo: Premier 4/21/2B). Bajo esta premisa, los miembros del SOE que aparenten cooperar con la Cruz Roja serán competencia del embajador Hoare, pero una vez más, con el filtro del capitán Hillgarth. Otra cosa es que éste cumpla con sus cometidos a gusto del embajador o, por el contrario, se ajuste a las sugerencias directas del primer ministro Winston S. Churchill.

Desde el momento en que la Cruz Roja británica comienza a intervenir en el destino de los refugiados internacionales en España, será la señora Mary Hillgarth quien represente a la asociación, desde la Asamblea Central de la Cruz Roja en la plaza de Rubén Darío, en Madrid, con potestad para administrar cien libras al mes para las compras internas de los presos, sin necesidad de rendirle cuentas al embajador. Compartiendo hábilmente las oficinas principales de Cruz Roja española, se crea conjuntamente un comité de ayuda voluntaria para los detenidos en el campo de concentración Miranda de Ebro. Sin duda, una inteligente estrategia del marido y una estimable labor de su mujer, aunque significara otra fricción diplomática interna, ya que la esposa del embajador, lady Maud Hoare, contaba con una administración caritativa aparte. Este irrisorio comadreo entre funcionarios de alto nivel internacional alejados de las órdenes centrales y en pleno conflicto bélico suena hasta ridículo. Pero quién sabe si no estaría provocado por el propio Churchill, para desviar la atención de otros asuntos españoles de mayor relevancia. El primer ministro es quien maneja realmente los hilos de esta complicada trama política, reservándose la información global para ejercer el poder a su conveniencia. Conoce la situación de conjunto, y sabe sacarle, además, un beneficioso partido a la neutralidad española en una Europa copada por los alemanes.

Nadie dudaba ya de que los movimientos clandestinos internos necesitaban una mayor atención, para evitar que siguieran cayendo más presos aliados en las prisiones españolas, como muestra la carta de súplica que recibe el cónsul en Barcelona, Harold Farquhar, en agosto de 1942:

> Mantenga en funcionamiento las rutas de evacuación entre Francia y España, pues necesitaremos por lo menos 6... Es de vital importancia que los hombres desempeñen su función adecuadamente; no podemos correr riesgos... Las personas para quienes se han creado [estas rutas] hacen un trabajo altamente peligroso e importante, y se merecen que exista un control apropiado para que regresen sanos y salvos después de cumplir con su misión (HS6/969).

Rutas clandestinas a las que inmediatamente se irán incorporando perseguidos de diversa índole, y no sólo los militares para los que se crearon. Son miles de refugiados que atraviesan España huyendo del nazismo desde distintos puntos de la Europa ocupada y en breve tiempo se hace necesario aumentar el número de rutas a 16, (se cree que se llegó a los 100 pasos fronterizos), con el beneplácito disimulado del gobierno español. No sólo se van incrementando a pleno rendimiento los caminos clandestinos que conducen a Portugal, sino que seguirán extendiéndose hacia el sur por nuevos conductos, para entrar en Gibraltar. Como da a entender el cable cifrado número 3936 del 23 de abril de 1943, entre Londres y Gibraltar, que dice abiertamente:

```
HS6/969

LOCAL NR. 720
CIPHER TELEGRAM RECEIVED FROM MADRID.           CLASS E
NO. 3936                        DESP.  2214  23.4.43
                                RECD.  0225  24.4.43

GIBRALTAR 8289 LONDON 3936   YOUR 9323

A.  ENTIRELY AGREE WE MUST RESERVE OUR LINE FOR EXCEPTIONAL
CASES.   IF WE DO NOT IT WILL SIMPLY BECOME PRISONER OF WAR LINE
ON WHICH WE SEND OCCASIONAL PASSENGERS AND WILL QUICKLY BE ?BLOWN
BOTH TO ALL AND SUNDRY IN GIBRALTAR AND ALSO TO SPANISH POLICE.
ON THE OTHER HAND WE MUST HELP PRISONER OF WAR PEOPLE WHO ARE
HARD PRESSED BY INCREASE OF NUMBERS AND DEVASTATION OF THEIR LINE
FROM SEVILLE TO LISBON AND WILL COMPLAIN WE ARE ABUSING OUR BOATING
MONOPOLY IF WE DO NOT ASSIST.

B.  SUGGEST YOU SEE V.S. AND ARRANGE METHOD OF DELIVERY FROM SEVILLE.
THIS WOULDBE USEFUL TO US AS WELL TO PRISONER OF WAR.  IF YOU ASK
HIM BRING LIST OF BODIES ?NOW AT SEVILLE TO YOUR MEETING ?YOU MIGHT
AGREE TO ACCEPT UP TO ABOUT EIGHT APPROVED BODIES AS EXCEPTIONAL
MEASURE ON UNDERSTANDING THAT FUTURE CASES SHOULD BE REFERRED TO ME
BEFORE BODIES ?LEAVE MADRID.

TP AT 1034  24.4.43   JL
```

A. Totalmente de acuerdo en reservar nuestra ruta para casos excepcionales. Si no lo hacemos, se convertirá sencillamente en una línea de prisioneros de guerra a través de la que enviamos pasajeros ocasionales, y acabará desintegrándose igualmente para todos, para *Sundry* en Gibraltar, y para la policía española. Por otro lado debemos socorrer a los prisioneros de guerra atosigados por el incremento en número y por la devastación

> de su ruta entre Sevilla y Lisboa. Se quejarán de que abusamos del monopolio de barcos si no les ayudamos.
> B. Sugiero que veas a V. S. y que arregles el método de entrega desde Sevilla. Esto también nos sería útil con los prisioneros de guerra. Si le pides que te mande la lista de cuerpos actualmente en Sevilla a la reunión, podrías aceptar por lo menos ocho cuerpos aprobados como una medida excepcional, entendiendo que en el futuro deberán dirigirse a mí antes de que los cuerpos salgan de Madrid.

Como se puede ver, existe ya una organización mucho más controlada dos años después de comenzar, si lo comparamos con las dificultades iniciales, a pesar del empeño, profesionalidad y buena voluntad de los participantes.

Cuando mi padre comenzó esta actividad clandestina en agosto de 1941, en Miranda de Ebro aún había 800 presos, de los que 144 eran británicos, 89 canadienses y 306 polacos. Momento en el que decidieron enviar una ambulancia de la Cruz Roja con matrícula norteamericana, para respaldar los auxilios penitenciarios y sacar a algún que otro preso con excusas médicas. Sobre todo durante los fines de semana, que, como ya conté, era cuando mi padre los visitaba como refuerzo del personal de la embajada, para mantener levantada la moral y, en lo posible, tratar de rescatarlos. Viajes que alternaban con las apariciones públicas del brazo de su novia en Vigo, o tomando el té en el Embassy de Madrid, para desorientar a sus perseguidores. Acabo de descubrir que también lo hacía para repartir la ropa y la comida que administraba la señora Hillgarth desde la Cruz Roja británica.

Si consideramos la bochornosa intromisión alemana en los asuntos del gobierno español, acaparando un poder ilimitado en Gobernación y en Asuntos Exteriores, comportándose muchas veces como si estuvieran en un país ya ocupado por el Tercer Reich, comprenderemos la facilidad con la que sus representantes tenían acceso a las listas de presos y la documentación sobre su procedencia. Así sabían si los fugitivos eran desertores de los ejércitos de los países invadidos, si estaban en edad militar, o si eran de origen judío (o en su defecto, apátridas), etc. Abusando de la fragilidad española, los funcionarios del Tercer Reich merodeaban por los ministerios madrileños y se inmiscuían excesivamente en los asuntos internos, puesto que los enemigos declarados en las trincheras lo eran hasta para negarles los más elementales derechos de auxilio humanitario fuera de ellas, incluso en territorio neutral. Innumerables pruebas de la barbarie nazi en los países invadidos lo demostraban, sin que ni aliados ni alemanes se prestaran a acordar algo tan elemental como el auxilio a los heridos o el canje de prisioneros, que no tuvieron lugar hasta 1944 en Barcelona, cuando Alemania ya estaba de retirada.

No cabe duda de que, ante esta situación, el vacío legal de los presos aliados en las cárceles españolas era preocupante. Existían precedentes del maltrato a los prisioneros muertos por inanición en Alemania, o misteriosamente trasladados a unos campos de trabajo que en su mayoría eran de exterminio. Sobre aquellos que recalaban en España pendía una peligrosa espada de Damocles, temiéndose que algo similar pudiera repetirse. En Polonia, el temido jefe de la policía Beria había ejecutado a cientos de civiles y militares como sospechosos de ser enemigos de la Unión Soviética, bajo órdenes de Stalin, en marzo de 1940. Como si no hubiera sido suficiente el cruento exterminio de septiembre de 1939, cuando Alemania invadió Polonia, con 4.421 oficiales polacos fusilados en el bosque de Katyn, más los asesinatos indiscriminados de 17.436 militares y civiles. Polonia fue sin duda el país más maltratado por Hitler primero y por Stalin después.[25] De forma que los refugiados que aún actuaban desde el exterior lo hacían al amparo de un endeble gobierno polaco en el exilio de Londres.

Por lo tanto, si se llegaba a deportar a los prisioneros polacos retenidos en España, y en particular a los judíos, la amenaza del nuevo «orden racial» nazi (como tanto temía Hillgarth) hacía que esos hombres corrieran un doble peligro mientras la Gestapo controlara las listas de nombres. Así se explica que los aliados se esforzaron tanto por derivar hacia España las rutas clandestinas europeas controladas por el SOE. Las circunstancias extremas nos ayudan a comprender por qué los aliados se vieron en la obligación moral de facilitar el paso de miles de perseguidos. Y no sólo de eso, sino también de devolverles la libertad y la dignidad al estar documentados (aunque fuera una identidad falsa), teniendo que llevar a cabo unas complejas maniobras en las que el gobierno de Franco se hace el despistado a cambio de recibir medicamentos, comida y otros auxilios indispensables para un país esquilmado. Inesperadamente, desde la caída de Francia, a partir de 1940, la Península Ibérica se había convertido en una tabla de salvación encubierta para los fugitivos en manos de un MI6 que se escuda en la Cruz Roja británica como fachada humanitaria. Por la trágica situación que sufren millones de personas supeditadas al nazismo, es indispensable tomar medidas, intentando soslayar en lo posible el aspecto político del que depende su vida y su futuro.

Ante la gravedad de una guerra que se presenta larga, y por lo esencial que resulta mantener a España alejada del conflicto, entre otras razones para facilitar las salidas de los refugiados hacia Portugal o Gibraltar, un alto cargo de la Cruz Roja británica, sir Alexander Lawrence, propone una solución legal para facilitar su liberación desde cualquier consulado británico de la Península Ibérica, pues si a los detenidos se les declara «desertores» de sus ejércitos sometidos al Tercer Reich, entonces sí podrían considerarse prisioneros de guerra. La liberación de los apátridas —que son la mayoría de los judíos entre 1940 y 1942— era prácticamente imposible en aquellas circunstancias (Cruz Roja, 556). Parece que mi padre intervino en el debate de Miranda de Ebro, según las declaraciones de Alan Hillgarth que aparecen en los documentos hallados, pues la ruta Miranda de Ebro-Vigo-Valença do Minho es una de las primeras vías de evacuación creadas por la extrema necesidad que suscita la intervención aliada. En consecuencia, sir Alexander Lawrence confirma también que el War Organization deberá «estar en relación directa con la Inteligencia Militar (MI6) para obtener toda la información que sea de utilidad para esta labor» (Cruz Roja, 553). Es decir, el tándem Cruz Roja británica-War Organization-M16 se encargará de repatriar bajo mano desde el territorio español a los prisioneros protegidos por los aliados, esquivando de ese modo la normativa española, pero, sobre todo, sorteando el estricto control alemán para evitar la repatriación a sus lugares de origen.

El cierre total de las fronteras entre Francia y España, en 1942, aún empeora más las cosas. El número de evadidos aumenta y, por tanto, los internos en el campo de Miranda de Ebro ascienden a 3.500, mientras que un promedio de 80 a 100 personas diarias siguen cruzando los Pirineos como pueden. Un drama humano que obliga a reforzar los auxilios de la Cruz Roja británica, a estas alturas con un importante respaldo de la norteamericana en su intento por aliviar la situación, evitando siempre la intervención de la entidad española. La esposa del embajador norteamericano, Virginia Chase Weddel, quien además costeará personalmente varios cargamentos de camiones enviados a los presos de Miranda de Ebro, debería pasar a los anales de la historia como una generosa y valiente colaboradora que no se achica ante nada, para llevar adelante una labor humanitaria personalizada con los reclusos. El suministro de ropa, comida, tabaco, medicamentos y el material necesario para cubrir las más elementales necesidades higiénicas de los prisioneros es un deber para ella. Otro ejemplo más de que los rescates humanitarios a través de España fueron una baza estratégica fundamental que los aliados pusieron un gran empeño en sacar adelante. El éxito fue incuestionable. Pero quedaba claro que cuantas menos personas estuvieran al tanto (incluido el embajador británico), más protegidos estarían unos y otros. Con el aumento de los gastos anteriormente administrados por Mary Hillgarth, el nuevo presupuesto de 300 libras mensuales recaerá directamente en el brigadier Torr. Las transferencias se harán al Banco de Londres y América del Sur, en la Gran Vía madrileña. También será el brigadier Torr quien se responsabilice de la distribución de los medicamentos y la comida (que continúa enviando mi padre desde Londres) en nombre del gobierno británico, una vez reorganizado el Comité de Cruz Roja aliado.

En consecuencia, el informe final que resulta del viaje por España de sir Alexander Lawrence para la Cruz Roja británica confirma la existencia de 24 centros penitenciarios, con prisioneros de diversos países (Cruz Roja, 558), cuya responsabilidad global de ayudarlos recaerá igualmente sobre el brigadier Torr. La representación de la Cruz Roja británica, financiada por la War Organization, continuará compartiendo el edificio de la Asamblea Central de Cruz Roja española en la plaza de Rubén Darío. Pero el logro más destacado de esta visita ha sido la clasificación de los presos por categorías, ya que resulta imposible separar a los prisioneros de guerra de los civiles, o de los refugiados, por lo que quedan definidos de la forma siguiente: nacionales de origen conocido, o de nacionalidad adoptada; nacionales de «países amistosos» para el Eje, tales como judíos y gentiles alemanes y austríacos escapados del nazismo, y refugiados apátridas, judíos y gentiles (Cruz Roja, 561).

VI

A partir de esta indispensable clasificación el tránsito de los prófugos adopta una forma más manejable. Con ella continúan operando los aliados, en una labor por la que muchos años después mi padre recibe el reconocimiento polaco, otorgado, ya en Madrid, en 1958.

POSELSTWO
RZECZYPOSPOLITEJ POLSKIEJ

LAS ALTAS AUTORIDADES DE POLONIA EN EL EXILIO

presididas por

el General W. Anders, el Conde E. Raczyński y el General Bór-Komorowski

nombran

al Señor Dr. Don Eduardo Martinez Alonso

súbdito español

miembro de los Caballeros de la CRUZ DE ORO DEL MÉRITO,

lo que la Legación de Polonia en Madrid

certifica por el presente escrito.

Madrid, 19 de Junio de 1958.

Conde Józef Potocki
Ministro Plenipotenciario

Tal reconocimiento me llevó a la búsqueda más concreta del grupo de hombres que el había ayudado a rescatar de Miranda de Ebro: los polacos retenidos entre 1940 y 1941. Eran prisioneros de guerra a los que se hacía referencia en diversos archivos consultados, sin que aparecieran excesivas explicaciones, y menos aún sus nombres. Durante mis pesquisas descubrí que apenas quedaron documentos oficiales relacionados con este periodo en Polonia —tras su destrucción por los invasores alemanes y posteriormente los rusos durante la Segunda Guerra Mundial—. Y justo eran los documentos que más me interesaban. Finalmente, personas entendidas me sugirieron que recurriese al Polish Institute and Sikorski Museum, también en Londres, para redondear un poco más la parte relativa a Miranda de Ebro que me interesaba. Entre el tercer lote de papeles oficiales que pasó por mis manos encontré un interesante intercambio de correspondencia entre el Ministerio de Asuntos Exteriores y la legación polaca en Madrid, que trataba sobre la liberación de sus súbditos, donde finalmente aparecían varias listas de nombres relacionados con Miranda de Ebro en fechas diversas, aunque yo sólo quise centrarme en las que estaba segura de que correspondían al periodo de mi padre, en 1940-1941. Los mismos textos lo dicen todo.

Si el 4 de agosto de 1941 400 súbditos polacos estaban ya en el hospital disciplinario de Pamplona, enviados desde Miranda, deduje que resultaba más fácil liberarlos por este procedimiento intermedio. Posteriormente, el 4 de noviembre, un buen número de polacos del campo burgalés que no se hallan en edad militar salen igualmente del campo y se pide que «hasta el momento en que los mencionados súbditos salgan de España sean puestos a disposición de esta legación» (A.45/763/1).

MEMORANDUM

En Miranda se encuentran actualmente 400 subditos polacos internados. En el Hospital disciplinario de Pamplona 12, que fueron enviados desde Miranda por estar enfermos.

1º- Todos los internados mencionados son: o antiguos militares, oficiales suboficiales y soldados, o hombres de profesiones diversas, ingenieros, agricultores, mecánicos, estudiantes etc. Todos ellos intentaron penetrar en España desde Francia para trasladarse a Portugal, pasando ilegalmente la frontera española. Fueron detenidos y después de algún tiempo de cárcel, enviados al Campo de Concentración de Miranda de Ebro, en calidad de ~~prisioneros~~ refugiados/políticos, término ~~que tomamos~~ forzado de las notas del Ministerio de Asuntos Exteriores de Madrid dirigidas a la Legación de Polonia.

2º- No existe base jurídica alguna, que justifique el que sean internados en un Campo de Concentración, bajo un régimen de prisioneros de guerra, los refugiados políticos que se encuentran en un país neutral o no beligerante. Ninguno de ellos paso la frontera con las armas en la mano o en momentos de acciones de guerra en la frontera española. El mismo termino de refugiado político ~~que tomamos de las Notas del Ministerio de Asuntos Exteriores de Madrid~~, indica que únicamente razones politicas han obligado a los que así se designan a buscar asilo en otro pais.

3º-. El hecho de que los súbditos polacos refugiados políticos estén internados en un Campo de Concentración contrasta vivamente con la actitud del Gobierno de Polonia hacia los refugiados españoles, también individualmente refugiados politicos, durante la guerra civil española desde el año 1936, cuando la Legacion de Polonia no solamente acogió a unos 300 refugiados entre ellos oficiales, politicos, embajadores,

331

PRO MEMORIA

El Ministerio de Asuntos Exteriores por su Nota B.1 -Ex) El4 del día 30 de junio de 1941, ha concedido permiso de salir de España a los 52 refugiados de Miranda de Ebro que no se encuentran en la edad militar, de los cuales hasta la fecha solamente han podido salir 20 por no haberse obtenido más pasajes.

Como esta Legación tiene ya pagados otros 40 pasajes en los barcos "Cabo de Buena Esperanza" y "Cabo de Hornos", que saldran de Cádiz respectivamente los días 20 de Agosto y 5 de Septiembre, esta Legación agradecerá mucho al Ministerio que tenga a bien dar las ordenes oportunas a la Dirección General de Seguridad, para que se sirva-visar a la mayor brevedad posible, dada la premura del tiempo, los pasaportes de los refugiados que habrán de salir el 20 de Agosto cuya relacion tenemos el honor de enviar adjunta. Los restantes incluidos en la lista enviada por eso Ministerio con la Nota arriba mencionada saldran el día 5 de Septiembre.

Madrid   de Agosto de 1941.

703/60/41

NOTA VERBAL

La Legación de Polonia saluda atentamente al Ministerio de Asuntos Exteriores y con referencia a la Nota num. 703/60/41 del dia 28 de Agosto de 1941, tiene el honor de rogarle, tenga a bien informar esta Legación de si los enfermos que se citaban en la Nota mencionada han sido visitados por el médico y del resultado de esta consulta.

Al mismo tiempo esta Legación solicita nuevamente que dichos enfermos sean puestos a la disposición de esta Legación, para proceder inmediatamente a procurarles todos los cuidados que requiera su estado.

Madrid 31 de Octubre de 1941.

AL MINISTERIO DE ASUNTOS EXTERIORES
    MADRID

1. CZYZ Jozef........................5-V-1924
2. DWORNIK Wladyslaw.................2-X-1923
3. JAGIELLO Wladyslaw................2-IV-1924
4. KRASUCKI Henryk..................15-VII-1924
5. KULA Jan.........................15-X-1899
6. KURFINSKI 27-XI-1897
7. LESIUK Adam......................1-1-1924
8. LISKIEWICZ Stefan................1-V-1899
9. LOBOS Alfred.....................15-VI-1924
10. MASZYNSCI Zenon.................22-XII-1897
11. NIZIOL Aleksander...............6-III-1900
12. OPACKI Mieczyslaw...............23-VII-1923
13. POKUSA Boleslaw.................14-VIII-1923
14. PROKOPNIK Franciszek............1-VI-1896
15. PROROK Kazimierz................7-III-1891
16. SAWICKI Josef...................5-VII-1924
17. SZIMIGIEL Wladyslaw.............25-1-1900
18. SZYMCZAK Leon...................7-V-1924
19. WILCZKIEWICZ Roman..............21-IX-1924
20. WOJCIECHOWSKI Wojciech..........6-VI-1925
21. PONIATOWSKI Jozef...............13-VII-1901
22. WISNIEWSKI Jan..................12-11-1891

7.VIII.41.

RELACION DE SUBDITOS POLACOS QUE SE ENCUENTRAN EN EL CAMPO DE CONCENTRACIÓN DE MIRANDA DE EBRO Y QUE NO SE HALLAN EN EDAD MILITAR.

1. Czyz Jozef   5.V.1924
2. Dwornik Wladyslaw   2.X.1923
3. Kordus Antoni   27.XII.1923-
4. Krasucki Henryk   15.VII.1924
5. Lobos Alfred   15.VI.1924
6. Niewiem Ernest   14.VIII.1923
7. Pokusa Boleslaw   14.VIII.1923
8. Rabij Boleslaw   29.X.1923
9. Sadlo Tadeusz   12.VII.1923.
10. Soroka Edward   10.VI.1924-
11. Wankiewicz Lenobiusz 10.VI.1924-
12. Babanczyk Stanislaw 20.II.1897
13. Barszczewski Adam   13.IX.1891
14. Brachocki Zygmunt   15.II.1898-
15. Blecharczyk Czeslaw 17.II.1891-
16. Czuchryn Tomasz   9.VI.1901
17. Czubaty Jakob   16.X.1901
18. Gorzkowski Jan   19.V.1900-
19. Jagit Leon   13.XI.1898
20. Kutpiewski Feliks   27.XI.1897
21. Kowarski Roman   15.X.1895
22. Langman Zygmunt   10.VII.1892
23. Maszynski Zenon   22.XII.1897
24. Piotrowski Stanislaw 23.II.1897-
25. Szatkowski Rudolf   22.IV.1894
26. Szymczak Leon   7.V.1900
27. Skrzypinski Jan   24.XI.1901-
28. Snigur Antoni   6.III.1884
29. Wroblewski Jerzy   14-7.1898-
30. Wiechowski Kazimierz 8.XII.1898-
31. Wisniewski Jan   12.II.1891
32. Zetel Aleksander   9.III.1892-

Madrid 23 de Junio de 1941.

RELACION DE SUBDITOS POLACOS QUE SE ENCUENTRAN EN EL CAMPO DE CONCENTRACION DE MIRANDA DE EBRO, Y QUE NO SE HALLAN EN EDAD MILITAR

----

1. BRZOZOWSKI Bohdan.....................12-XI-1925
2. HAWLIK Marian........................ 3-XI-1923
3. JAGIELLO Wladyslaw................... 2-IV-1924
4. PILEWICZ Wladyslaw....................14-I-1924
5. LEPOROWSKI Zdzislaw..................21-VII-1891
6. LESIUK Adam.......................... 1-I-1924
7. LISKIEWICZ Stefan.................... 1-V-1899
8. NIZIOL Aleksander.................... 6-III-1900
9. OPACKI Mieczyslaw....................23-VII-1923
10. PROROK Kazimierz..................... 7-III-1891
11. SZIMIGIEL Wladyslaw..................25-I-1924
12. WILCZKIEWICZ Roman...................21-IX-1924
13. WOJCIECHOWSKI Wojciej................ 6-VI-1925
14. ZURYN Wladyslaw...................... 30-X-1923
15. PROKOPNIK Franciszek................. 1-VI-1896
16. PONIATOWSKI Jozef....................13-VII-1901
17. SAWICKI Jozef........................ 5-VII-1923
18. KULA Jan............................15-X-1899
19. JABLECKI Michal.....................31-III-1898
20. WARCHOLEK Bronislaw..................29-XI-1923.

1. AMBROZIAK Konrad................6-9-1900
2. ASZTABSKI Jozef.................5-3-1893
3. BARTOLEWSKI Stefan..............4-9-1893
4. BIEDRZYCKI Roman................6-8-1900
5. BIELKOWSKI Piotr................1-2-1902
6. BILOUS Jozef...................18-11-1888
7. BORER Leon.....................18-2-1900
8. BOROWIEC Adam..................12-9-1899
9. BUSZKO Jozef...................13-12-1897
10. CIESLIKOWSKI Tudeusz..........29-12-1899
11. CHMIETLEWSKI Stefan............27-8-1894
12. DANISZ Leon...................12-5-1900
13. DERESZ Aleksander.............20-2-1899
14. DOBROWOLSKI Kornel............. 5-7-1899
15. DOROSZEWSKI Jozef.............15-10-1898
16. DRENGER Dawid.................12-8-1896
17. EICHENBAUM Chaim..............21-4-1889
18. EISEN Pinkas.................. 4-7-1900
19. EISEN Samuel..................17-12-1897
20. FLASZA Wladyslaw..............22-5-1892
21. GASKA Tadeusz.................18-1-1900
22. GORSKI Stanislaw..............1-5-1900
23. GORSKI Waclaw.................28-5-1899
24. GRANTSCH Boleslaw.............22-4-1898
25. JACEWICS Alfons...............10-3-1900
26. JAKUBOWSKI Henryk.............4-10-1900
27. JAWDL Romuald.................4-1-1902
28. JAWORSKI Jerzy................6-3-1900
29. JENDRZEJ Franciszek...........5-2-1901
30. KACZMARZ Antoni...............7-6-1902
31. KASPRZYCKI Kazimierz..........23-1-1902
32. KEMPNY Rudolf.................24-1-1900
33. KIERZKOWSKI Bernard...........10-6-1901
34. KOWALSKI Czeslaw.............. 3-10-1895
35. KRZYZALSKI Piotr.............. 1-1-1900
36. KUBICA Karol..................10-11-1899
37. KURNATOWSKI Bruno.............21-1-1901
38. LALICKI Stanislaw.............4-2-1896
39. LANGWINSKI Franciszek.........28-1-1899
40. LISKIEWICZ Karol..............25-10-1891
41. LOZINSKI Bronislaw............18-3-1895
42. LOTUSZKA Roman................ 1-4-1900
43. LUTNIK Witold................. 4-5-1902
44. MACIEJOWSKI Ludwik............23-6-1892
45. MASTOBSKI Tadeusz.............25-5-1898
46. MATYJASZEWSKI Kazimierz.......11-5-1899
47. NAPIERALSKI Felika............17-11-1892
48. NOWOBILSKI Albin.............. 8-2-1891
49. ORLITA Zygmont................29-8-1900
50. ORTYL Kazimierz...............18-10-1899
51. OSTROROG Aleksander........... 6-8-1893
52. PARYLAK Wladislaw............. 8-11-1900
53. PENDYCKI Wladislaw............ 6-11-1900
54. PIATKIEWICZ Jerzy.............24-1-1902
55. POPRATSEI Aleksander.......... 2-6-1899

Los primeros 52 polacos estaban ya destinados a salir por Cádiz en el *Cabo de Hornos* y en el de *Buena Esperanza*, el 20 de agosto y el 5 de septiembre, cuando de nuevo la legación de Polonia ruega a la Dirección General de Seguridad que facilite los visados a la mayor brevedad, «dada la premura del tiempo».

En su precaria situación de representante de un gobierno en el exilio, con su país ocupado por los nazis, la legación polaca sabía bien que no tenía otra alternativa que la de apoyarse en los británicos, quienes a su vez se cuidan mucho de no aparecer en sus documentos. En cualquier caso, de acuerdo con la clasificación de sir Alexander Lawrence, hecha a través de la «imparcial» Cruz Roja británica, ya se podrá aglutinar al conjunto de los presos polacos en las cárceles españolas bajo una misma «nacionalidad de origen conocido». Es decir, se podrá reunificar a los judíos que demuestren ser de este país de procedencia, liberándolos por partida doble de su condición de apátridas y de una persecución criminal aún más obstinada que la del resto de los presos políticos. El atasco de polacos en Miranda debía ser tal, como explico a lo largo de esta investigación, que aparte de los que logran salir con autorización legal, deben buscarse soluciones alternativas para esos «otros detenidos», a los que —por ejemplo— se les ha camuflado como refugiados enfermos, tal como aparecen en la lista del 28 de agosto de 1941, junto a sus correspondientes diagnósticos.

Sobre estas personas en concreto no tengo duda, por las fechas a las que nos referimos, de que se trata de los hombres liberados por la intervención médica de mi padre, al coincidir además con los testimonios de mi madre nueve años antes. Aun cuando no aparezca el nombre del médico que certificó sus enfermedades. Eran hombres sanos con excesivas trabas legales para conseguir visados que, sin embargo, «han sido ya visitados por el médico», para dejarles la puerta abierta sin mayores trabas. Es significativo que en las notas referentes a estos últimos no se soliciten visados de salida —otro posible conflicto que convenía

703/60/41

NOTA VERBAL

La Legación de Polonia saluda atentamente al Ministerio de Asuntos Exteriores y en ampliación a la Nota Verbal num.763/58/41,del día 12 del cte., tiene el honor de enviarle la relación de otros detenidos del Campo de Concentración de Miranda de Ebro que tambien están enfermos,constituyendo un peligro para los demás refugiados o para su estado de salud,el permanecer por más tiempo en dicho Campo.

Esta Legación agradecerá muchísimo por lo tanto a ese Ministerio que tenga a bien dar las órdenes oportunas a las autoridades competentes,para que los enfermos que a continuación se expresan así como los nombrados en la Nota antes mencionada,sean puestos a la disposición de esta Legación,que procederá inmediatamente a procurarles todos los cuidados que requiera su estado.

1. LISKIEWICZ Karol.........amputación de la mano izq.
2. WRONSKI Bronislaw........enfermedad del corazón
3. PARYLAK Wladyslaw........cálculos en la vesícula biliar
4. JAMIOŁKOWSKI Wladyslaw...hernia
5. SUTKOWSKI Lucjan.........enfermedad de los intestinos
6. DOBEK Adam...............enfermedad venerea
7. SWITALSKI Waldemar.......atrofia de la pierna izquierda de resultas de 8 heridas
8. LIPINSKI Jerzy...........sífilis
9. REGULSKI Stanislaw.......falta de la pierna izquierda
10. RADZICKI Maciej..........hernia
11. WYSOCKI Mieczyslaw.......enfermedad del corazón,hernia
12. JASTRZEBSKI Kazimierz....enfermedad de los intestinos
13. DOROSZEWSKI Jozef........hernia,atrofia del pulmón izq.
14. PAŁA Edward..............tuberculosis pulmonar

15. SZUMLEWICZ Feliks.........uremía tauicardia
16. MORDARSKI Leszek..........enfermedad del corazón
17. TOMCZYK Alfons............enfermedad venerea
18. GRUDNIEWICZ Stanislaw.....grave enfermedad nerviosa
19. PASCHKE Teodor............consecuencias de una herida en la cabeza
20. KASYCKI Tadeusz...........convalecencia del tifus
21. ORPISZEWSKI Stanislaw.....consecuencias de heridas en el pulmón y en la rodilla derecha
22. GORSKI Waclaw.............consecuencias de una herida en la pierna derecha
23. TELESNICKI Teofil.........contusión de la espina dorsal
24. KANSKI Ryszard............enfermedad venerea consecuencias de heridas en las piernas
25. BARTOLEWSKI Stefan........ciática
26. DYBEK Mieczyslaw..........consecuencias de una herida en la pierna derecha
27 CIOK Jan..................contusión de la espina dorsal y de la pierna derecha
28. SULIMA Tadeusz............hernia
29. OSTROROG Aleksander.......contusión de la espina dorsal
30. PIATKIEWICZ Jerzy.........contusiones en la rodilla
31. GRABOWSKI Jerzy...........inflamación de las glándulas
32. HERBASZEWSKI Waclaw.......enfermedad del corazón y riñones
33. MALANOWSKI Jan............pretuberculosis y consecuencias de dos heridas en la pierna izq.
34. MARCINIAK Jan.............consecuencias de la fractura del pie izquierdo
35. PIETRASZKIEWICZ.Janusz....reuma,inflamación del apéndice
36. SOLINSKI Julian...........pre-tuberculosis
37. KAWULAK Antoni............pre-tuberculosis
38. JURCZYNSKI Tadeusz........bocio
39. SKOWRONSKI Feliks.........enfermedad de los riñones
40. NOWAKOWSKI Edward.........pre-tuberculosis
41. RUCIDLO Wladyslaw.........enfermedad de los riñones pre-tuberculosis
42. ALTDORF Uszer.............enfermedad del corazón
43. FEDERMAN Samuel...........hernia,enfermedad del corazón
44. KEITELMAN Abram...........tuberculosis
45. DOBROWOLSKI Zigmunt.......reuma,taquicardia
46. STRAUB Stanislaw..........enfermedades de los nervios y estómago,hemorroides
47. BERNACKI Kazimierz........enfermedad del corazón predisposición a la apendicitis
48. NOWOBILSKI Albin..........enfermedad del sistema gástrico
49. WROBEL Boleslaw...........enfermedad del corazón
50. WYCHOWSKI Władysław.......enfermedad nerviosa
51. DROZAK Stefan.............enfermedad gástrica
52. ALTER Emil................contusión en la cabeza y schok nervioso
53. JABLONSKI Stanislaw.......reuma enfermedad del corazón
54. JAGNUS Feliks.............pre-tuberculosis,reuma
55. KANWISZER Zenon...........taquicardia,pre-tuberculosis
56. STRUGALSKI Leon...........falta del 80 por ciento de la dentadura,enfermedad gástrica
57. CHMIELEWSKI Stefan........convalecencia de una operación de estómago
58. WYCHOWSKI Stanislaw.......pre-tuberculosis

Madrid 28 de Agosto de 1941.

eludir— sino que se pide que por la delicadeza de su estado de salud (los hombres) «sean puestos a disposición de esta legación, que procederá inmediatamente a procurarles todos los cuidados que requiera su estado». Sanos o enfermos, lo primordial era liberarlos por el medio que fuese. El manejo de la compleja situación en la que estaban las autoridades polacas en Madrid al recurrir a esta falsa liberación oficial concuerda con la explicación sobre el resto de las operaciones de rescate a través de las rutas de evacuación por Vigo-Valença do Miño que da mi padre ante el MI5 a los pocos meses de llegar a Bristol, tal como se conserva en su archivo personal. Se sobreentiende que, dado el número excesivo de polacos que se precisa sacar de España como sea, a estas liberaciones «reconocidas» le siguieron otros cruces de fronteras clandestinos por Ciudad Rodrigo y Fuentes de Oñoro, por la falta de esos visados que ni se han atrevido a solicitar a las autoridades españolas. De donde es fácilmente deducible que el excesivo papeleo administrativo y las dificultades para conseguirlo obligan al MI6-Cruz Roja británica a utilizar esta rebuscada solución como último extremo.

Al cotejar estas noticias con el comunicado escrito en la legación polaca en Londres, aparece otro listado de presos de Miranda de Ebro del 3 de septiembre de 1941, muchos de cuyos nombres coinciden con los enumerados en español y de la misma procedencia. Aquí también se hace referencia en polaco a los paquetes de ayuda para los presos en Miranda, pero se quejan de que hasta entonces los envíos les han ocasionado muchos gastos y preocupaciones. Sin embargo, sí reconocen que éste era el camino más seguro, el más corto y el más barato —por no decir uno de los pocos que existían en Europa— que pueden utilizar los aliados. De cualquier manera, al contrastar un mismo proceso de evacuación desde ambas perspectivas, en España y en Londres, se confirma que la colaboración clandestina anglo-española fue un hecho. Es muy probable que fuera por estas arriesgadas intervenciones por lo que la Gestapo persiguió al doctor Eduardo Martínez Alonso, obligándolo a huir de España. Pero no hay constancia documental de ello. Todavía hoy no sé cuál fue el verdadero motivo por el que mis padres salieron deprisa y corriendo a Lisboa, recién casados, en enero de 1942, obligándoles a exilarse en Londres hasta 1946.

.dypl.Mally Fryderyk
L.889/ti/41
Lizbona dn.26.IX.1941 r.

Szef Oddziału I Sztabu N.W.
Londyn

Lista internowanych w Mi-
randzie - przedstawienie.

W załączeniu przedstawiam listę internowanych żołnie-
rzy w obozie Miranda de Ebro w Hiszpanii.

MALLY
płk.dypl.

Zał.1.

24.	Bober Franciszek	st.szer.
25.	Boczyński Antoni	kpr.pdf
26.	Bogusz Stanisław	przedpobor.
27.	Bogusz Władysław	plut.	lot.pilot
28.	Bojkowski Felicjan	kpr.	br.panc.
29.	Boler Stefan	przedpobor.
30.	Borkowski Jan	plut.	piech.
31.	Borowiec Adam	por.	"
32.	Borsuk Aleksander	sierż.	"
33.	Bober Leon	kap.
34.	Brankiewicz Jan	kpr.	br. panc.
35.	Brzeziński Wincenty	ppor.	piech.
36.	Bulik Jan	kpr.	sap.
37.	Buszko Józef	chor.	piech.

Zał. m. 1. do L. 889/4

Lista internowanych w Mirandzie de Ebro.

L.p.	Nazwisko i Imię	stopień	rodzaj broni
1.	Afanasjew Eugeniusz	kpr.	piech.
2.	Ackerman Moryc	przedpobor.	
3.	Aldorf Uszer	cyw.	
4.	Aleksandrowicz Wilhelm	ppor.	piech.
5.	Alter Emil	kpr.	"
6.	Alwast Zbigniew	kpr.	lot.mech.
7.	Ambroziak Konrad	kpt.	piech.
8.	Andrejczuk Józef	sierż.	"
9.	Asztabski Józef	strz.	"
10.	Babiński Wincenty	kpr.	"
11.	Baliński Alfons	asp.	"
12.	BArbacki Roman	por.	art.
13.	Bar Józef	kpr.	br.panc.
14.	Bartolewski Stefan	st.strz.	piech.
15.	Bejster Augustyn	plut.pchor.	piech.
16.	Bernacki Kazimierz	ppor.	"
17.	Betlejewski Stefan	plut.	lot.mech.
18.	Bielkowicz Piotr	cyw.	
19.	Biernat Czesław	przedpobor.	
20.	Biernacki Bohdan	kpr.	br.panc.
21.	Biłous Tadeusz	ppor.	piech.
22.	Biłous Józef	chor.	"
23.	Blood-Jankowski Piotr	strz.	sap.
24.	Bober Franciszek	st.strz.	piech.
25.	Boczyński Antoni	kpr.pi	"
26.	Bogusz Stanisław	przedpobor.	"
27.	Bogusz Władysław	plut.	lot.pilot
28.	Bojkowski Felicjan	kpr.	br.panc.
29.	Boler Stefan	przedpobor.	
30.	Borkowski Jan	plut.	piech.
31.	Borowiec Adam	por.	"
32.	Borsuk Aleksander	sierż.	"
33.	Boñer Leon	kap.	"
34.	Brankiewicz Jan	kpr.	br. panc.
35.	Brzeziński Wincenty	ppor.	piech.
36.	Bulik Jan	kpr.	sap.
37.	Buszko Józef	chor.	piech.
38.	Catka Franciszek	plut.	sap.
39.	Cendlak Aleksander	asp.	br. panc.
40.	Chądzyński Mieczysław	ppor.	kawal.
41.	Chmielewski Stefan	kpr	lot. tech.
42.	Chincz Edmund	plut.	piech.
43.	Cieślik Adam	ppor.	"
44.	Cieślikowski Tadeusz	sierż.	"
45.	Cichoń Czesław	plut.	lot. pilot
46.	Cieplik Franciszek	por.	piech.
47.	Ciok Jan	kpr.	kawal.
48.	Danisz Leon	sierż	piech.
49.	Dębicki Kazimierz	strz.	"
50.	Deresz Aleksander	kpr.	kawal.

L.p.	Nazwisko i Imię	stopień	rodzaj broni.
51.	Dobrowolski Konrad	por.	piech.
52.	Dobek Adam	ppor.	"
53.	Dobrowolski Zygmunt	plut.pchor.	"
54.	Doroszewski Józef	plut.	"
55.	Drożak Stefan	por.	"
56.	Dryszko Jerzy	kpr.	"
57.	Dubicki Zdzisław	por.	"
58.	Dubicki Bolesław	por.	"
59.	Drenger Dawid	cyw.	-
60.	Duchowny Michał	kpr.	br.panc.
61.	Dulniak Kazimierz	por.	piech.
62.	Dybek Mieczysław	asp.	"
63.	Dziadyk Zbigniew	ppor.	art.
64.	Dzięciołowski Tadeusz	st.strz.	br.panc.
65.	Erbes Edward	strz.	piech.
66.	Eichenbaum Haim	cyw.	-
67.	Felsenfeld Pinkas	kpr.	kawal.
68.	Feisel Tadeusz	strz.	piech.
69.	Fethke Norbert	asp.	sł.zdr.
70.	Fiedorowicz Franciszek	kpr.	piech.
71.	Federman Samuel	cyw.	-
72.	Fijałkowski Bolesław	ppor.	piech.
73.	Flaszs Władysław	st.sierż.	"
74.	Gawlikowski Jan	plut.pchor.	"
75.	Cąska Tadeusz	por.	art.lek.wet.
76.	Gimpel Zdzisław	plut.	lot.mech.
77.	Gładki Paweł	kpr.	br.panc.
78.	Głowa Mieczysław	kpr.	"
79.	Goczał Stanisław	kpr.	"
80.	Gogol Kazimierz	sierż.	łącz.
81.	Goliszewski Gabriel	kpr.pchor.	"
82.	Góral Kazimierz Wiesław	ppor.	art.
83.	Góral Jarosław	kpr.	piech.
84.	Góralczyk Teodor	ogn.	art.
85.	Górski Stanisław	plut.	piech.
86.	Górski Wacław	ppor.	br.panc.
87.	Grabowski Jan	kpr.	piech.
88.	Grabowski Jerzy	kpr.	kawal.
89.	Grabowski Stanisław	sierż.	lot.strz.płat.
90.	Grotte Jan	ppor.	piech.
91.	Gruiński Bolesław	ppor.	art.mot.
92.	Grudniewicz Stanisław	plut.pchor.	piech.
93.	Gubała Bronisław	kpr.	"
94.	Grzegorzewski Bolesław	kpr.	"
95.	Harbaszewski Wacław	plut.	łącz.
96.	Hawrylak Adam	kpr.	lot.mech.
97.	Iwaniuk Wacław	asp.	piech.
98.	Jabłoński Paweł	cyw.	-
99.	Jabłoński Stanisław	cyw.	-
100.	Jacewicz Alfons	ogn.	art.
101.	Jagnus Feliks	kpr.	piech.
102.	Jasiński Ludwik	plut.pchor.	"
103.	Jasiński Edward	przedpobor.	
104.	Jaukowski Antoni	asp.	lot.mech.
105.	Jamiołkowski Władysław	plut.	" "
106.	Jandl Romuald	ppor.	piech.
107.	Janiurek Jan	sierż.pchor.	"
108.	Jarmołkowicz Czesław	kpr.	

POLISH INSTITUTE AND SIKORSKI MUSEUM
Archives Ref No. A.XII.4/145 6
Copyright: Polish Institute and Sikorski Museum

— 3 —

L.p.	Nazwisko i Imię	stopień	rodzaj broni.
109.	Jarczyński Tadeusz	kpr.	piech.
110.	Jarliński Jan	ppor.	"
111.	Jastrzębski Juliusz	asp.	"
112.	Jastrzębski Kazimierz	ppor.	"
113.	Jendrzej Franciszek	asp.	"
114.	Kaczmarz Antoni	plut.	art.
115.	Kaczorowski Erwin	ppor.	sł.geogr.
116.	Kaczmarek Piotr	cyw.	-
117.	Kajet Jan	kpr.	br.panc.
118.	Kański Ryszard	plut.	piech.
119.	Kapis Aleksander	ppor.	"
120.	Karbowy Edward	st.strz.	"
121.	Karmiński Bronisław	strz.	"
122.	Kanwiszer Zenon	kpr.	"
123.	Kaszycki Tadeusz	ppor.	lot.pilot.
124.	Kasprzycki Kazimierz	por.	art.
125.	Kawulok Antoni	kpr.	piech.
126.	Kaźmierczak Edward	ppor.	"
~~127.~~	~~Keitelman Abraham~~	~~cyw.~~	-
128.	Kępiński Antoni	strz.z cenz.	art.
129.	Kierwiak Wacław	asp.	piech.
130.	Kiersnowski Zygmunt	ppor.	"
131.	Kierzkowski Bernard	ppor.	"
132.	Kin Mieczysław	cyw.	-
133.	Kiryjewicz Mikołaj	st.strz.	piech.
134.	Kleczewski Wawrzyniec	kpr.	"
135.	Klitin Sergiusz	kpr.	kawal.
136.	Klonowski Tadeusz	plut.	żand.
137.	Kobielski Wilhelm	sierż.	piech.
138.	Kobyliński Konstanty	st.sierż.	br.panc.
139.	Komorowski Jan	st.strz.	piech.
140.	Kondys Ignacy	strz.	"
141.	Kotowski Tadeusz	kpr.	"
142.	Kowalski Edward	przedpobor.	-
143.	Kowalski Czesław	plut.	art.
144.	Kowalski Jan	przedpobor.	-
145.	Kowalski Aleksander	kpr.	br.panc.
146.	Kowaluk Czesław	plut.	sap.
147.	Kostrzanowski Jan	ppor.	piech.
148.	Kowalewski Józef	kpr.	art.p.lot.
149.	Kowarski Roman	por.	piech.
150.	Krajewski Antoni	plut.	lot.adm.
151.	Krzyżewski Jan	kpr.	sł.zdr.
152.	Kubica Karol	ppor.	piech.
153.	Kubik Edward	asp.	art.
154.	Kurnatowski Brunon	ppor.	piech.
155.	Kuza Alojzy	por.	"
156.	Kubiak Kazimierz	plut.	art.mot.
157.	Kurdziel Edward	kpr.pchor.	piech.
158.	Kazmierowski Kazimierz		
159.	Lalicki Stanisław	st.sierż.	piech.
160.	Lang Jan	cyw. kpt	- art.
161.	Langwiński Franciszek	przedpobor.	-
162.	Lelental Antoni		
163.	Lewicki Kazimierz	kpr.	piech.
164.	Lewandowski Stefan	kpb.	"
165.	Lewkut Józef	przedpobor.	-
166.	Lipiński Jerzy	strz.	piech.
		asp.	"

L.p.	Nazwisko i Imię	stopień	rodzaj broni
167.	Lipka Stanisław	strz.	piech.
168.	Liśkiewicz Karol	por.	
169.	Lutnik Witold	ppor.	piech.
170.	Łohaza Stanisław	plut.	kawal.
171.	Łoziński Bronisław	-?	-?
172.	Maciejewski Ludwik	strz.	br.panc.
173.	Maciąg Czesław	kpr.	lot.mech.
174.	Majewicz Mieczysław	plut.	br.panc.
175.	Majewski Edward	kpr.	kawal.
176.	Makuch Mieczysław	kpr.	br.panc.
177.	Malanowski Jan	kpr.	piech.
178.	Małachowski Kazimierz	asp.	piech.
179.	Mańkowski Ryszard	kpr.	"
180.	Marciniak Jan	plut.	lot.mech.
181.	Martynoga Stanisław	ppor.	piech.
182.	Masłowiec Feliks	cyw.	-
183.	Mankiewicz Andrzej	kpr.	br.panc.
184.	Matejowski Adam	ppor.	piech.
185.	Matuszewski Witold	kpr.	lot.
186.	Masiorski Tadeusz		
187.	Matysmniuk Teodor	plut.	art.
188.	Matyjaszewski Kazimierz	por.	piech.
189.	Michałowicz Eustachy	asp.	"
190.	Michalik Czesław	kpr.pchor.	"
191.	Michalewicz Marian	kpr.pchor.	"
192.	Miętek Józef	kpr.	"
193.	Mikołajczyk Henryk	strz.	łącz.
194.	Miśkierewicz Piotr	plut.	kawal.
195.	Miszczyszyn Henryk	strz.	piech.
196.	Mordarski Leszek	plut.pchor.	"
197.	Motyka Mieczysław	plut.	"
198.	Napieralski Feliks	plut.	lot.mech.
199.	Natanek Jan	sierż.pchor.	piech.
200.	Niewiadomski Edward	kpr.	lot.mech.
201.	Nowakowski Paweł	kpr.pchor.	sł.zdr.
202.	Nowakowski Edward	strz.	
203.	Nowicki Edmund	kpr.	piech.
204.	Nowobilski Albin	kpt.	
205.	Okoński Adam	asp.	art.
206.	Opiola Zbigniew	ppor.	piech.
207.	Opałko Stefan	kpr.	br.panc
208.	Orlita Zygmunt	ppor.	art.
209.	Orpiszewski Stanisław	por.	art.
210.	Ortyl Kazimierz	por.	piech.
211.	Osuchowski Kazimierz	ppor.	"
212.	Oswald Roman	ppor.	sł.uzb.
213.	Ostroróg Aleksander	kpt.	art.
214.	Paciejewski Władysław	asp.	br.panc.
215.	Pade Edward	kpr.	"
216.	Parylak Stanisław	por.	piech.
217.	Parzychowski Bronisław	sierż.	"
218.	Paschke Teodor	por.	"
219.	Piątkiewicz Jerzy	plut.pchor.	art.
220.	Piekarski Kazimierz	plut. ?	kawal.
221.	Pietruszkiewicz Janusz	kpr.	łącz.
222.	Piwowar Jan	kpr.	piech.
223.	Pomieczyński Henryk	kpr.	"
224.	Popiołek Władysław	przedpobor.	

— 5 —

L.p.	Nazwisko i Imię	stopień	rodzaj broni
225.	Potempa Ryszard	strz.	piech.
226.	Prystupa Jan	kpr.	br.panc.
227.	Puzig Herman	cyw.	-
228.	Pietrucha Jan	ppor.	piech.
229.	Radzicki Maciej	ppor.	br.panc.
230.	Rauchut Jan	przedpobor.	
231.	Regulski Stanisław	cyw.	
232.	Romeyko Olgierd	strz.	piech
233.	Romanek Stanisław	asp.	"
234.	Rosiewicz Juljan	strz.	"
235.	Ruda Ryszard	ogn.	art.
236.	Rudnik Jan	cyw.	
237.	Rydlewski Alfred	kpr.	br.panc.
238.	Rzucidło Władysław	st.strz.z c.	art.
239.	Rubin Eliasz	cyw.	
240.	Sabatowski Jan	kpr.	piech.
241.	Sedlak Aureliusz	asp.	"
242.	Serafin Józef	por.	"
243.	Senioch Stanisław	kpr.	"
244.	Seemann Władysław	kpr.	"
245.	Serwas Kazimierz	ppor.	"
246.	Sieroń Józef	kpr.	"
247.	Sikora Roman	ppor.	
248.	Skowroński Feliks	kpr.	sł.uzb.
249.	Skowronek Władysław	kpr.	lot.mech.
250.	Skomski Stanisław	przedpobor.	
251.	Sławok Jan	plut.pchor.	br.panc.
252.	Słupiński Leon	asp.	piech.
253.	Sokołowski Józef	kpr.	"
254.	Sochacki Jan	kpt.dypl.	"
255.	Soliński Juljan	ppor. ?	"
256.	Sobieniek Jan	ppor.	"
257.	Sokołowski Władysław	kpr.	"
258.	Sobiech Tadeusz	strz.	"
259.	Smoleński Antoni	sierż.	br.panc.
260.	Smusz Alojzy	kpr.	piech.
261.	Snarski Stanisław	kpt.	art.
262.	Spławiński Zbigniew	przedpobor.	
263.	Strugalski Leon	plut.	art.
264.	Stacharczyk Stanisław	przedpobor.	
265.	Stypiński Franciszek	ogn.	art.
266.	Strutyński Władysław	kpr.pchor.	piech.
267.	Strzałkowski Wiktor	ppor.	sap.
268.	Suliskawski Leon	kpr.	art.
269.	Supronowicz Tadeusz	asp.	piech.
270.	Sutkowski Lucjan	kpr.	łącz.
271.	Sulima Tadeusz	asp.	piech.
272.	Sztraub Stanisław	por.	"
273.	Szeliga Wojciech	ppor.	
274.	Szantor Ursyn	kpt.	art.
275.	Szymanowski Romuald	kpr.	piech.
276.	Szymkowiak Stanisław	plut.	br.panc.
277.	Szonert Stefan	sierż.pchor.	piech.
278.	Sztulman Leon	strz.	"
279.	Szifris Borys	cyw.	
280.	Szymiec Edmund	st.strz.	tab.
281.	Szternal Kazimierz	kpt.	piech.

– 6 –

L.p.	Nazwisko i Imię	stopień	rodzaj broni.
282.	Szydłowski Adam	mjr.	piech.
283.	Szydłowski Kazimierz	kpt.	art.p.lot.
284.	Śliski Stanisław	cyw.	
285.	Śmigaj Stefan	ppor.	art.
286.	Świgoń Antoni	plut.	br.panc.
287.	Świątek Józef	plut.	sap.
288.	Świtalski Waldemar	ppor.	piech.
289.	Szmulewicz Fajbuś	cyw.	
290.	Teleśnicki Teofil	mat	maryn.
291.	Tenenbaum Jakub	st.strz.	piech.
292.	Timkowski Jan	cyw.	
293.	Tokarski Wincenty	plut.	piech.
294.	Tomanek Stanisław	bomb.	art.
295.	Tomczyk Alfons	strz.	lot.
296.	Trelka Michał	ppor.	piech.
297.	Tucki Antoni	ppor.	art.
298.	Uhma Franciszek	kpr.	piech.
299.	Urbaniak Józef	por.	"
300.	Urbański Czesław	kpr.	"
301.	Vogelgesang Kazimierz	strz.	"
302.	Vogt Henryk	ppor.	"
303.	Wabner Zygmunt	plut.pchor.	"
304.	Walas Czesław	przedpobor.	
305.	Wajsman Lejb	cyw.	
306.	Węgrzyn Józef	kpr.	lot.
307.	Wiśniewski Tadeusz	kpr.	"
308.	Wiśniewski Franciszek	kpr.	piech.
309.	Wiśniewski Ryszard		
310.	Wiśniewski Jan		
311.	Witt Paweł	plut.	kawal.
312.	Wołuniecki Aleksander	kpr.	br.panc.
313.	Wolny Józef	kpr.	art.
314.	Wroński Stanisław	st.strz.	kawal.
315.	Wróbel Stanisław	kpr.	piech.
316.	Wróbel Bolesław	kpr.	"
317.	Wyhowski Stanisław	ppor.	"
318.	Wyhowski Władysław	ppor.	"
319.	Wysocki Mieczysław	kpr.pchor.	
320.	Wysocki Bolesław	asp.	sż.intend.
321.	Zabojski Witold	ppor.	piech.
322.	Zaleski Stanisław	plut.	"
323.	Zawada Marian	plut.	lot.
324.	Zakrzewski Zdzisław	kpr.pchor.	piech.
325.	Zagórski Stanisław	kpr.	br.panc.
326.	Zawilski Karol	kpr.	piech.
327.	Zeja Sylwester	asp.	lot.
328.	Zieliński Zdzisław	przedpobor.	
329.	Zięba Paweł	kpr.	łącz.
330.	Ziółkowski Ryszard	kpr.	art.p.lot.
331.	Zioło Marian	st.strz.	piech.
332.	Zieliński Bernard	kpr.	lot.mech.
333.	Zwiryk Mirosław	cyw.	
334.	Zwierzański Mikołaj	strz.	piech.
335.	Zwierzański Michał	kpr.	br.panc
336.	Żarów Franciszek	sierż.pchor.	piech.
337.	Żurawiecki Stanisław	plut.	"
338.	Żyszkiewicz Mieczysław	kpr.	br.panc;
339.	Kowalczyk Stanisław	kpr.	piech.

— 7 —

L.p.	Nazwisko i Imię	stopień	rodzaj broni.	
340.	Poprawski Aleksander	podsm	dotatkow	
341.	Płocha Gustaw			
342.	Wasiucki Kazimierz	ppor	piech.	
343.	Sulik Mikołaj	ś.m.	kaw.	L.dz. 3540/41.
344.	Bogdan Julian	pchor.	piech.	
345.	Rumas Stefan	kpr.	art	
346.	Dąbrowa Feliks	kpr. z c.	łoźn.	(dane podać krqd wyw. Dąbrowa Sława)
347.	Kietpinski Jan	st. sierż.		
348.	Maciejowski Eugeniusz	" "		
349.	Maleśko Rudolf	"		44?/42.
350.	Dzikowski Ireneusz	mat.		
351.	Padele Aleksander	ppor.		
352.	Deborzyński Mieczysław	cyw.		
353.	Keller Zbigniew	pchor.		(podanie przez por. Mocnejnskiego od VCM.

```
47. Ciok Jan              por.     piech.
48. Danisz Leon           kpr.     kawal.
49. Dębicki Kazimierz     sierż    piech.
50. Deresz Aleksander     strz.      "
                          kpr.     kawal.
```

VII

Mientras tanto, las relaciones entre la Cruz Roja británica y la Cruz Roja española —siempre más observadora que participante— son diplomáticas y corteses, puesto que la segunda no interviene ni sabe a ciencia cierta qué se traen entre manos esos amables británicos con los que comparten oficinas en una de las más elegantes plazas del barrio de Chamberí. Contrariamente a lo que yo daba por hecho mientras mi madre me iba contando sus experiencias de recién casada, convencida de que la clandestinidad de mi padre estaba auspiciada por la Cruz Roja española, hoy, con los papeles oficiales en la mano, rectifico. No fue así exactamente. Entonces no conocía aún la directa intervención de la Cruz Roja británica en España, y menos aún su asociación con el MI6, y por tanto carecía de elementos de juicio para confirmarlo. Por otro lado, ahora entiendo que la asociación española no interviniera, puesto que un gran número de sus altos cargos estaban claramente identificados con el régimen franquista después del año 1939, y por tanto con las conocidas simpatías de éste por el Tercer Reich. De forma que la infiltración alemana en los salvamentos era un riesgo que se corría si se hubiera involucrado a la Cruz Roja española.

Su presidente durante la Segunda Guerra Mundial, el psiquiatra Vallejo-Nágera, amigo personal del Caudillo, era un fascista convencido de la errónea y muy extendida teoría científica sobre la inferioridad racial de los judíos, lo que inevitablemente lo asociaría a la filosofía nazi a la que iba emparejada. Por lo tanto, cuanto menos supieran los más altos cargos españoles sobre el procedimiento de los salvamentos británicos realizados en su propia casa, mejor. La altivez que se desprende de la correspondencia entre Lisardo Álvarez —el mismo que les entregó en mano los pasaportes a mis padres en la Dirección General de Seguridad dos meses después, en enero de 1942— y el subsecretario de Asuntos Exteriores en octubre de 1941, catalogando a los judíos como «indeseables sujetos a los que debe regularse su entrada a España», confirma el clima racista imperante y corrobora Nicolás Franco en otra carta un mes después, cuando dispuso que quedaba «prohibida la venta de pasajes a individuos de raza judía», en los buques que zarpen desde Lisboa, donde ejercía de embajador.

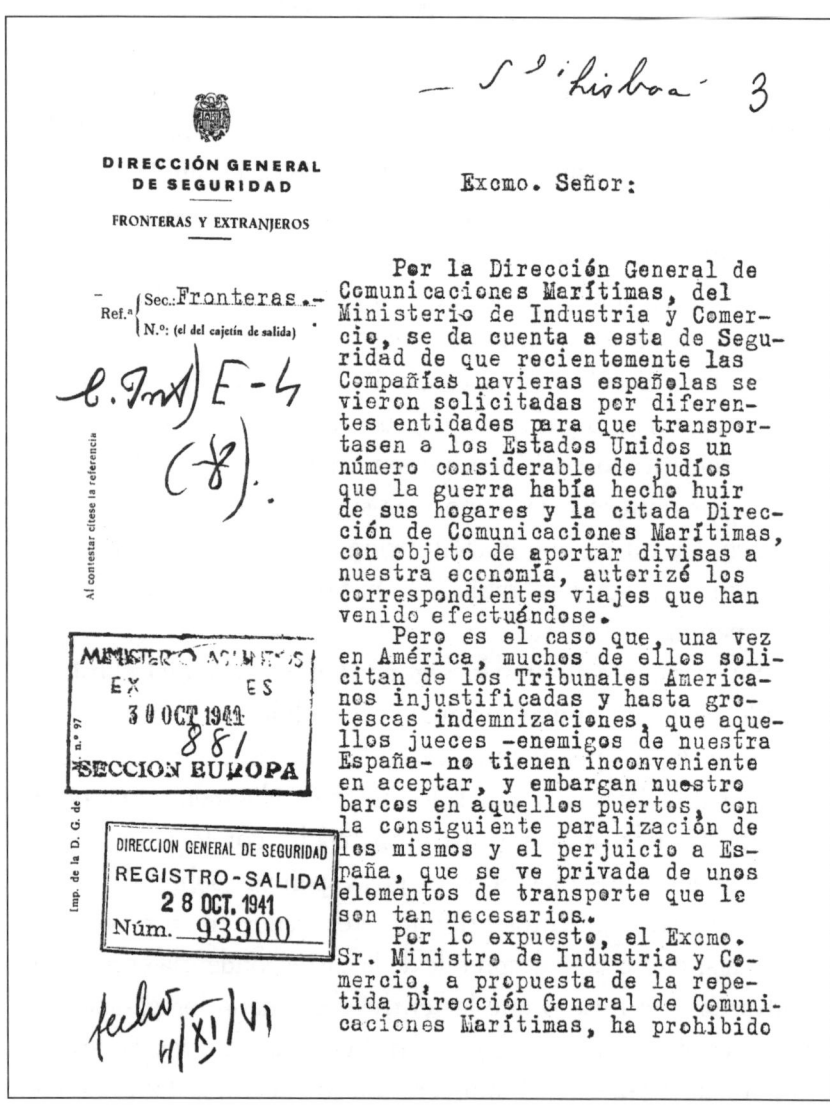

> 4
>
> en lo sucesivo el embarque de tan indeseables sujetos y lo participa a este Centro por si, en su vista, estima debe regularse la entrada en España o la permanencia en ella de estos semitas.
> Me honro en participarlo a V.E. para su superior conocimiento, al propio tiempo que le agradeceré me dé las instrucciones que juzgue pertinentes sobre el caso.
> Dios guarde a V.E. muchos años.
> Madrid, 27 de Octubre de 1941.
>
> EL DIRECTOR GENERAL,
> P.D., EL COMISARIO GENERAL,
>
> *[firma]*
>
> Excmo. Señor Subsecretario de Asuntos Exteriores.

Carta de Lisardo Álvarez, enviada desde la Dirección General de Seguridad al Ministerio de Asuntos Exteriores y al embajador Nicolás Franco, referida al tema del paso de los judíos por España hacia Portugal.

Tras largas deliberaciones sobre el trato que reciben los presos en España, las negociaciones de Lawrence fructificarían, y para junio de 1943, cuando gran parte de los detenidos a cargo de la Cruz Roja británica (en unión a la War Organization) ya habían sido liberados, sólo quedan 400 en Miranda de Ebro. Cuando se reparten las responsabilidades con organizaciones francesas, aun-

EMBAJADA DE ESPAÑA
EN
LISBOA

EUROPA.

Nº 318

Lisboa, 3 de Noviembre de 1941.

Asunto: Prohibición embarque individuos raza judía buque "ISLA DE TENERIFE".

Excmo. Señor:

El agente de la Compañia Trasmediterranea en Lisboa en escrito de fecha de hoy me dice lo siguiente:

"Tengo el gusto de comunicarle que hasta la fecha no he vendido ni un solo billete de pasaje para la próxima salida de la M/N. "ISLA DE TENERIFE", cuya salida está fijada para el día 6 del actual con destino a Habana y Nueva York. - También me es grato manifestarle que de acuerdo con instrucciones recibidas de mi Representada, Compañia Trasmediterranea, de Madrid, queda prohibida la venta de pasajes a individuos de raza judía. Aprovecho etc.(f) ilegible.

Lo que tengo la honra de comunicar a V.E. para su conocimiento en respuesta a la Orden nº 175, de 25 del pasado octubre.

Dios guarde a V.E. muchos años.

EL EMBAJADOR DE ESPAÑA

Nicolás Franco.

Excmo. Señor Ministro de Asuhtos Exteriores.   M A D R I D.-

Carta al embajador de España en Lisboa, Nicolás Franco, relacionada con el despacho del 30 de octubre de 1941 de Lisardo Álvarez en Gobernación.

que manteniendo siempre la relación amigable y poco intervencionista con las altas esferas de Cruz Roja española. La asociación británica se retira definitivamente de España el 10 de septiembre de 1943 (Cruz Roja, 558/564). Para esa fecha los hermanos Sequerra, judíos sefarditas portugueses, llevaban ya un año instalados en Barcelona para dirigir, tan discretamente como ejercían su profesión, la asociación filantrópica norteamericana Joint (Jewish International Organization). Hacia ellos se continuará canalizando la atención de los judíos que siguen fluyendo por los Pirineos hacia España (Joint N.Y. Files, 913-920, Spain 1933-1944). David Blickenstaff centralizará las operaciones desde Madrid y en las mismas dependencias de la Asamblea de la Cruz Roja española en la plaza de Rubén Darío de Madrid. Lo que debería ser motivo de una meditación más profunda, si consideramos la mezcla de ideas, personas, nacionalidades y actividades que se concentran bajo el mismo paraguas de la Cruz Roja española, en unas circunstancias tan conflictivas como las de 1939-1945. De cualquier forma, este minúsculo equipo humano continuará ejerciendo sus funciones con admirable dedicación en otra ejemplar y muy poco conocida labor humanitaria, y más estrechamente relacionada de lo que parecía con el MI6, y nunca suficientemente alabada —hay que reconocer que, en buena medida, por desconocidos—. Y con mayor mérito aún por la intervención del Tercer Reich ante las autoridades españolas de aquella época.

Siempre he considerado que la cifra de los 30.000 salvamentos españoles durante este periodo que publica el embajador Hoare en 1946, y que muchos hemos dado por válida durante años, se quedaba corta. En el referido memorando confidencial sobre las actividades de la Cruz Roja británica, ya se reconoce la imposibilidad de concretar el número real de salvamentos (Cruz Roja, 562), pues aparte de los miles de refugiados que pudieran arroparse bajo el paraguas aliado, sería imposible enumerar a los que entraron por su cuenta. Miles y miles de personas que se colaron por las fronteras ilegalmente y que transitaron por España sin más ayuda que la espontánea generosidad de los españoles que los acogían en sus casas, con un alto riesgo para sus vidas y sin que esto —hasta donde yo he investigado— quede debidamente reflejado en ninguna crónica de las consultadas.

El mismo informe de la Cruz Roja también dice que cruzaron ilegalmente los Pirineos un promedio de 200 personas por día entre 1940 y 1943, asegurando que salían de España unos 500 «ilegales» por semana, sin mayores detalles. Aun teniendo en cuenta que no todos los fugitivos fueron encarcelados, ni venían indocumentados, ni estuvieron de paso (muchos se quedaron tiempo indefinido), sin contar con los miles de personas que se colaron por su cuenta y riesgo a través de los cien pasos independientes que llegaron a existir de prófugos que pasaban en ambas direcciones por los Pirineos entre 1939 y 1945, la Cruz Roja británica sólo muestra cifras disponibles hasta finales de 1943. Pero se coló gente desde mucho antes y hubo otras tantas personas que siguieron pasando durante más tiempo. Por lo tanto, a la vista de estas cifras y haciendo un cálculo aproximado, no es descabellado deducir que los evadidos a través de España a lo largo de toda la Segunda Guerra Mundial fueron 300.000, cifra que debe considerarse conservadora.

Es curioso, así y todo, que un capítulo tan significativo como el de la ayuda humanitaria (y no sólo referente a España) esté tan poco estudiado y apenas haya pasado a la posteridad. Aunque también es verdad que la información aliada estuvo demasiados años blindada, sin dar pie a una investigación más exhaustiva antes del año 2005. Por otra parte, aunque la principal responsabilidad recayó sobre el Servicio Secreto británico, para mayor garantía de silencio futuro, sus colaboradores solían ser desconocidos a quienes no les interesaba destacar y que, sin embargo, jugaron un eminente papel. En definitiva, el salvamen-

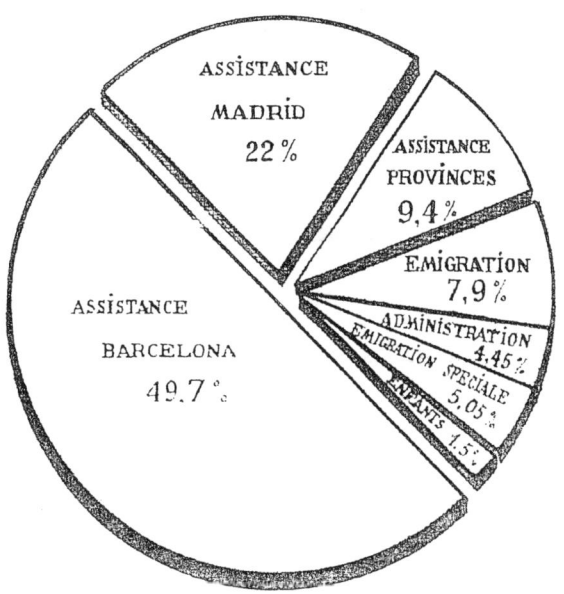

*Distribución de fondos procedentes del JOINT
(Jewish International Organization) de Nueva York,
administrados desde las oficinas en Barcelona.*

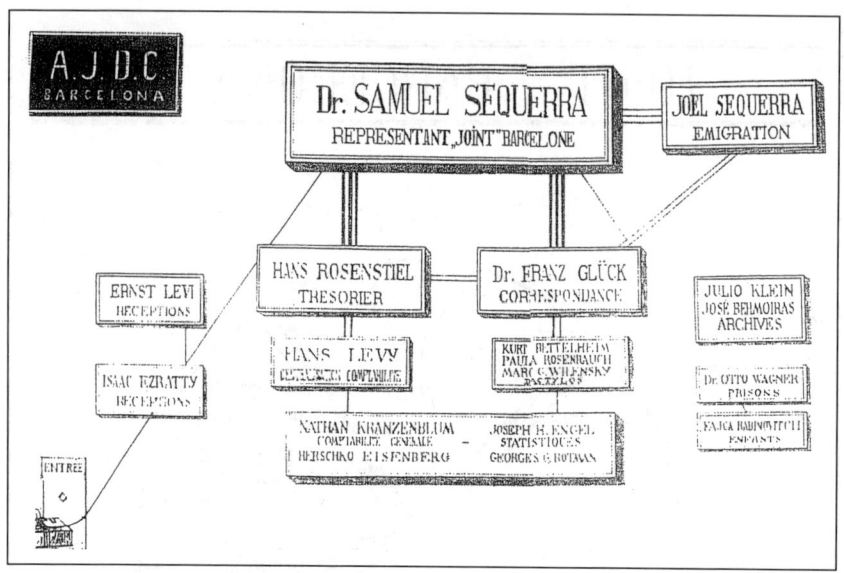

Organigrama de las primeras colaboraciones de Samuel y Joel Sequerra en Barcelona en 1944.

to de refugiados y la ayuda humanitaria en este periodo y en su amplia variedad quedó como un apartado bélico ligado a unas entidades apartadas de la política. Un tema que era preferible relegar como una consecuencia inevitable y dolorosa, pero secundaria, de cualquier guerra, solapando el agitado mar de fondo que provocó. El recuento de heridos, muertos y desaparecidos, y de millones de afectados indirectos, quedó para las estadísticas, y en el mejor de los casos, para los encargados de las oraciones como consuelo por las trágicas secuelas. Al fin y al cabo, esto era precisamente algo que no interesaba destacar a partir de 1945, cuando el mundo prefería dedicarse a la reconstrucción.

Pero ahora que conocemos mejor los hechos, habría que reconsiderar el destacado y oculto papel de estos ángeles protectores ignorados, distribuidos a lo largo y ancho de Europa que hicieron posible miles de felices y afortunados desenlaces. Tres generaciones después, deberíamos pensar que fueron precisamente los que lucharon sin armas los que menos reconocimientos recibieron, a pesar de sus esfuerzos por evitar que crecieran las terroríficas listas de muertos. Son ellos también los que le dan otro sentido al verdadero desenlace de uno de los más crueles y sanguinarios enfrentamientos de la humanidad y, desde luego, del siglo XX.

VIII

Además de sorprendernos porque un plan de ayuda de semejante magnitud, contrapartida de tanta crueldad, haya podido pasar tan inadvertido, hemos de considerar la importancia de la neutralidad de España en estas operaciones. Su particular situación geográfica, política y económica sin duda facilitó el desconocido salvamento de miles de personas, quienes, de lo contrario, podrían haber sucumbido irremediablemente. Por otra parte, aunque Franco se lo callara, como tantas cosas de su largo mandato, él tampoco hizo concesiones gratuitas, ni a la ligera, al permitir ese trasiego de refugiados ilegales en un territorio tan controlado como el suyo. Nunca he dudado de que el general estuviera mejor informado de lo que se suponía sobre las rebuscadas formas de evacuación aliadas, por lo sabido a través de sus fuentes de información y, más aún, de la propia Gestapo. Al fin y al cabo, el Tercer Reich era el más interesado en impedir el paso de los prófugos, en su megalómano afán de poder y estricto control hasta de los presos de los países ocupados que estaban en las cárceles españolas. Al apresar a los jóvenes aún en edad militar, para castigarlos como prófugos de sus ejércitos, pero sobre todo para evitar su posible reincorporación a los ejércitos aliados al escapar. Como así ocurría. Igual que a los judíos, por la obvia persecución antisemita, que no se deseaba divulgar, pero que se estaba convirtiendo en un secreto a voces. El resto de los refugiados eran perseguidos para que no delataran lo que estaba ocurriendo en una Europa sometida a la atroz tiranía nazi. Los menos eran esos espías que veían aflorar por todas partes y que en realidad eran minoritarios en comparación con los que de verdad huían para salvar la vida.

Un aspecto fundamental de esta extraña «clandestinidad consentida» por Franco es que tanto a Churchill como a Hitler, por distintos motivos, desde luego, les convenía que la sufrida España, devastada por una guerra fratricida reciente, hambrienta y amedrentada por la dictadura y sus consecuencias hasta muchos años después, permaneciera dominada por un militar altanero, de escasa personalidad y experiencia política. Un gobernante que no tuvo escrúpulos para mantener sometido al pueblo en plena crisis, mientras utilizaba el 40 por ciento de su exiguo presupuesto nacional en seguridad y defensa, y con el que apenas compartían una misma ideología antibolchevique. La inflexible mediocridad de la dictadura militar nacional también favorecía el control de la población racionada, para sobrealimentarla de propaganda germana. Algo que a su vez dificultaba la infiltración de unas noticias que no siempre interesaba divulgar. O las distorsionaba a través de la férrea censura supervisada al alimón por Serrano Súñer y el temido y poderoso agregado de prensa alemán, Josef Lazar. Un avasallamiento propagandístico con el que Tom Burns, como agregado de prensa británico, apenas podía encararse con unos sencillos comunicados que se repartían a través de los consulados y los jóvenes voluntarios que los distribuían por todo Madrid. Circunstancias igualmente beneficiosas para articular una estricta moral católica, impuesta por una Iglesia muy bien avenida con el régimen. Los aliados, por su parte, ajustaron su política conservadora y sus mermados presupuestos a este panorama español, tan útil para mantener el secretismo que rodeaba a los salvamentos humanitarios, dentro de la calculada ambigüedad franquista y a pesar del acecho de la Gestapo y de los oficiales de las SS.

Resulta extraño, sin embargo, que entre los documentos secretos desclasificados, y no sólo en lo relativo a la carpeta personal de mi padre, sino también entre las abundantes notas relacionadas con España, no aparezcan los salvamentos acuáticos a través de nuestra casa familiar de Redondela. O los rudimentarios métodos de fuga utilizados en el local de Embassy, encubiertos indirectamente por el público, pues aunque no hay duda de que los rescates se llevaron a cabo con intervención del SOE, ninguno de ellos se menciona. Aun admitiendo que quedan muchos archivos por abrir y esta noticia pudiera estar en otro lugar, o contada a medias entre notas y cables secretos, si tenemos en cuenta la cautela del capitán Hillgarth, que dirigía las operaciones en directa comunicación con el primer ministro británico (muy a pesar del embajador Hoare), no sería raro que, como ya mencionaba David Stafford acerca de las visitas del agregado naval al *premier* en el número 10 de Downing Street —jamás registradas en ninguna parte en los años cincuenta—, que tampoco interesara dejar constancia sobre las evacuaciones iniciales por la Ría de Vigo de los numerosos polacos resguardados al cobijo desinteresado de la familia Martínez Alonso, en el verano de 1941. Esto explicaría, por ejemplo, el asombro de sir Samuel Hoare al enterarse de que la War Organization no estaba debidamente informada sobre (toda) la situación de los presos en España. Y posiblemente ignorase muchas otras cosas, que no se han sabido por deseo del propio primer ministro británico. Como ya he dicho antes, creo que fue la necesidad acuciante de liberar como fuera a ciertos polacos retenidos en Miranda de Ebro lo que empujó al pequeño grupo dirigido por Alan Hillgarth y compuesto por Michael Creswell, Alan Lubbock, David Babington Smith, David Thompson y mi padre a actuar como lo hicieron. Con rigor profesional, dentro del máximo secretismo, desde luego, pero a su aire y como pudieron. Con las insalvables exigencias administrativas impuestas por la administración nacional, había que sacar a las víctimas adelante a cualquier precio. Razón por la que no quedó una constancia tan detallada como la de los cruces del río Miño por Guillarey, descrita por mi padre en el reportaje para el MI5 y hasta hoy archivada en el Reino Unido.

La presión directa a las oficinas de Whitenall y al Foreign Office desde la frágil representación de Polonia en Londres, alentada por unas asociaciones judías norteamericanas dispuestas a enviar 17 millones de dólares para auxiliar concretamente a los judíos polacos, asombrosamente bien organizados a escasas seis semanas del comienzo de la guerra, en octubre de 1939 (véase la carta desde la Tesorería de Whitehall al Foreign Office de la página 257), nos da idea del interés y la presión desplegados para socorrerlos. Los británicos deciden que se haga desde la neutral España. En cuanto llega al poder, en mayo de 1940, Winston S. Churchill no tarda en poner los escasos medios con los que cuenta para socorrer y liberar a esos hombres desamparados, e intercambia impresiones con Hillgarth y Creswell sobre las posibles soluciones que le puedan proporcionar desde la perspectiva de la inteligencia militar.

Para sacar adelante los planes de rescate por la Península Ibérica, como remate de las rutas de evacuación clandestinas europeas, hay que impedir a toda costa que España se involucre en la guerra. Y ninguna presión será más eficaz que la ejercida a través de los suministros de trigo y petróleo que necesita el país. Para el agregado naval, la situación está muy clara: el principal factor para que Franco incline su balanza bélica por el sí o el no es la escasez generalizada que sufre su país y en particular el hambre literal, que salta a la vista. Disquisiciones políticas aparte, y con una visión más humana que política, Hillgarth entiende que éste debe ser el eje de las negociaciones con Franco en lo que a los salvamentos humanitarios se refiere. Después de la negativa estadounidense a enviar trigo al comienzo de la Segunda Guerra Mundial —por los enfrentamientos por la venta del wolframio a Alemania—, el capitán Hillgarth explica al primer ministro, en una carta privada del 19 de noviembre de 1940, que en su actual situación, la principal ayuda económica que pueden recibir los españoles es la que Inglaterra les ofrezca, si de verdad desea que Franco no se implique en la guerra. Y si no se hace así, «el trabajo que llevamos realizando durante meses no habrá servido para nada… Ésta es la clave, para mí, de la guerra, en lo que a este país respecta» (Premier: 4/21/2B). La observación no cae en saco roto y hace reaccionar enseguida a Churchill. Diez días después telegrafía al Foreign Office lo siguiente: «Cuando lean al embajador Hoare mi telegrama al presidente Roosevelt sobre el abastecimiento de comida para el gobierno español, el capitán Hillgarth deberá estar presente y agradecer su carta que es interesante y confirma otros informes que hemos recibido». Y por si su máximo representante diplomático en Madrid no se hubiera enterado, también le envía otro cifrado número 3201 a

---

PRIME MINISTER'S PERSONAL MINUTE

SERIAL No. M.359.

FOREIGN OFFICE.

When my telegram to President Roosevelt about food supplies is shown to Sir Samuel Hoare, Captain Hillgarth should also be informed and thanked for his letter, which is interesting and confirms the reports we have received from other quarters.

W.S.C.

30.11.40

Washington el 3 de diciembre, que lo reitera. De donde se confirma que el apoyo de Roosevelt a Churchill existía incluso antes de la entrada oficial de Estados Unidos en la Segunda Guerra Mundial. Unas fechas que coinciden con los primeros rescates de presos en Miranda de Ebro, en el otoño de 1940, como cita el propio embajador Hoare.

Es decir, las rutas clandestinas vía España hacia Gibraltar o Portugal, y las que son base central de esta investigación, estaban acordadas entre el gobierno de Franco y Churchill —muy secretamente, desde luego—, a cambio de medicinas, petróleo y alimentos, desde finales de 1940. Precisamente cuando comienzan a intensificarse las rutas de escape, enlazadas con la resistencia francesa a través de los agentes del SOE, a los que el doctor Eduardo Martínez Alonso fue unos de los primeros en unirse. En tales circunstancias, el primordial escollo era evitar ya dentro del territorio nacional a los secuaces del Führer, notablemente protegidos por las autoridades españolas. El verdadero motivo que obliga a los aliados a andarse con pies de plomo. De ahí la «clandestinidad» de unas evacuaciones consentidas por el gobierno de Franco desde el momento en que Churchill sube al poder.

España estaba en un estado agónico cuando estalló la Segunda Guerra Mundial y Franco sabía muy bien que poco podía aportar, aunque se inclinara hacia el Eje como aliado ideológico. Por eso utilizó la fuerza del débil. El general se comportó como la mujerzuela casquivana de escasos recursos económicos que flirtea con dos amantes poderosos enfrentados entre sí, manipulando a su conveniencia su baza principal: la de no comprometerse con ninguno, contentándoles del modo que cada cual desea para beneficio propio. Al darles largas, manteniéndoles en la duda de si entraría o no en la guerra, el general trata de ganar tiempo para sacar el mayor provecho a su precaria situación. A cambio de desentenderse de las fugas clandestinas por su territorio, fueran de cariz humanitario o político —a él eso le daba igual—, se beneficia calladamente de la generosa, discreta y muy necesaria ayuda británica. Y mientras le dejen, sin renunciar a la venta medio a escondidas del wolframio a los alemanes. Hasta que queda claro de qué lado se inclina la balanza del ganador, y se gira definitivamente hacia éste, abandonando al perdedor.

Epílogo

Lo que comencé como una entretenida remembranza familiar, basada en tres años de relajadas conversaciones con mi madre sobre las aventuras juveniles compartidas con su marido y cuyos testimonios yo quería conservar casi como un recuerdo en la primera parte de este libro, ha concluido, sin proponérmelo, como una investigación en toda regla. Y todo porque se desclasificaron los documentos del Servicio Secreto británico en el año 2005. Resulta indudable, por tanto, que, con las pruebas en la mano, es muy gratificante que las que hasta entonces consideré unas divertidas experiencias de recién casados se hayan convertido en unos hechos históricos y humanitarios de notable trascendencia, que abarcan a media Europa y en los que su participación no puede sino enorgullecerme. De ahí mi interés en profundizar en lo que para mí era sólo un acontecimiento familiar, puesto que desde ahora los legajos oficiales dejan al diario de mi padre, los testimonios de mi madre y hasta mi primera interpretación de los testimonios de ambos, en el lugar que corresponde.

No obstante, aunque la documentación desclasificada prueba que la colaboración de mi padre con el SOE en España iba emparejada a la Cruz Roja británica, es indudable que sus vínculos personales con la Cruz Roja española lógicamente favorecieron sus actividades clandestinas con el SOE. Hasta qué punto eso mismo facilitó el envío de ambulancias, víveres y medicamentos, con o sin epidemia de tifus, es indudable. Así debió ocurrir muchas más veces en las que tuvieron que utilizar cualquier subterfugio médico para ir sacando a los hombres de su reclusión, con falsas disculpas de salud. No dudo que en esos casos interviniera también el doctor Francisco Luque, como director del centro de Madrid, aunque evitando al presidente de la asociación española, el doctor Vallejo-Nágera, para no entorpecer la tortuosa marcha de los salvamentos aliados por causa de sus simpatías germánicas. No obstante, la trascendental vinculación con las entidades extranjeras fue, indudablemente, lo que facilitó los principales elementos de ayuda sanitarios a los reclusos protegidos por los aliados en las cárceles españolas.

Llegado el punto de hacer recuento de la peculiar clandestinidad del doctor Eduardo Martínez Alonso en el arriesgado proyecto de la embajada británica en Madrid, en plena guerra mundial y en una España aún turbulenta, aparentemente a cambio de nada, o de muy poco, no puedo por menos que considerar por qué, a sus treinta y seis años, este médico que ejercía sin problemas en su consulta privada del barrio de Salamanca en el año 1939, eligió involucrarse en una colaboración de semejante riesgo. Más aún, tras padecer lo indecible a pie de batalla en su país durante tres años, sin que le moviera ninguna tendencia política, económica, religiosa o ideológica concreta, en un tiempo en el que la imparcialidad era impensable. Cuando aquello, además, se convirtió para él en nueve años seguidos de guerra. Lo lógico hubiera sido que tratara de volver a la normalidad y olvidar las inenarrables experiencias previamente padecidas; pero a pesar de todo se implicó con los aliados, entregándose a fondo a su misión, sin ninguna obligación o motivo específico.

Yo misma me lo he preguntado muchas veces en mi edad adulta, aunque me quedé con las ganas de hablarlo con él de joven, por no tener la suficiente información durante nuestra convivencia. El tema de la guerra, de cualquier manera, siempre fue tabú en casa, y por tanto lo que aquí cuento lo he ido descubriendo treinta años después de la muerte de mi padre. De modo que ahora sólo puedo contestar por intuición, basándome en nuestra entrañable relación afectiva, pero, sobre todo, en la lección póstuma que he recibido de él a través de estos descubrimientos. Así que, conociéndolo, no me cabe la menor duda de que su voluntaria contribución humanitaria estuvo relacionada con una especial responsabilidad y sentido del deber. Personal y profesional. Una de esas trampas inevitables de la vida, que puso a prueba su buen corazón obligándole a enfrentarse a unas adversidades ineludibles, de esas que le hacen a uno olvidarse de sí mismo. Sin darse cuenta, tal vez, de hasta qué punto era vulnerable, y menos egoísta de lo que pensaba. Después de haber visto en la tierra lo más parecido a los infiernos, curando heridos directamente en los campos de batalla, o siendo testigo de las ejecuciones masivas de víctimas inocentes entre sus convecinos —no menos escabrosas que las posteriores visitas al campo de Miranda de Ebro—, Lalo debió de considerar sin titubear que tenía que arriesgarse para salvar lo más valioso que tiene el ser humano, que es su propia vida. Y no dudó en colaborar en la liberación de aquellos que estaban condenando irremediablemente a perderla. Para este médico mundano, frívolo a veces, orgulloso y tierno, como el hombre idealista y temperamental, aunque contenido por su educación, que era, sensibilizado por el dolor ajeno, físico y moral, socorrer a las víctimas formaba parte de su máxima hipocrática. Eso es fácil de deducir por su profesión. Pero en su caso concreto, creo que mi padre tuvo las agallas de implicarse en esta labor, además y sobre todo, por respeto y amor al prójimo. Y más aún, por amor a la vida. Esa vida a la que estaba aferrado y que tanto amaba él. Muchas veces le he oído comentar, desde que era niña, incluso llorando cuando se refería a alguno de sus pacientes fallecidos, que nunca pudo acostumbrarse al sufrimiento físico de otros; y de eso doy fe, porque lo he vivido. Y menos se pudo acostumbrar a ver morir a nadie. Era una lucha constante, inevitable y perdida tantas veces a lo largo de su carrera, especialmente en las recientes campañas españolas, apenas unos meses antes de ofrecerse voluntario a echar una mano en la guerra de los ingleses. Por tanto, si este inusual SOE bilingüe, durante su osada colaboración ilegal con los aliados, de alguna manera podía resarcirse de las vidas que inevitablemente se le escaparon de las manos ejerciendo su profesión en tiempos menos convulsos, desde luego que le valió la pena involucrarse en esta comprometida y arriesgada misión para salvar a cambio las que pudiera. Un propósito muy en consonancia, por otra parte, con la intención de sus compañeros ingleses establecidos en Madrid, tan afines en cultura, educación y criterios de vida. Fueran diplomáticos o militares. A fin de cuentas, creo sinceramente que a pesar de las tensiones sufridas durante la Segunda Guerra Mundial, cuando todavía le seguían minando por dentro las secuelas de su guerra local, a Lalo le brotó de donde no sabía el suficiente arrojo para exponerse a salvar la vida de los fugitivos que aquí describo. Pero también estoy convencida de que disfrutó en silencio de los buenos resultados del deber cumplido con la misma plenitud con la que gozó de tantas cosas hasta el final de su vida. Intensa, activa y muy interesante.

Ésta es por tanto, y sobre todo, una auténtica historia de amor. De un amor sin miramientos. Desinteresado. Fraterno. Generoso. De amor a la humanidad, pero también del amor entre Moncha y Lalo. Una experiencia fuera de lo común para unos recién casados en la que el respaldo mutuo significó quizá más de lo que ellos mismos creyeron, ya que Moncha la compartió gustosa a pesar de las dificultades y las renuncias que conllevó dejar tantas cosas atrás al casarse con Lalo. Porque mi madre, sencillamente, también le siguió por amor.

Queridísima amiga:
Aún recuerdo a Lalo con tanta claridad. Recuerdo las fiestas en Navidad, cuando se vestía de Santa Claus (y yo le reconocía). Lo

recuerdo cuando nos dejaba sentarnos en el suelo del pasillo para consultar sus libros de medicina. Recuerdo su sentido del humor y su delicadeza, y su deseo de dedicarnos su tiempo. Ésos son recuerdos afectuosos de la infancia. Ahora que ya soy algo mayor y conozco el auténtico significado del valor mostrado en los momentos críticos de la historia, veo a Lalo bajo otro prisma. Este hombre dulce, padre y médico, también estaba lleno de valor y coraje, decidido a ayudar a cualquiera que lo necesitara. Sin enjuiciar a nadie; sencillamente por respeto a su prójimo. No sólo respondía a las crisis durante la enfermedad, sino también a las crisis por la falta de humanidad del hombre contra el hombre. Un médico que ayudó a curar al mundo lo mejor que pudo, a pesar del gran peligro que corría. Sencillamente: un héroe.

Espero que esa vela que encendiste resplandezca para Lalo. Se lo merece.

Con mi gran afecto, Teddy.*

He querido concluir con esta nota espontánea de mi amigo y vecino de la infancia, en Madrid, Ted Pahle, hijo del famoso cámara norteamericano del cine español del mismo nombre, colaborador de Juan de Orduña y Benito Perojo en los antiguos estudios Cifesa en los años cincuenta. El que normalmente se encargaba de fotografiar a mi padre vestido de Papá Noel durante las muchas Navidades compartidas en Madrid. Ya que fue en la librería de ese interminable pasillo en el que Teddy y yo jugamos durante tardes y

---

* Correo electrónico enviado por Ted Pahle Jr. desde Estados Unidos, el 18 de abril del 2007, al enterarse de que la Federación de Comunidades Judías de España en Barcelona había nombrado al doctor Eduardo Martínez Alonso, durante la celebración religiosa de su Yom Hashoa, benefactor de los judíos que se salvaron durante el Holocausto de la Segunda Guerra Mundial.

tardes con los libros y revistas médicas atrasadas, donde unos treinta años después apareció el diario de mi padre de 1942, que ha dado pie a esta investigación. Un librito posiblemente manoseado más de una vez por ese par de niños curiosos, y al que por su insignificancia nunca le prestamos atención, hasta que reapareció hacia 1986, durante la mudanza definitiva del piso familiar del barrio de Chamberí, donde nos criamos su hermana Maribel, él y yo.

Nota de la autora y agradecimientos

La desclasificación de los documentos oficiales del Servicio Secreto británico durante la Segunda Guerra Mundial, a partir del Freedom of Information Act del 1 de enero del 2005, entre los cuales se conservaba intacta la polvorienta carpeta de mi padre, Eduardo Martínez Alonso, desde 1945, confirmaba su silenciada y activa participación con el SOE (Special Operations Executive) en España e Inglaterra. De forma que *La clave Embassy* completa la trama que me proporcionaron los documentos que se conservan en el Public Records Office de Londres, abiertos para cualquier consulta. De ahí que haya querido preservar los testimonios de mi madre, Ramona de Vicente Núñez, de los primeros años 2000, junto a las experiencias descritas en el diario de mi padre de 1942, en la primera parte de este libro, por ser vivencias compartidas que se legitiman en «Tres años después». Es decir, la conclusión del conjunto de éstas bajo el mismo prisma antropológico social en el que he tratado de englobar el texto completo.

Así y todo y aunque desde ahora los salvamentos humanitarios aliados vía España quedan avalados con su correspondiente documentación y cobran su auténtico valor internacional, ésta seguirá siendo para mí una experiencia íntimamente familiar. Ésta es la razón por la que, como hija de los protagonistas centrales, ciertos hechos que muchos considerarían absolutamente históricos aparecen personalizados, tal como me los hicieron sentir mis padres desde que tengo memoria. Aunque sin duda lo más trascendental ha sido descubrir que el propósito humanitario aliado a cargo del MI6 en la Península Ibérica, según los datos confidenciales publicados por la Cruz Roja británica ya en el año 1949, fue el de socorrer y, en la mayoría de los casos, rescatar clandestinamente de las garras nazis que invadían Europa entre 1940-1943, a unos 300.000 refugiados, encubiertos por la neutralidad política española, permitiéndoles así el paso hacia Portugal y/o Gibraltar. Posiblemente la misión humanitaria de mayor envergadura durante la Segunda Guerra Mundial, irreconocible como tal, y que no habría culminado con semejante éxito sin la buena voluntad, la buena armonía y la íntima complicidad de los diplomáticos y colaboradores centralizados entonces en la embajada británica en Madrid, que la hicieron posible. Ajenos a intrigas, denuncias externas y traiciones internas, compartiendo un mismo código ético y su mejor voluntad, este puñado de intrépidos colaboradores hispano-británicos aunó profesionalidad, buen corazón y grandeza de espíritu para sacar adelante una trama secretísima y en extremo peligrosa, sin temor a arriesgar sus vidas por salvar las de miles de desconocidos. Enfrentándose, además, a una discutible legalidad, bordeando la alta traición, que nadie imaginaría que estaba alentada soterradamente por un sagaz Winston S. Churchill en la sombra.

Fue la labor del agregado naval y oficial encargado de la inteligencia británica en Madrid, el capitán Alan Hillgarth, en estrecha colaboración con el agregado militar, el brigadier Wyndham T. Torr, su sustituto el mayor Stuart Haslam, así como su adjunto, Alan Lubbock. Y también del agregado aéreo Edward Vincer, de Douglas Howard y (como le describe M. R. Foot),[26] de la «la torre de fortaleza» Michael Creswell, *Monday* en el argot interno, como responsable de las evacuaciones y evasiones del MI9, que lograron combinar satisfactoriamente sus funciones diplomáticas con las humanitarias en unos momentos de máxima turbulencia y riesgo. Es para mí extremadamente gratificante confirmar la participación de mi padre como médico de esa representación diplomática en Madrid, de donde partió este proyecto. Actuó con la colaboración de sus más allegados en Galicia: mi abuela Guillermina Alonso, mi tío Guillermo, o el párroco de Xende, el tío Rogelio, sin olvidar el coraje de Margarita Taylor, desde su establecimiento madrileño Embassy, en el paseo de la Castellana número 12.

Ha sido mi intención honrar desde aquí a los integrantes de la red de evasiones «oficiales» y a los de a pie, juntos o por separado, que jugaron un sólido papel hasta alcanzar el éxito humano silenciado durante setenta años, esquivando la persecución de la Gestapo y los rigores de la dictadura franquista. Olvidándose, además, del peligro que corrían y de las posibles consecuencias que amenazaban detrás de una convulsa guerra internacional no tan lejana. En definitiva, una bella combinación de audacia, conmiseración y solidaridad entre esos elegidos que pudieron superar un reto enorme y que me he permitido desarrollar con una visión particular, al tener el privilegio de reunir muchos elementos propios que he ido casando con los históricos.

* * *

Trabajar en solitario durante nueve años sin ningún respaldo institucional, editorial o económico, y a veces, incluso, enfrentándome a inexplicables e inesperados elementos en contra, podría haberme inducido a tirar la toalla irremediablemente, sin la estimulante contrapartida de aquellas personas que me sostuvieron moral y anímicamente. Por tanto, llegado al punto en el que la vida me permite seleccionar libremente a mi tribu afectiva, quiero agradecérselo a aquellos que de una forma u otra han contribuido a sacar adelante este proyecto. A su manera, los treinta y tantos primos desperdigados por el mundo, y la única nieta de mi padre, Caroline Caldwell, desde Australia, me han hecho sentir en los momentos titubeantes que todavía somos esa familia que aquí describo, con el apego y dignidad que nos transmitieron nuestros padres. Un sentimiento sin el cual no habría ni empezado a escribir. E incluyo a Albertina González do Nascimento, en Caritel, Pontevedra, por sus valiosas aportaciones sobre otros familiares involucrados en las rutas de evacuación entre Galicia y Portugal que yo desconocía y que me han aclarado unos aspectos hasta entonces ignorados por mí. Agradezco la complicidad fraternal de Rosario de Vicente Fernández del Riego y el afecto de sus hijos, siempre atentos a solucionar mis dilemas informáticos en Barcelona. O el ánimo positivo de esos amigos de la adolescencia, con quienes comparto un amor incondicional por Galicia. No olvido el apoyo de Maribel y John Haldi, Inmaculada de Zayas Mariategui, Matilde de la Cámara Puig, Ana y Juan Flores Puig, Ana María y Belén Rico, Carole y Tano López-Chicheri, Gregoria y Salvador Díaz, Luis Roda, María Eugenia Conil y Aitor Gabilondo, Miguel Boo, Patrick Gerassi, Abraham Haim y Doreen y José Antonio Valverde. Tampoco el de mis amigas más recientes —y no por ello menos significativas— de Cataluña: Cristina Amor, María Amparo Aranda, Carmen Bou, Maribel Montero y Belén Perdiguero. Todos han contribuido mucho más de lo que ellos imaginan a sobrellevar las contrariedades que padece cualquier escritor en sus comienzos, satisfactoriamente concluidas desde que la editora Berenice Galaz y mi agente literario José Miguel Romaña aparecieron en mi vida para solventarlas. Agradezco también los perspicaces e-mails y el sentido del humor de Francisco Sagasti durante nuestras largas conversaciones madrileñas relacionadas con esta publicación. Igual de positivas e inspiradoras me resultaron las encantadoras charlas con una destacada veterana de las persecuciones nazis, Nina Mitrani, establecida en Barcelona desde los años cuarenta, y su estimable traducción de los documentos en polaco que presento y que desde aquí reconozco con mucho cariño.

El interés profesional de Paul Preston sobre la evolución de esta historia lo llevó a facilitarme algunas publicaciones fundamentales, cuyo contenido de alguna forma aporto y también le agradezco. Gracias asimismo a las puntuales aclaraciones históricas de Juan Pablo Fusi y la lectura y acertadas observaciones de la segunda parte del libro de Manuel Ros Agudo. Debo mencionar también el productivo intercambio de opiniones con Conchita Ybarra Enríquez de la Orden, Concha Pallarés, Javier Juárez, Antonio Giraldez Lomba, Juan Carlos Salgado y Josep Calvet. Y, más reciente, la imprevista reaparición de Colin Creswell, el hijo de Elizabeth y Michael Creswell, quien además de acceder a escribirme el prólogo, me proporcionó unas esclarecedoras matizaciones sobre ciertos aspectos internos de la embajada británica en Madrid durante la Segunda Guerra Mundial, como un destacado contrapeso a la información que yo tenía.

Gracias también a la escritora María Dueñas, por facilitarme una documentación imprescindible sobre los SOE en España. Y por tener en cuenta mi visión de un periodo histórico y unos personajes reales compartidos con los míos en su *El tiempo entre costuras*. Y un último agradecimiento, pero no el menos importante, a Jimmy Burns, por referirse a mí, directa e indirectamente, en *Papa Spy*.

En fin, a todos os agradezco el apoyo e interés mostrado mientras traté de llevar a cabo la estimulante y satisfactoria labor de descubrir unos secretos inadvertidos de la Historia —ahora sí, con mayúscula— que espero contribuyan a aclarar muchas dudas. Hasta las de los más escépticos.

NOTAS

[1] Paul Preston, *Franco, Caudillo de España*, Grijalbo, Barcelona, 1994.

[2] Manuel Ros Agudo, *La guerra secreta de Franco*, Crítica, Madrid, 2002

[3] David Stafford, *Churchill & Secret Service*, Abacus, Londres, 1997, p. 192.

[4] *Ibid.*, p. 216.

[5] Nigel West, *MI6 British Intelligence Service Operations. 1909-45*, Widenfeld & Nicholson, Londres, 1983.

[6] Eduardo Martínez Alonso, *Memoirs of a Medico*, Doubleday, Nueva York, 1961.

[7] Samuel Hoare, *Ambassador on Special Mission*, Collins, Londres, 1946, p. 227.

[8] *Ibid.*, p. 78.

[9] *El País*, 15 de julio de 2008, p.12.

[10] Archivo del Ministerio de Asuntos Exteriores. Madrid, Registro de Salida 93900 del 28.10.1941.

[11] José M. Irujo, *La Lista Negra*, Aguilar, Madrid, 2003, pp. 48 y 223.

[12] Eduardo Martínez Alonso, *op. cit.*

[13] A. Marquina y G. Ospino, *Los judíos en la España del siglo XX*, Espasa Universidad, Madrid, 1987.

[14] *Arriba*, 1 de enero de 1940.

[15] Samuel Hoare, *op. cit.*, p. 226.

[16] *Ibid.*, p. 227.

[17] *Ibid.*, p. 229.

[18] M. R. Foot, y J. M. Langley, *MI9 Escape & Evasión 1939-45*, The Bodley Head, Londres, 1979.

[19] Sobre el estricto control alemán en Miranda de Ebro aparecen más referencias en los archivos de Joint (Jewish International Organization) en Nueva York. Encontré allí unos documentos donde se decía que los carceleros españoles tenían «orden de tratar peor a los judíos que al resto de los presos». Cosa que ellos no comprendían, ni aceptaban los oficiales, que se negaban a darles una trato inferior (Joint Committee, Nueva York, 2006. Archivo: Spain 913-920).

[20] Samuel Hoare, *op. cit.*, p. 78.

[21] Ahora ya sabemos de la directa intervención alemana en muchas dependencias oficiales españolas, igual que en las cárceles, lo que aún complicaba más la situación.

[22] Memorando sobre España de abril de 1942, Joint, Nueva York.

[23] Ybarra Enríquez de la Orden, M. C., *Testigos de la Historia II, Al Servicio de la Historia: el Archivo de la Fundación Francisco Franco*. En la p. 122 de este artículo aparece la nota manuscrita del jefe de los Servicios de Escuchas español en la embajada británica en el año 1940 (números 38-53). Ellos sospechaban que el agregado de prensa, Tom Burns, era el jefe de la inteligencia británica, lo que demuestra la desorientación del gobierno franquista, aunque, como ya imaginaban los diplomáticos británicos, tenían escuchas dentro de la embajada.

[24] Samuel Hoare, *op. cit.*, p. 227.

[25] J. Grenville, *The Collins History of the World in the 20th Century*, Harper Collins Publisher, Londres, 1994, pp. 281-282.

[26] M. R. Foot y J. M. Langley, *op. cit.*, p. 77.

Bibliografía

ALEXY, T., *La Mezuzá en los pies de la Virgen*, Siglo XXI, Madrid, 2000.

BURNS, J., *Papa Spy*, Ed. Bloomsbury, Londres, 2009.

CARNICER, M. A., *Cultura y vida cotidiana*, Síntesis, Madrid, 2001.

CARO BAROJA, J., *Ensayos sobre la cultura popular española*, Dosbe, Madrid, 1979.

CÁTEDRA, M. (ed.), *Los españoles vistos por los antropólogos*, Júcar, Gijón, 1991.

CHURCHILL, W. S., *The Second World War* (4 vols.), Cassell & Co, Londres, 1948 (*La Segunda Guerra Mundial*, La Esfera de los Libros, Madrid, 2002).

CONI, N., *Medicine & War: Spain 1936-1939*, Routledge, Nueva York y Londres, 2007.

DEACON, R., y WEST, N., *Spy!*, BBC, Londres, 1980.

DORRIL, S., *MI6, 50 Years of Special Operations*, Fourth Estate, Londres, 2000.

FIRTH, R., *Symbols*, Gerry Allen & Urwin Ltd., Londres, 1973.

FOOT, M. R. y LANGLEY, J. M., *MI9 Escape & Evasión*, 1939-1945, The Bodley Head, Londres, 1979.

FREUD, S. *Psicología de las masas*, Alianza Editorial, Madrid, 1974.

—, *El malestar en la cultura*, Alianza Editorial, Madrid, 1984.

Fromm, E., *The Anatomy of Human Destructiveness*, Penguin Books, Londres, 1977.
—, *Lo inconsciente social*, Paidós, Barcelona, 1992.
Fusi, J. P., *Franco, autoritarismo y poder personal*, El País-Aguilar, Madrid, 1987.
—, *Un Siglo de España. La Cultura*, El País-Aguilar, 2000.
Gracia, J., *La resistencia silenciosa*, Anagrama, Barcelona, 2004.
Grenville, J. A., *The Collins History of the World in the Twentieth Century*, Harper Collins, Londres, 1994.
Gutman, Y., *The Jews of Warsaw (1939-43)*, Indiana University Press, 1982
Hoare, S., *Ambassador on Special Mission*, Collins, Londres, 1946 (*Embajador en misión especial*, Sedmay, Madrid, 1977).
Irujo, J. M., *La lista negra*, Aguilar, Madrid, 2003.
Juárez, J., *Juan Puyol, el espía que derrotó a Hitler*, Planeta-De Agostini, Barcelona, 2006.
—, *La guarida del lobo*, Malabar, Barcelona, 2007.
Kershaw, I., *Adolf Hitler*, Biblioteca Nueva, Barcelona, 2003.
Knoblaugh, H. E., *Correspondent in Spain*, Sheed & Ward, Londres-Nueva York, 1937 (*Corresponsal en España*, edición del autor, 1967).
Madariaga, S. de, *España, ensayo histórico contemporáneo*, Ed. Sudamericana, Buenos Aires, 1944.
Manvell, R. y Fraenkel, H., *SS & Gestapo: Rule by Terror*, MacDonald & Co., Londres, 1970.
Marquina, A. y Gloria, I., *Los judíos en España en el S. XX*, Espasa Universidad, Madrid, 1987.
Martínez Alonso, E., *Memoirs of a Medico*, Doubleday, Nueva York, 1961.
Miguel, A de, *Los españoles*, Temas de Hoy, Madrid, 1990.
—, *La España de nuestros abuelos*, Espasa Hoy, Madrid, 1995.
Monsivais, C., *Los rituales del caos*, Era, México D.F., 1994.
Moradiellos, E., *La España de Franco, 1939-75. Política y cultura*, Siglo XXI, Madrid, 2000.

—, *Franco frente a Churchill,* Península, Barcelona, 2005.
MUSSOLINI, R. y ZARCA, A., *Mussolini sin máscara,* Ediciones AQ, Madrid, 1976.
PAYNE, S. G., *El franquismo: 1939-50,* Arlanza Ediciones, Madrid, 2005.
—, *Franco y Hitler: España, Alemania, la Segunda Guerra Mundial y el Holocausto,* La Esfera de los Libros, Madrid, 2008.
PERSICO, J., *Roosevelt Secret War,* Random House, Nueva York, 2002.
PRESTON, P., *La Guerra Civil española,* Plaza & Janés, Barcelona, 1987.
—, *Franco Caudillo de España,* Grijalbo, Madrid, 1994.
REES, L., *The Nazis,* BBC, Londres, 1997.
ROMERO, A., *Historia de Carmen. Memorias de Carmen Díaz de Rivera,* Planeta, Barcelona, 2002.
ROS AGUDO, M., *La guerra secreta de Franco,* Crítica, Madrid, 2002.
—, *La gran tentación,* Styria, Barcelona, 2008.
SALINAS, D., *España, los sefarditas y el Tercer Reich (1939-45),* Universidad de Valladolid y Ministerio de Asuntos Exteriores, Madrid, 1997.
SIGMUND, A., *Las mujeres de los nazis,* Plaza & Janés Editores, Barcelona, 2001.
SIMMEL, G., *On Individuality & Social Forms,* The University of Chicago Press, Londres, 1971.
STAFFORD, D., *Churchill & Secret Service,* Abacus, Londres, 1997.
TOURAINE, A., *Crítica de la modernidad,* Temas de Hoy, Madrid, 1993.
TUSELL, J., *Una nueva historia del siglo XX: encuentros decisivos,* Sílex, Madrid, 2002.
—, *Vivir en guerra: historia ilustrada de España 1936-1939,* Sílex, Madrid, 2003.
VV. AA., *Atlas of World History,* Penguin Books, Londres, 1995.
—, *The Social Sciences Encyclopedia,* R & Kegan Paul, Londres, 1985.
WEST, N., *MI6, British Secret Intelligence Service Operation, 1909-45,* Weidenfeld & Nicholson, Londres, 1983.

—, *Unreliable Witness*, Grafton Books, Londres, 1984.
WIGG, R. (ed.), *Churchill & Spain*, Routledge/Cañada Blanch Studies, Londres, 2005.
ZIEGLER, J., *El oro nazi*, Planeta, Barcelona, 1997.

Artículos

CARDONA, G., «La Guerra Europea», *Historia y Vida*, n° 498, septiembre de 2009.

EGIDO LEÓN, A. y MARTÍNEZ DE VICENTE, P., «Miranda de Ebro: Los insospechados cauces de una red de evasión internacional», *Cuadernos Republicanos*, CIERE, 2004.

EIROA SAN FRANCISCO, M., «Refugiados extranjeros en España: el campo de concentración de Miranda de Ebro», *Ayer. Revista de Historia Contemporánea*, 2005.

MARTÍNEZ DE VICENTE, P., «Los afranquistas ignorados», *Aurora*, Israel, 3 de julio de 2008.

MESSENGER, D. A., «Against the Grain: Special Operations Executive in Spain, 1941-1945», *Intelligence & National Security*, vol. 20, n° 1, marzo de 2005, pp. 173-190.

PALLARÉS, C. y ESPINOSA DE LOS MONTEROS, J. M., «Miranda, mosaico de nacionalidades: franceses, británicos y alemanes», *Ayer. Revista de Historia Contemporánea*, 2005.

SOTELO, U., «El racismo, el mayor peligro del siglo XXI», *El País*, 12 de noviembre de 2000.

TOURAINE, A., «La amenaza del neonazismo en Europa. Debilidad de las democracias», *El País*, 12 de noviembre de 2000.

VÁZQUEZ, F., «Segunda Guerra Mundial: Los nazis en Vigo», *El Faro de Vigo*, julio de 2000.

YBARRA, M. C., «Al Servicio de la Historia: el Archivo de la Fundación Francisco Franco», *Testigos de la Historia*, II.

Archivo del Public Record Office/Londres

Índice del Foreign Office. FO 371. Ministerio de Asuntos Exteriores británico.
Documentos consultados:
C645/30/41. Política general Franco. Ventajas de acuerdo anglo-español.
C2968/40/41. El agregado naval británico se entrevista con el general Aranda. Repercusión en la propaganda nazi.
Medical Supplies.
HM/OR/4521; HS9/26/5. Archivo E. Martínez Alonso 22666/A.
C7981/113//41/; C7725/75/41. Oficiales alemanes en Madrid. Infiltración alemana.
W17132/4555/48. Refugiados judíos en España y Portugal.
W15905/15276/48; W10891/W11861; W11805/W12534/107/48. Refugiados polacos liberados en España para enviar a Argentina. Lista completa de los nombres. Amenaza española de repatriarlos en campos de concentración. Intervención británica. Propuesta de traslado a Inglaterra.
CAB84/26/29 (Spain)-PREM 4/21/2B; KV4 The Curry Report-Historia del Servicio de Seguridad 1908-1945.

THE POLISH INSTITUTE & SIKORSKI MUSEUM/LONDRES.
Archivo A.45/763; AXIII4/156.

ARCHIVO DEL MINISTERIO DE ASUNTOS EXTERIORES/MADRID
A-2-C. Interior 1940; S. Lisboa. 1941; B.1-C.Int. Gi-4- 1940; B/C.Int.Gi-1- 1940; Fs-F2 1218. 1946

RED CROSS & SAINT JOHN
War Organisation 1939-1947, Official Record. Confidential Supplement, vol. II. Londres, 1949.

Siglas

SOE: Special Operations Executive (Ejecutivo de Operaciones Especiales).
SIS/MI6: Secret Intelligence Service (Servicio Secreto de Inteligencia).
MI5: Security Service (Servicio de Seguridad).
MI9: Scape & Evasion Service (Servicio de Escape y Evasión).

ÍNDICE

Prólogo de Colin Creswell   11
Introducción   15

PRIMERA PARTE

I.	Boda en Galicia	23
II.	Una clandestinidad atípica	37
III.	La discreta intervención británica en España	53
IV.	Listos para salir	63
V.	El insólito enlace de Embassy	77
VI.	Entre Asuntos Exteriores y Gobernación	91
VII.	Hacia el exilio	103
VIII.	Lisboa	113
IX.	Las secuelas de la Guerra Civil española	127
X.	Los renglones torcidos de Hitler	137
XI.	La Gestapo en la Puerta del Sol	149
XII.	Entre Londres y Escocia	163
XIII.	Barrio de Chamberí	183
XIV.	El campo de concentración de Miranda de Ebro	197

XV.	Mambrú se va a España	207
XVI.	Descubriendo el pasado	219
XVII.	El coraje de Margarita Taylor	229
XVIII.	Los archivos de Kew Gardens	239
XIX.	Inconcluso	261

SEGUNDA PARTE

XX.	Tres años después	279
	Epílogo	367
	Nota de la autora y agradecimientos	373
	Notas	379
	Bibliografía	381

Alonso Dr E.M

9286

RE
File No.

22666/

ALONS